Heinrich Steinfest
Die Haischwimmerin

PIPER

Zu diesem Buch

Meisterpolizistin Lilli Steinbeck hat eine Vergangenheit namens Ivo. Eine traurige Vergangenheit, der sie ihre Klingonennase verdankt. Jahre später bekommt diese Vergangenheit plötzlich Gegenwart eingehaucht, als Ivo durch einen rätselhaften Auftrag aus seinem beschaulichen, aber lillilosen Leben als Baumheiler in der württembergischen Provinz gerissen wird. Er soll für ein Pharmaunternehmen einen Baum aus der sibirischen Tundra holen. Als Helfer stellt man ihm den rotbemützten Knaben Spirou zur Seite, der nicht nur zufällig so heißt wie eine sehr bekannte belgische Comicfigur ... Ihr Auftrag führt Ivo und Spirou in eine unterirdische Verbrecherrepublik – und vielleicht brauchte es genau diesen Umweg auf der Suche nach dem Wunderbaum, damit Ivo Lilli noch einmal begegnen könnte.

Heinrich Steinfest wurde 1961 geboren, Albury, Wien, Stuttgart – das sind die Lebensstationen des erklärten Nesthockers und preisgekrönten Kriminalautors Heinrich Steinfest, welcher den einarmigen Detektiv Cheng erfand. Er wurde mehrfach mit dem Deutschen Krimi Preis ausgezeichnet, erhielt den Stuttgarter Krimipreis 2009 und den Heimito-von-Doderer-Preis. »Ein dickes Fell« wurde für den Deutschen Buchpreis 2006 nominiert.

Heinrich Steinfest

Die Haischwimmerin

Kriminalroman

Piper München Zürich

Mehr über unsere Autoren und Bücher:
www.piper.de

Von Heinrich Steinfest liegen bei Piper vor:
Cheng. Sein erster Fall
Tortengräber
Der Mann, der den Flug der Kugel kreuzte
Ein sturer Hund. Chengs zweiter Fall
Nervöse Fische
Der Umfang der Hölle
Ein dickes Fell. Chengs dritter Fall
Die feine Nase der Lili Steinbeck
Mariaschwarz
Gewitter über Pluto
Gebrauchsanweisung für Österreich
Batmans Schönheit. Chengs letzter Fall
Die Haischwimmerin
Wo die Löwen weinen

Ungekürzte Taschenbuchausgabe
April 2013
© 2011 Piper Verlag GmbH, München
Umschlaggestaltung: Cornelia Niere, München
Umschlagmotiv: Jonathan Minster/Gallerystock
Satz: Kösel, Krugzell
Gesetzt aus der Sabon
Papier: Munken Print von Arctic Paper Munkedals AB, Schweden
Druck und Bindung: CPI – Clausen & Bosse, Leck
Printed in Germany   ISBN 978-3-492-30153-4

Die Orte in Vergangenheit, Gegenwart und Zukunft

Rom: Der Ort, an dem sich Lilli und Ivo erstmals begegnen. Ein Ort, dessen Luft mit bewußtseinsverändernden Giftstoffen angereichert scheint, die von exorzistischen Praktiken des Vatikans herrühren könnten.

Giesentweis: Ort mit Schnee.

Warschau: Großer Ort mit Schnee.

Ochotsk: Kleiner Ort ebenfalls mit Schnee. Verwunschene Ansiedlung an der Nordwestküste des Ochotskischen Meers, die ihre besseren Zeiten hinter sich hat. Vom einstigen Kosakenlager über eine gewisse sowjetische Bedeutung zur neurussischen Depression. Aber nicht ohne Charme, wie so viele Alpträume.

Dschugdschur: Der Dschugdschur, Gebirgsgegend, halb so groß wie Deutschland, jedoch frei vom Tourismus. Beinahe frei. Offiziell dreitausend Bewohner, die man erst einmal aufstöbern muß.

Toad's Bread: Unterirdische Stadt irgendwo im Dschugdschur. Verbrecherrepublik, gut organisiert. Inoffiziell vierzigtausend Leute, die man aber auch erst einmal aufstöbern muß.

Die Personen in der Vergangenheit

Lilli Steinbeck: Frau mit einem unsichtbaren Pfeil in der Brust. Zudem trägt sie in ihrem Gesicht eine verunfallte Nase, als Zeichen eines tiefen Schmerzes. Eines Schmerzes, den Lilli niemals vergessen möchte.

Ivo Berg: Mann mit einem unsichtbaren Pfeil in der Brust. Einst blind. Dann sehend. Mittlerweile Baumpfleger, der mit Bäumen redet. Erhält einen Auftrag, der ihn nach Russisch-Fernost führt. – Aufträge kommen in die Welt, damit die Welt kompliziert wird.

Dr. Kowalsky: Notar in Giesentweis. Sammler christlicher Kunst. Desillusioniert, was das menschliche Wesen betrifft. Er wird es sein, der Ivo Berg den Auftrag übermittelt.

Marlies Kuchar: Die Vererberin. Vermacht Lilli ein Haus. Damit beginnt das Unglück. Denn in jedem Erbe steckt das Unglück wie ein schlagendes Herz.

Moritz: Ein Junge aus Giesentweis. Wird von Ivo Berg unerbetenerweise gerettet. Dementsprechend sehen die Folgen dieser Rettung aus.

Lila von Wiesensteig: Freifrau und Freidenkerin. Eine Figur aus dem Roman *Ein sturer Hund*. Taucht nur kurz auf, aber bedeutsam. Ohnehin die beste Art, aufzutauchen.

Die Personen in der Gegenwart

Spirou: Dreizehnjähriger Junge aus Ochotsk, elternlos, lebenserfahren, dient Ivo Berg als Führer. Trägt zu jeder Zeit ein rotes, fleckiges Pagenkostüm und spricht perfekt Deutsch. Beides, wie auch sein Name, ist dem leidenschaftlichen Studium von Band 13 der Comicserie *Spirou und Fantasio* zu verdanken.

Professor Oborin: Naturwissenschaftler, Mystiker, aber nicht Magier, vor allem Telephonspezialist.

Galina Oborin: Des Professors Tochter, ihres Zeichens Suppenköchin, zudem taubstumm, sagt man. Aber was sagt man nicht alles?

Lopuchin: Gehört zur Fraktion der »Superschurken«, fungiert als der »Zar« von Ochotsk, gibt sich bösartig und charmant und pflegt die Unart, seine Lieblingsfeinde mit einem Stigma aus fünf kleinen Wunden zu versehen.

Spiridon Kallimachos: Ehemaliger Detektiv. Der dickste, den die Welt je gesehen hat, ziemlich unbeweglich. Muß sich auch nicht mehr bewegen, seit er von den Einheimischen des Dschugdschurgebirges in einer Sänfte herumgetragen wird. Das Gerücht besagt, er sei unverwundbar.

Die Personen in der Zukunft

Kommissar Yamamoto: Seines Zeichens moderner Samurai. Vertritt die alte Bushidô-Anschauung, der Weg des Kriegers liege im Sterben. Doch in Toad's Bread zu sterben ist gar nicht so einfach.

Madame Fontenelle: Französin in Toad's Bread. Siebzigjährig, elegant, kämpferisch, gelenkig, eine steinfeste Frau. Darauf bedacht, das Geheimnis der Stadt auch als ein solches zu bewahren.

Dr. Ritter: Ungar in Toad's Bread. Zahnarzt. Daneben Mitarbeiter von Madame Fontenelle. Mit einer Narbe an der Wange, die genauso aussieht wie die von Ivo Berg.

Giuseppe Tyrell: Erinnert an James Mason, ist aber der Puppenmacher in dieser Geschichte. Ein herrschaftlicher Mann im Smoking. Fertigt Ongghots an, schamanistische Fellpuppen. Daneben unternimmt er es, seine Kundschaft phototechnisch zu dokumentieren.

Breschnew/Romanow: *Der* Jäger in dieser Geschichte. Man könnte ihn auch als den Undurchsichtigen bezeichnen, der sich auf der Jagd nach etwas Durchsichtigem befindet.

Die Pilze, die Tiere und die Pflanzen

Amanita muscaria: Besser bekannt als Fliegenpilz, nicht so bekannt unter dem Begriff Krötenbrot (Toad's Bread). Gibt also der Verbrecherrepublik seinen Namen. Und bewirkt auch sonst viel Gutes.

Das Schneeschaf: Wildes Schaf im Nordosten Sibiriens, Opfer unsinniger Jagdleidenschaft.

Die Dahurische Lärche: Im konkreten Fall eine bislang unbekannte Varietät. Ein Baum der anderen Art und Objekt der Begierde. Das absolute Zentrum dieser Geschichte.

I

Vergangenheit

– Sind Sie verletzt, Madam?
– Ich bin tot, Sir.
– Tot. Das ist ernst. Kann ich helfen?
– Werden Sie mich heiraten?
– Madam, ich täte es mit Freuden,
aber ich fürchte, ich habe mir den Knöchel verstaucht.

   (Billy Zane und Tilda Swinton
   in Sally Potters Film *Orlando*)

Oft nehmen wir auch nicht einmal wahr,
daß wir im Inneren gar so blind sind.

   (Thomas von Kempen,
   Die Nachfolge Christi)

1

Jeder Mensch stirbt zweimal. Bekanntermaßen am Ende seiner Jahre, aber auch irgendwann zwischendrin. Das hat aber überhaupt nichts mit jenem James-Bond-Titel zu tun, der uns weiszumachen versucht, man würde zweimal leben. Denn zwischen Leben und Sterben gibt es ja wohl einen Unterschied. Wenn man stirbt, ist man nachher auch tot. Ein zweites Mal zu sterben bedeutet nicht automatisch, auch ein zweites Mal zu leben. Nein, leben tut man nur einmal.

Manche bemerken diesen ersten Tod augenblicklich, andere nach und nach. Meistens tritt er ein, wenn man von einer so absoluten wie schmerzhaften Erkenntnis ereilt wird, ganz wie ein Pfeil, der mitten in die Brust geht und einen tötet. Man läuft den Rest seines Erdendaseins mit diesem Pfeil in der Brust durch die Gegend. Das ist nicht nur ein Bild. Dieser Pfeil steht einem tatsächlich im Wege, beim Arbeiten, beim Faulenzen, beim Liebemachen. Erst recht, wenn auch die andere Person, mit der man da zusammenliegt, einen solchen Pfeil in der Brust trägt. Man kann sich drehen und wenden, wie man will, die verrücktesten Stellungen ausprobieren, zum Therapeuten gehen, Sport treiben, Gewicht verlieren, in den Bauch statt in die Brust atmen, Faktum bleibt, *da* ist ein Pfeil und *dort* ist ein Pfeil und die Umständlichkeit beträchtlich.

Natürlich, man gewöhnt sich an den Pfeil, an die Komplikationen, die er verursacht. Nicht wenige Menschen machen aus der Not eine Tugend und sprechen von Überwindung, von Heilung, von Lebensmut. Sie betteln richtiggehend darum, von weiteren Pfeilen getroffen zu werden, um sich unentwegt überwinden und heilen zu können. Aber so, wie es heißt, jeder Mensch müsse irgendwann einmal sterben, stirbt jeder Mensch eben bloß zweimal und nicht etwa, so oft es ihm paßt.

Im ersten Teil eines zweiteiligen Auf-der-Erde-Wandelns läuft man dem Pfeil entgegen, man ist, in anderer Bedeutung der Formulierung, ein »bewegliches Ziel«, das sich unwillentlich in die Flugbahn eines Pfeils stürzt. Manche können sich hinterher kaum noch daran erinnern, wie das war, so ganz ohne das Ding in der Brust. Einige idealisieren diese Zeit. Andere wiederum meinen – um den Pfeil besser auszuhalten –, daß diese Zeit gar nicht so schön war und daß die, die so gerne daran zurückdenken, alles nur verklären.

Ivo Berg gehörte zu den aufgeklärten Verklärern. Er verklärte, was es verdient, verklärt zu werden. Er war unmodern, aber nicht ungebildet. Er wäre nie auf die Idee gekommen, die Schönheit der Heiligen Jungfrau so darzustellen wie Max Ernst, der uns eine ungehaltene Maria präsentiert, die dem Christuskind den Hintern versohlt, bis dieser rot glüht. – Das ist ein geniales Bild, keine Frage. Ivo erkannte das unübersehbar Geniale, mochte es aber trotzdem nicht. Statt dessen Raffael. Ivo war ein Raffaelmensch.

Darf einer sagen, er hätte in seinem Leben echtes Glück erfahren?

Ivo Berg durfte es. Er konnte das allen Ernstes von sich geben. Nicht einfach nur behaupten, weil man denkt, das Haus der Eltern geerbt, die Tochter des Chefs geheiratet, ein paar stramme Kinder in die Welt gesetzt zu haben, bei der Besetzung eines Postens anderen vorgezogen worden zu sein, dies und anderes würde echtes, wahres Glück bedeuten.

Diesen Irrtum beging er nicht. Er war dem Glück begegnet, wußte, wie es schmeckt, wie es riecht, wie es sich anfühlt und daß es vor allem nicht umsonst ist. Man muß es bezahlen. Auf eine gewisse Weise bezahlt man es mit dem eigenen Leben, mit dem, was vom Leben übrigbleibt, wenn das Glück wieder gegangen ist. Und daß das Glück geht, daß es verschwindet, ist wahrscheinlich sein wesentlichster Zug. Ohne diesen Plan des Verschwindens könnte es gar nicht existieren. Das Glück geht, der Pfeil kommt.

Doch solange das Glück da ist, ist man so blind und blöd davon, daß man nicht begreift, es sei einem nur darum widerfahren, weil man zu denen gehört, die es nicht festhalten können. Die, die dazu in der Lage wären, es festzuhalten, toughe, smarte, praxisorientierte Charaktere, wie man so sagt, lebenstüchtige Menschen, um die herum macht das wahre Glück einen großen Bogen, und es ist bloß ein gefälschtes Glück, das sich hergibt, solchen Leuten zu begegnen.

Paradoxerweise sind es also die von Natur aus eher unglücklichen und schwermütigen und in ihren Ängsten gefangenen Gemüter, die sich eignen, echtes Glück zu erfahren.

Ist das Glück darum bösartig zu nennen? Hinterlistig? Ivo hätte geantwortet: Na, das kann man wohl sagen!

Doch wäre er nochmals vor der Wahl gestanden, diesmal wissend ... keine Frage, er hätte sich erneut in die Katastrophe begeben und dankbar sein Schicksal angenommen.

Das Glück ist verrückt nach solchen Leuten wie Ivo. Solche Leute sind Leckerbissen für das Glück. Das Glück frißt sie mit Haut und Haar und spuckt nachher ein paar Knochen aus.

Und genau so, mußte man sich vorstellen, sah dieser Mann aus: ein paar ausgespuckte Knochen. Nicht, daß er unattraktiv gewesen wäre, aber es waren eben allein Knochen, aus denen sein attraktives Äußeres sich zusammensetzte. An ihm klebte das durch das Glück geborene Unglück und verlieh ihm eine Aura. Die Frauen sagten gerne: Er hat so traurige Augen. Diese traurigen Augen waren geradezu eine Eintrittskarte in die Herzen vieler Frauen. Sie wollten von diesem Mann verstanden werden. Nicht, daß das seine Spezialität war, diese Verstehensschiene. Aber die Frauen glaubten es, weil sie den Schatten in seinen Augen so mochten.

Als er Lilli Steinbeck das erste Mal begegnete, war er gerade blind. Oder wenigstens fast blind. Damals in Rom, Ende der Achtziger. Ein Jahr zuvor hatte sich Ivo auf einer Pakistanreise eine unspezifische Krankheit zugezogen und war daraufhin mehrere Monate Patient gewesen. Am Ende dieser Leidenszeit, als die Fieberschübe, die massiven Ausschläge, der Druck auf die Lunge, ja sich die Lebensgefahr gelegt hatten, war gleich einem erstaunlichen Nachwort – als wollte das Nachwort die eigentliche Geschichte übertreffen – etwas eingetreten, das die Mediziner als *idiopathischen Blepharospasmus* bezeichnen, eine Form des Lidkrampfs, deren Ursache allgemein als uneindeutig gilt. Zwar bot sich in Ivos Fall aufgrund der Virusgeschichte ein Infektionsherd als Auslöser an, aber der behandelnde Arzt meinte, er würde eher einen psychischen Hintergrund vermuten, eine posttraumatische Erscheinung. Eine Reaktion auf das Kranksein an sich, die Todesnähe, die Ivo seiner pakistanischen »Eroberung« verdankt habe.

Es war nicht so, daß er die ganze Zeit die Augen geschlossen hatte. Gemäß dem gängigen Krankheitsbild besserte sich der Zustand während der Nachtzeit. Allerdings wurde Ivo gegen Abend hin ungemein müde, müde vom Tage, von der vormittäglichen Blinzelei und dem nachmittäglichen völligen Augenverschluß, und anstatt also die Besserung zu genießen, schlief er immer sehr rasch ein, um sich dann während des Schlafs Angstträumen vom dauerhaften Erblinden hinzugeben. Nur beim Frühstück, da ging es gut. Doch spätestens gegen die frühe Mittagszeit hin wiederholte sich das Drama. Er war ab dann gezwungen, sein verkrampftes Antlitz hinter der größtmöglichen Sonnenbrille zu verbergen. Außerdem benötigte er Hilfe, da er vermeiden wollte, gleich einem perkussiven Wünschelrutengeher mit einem Stock herumzulaufen und die Häuserwände und Gehwege abzuklopfen. Er war ja nicht wirklich blind, sondern nur unfähig, seine Lider zu öffnen. Zudem hatte ihm der Arzt versichert, die Sache würde sich wieder geben, denn eine erbliche Vorbelastung, wie sie oft bestehe, sei in seinem Fall auszuschließen. – Freilich fragte sich Ivo, wie der Arzt da so sicher sein konnte, wo doch er selbst, Ivo, nicht mal über seine Urgroßmutter Bescheid wußte. Andererseits wollte er dem Fachmann gerne glauben. Zudem existierte eine Therapieform, nämlich die Behandlung mit Botulinumtoxin – richtig, das Zeug gegen die Falten! –, die als äußerst vielversprechend galt. Nur wollte man damit noch warten, bis die anderen Folgen des pakistanischen Virus vollständig ausgeheilt waren. Es war ein Krieg an vielen Fronten.

Um nun also ohne Stock oder Hund oder dank einer mühsam eingeübten Schrittfolge durch die Stadt zu gelangen, wechselten sich ein paar gute Freundinnen ab, die Ivo an den Arm nahmen und ihm halfen, sich dort hinzubegeben, wo er sich hinbegeben wollte. Im Grunde besaß er bereits damals – obgleich noch jung, nämlich zweiundzwanzigjährig, obgleich noch kein einziges Mal gestorben – diesen Charme trauriger Augen. Die meisten Frauen verfügen diesbezüglich über einen Röntgenblick, mit dem sie nicht nur durch schwärzeste Sonnenbrillen sehen können, sondern eben auch durch geschlossene Lider. Kein trauriges Männerauge entgeht einer schauenden Frau.

In dieser Zeit in Rom gehörte Ivo zu einer Clique deutschsprachiger Studenten, die, mit Stipendien ausgestattet, ihre Gastsemester absolvierten und jene Leichtigkeit genossen, die ihnen an Orten wie Wien oder Klagenfurt oder München oder Zürich bislang verwehrt geblieben war. Zumindest wirkten sie alle sehr ausgelassen, beschwingt und tänzerisch, auf eine Weise betrunken, daß man schwer sagen konnte, wovon eigentlich. Vielleicht vom Alkohol, vielleicht auch von der Luft in den Straßen, die mit dubiosen, bewußtseinsverändernden Giftstoffen angereichert schien. In der Tat, wenn man sich ein bißchen übergeschnappt fühlen wollte, ging man einfach nach draußen und atmete tief ein. Es waren nicht nur die Abgase, sondern ... vielleicht das Zeug, das vom Vatikan herübergeweht kam. Und wirklich meinten einige, dies würde von den exorzistischen Praktiken, von den vielen Kräutern, die man dort verbrannte, herrühren. Egal, die römische Luft hatte es jedenfalls in sich.

Ivo selbst war kein Student, sondern lebte hier nur, weil seine Eltern es taten. Steiermärker, die nach Wien und dann nach Rom gegangen waren, um ein Import-Export-Geschäft zu betreiben. Ivo würde niemals richtig sagen können, was da eigentlich importiert und exportiert wurde. Für ihn standen seine Eltern ein Leben lang hinter einem Schleier ... nein, Schleier ist ein viel zu poetisches Wort. Die beiden waren keine Schleierleute. Daß ihre Gestalt und ihr Wesen sowie ihr Import und Export so unklar blieben, war dem Stahlbeton zu verdanken, hinter dem sie sich stets aufzuhalten pflegten.

Ivos Vorhaben hingegen bestand darin, als weltreisender Forscher in die Geschichte einzugehen, ohne sich zuvor die Mühen einer akademischen Ausbildung angetan zu haben. Es ging ihm ja nicht darum, eine ethnologische Studie zu verfassen. Er war überzeugt davon, fast alles im Leben sei eine Sache des Instinkts, der Eingebung, nicht zuletzt des Mutes, der Entschlossenheit, Dinge zu tun, die andere für absurd oder kindisch hielten. Sein Plan gipfelte jedenfalls darin, irgendwann einmal auf etwas Unbekanntes zu stoßen, am liebsten ein Tier, das noch nie jemand gesehen hatte, oder ein mysteriöses Artefakt. – Nun, immerhin hatte er es bereits zu einer recht unspezifischen Krankheit gebracht, was aber leider nicht ausreichte, sich einen Namen zu machen. Es sind zumeist die Ärzte, nach denen Krankheiten benannt werden, nicht die Patienten. Was eigentlich ein Skandal ist.

An diesem Tag gegen Ende des Sommers, als in der Luft der Anteil an vatikanischen Substanzen seinen Höhepunkt erreichte, hing Ivo am Arm einer Freundin und ließ sich von ihr in eins der bevorzugten Cafés führen. Welches natürlich an einer stark befahrenen Straße gelegen war, des bewußtseinserweiternden Gestanks wegen. Es war Nachmittag, und Ivo hätte eine Zange benötigt, um seine Augen aufzukriegen.

Ob ihm das nun recht war oder nicht, sein Gehör war in dieser Zeit natürlich besser und besser geworden. Es fungierte als der Blindenstock in seinem Kopf, der die Stimmen und Geräusche abklopfte und die ganz bestimmte Konsistenz und Zusammensetzung des jeweiligen »Objekts« erkannte. Nicht, daß Ivo begann, am Auspuffgeräusch die Automarken auseinanderzuhalten, aber er registrierte früher als andere, wenn etwa zwei Leute demnächst zusammenstießen. Er hörte ihre Schritte und sah vor seinem geistigen Auge die aufeinandertreffenden, in der Kollision sich vereinigenden Linien. Manchmal sagte er »Vorsicht!« oder eben »Attenzione!«, aber wenn er dies tat, verhinderte er in der Regel den Zusammenstoß. Die Leute blieben also stehen, starrten ihn an und fragten sich, was mit ihm los sei. Er spürte diese fragenden Blicke. – So ist das, wenn man ein Unglück voraussieht. Darum läßt man es meistens bleiben. So, wie man es ja auch bleiben läßt, einen Tyrannen zu morden, bevor der noch zum Tyrannen wird. Täte man es doch, niemand würde einen verstehen. Leute, die zur rechten Zeit ein Unglück verhindern, stehen im Verdacht, verrückt zu sein. Die Irrenhäuser sind voll mit Leuten, die ein Unglück verhindert haben und jetzt dafür bestraft werden.

Er konnte bereits aus der Entfernung feststellen, welche von seinen Bekannten hier am Tisch saßen, beziehungsweise bemerkte er die eine Stimme, die neu war, bevor noch jemand auf die Idee kam, ihm die Person vorzustellen, die zu dieser Stimme gehörte.

Im Dunkel seiner heruntergelassenen Augenlider erkannte Ivo das milde, flammenartige Licht dieser einen Stimme. Mild, aber Licht genug, um die Dunkelheit aufzuhellen, während alle anderen Stimmen, da mochten sie noch so kräftig oder laut sein, die Wirkung einer schwarzen Feder inmitten eines Krähenvogels besaßen.

»Ivo, das ist Lilli, eine Freundin aus Wien, sie ist gerade angekommen«, sagte die Frau, die von allen Joe genannt wurde, nicht, weil sie wirklich so hieß, sondern weil es zu den Prinzipien dieser Clique gehörte, daß jeder seinen Namen auf drei Buchstaben verkürzte oder, wenn das nicht ging, sich einen neuen, eben dreiletterigen Namen aussuchte.

Ivo hatte den Vorteil, schon immer so geheißen zu haben.

»Lil also«, sagte er.

»Richtig«, sagte die Frau, die Lilli hieß und die offensichtlich besagte Regel bereits kannte.

Dann gab sie ihm die Hand. Das ist wörtlich zu nehmen. Sie gab sie ihm wirklich. So daß er den Eindruck hatte, eine ganze Weile nur allein diese eine Hand zu halten und sich auf eine Weise damit vertraut machen zu können, die geeignet war, von der Hand auf den Rest schließen zu lassen, von den dünnen, langen, sehr geraden Fingern auf einen ebensolchen Körper, ebensolche Gesichtszüge, ein ebensolches Wesen. Finger, die sich weniger nach Fleisch und Knochen und Sehnen, nach dieser Angespanntheit alles Körperlichen anfühlten, sondern eher nach Kunststoff, aber dem feinsten und ausgeklügeltsten, der sich denken läßt. In diesem ersten Moment fühlte sich Ivo an eine lebendig gewordene Schaufensterpuppe erinnert, an eine Figur aus Plastik, die ein vergnügter Gott erweckt hatte, ohne jedoch die Vorteile des Plastiks zu opfern, seine chemische und sonstige Beständigkeit, seine Elastizität, seine Härte, seine Modernität, seinen hohen Entwicklungsstand. Zudem lag ein beträchtliches Empfinden in diesem unempfindlichen Stoff. Schon möglich, daß dieser Frau weder große Kälte noch große Wärme etwas anhaben konnten, aber sie war durchaus empfänglich dafür, wie da jemand ihre Hand festhielt.

Im konkreten Fall viel zu lange natürlich, was nur darum funktionierte, weil Ivo praktisch als blind gelten durfte. Und es ist nun mal weitgehend akzeptiert, wenn Blinde die Hände ihrer Gegenüber intensiver befühlen, um sich nämlich ein Bild zu machen, wo ein Bild fehlt.

Andererseits war Ivo Berg kein netter alter Mann mit drei schwarzen Punkten am Oberarm, der sich alles herausnehmen durfte, was er für nötig hielt. Es wäre unhöflich gewesen, diese Hand nicht mehr herausrücken zu wollen. Darum zeigte er sich einsichtig, löste seinen Griff und gab der Frau ihre fünf Finger zurück.

Man kann sagen: Ivo Berg war sofort verliebt.

Allerdings nicht ganz frei von Zweifeln. Wobei sich der Zweifel in keiner Weise auf das eigene Verliebtsein bezog, sondern das Aussehen der Frau betraf, von der er ja nur die Stimme sowie ihre auf eine warme Weise kalte Plastikhand kannte. Aus der kleinen Flamme, die in der Dunkelheit seines Betrachtens flackerte, war die schlanke Gestalt einer Person erwachsen, deren Vorstellung ihm einen Stich ins Herz versetzte.

So ein Stich ist nicht ohne. Man blutet nachher ziemlich stark, kann sich aber gleichzeitig nichts Schöneres im Leben denken als dieses Bluten, dieses geöffnete Herz. Mit einem Pfeil hat das nichts zu tun. Das Loch im Herzen tötet einen nicht, eher bringt es einen auf die Welt.

Wäre Ivo dazu in der Lage gewesen, hätte er jetzt die Augen aufgeschlagen wie soeben geboren.

Dann aber kam ihm der Gedanke, ob es nicht viel besser wäre, tatsächlich blind zu sein, und zwar für alle Zeiten. Um nämlich diese Frau niemals in natura sehen zu müssen. Denn Ivo hätte sich gerne erspart, feststellen zu müssen, wie wenig seine von einer Flamme getragene Einbildungskraft mit der Realität übereinstimmte. – Man kennt das von Leuten, die von hinten betrachtet, in ihrem Sportwagen sitzend, in ihrem Taucheranzug, inmitten eines Fernsehstudios, über ein Klavier gebeugt, an solchen Orten und in solchen Positionen also in einer Weise erscheinen, die sie, sodann von vorn gesehen, ohne Sportwagen, ohne Taucheranzug, ohne die Strahlkraft medialer Räume und prachtvoller Musikinstrumente, nicht mehr erfüllen. Jetzt ganz zu schweigen von denen, die im Smoking so toll ausschauen und in der Unterhose so deprimierend.

Darum war es Ivo sehr recht, in den nächsten Wochen dieser Frau, die Lilli Steinbeck hieß, aber von allen hier nur noch Lil genannt wurde, ausschließlich an den Nachmittagen und Abenden zu begegnen, in Person des blinden Mannes, der er dann zu sein pflegte. Vormittags waren seine Freunde ja mit ihren universitären Angelegenheiten beschäftigt oder gaben dies wenigstens vor, während er selbst, der auf Eis gelegte Weltenbummler, die frühen Stunden dazu nutzte, zunächst einmal ausgiebig zu frühstücken.

Nicht, daß seine Eltern es gut fanden, einen Taugenichts zum Sohn zu haben, der nicht einmal bereit war, sich mittels eines Studiums oder einer künstlerischen Karriere eine Tarnung zu verleihen. Andererseits waren sie derart in ihre geschäftlichen Aktivitäten eingesponnen, daß sie keine Zeit fanden, ihn aus der Wohnung zu werfen und die monatlichen Zuwendungen zu streichen. Vielleicht scheuten sie auch die Konfrontation mit ihrem mißratenen Kind.

Jeden Tag nach dem Frühstück studierte Ivo die Karten der entlegenen Gegenden, die er demnächst bereisen wollte. Mittags erblindete er, und nachmittags saß er im Café. Wo es für ihn keine größere Freude gab, als Lils Stimme zu hören und im Geiste ihre helle, marianische, ihre gotische Erscheinung zu betrachten: das Langhalsige, das Gestreckte, die plastikhafte Zartheit, das Weißliche ihrer Haut, ihren insgesamt skulpturalen Ausdruck.

Es lag für Ivo Berg überhaupt kein Widerspruch darin, daß diese Frau, deren Aussehen er mit dem sogenannten »weichen Stil« der Kunst um 1400 in Verbindung brachte, allein deshalb nach Rom gekommen war, um an diesem Ort ihre kriminologischen Studien fortzusetzen, die sie an der Katholischen Universität von Mailand begonnen hatte. Lil schrieb eine Arbeit über »System, Nährboden und stammesgeschichtliche Einordnung von Entführungsdelikten« und untersuchte dabei die gesellschaftlichen Strukturen, die das gewerbsmäßige Kidnappen von Menschen begünstigten. Daß sie sich zu diesem Zweck in Italien immatrikuliert hatte, braucht nun wirklich niemand zu erstaunen. Wobei ihr die italienischen Verhältnisse nur als Modell dienten, um eine gesamteuropäische Entwicklung zu analysieren und eine Parallele zu mehr oder weniger legalen ökonomischen Prozessen herzustellen. Sie war eine Anhängerin der Anschauung, daß in allem – ob beim Verkauf von Hühnerfleisch oder beim Verkauf von Menschenleben – der gleiche Wurm steckte und man folglich eine korrekte systematische Einordnung dieses Wurms und sei-

ner Varianten vornehmen mußte. Sie erklärte in der Tat
gerne, eine »biologische Kriminologie« zu betreiben, den
Begriff des Stammesgeschichtlichen also nicht nur ethno-
logisch, sondern auch in einem evolutionären Sinn zu verstehen. Wie Lil überhaupt das Verbrechen als Teil des
Natürlichen empfand. Nicht minder freilich die Arbeit der
Polizei und der Justiz. Sie nannte es den »Kampf der
Gene«. Der »ideale Polizist« erschien als Antwort auf
einen Krankheitserreger und bildete den militärischen Arm
der Moralität. Während wiederum die korrupten Teile der
Exekutive, die korrupten Teile der Justiz von der Kraft
jener Erbfaktoren zeugten, die das Verbrechen hervor-
brachten und bei denen es sich natürlich um die ursprüng-
licheren handelte. Man konnte gewissermaßen sagen, der
Mensch stamme nicht vom Affen, sondern vom Verbrechen ab.

Was auch immer Lil da ausbrütete, Ivo fand es so betörend wie logisch, daß diese »Madonna«, die da im
Dunkel seines Kopfes weißlich glühte, sich mit derartigen Themen beschäftigte. Daß also ausgerechnet *sie* die
Abgründe des Lebens erforschte, anstatt wie die meisten
anderen aus der Studentengruppe Kunstgeschichte oder
ähnliches zu studieren. Nun, Lil selbst war ja ein Kunstwerk und hätte also sich selbst studieren müssen, was
aber Kunstwerke nicht tun. Eine Madonna schaut sich
nicht in den Spiegel, sie *ist* der Spiegel. Daß Lil sich mit
dem Elend dieser Welt auseinandersetzte, und zwar nicht
in einer rührseligen Weltrettermanier, sondern wissenschaftlich und kalt und analytisch, machte sie perfekt.

Doch dann passierte, was Ivo so gefürchtet hatte: Er
wurde gesund.

Im ersten Moment bemerkte er es gar nicht, weil er ja
starke Sonnenbrillen trug und sich praktisch eine Über-
schneidung des Bildes in seinem Kopf mit dem Bild der
Realität ergab. Nur daß natürlich die Lil, die jetzt hinter

den eingefärbten Gläsern zu erkennen war, weniger hell erschien als jene in seiner Einbildung.

Als Ivo begriff, was geschehen war, reagierte er auf das ungewollte Öffnen seiner Lider, indem er sie sofort wieder schloß. Doch eine Lösung war das nicht, und darum erschien er bereits am nächsten Tag ohne Brille, erschien sehenden Auges, wobei ihm vorkam, als würde nicht *er* Lil zum ersten Mal zu Gesicht bekommen, sondern als verhalte es sich genau umgekehrt. Als hätte erst seine Heilung bewirkt, für alle sichtbar zu werden und nicht nur aus einer übergroßen Sonnenbrille zu bestehen.

In jedem Fall war es so, daß Lils Aussehen durchaus mit dem übereinstimmte, was ihre Stimme und die Information ihrer Hand suggeriert hatten. Nur, daß sie nun angezogen vor Ivo stand, modisch gekleidet, während sie in seiner Einbildung ohne Kleidung gewesen war, zwar nicht nackt im herkömmlichen Sinne, sondern eben *unangezogen*, was ein Unterschied ist, wenngleich ein schwer erklärbarer.

Gar keine Frage, Lil war die bestgekleidete Frau, die Ivo je gesehen hatte, und würde es auch für immer bleiben. Dabei hatte sie zu dieser Zeit noch gar nicht das Geld, sich Designerkostüme zu leisten. Aber woher auch immer diese Kleider und Blusen und hohen, leichten Schuhe, diese Handtaschen und Tücher und dieser einfache, aber elegante Schmuck herstammten, wer auch immer all das vorher getragen haben mochte, an Lil wirkten die Stoffe und Gegenstände wie aus ihr herausgewachsen, als ein kreatürlicher Teil ihrer Schönheit. – Bei einer Madonna aus Sandstein ist ja nicht nur die Haut aus Sandstein, sondern ebenso das Kleid, der Umhang sowie das Christuskind in ihren Armen.

Die Enttäuschung, die sich nun für Ivo ergab, betraf seine eigene Person. Er spürte deutlich, wie sehr seine völlige

Gesundung auch eine beträchtliche Einbuße mit sich brachte. Denn auch wenn behauptet wird, Frauen würden vor allem anderen durch ihr Aussehen, ihre optischen Merkmale bestechen wollen, dürfte noch viel mehr der Umstand gelten, daß sie am liebsten von Männern bewundert werden, die sie gar nicht sehen können. Jedenfalls meinte Ivo bei sämtlichen weiblichen Mitgliedern seiner Clique eine gewisse Ernüchterung festzustellen. So wie umgekehrt bei den Männern eine Erleichterung. Endlich war wieder Waffengleichheit hergestellt. Ivo war auf seine Basis zurückgeworfen worden, auf den simplen Umstand, ein hübscher Kerl zu sein, der mit Hilfe von ein paar Retuschen gewiß auf einem Unterwäschebild von Calvin Klein hätte posieren können. Aber da war er eben nicht der einzige. Sosehr ein Waschbrettbauch zum gängigen Schönheitsbild dazugehören mag, er besitzt keine Aura, keinen Geist, keine Seele. Ja, so ein Bauch fühlt sich nicht einmal gut an, sondern in der Tat wie ein Waschbrett, also ein Gerät, das weniger mit den fröhlichen Gesängen der Wäscherinnen am kristallklaren Bächlein assoziiert wird als mit der deprimierenden Plackerei einer waschmaschinenlosen Epoche.

Solange Ivo blind gewesen war, hatte Lil ihn wie einen richtigen Mann behandelt, in einer Weise mit ihm gesprochen, als würde er über faktische Lebenserfahrung und Lebensklugheit verfügen. Als wäre seine pakistanische Erkrankung ein Ausdruck seines Weltbürgertums, seiner Reife, ja entspräche einer absichtsvoll herbeigeführten Todesnähe. – Das ist vielleicht überhaupt der Punkt: Daß nämlich Männer für Frauen anziehend wirken, indem sie mit dem Tod in Verbindung stehen.

Blind sein und dem Tod nahe. Das ist es!

Leider war beides nun dahin, und so stand Ivo recht unverbrämt im matten Schein seiner calvinkleinistischen Zweiundzwanzigjährigkeit.

Hatte er in den Monaten zuvor unter großer Müdigkeit gelitten, fiel es ihm nun schwer, ins Bett und in den Schlaf zu finden. Und so ergab es sich einmal, daß Lil und Ivo als die letzten aus ihrer Runde in einem Nachtcafé zurückblieben. Nicht einmal mit Absicht, auch nicht von Ivos Seite, der ja bald aufgehört hatte, sich etwas auszurechnen. Zudem war Lil schon damals eine Anhängerin frühen Schlafengehens. Doch an diesem Abend klebten beide an ihren Stühlen fest.

Als sie da nun saßen, am Ende eines Getränks, schweigend, lustlos, wurde Ivo von dem plötzlichen Bedürfnis gepackt, das Unausgesprochene auf den Tisch zu befördern. Jedenfalls fragte er Lil geradeheraus: »Muß ich mir die Augen ausstechen lassen, um bei dir eine Chance zu haben?«

Sie wußte sofort, was er meinte. Ihre Antwort war eindeutig: »Richtig, Ivo, blind fand ich dich interessanter. Und sei ehrlich, seitdem du wieder sehen kannst, redest du dauernd Unsinn.«

»Unsinn?« fragte Ivo, wie man seinen Zahnarzt fragt, ob der dunkle Belag auf den Zähnen tatsächlich vom Kaffee und vom Rotwein und den vielen Zigaretten kommt.

Was soll's! Es stimmte ganz einfach. Seit Ivo seinen Lidkrampf los war, fehlte ihm die Inspiration der Bilder aus seinem Kopf. Fehlten ihm die Sätze, die gleich Untertiteln diese Bilder begleitet hatten. Es fehlten die Einflüsterungen. Es war ein Jammer! Und er wußte um den Jammer. Darum nahm er die Frage, was Lil denn unter »Unsinn« verstehe, wieder zurück und sagte: »Du hast recht.«

Dann hob er die Hand und gab dem Kellner ein Zeichen, zahlen zu wollen.

Wenn ein Mann einer Frau recht gibt, und zwar ohne Theater, ohne Relativierung, ohne Anbiederung oder Ironie, ohne den Verdacht, Hexenkünste hätten dieses Rechtgeben begünstigt, dann beeindruckt das. Lil, die ja gerade noch Ivos Bedeutungslosigkeit festgestellt hatte, begann, ihn neu zu betrachten. Oder besser gesagt, die so einfache wie beifügungslose Erklärung Ivos, Lil habe recht, versetzte ihn in den alten Zustand einer Attraktivität, die über einen geriffelten Bauch hinausging. Und zwar sicher nicht, weil Lil immer dominieren wollte. Das tat sie ohnedies. Bedeutsam schien für sie nur zu sein, wie die anderen Menschen darauf reagierten.

Es war Ivo gelungen, Lil zu verblüffen.

Sie sagte: »Ich bring dich nach Hause.«

Eigentlich sollte es ja umgekehrt sein: Der Mann bringt die Frau nach Hause. Doch aus der soeben erfolgten Quasi-wiedererblindung ergab sich die Konsequenz, daß jetzt Lil es war, die Ivo begleitete, um ihn sicher in seiner Wohnung abzuliefern. Dementsprechend war es an Ivo, zu fragen, ob sie noch Lust habe, auf ein Glas Wein hochzukommen.

»Wie ist der Wein bei dir?« wollte Lil wissen.

»Ganz toll«, sagte Ivo, der aber in dieser Phase seines Lebens eher zu den Trinkern als zu den Kennern gehörte.

Es war darum nur vernünftig, daß Lil, sobald man auf dem Sofa saß, erklärte: »Ach, lassen wir das mit dem Wein. Es bringt ja nichts, sich abzufüllen, nur damit man nachher die Ausrede hat, besoffen gewesen zu sein.«

Mein Gott, welch passender Kommentar!? Nichts gegen den Alkohol an sich, aber er sollte nie etwas anderem dienen als dem reinen und puren Besäufnis. Das sah auch Ivo ein. Er stellte die halb entkorkte Flasche – aus der nun der Korkenzieher gleich einem mit dem Kopf hilflos im Sand steckenden Männlein ragte – zurück auf den Tisch und ließ sich von Lil auf ihre Seite des Sofas ziehen.

Natürlich war er überrascht und verwirrt. Dazu kam, daß sie beide ja keine Jugendlichen mehr waren, es andererseits etwas jugendhaft Verbotenes an sich hatte, in der elterlichen Wohnung Sex zu haben. Somit ergaben sich in dieser Situation eine Menge Fragen. Andererseits war das hier wohl kaum eine Fragestunde zu nennen. Doch wenigstens in einem Punkt wollte Ivo Klarheit herstellen und sagte darum: »Ich hol mir einen Gummi.«

»Lieber nicht«, antwortete Lil.

»Willst du denn nicht …?« Er betrachtete verlegen ihren nackten Oberkörper, die viele weiße Haut, die über den Glanz frisch getrockneten Geschirrs verfügte. Und mindestens so frisch roch.

»Natürlich will ich«, sagte Lil. »Aber ich verhüte nicht. Hätte Gott gewollt, daß die Menschen verhüten, hätte er uns wohl in diesem Sinne ausgestattet.«

»Meine Güte, bist du etwa religiös?« fragte Ivo.

Sie fragte zurück: »Meine Güte, bist du etwa Atheist?«

Ja, was eigentlich? War Ivo Berg Atheist? Er hatte sich das noch nicht so richtig überlegt. Angesichts der Amtskirche war er eher Atheist, angesichts der von ihm noch zu entdeckenden mysteriösen Artefakte eher religiös. Das Übersinnliche erschien ihm als ein notwendiger Aspekt seiner zukünftigen Expeditionen. Gerade darum, weil er sich dem Akademischen verweigerte, lag ihm daran, in Grenzbereiche vorzustoßen. Im Grund war er der Typ, der auf Wunder hoffte. In diesem Sinn also religiös.

Freilich hatte das wenig bis nichts mit dem vernünftigen Vorschlag zu tun, hier und jetzt ein Präservativ zur Anwendung zu bringen. Darum folgerte Ivo: »Ich kann mir nicht vorstellen, daß du ein Kind von mir willst. Und schon gar keine Krankheit.«

Doch Lil wies darauf hin, daß nur wenige Leute in den letzten Monaten so viele Bluttests gemacht hätten wie Ivo. Und da hatte sie nun wirklich recht. Ivo war ausgeheilt, er war nicht ansteckend, und er hatte es schwarz auf weiß. Blieb freilich die Ungewißheit, ob er sich als Vater eignen würde.

Lils weitere Argumentation ging in die Richtung, daß, wenn man einmal die Zwanzig überschritten habe, sich diese Frage gar nicht stelle. Sie sagte: »Wir wollen miteinander schlafen, nicht wahr? Wenn sich daraus Konsequenzen ergeben, dann werden wir sie tragen. So einfach ist das. Es gilt für alles im Leben. Und ich denke, ein Kind ist sicher nicht die schrecklichste Konsequenz, die sich aus einem Vergnügen ergibt. Und wenn es *kein* Vergnügen ist, bleibt immer noch die Schönheit der Konsequenz.«

»Das klingt, als wolltest du dich schwängern lassen«, sagte Ivo. In seiner Stimme war ein Zittern. Wie wenn die Scheibe eines Fensters zittert und sich die Leute fragen, ob das jetzt die Müllabfuhr oder ein Erdbeben ist.

»Nein«, erklärte Lil, »ich akzeptiere nur den Umstand *deiner* potentiellen Zeugungsfähigkeit und *meiner* potentiellen Gebärfähigkeit. Wir sind in dem Alter, wo man Kinder kriegt – verheiratet, nicht verheiratet, schnell, langsam, geplant, ungeplant. In keinem Fall etwas, aus dem man ein Drama machen sollte.«

»Schon, aber es gibt doch sicher bessere oder schlechtere Momente dafür.«

»Das bilden sich die Menschen nur ein. Es ist eine Illusion zu meinen, man könnte den passenden Termin für eine bestimmte Sache auswählen. In Wirklichkeit ist es so wie mit den Katzen und den Hunden. *Sie* sind es, die sich uns aussuchen, nicht umgekehrt.«

»Na, das gilt vielleicht im Falle des Tierschutzheims, aber nicht, wenn man zum Züchter geht.«

»Wieso? Denkst du, du bezahlst ihn dafür, eine Wahl zu haben? Die Wahlmöglichkeit ist im Tierschutzheim viel größer. Theoretisch.«

Nun, eigentlich wollte Ivo mit dieser Frau schlafen und nicht über Haustiere diskutieren. Sex mit ihr haben, aber nach Möglichkeit konsequenzlosen Sex. Andererseits muß natürlich gesagt werden, Beischlaf mit einer Madonna ohne irgendwelche Konsequenzen, das wäre dann auch wieder komisch, oder?

Ivo hätte jetzt aufstehen und gehen müssen. Und genau das sagte er sich auch: Steh auf und geh! Dann aber fiel ihm ein, sich in der eigenen Wohnung, genauer gesagt der Wohnung seiner Eltern, zu befinden. Es wäre also an ihm gewesen, Lil hinauszuwerfen, hinauszubitten, hinauszubegleiten ...

Statt dessen schloß er die Augen und tauchte seinen Mund in ihr Gesicht.

Wenn sich Ivo Berg später an diese Nacht erinnerte, konnte er nicht sagen, etwas Extremes sei passiert, also eine Form von übersinnlichem oder wenigstens übersinnlich gutem Sex. Dies hätte zu einer Madonna auch gar nicht gepaßt, der Sex schon, aber nicht, ihn zu übertreiben. Mehr aus ihm zu machen, als in ihm steckt. Und es steckt ja nicht wirklich viel in ihm, als »Akt« gesprochen. Jedenfalls weder die Möglichkeit einer Verschmelzung noch die, eine Wahrheit zu erkennen, die man nicht auch ohne Orgasmus und zeitweilige Entrückung zu erkennen in der Lage wäre.

Nachdem sich die beiden geliebt hatten, bettete Ivo seinen Kopf auf Lils Schulter, fragte aber gleichzeitig, ob ihr das unangenehm sei.

»Was?«

»Na ja. Vielleicht brauchst du jetzt deine Ruhe.«

»Ich sag dir schon, wenn ich Ruhe brauche.«

»Noch was, Lil!«

»Ja?«

»Sind wir jetzt ein Paar, oder war's das?«

Lil antwortete: »Wir sind ein Paar.«

Der Mensch hat es gern mit den Zeichen. Und in der Tat ist die Welt voll von Zeichen, und fast alle bedeuten etwas. Das Problem ist, wie so oft, die Auslegung. Denn jedes Zeichen trägt in sich eine Falle. Das ist wie mit dem Glück, dessen Sinn im Verschwinden besteht. Der Sinn der Zeichen ist ihr verführerisches Element. Sie wollen also nicht *richtig*, sondern *falsch* gelesen werden, so wie ja auch eine mit Blättern und Ästen getarnte Fallgrube nicht schon auf zehn Meter als Fallgrube erkannt werden möchte, sondern eben als das, was sie nicht ist: ein normaler Waldweg.

Als Lil nach dieser ersten verhütungslosen Nacht sowie auch weiteren entsprechenden Begegnungen nicht schwanger wurde, nahm Ivo das als ein Zeichen dafür, dies würde auch so bleiben. Weil entweder Lil im geheimen doch verhütete oder weil einer von ihnen beiden gar nicht in der Lage war, Kinder zu bekommen. Oder aber – und dies erschien dem halb gläubigen, halb ungläubigen Ivo am naheliegendsten –, weil die Sterne dafür nicht richtig standen. Ivo spekulierte, daß das Schicksal für ihn, den zukünftigen Erkunder der letzten weißen Flecken auf dieser Erde, etwas anderes bereithielt als ein Leben zwischen Windeln und Milchflaschen. Wenn er an schlaflose Nächte dachte, dann nicht wegen des Geplärrs eines Babys, sondern aufgrund des Geheuls eines Wüstensturms.

Somit das freundliche Zeichen falsch deutend, hatte Ivo mit Lil fortgesetzt ungeschützten Sex. Eine gewisse Verkrampftheit zu Beginn war dem Gefühl gewichen, sich in absoluter Sicherheit zu befinden. Daneben muß gesagt werden, daß Lil und Ivo fortan tatsächlich als ein Paar auftraten und sich in Treue verbunden waren. Ohne jedoch als Kletten durchs Leben zu marschieren. Was zu Lils apart überlegener Art auch kaum gepaßt hätte. Immerhin bestand sie ja aus unverschmelzbaren Materialien.

»Wir brauchen eine Wohnung«, sagte Lil im zweiten Monat ihrer Beziehung.

»Wieso?« fragte Ivo, der sich bereits daran gewöhnt hatte, in seinem eigenen »Kinderzimmer« dem Liebesspiel nachzugehen.

»Weil es keinen Spaß macht, mit deinen Eltern das Bad zu teilen.«

Dabei waren Ivos Eltern von Lil begeistert. Sie hofften inniglich, diese Frau möge aus ihrem Sohn genau das machen, was ihnen, den Eltern, nicht gelungen war. Darum auch waren sie sofort bereit, Geld zur Verfügung zu stellen, um eine Wohnung anzumieten. Eine *kleine* Wohnung. Denn darauf bestand Lil, da sie meinte, große Wohnungen würden die Menschen, die in ihnen leben, häßlich machen. Ganz wie im Fall von zu großer Kleidung. Dicke Jacken, ballonartige Röcke, herunterhängende Unterhosen, englische Damenhüte, Goldketten und Brillantencolliers, das alles führe bei den Trägern und Trägerinnen zu einer bedauerlichen Monstrosität. Wie eben auch riesenhafte Wohnungen. Der Gewinn an Freiraum und somit an Freiheit müsse mit einem Verlust an eigener Identität und Größe bezahlt werden. Größe in jeder Hinsicht. Unter einem großen Kristalluster stehe immer nur ein kleiner Mensch.

Zudem ergab sich aus der Anschaffung einer vernünftig dimensionierten und damit relativ günstigen Wohnung in Universitätsnähe das Faktum eines finanziellen Überschusses, den man verwenden konnte, um hin und wieder ein gutes Restaurant zu besuchen und sich das eine oder andere geschmackvolle Kleidungsstück zuzulegen. Jetzt, wo sie zusammengehörten, wollte Lilli, daß auch Ivo darauf achtete, womit er seine Haut umgab – und zur Einsicht kam, daß Holzfällerhemden Holzfällern vorbehalten sein sollten.

»Bei deiner Freundin«, sagte einer zu Ivo, »kenn ich mich nicht aus. Ist die jetzt links oder katholisch, oder hat sie einen Modetick?«

Ivo, der ja schon einige Zeit von Lils Wesen infiltriert war, antwortete: »An deiner Frage stimmt das *oder* nicht.«

Sie lebten nun also mit exakt so vielen Möbeln, wie sie

brauchen konnten, auf vierzig Quadratmetern, was angesichts der Nester und Höhlen vieler Tiere immer noch als umfangreich gelten konnte. Zudem hatte sich Ivo die intellektuelle Qualität seiner »blinden« Phase zurückerobert. Es gelang ihm – zumindest hin und wieder –, auch offenen Auges das erleuchtete Dunkel in sich wahrzunehmen. Und somit Bilder und Untertitel.

Eine gute Zeit, ein gutes Leben.

Im fünften Monat ihrer Partnerschaft trat Lil zu Ivo auf den kleinen Balkon, schob mit einem langen Finger die angebotene Zigarette in die Tiefe der Packung zurück und sagte: »Ich bin schwanger.«

Er wußte nicht, was er sagen sollte. Beziehungsweise war ihm völlig klar, daß Lil kaum mit sich würde reden lassen. Sie hatte ihn ja bloß informiert. Aber irgend etwas mußte er schon von sich geben. Am besten, daß er sich freue.

Lil kam ihm zuvor: »Du wirst dich daran gewöhnen, Liebling. Vor allem wirst du feststellen, wie schön eine Frau wird, wenn sie schwanger ist.«

Und da hatte sie nun absolut recht. Die Madonna würde sich in eine Frau verwandeln, und das ist nun wirklich nicht als Schmälerung zu verstehen. Zur heiligen Person sollte sich die menschliche gesellen und Lils anorganische Stofflichkeit zur Lebendigkeit erweckt werden.

Lil entschied: »Wir gehen weg aus Rom.«

»Wieso?«

»Das ist keine Luft für ein Baby.«

»Na, in Wien ist die Luft auch nicht besser.«

»Wer redet von Wien? Wir ziehen aufs Land.«

»Und deine Arbeit, deine Wissenschaft?«

»Nur damit ich besser das Verbrechen studieren kann, muß mein Kind keine schlechte Luft einatmen. Abgesehen davon, kann man überall Bücher lesen und überall schreiben. Und überall gibt es Kriminalität.«

»Aber nicht die organisierte«, wandte Ivo ein.

»Kein Ort, wo sie nicht auch organisiert wäre.«

»Lil, ich bitte dich«, sagte Ivo, »du bist ein Stadtmensch. Du brauchst das Leben um dich herum, die Boutiquen, die Museen, Leute, die das Muster einer Gucci-Handtasche nicht für einen Polsterüberzug halten und Marcel Proust nicht für einen französischen Fußballer, der in England spielt.«

»Sag, wie viele Leute in Rom wissen, wer Marcel Proust ist? – Und hör auf, Ivo, mir etwas ausreden zu wollen, das ich bereits beschlossen habe.«

»Du kannst nicht immer so über mich drüber...?«

Ja, was *drüber*? Drüberfahren? Drüberwischen? Drüberschauen? Das tat sie ja nicht. Auch sagte sie mit keinem Wort, Ivo müsse mit ihr kommen, daß sie ihn zu etwas verpflichte, außer zu dem, zu dem er sich selbst verpflichte oder von Natur aus verpflichtet sei. Bei Lil schienen die Dinge über eine Ordnung zu verfügen, die nicht diskutierbar war. In der Art, wie man die Zukunft nicht zu ändern vermag, weil das nämlich zu unauflöslichen Paradoxien führt.

»Und wohin genau, bitte?« fragte Ivo, gleichermaßen bockig wie einsichtig. Mit einem Bein im Bockigen, mit dem anderen im Einsichtigen stehend.

»Giesentweis«, antwortete Lil mit derselben Bestimmtheit, mit der man sagt: Die Krater auf dem Mond kann man nicht ausradieren.

»Nie gehört.« In einem ängstlichen Ton erkundigte sich Ivo, ob das in der Steiermark liege.

»Giesentweis ist nicht in Österreich«, klärte Lil ihn auf, »sondern im Süddeutschen. Ich hab dort ein kleines Häuschen geerbt. Von einer entfernten Verwandten, der ich niemals begegnet bin.«

»Verkauf das Haus, dann mußt du nicht nach Giesentweis.«

» Wieso? Kennst du den Ort? «

Nun, so meinte Ivo das nicht. Er hielt Süddeutschland für kaum weniger erschreckend als die Steiermark. Hingegen wäre man mit dem Geld aus einem Hausverkauf in der Lage gewesen, eine freie Ortswahl vorzunehmen, wobei Ivo fortgesetzt den italienischen Raum im Sinn hatte, wenn er schon auf die von halluzinogenen Abgasen und vatikanischen Emissionen durchsetzte römische Luft verzichten sollte. Aber Lil machte rasch klar, ein derartiges Erbe – gerade darum, weil sie niemals der Vererberin begegnet war – als Verpflichtung anzusehen. Abgesehen davon, daß man es schwerlich als Zufall nehmen könne, soeben schwanger geworden zu sein und fast im gleichen Moment die Benachrichtigung über eine Erbschaft erhalten zu haben.

» Meinst du im Ernst, Gott will dir damit etwas sagen? « fragte Ivo, diesmal mit einem Fuß im Spott stehend, mit dem anderen in der Sorge. Der Sorge, diese Schwangerschaft würde Lil zwar noch schöner als schön machen, leider aber auch ein wenig verrückt.

Lil blieb ernst und streng. Sie schien nicht bereit zu sein, ausgerechnet mit Ivo über Gott zu debattieren. Weniger, weil er Atheist war. War er ja nicht. Mit einem Atheisten hätte sie durchaus dieses Thema behandelt. Aber keinesfalls mit einem Menschen, der so völlig uneindeutig zwischen Glauben und Nichtglauben herumlavierte. Wie das leider die meisten tun.

Egal, Lil hatte beschlossen, ihr Erbe anzutreten und zusammen mit dem Kind in ihrem Leib die Reise in eine Gegend anzutreten, die ihr so unbekannt war wie jene Cousine ihres Großvaters, die nach dem Krieg nach Deutschland geheiratet hatte und über die in der Familie nie ein Wort verloren worden war, nicht einmal ein schlechtes. Im Grunde wäre es darum an der Zeit gewesen, daß sich Lil …

Übrigens, sie hieß jetzt nicht mehr Lil, sondern wieder

Lilli, denn die Zeit in Rom würde ja bald vorbei sein und damit auch die etwas kindische Usance, ausschließlich Namen mit drei Buchstaben zu tragen.

Lilli hätte sich also eigentlich bei ihrem Großvater mütterlicherseits erkundigen müssen, was es mit dieser Frau auf sich hatte. Aber sie hielt diesen alten Mann für einen notorischen Lügner. Und wegen einer Lüge brauchte sie nicht nach Österreich zu telephonieren, auch wenn das eine Menge Leute tagtäglich tun. Blieben ihre Mutter und ihr Vater. Doch nach Lillis Einschätzung standen diese völlig im Banne des lügnerischen, machtvollen, die Kunst der Intervention ausübenden Großvaters. Ebenso unnötig also, mit ihnen zu sprechen.

Lilli entschied, sich ein eigenes Bild machen. Und zwar vor Ort. Immerhin hatte die Erblasserin die letzten zwanzig Jahre in Giesentweis zugebracht, zehn davon als Witwe, da sollte sie wohl einige Spuren hinterlassen haben.

Der Notar, der Lilli kontaktiert hatte, hatte gemeint, das Haus befinde sich in einem recht praktikablen Zustand, würde allerdings einiger Ausbesserungen bedürfen.

»Wie bist du eigentlich als Handwerker?« fragte Lilli ihren Ivo.

»Ich weiß nicht.« Nicht nur, daß er noch nie Vater gewesen war, er war auch noch nie Handwerker gewesen.

Lilli antwortete in jener milden Art, die sie so sparsam wie wirkungsvoll einzusetzen verstand: »Du glaubst gar nicht, was man alles hinkriegt, wenn man nur will.«

Nun, das stimmt ganz sicher, obgleich gerade Männer vorzugsweise die Zwei-linke-Hände-Theorie vertreten, gleichzeitig aber gesagt werden muß, daß auch mit der linken Hand schon viel Großes geleistet wurde. Außerdem: Zwei engagierte linke Hände sind besser als zwei lahme rechte, deren Fähigkeiten allein theoretischer Natur bleiben.

»Und wann willst du umziehen?« fragte Ivo.

»Na, was denkst du? Sofort natürlich.«

»Und ...?«

»Ja?« Lilli verfügte über mehrere Ja-mit-Fragezeichen-Vertonungen. Manche klangen scharf, andere fröhlich, selten hörte sich eine kokett an, hin und wieder mitleidig. Diese hier drückte Ungeduld aus, vielleicht, weil Ivos Kleinmut Lilli langsam auf die Nerven ging.

Aber damit lag sie falsch. Ivo hatte nicht vor, einen erneuten Einwand gegen das Landleben vorzubringen, sondern ...

Er sagte: »Denkst du, es wäre besser zu heiraten?«

»Liebling, einen Heiratsantrag sollte man schöner formulieren.«

»Ich dachte nur wegen des Kindes.«

»Wieso? Willst du denn das Kind heiraten?«

»Mein Gott, Lil«, stöhnte Ivo, der sich an das dritte *l* und das zweite *i* erst noch gewöhnen mußte, »du kannst es einem manchmal wirklich schwermachen.«

»Wäre es leicht, dann wäre es nichts wert«, sagte sie, beugte sich aber gleichzeitig zu Ivo herunter, bettete ihre Wange auf seiner Schulter und meinte: »Laß uns mal das Kind kriegen, und dann schaun wir weiter.«

Ivo hob ihr Gesicht leicht an und küßte sie. Er fühlte etwas in sich: man könnte sagen, eine Art Planetensystem, Körper, die sich in festgeschriebenen Bahnen um einen masseschweren Mittelpunkt bewegten. Doch um genau zu sein, das, was er da zu spüren meinte, war nicht wirklich ein Sonnensystem, sondern nur ein Modell davon, einer dieser hübschen Bausätze mit Zahnrädern und Drahtstangen und bemalten Kugeln, wo alles maßstabgetreu aufgesteckt wird, frei von Kollisionen, frei von übergroßer Hitze und übergroßer Kälte und der vielen Dunkelheit dazwischen.

Ja, solange das Glück vorhanden ist, ist es ein Modell, ein Bausatz. Erst im Verschwinden wird es zu etwas Echtem.

2

Giesentweis also. Einer dieser Orte, die man lieber bei Sonnenschein besuchen sollte, weil sie derart in ein enges Tal hineingebaut wurden, daß man im Herbst und Winter, bei Nebel oder Regen oder abgestürzten Wolken von diesen Dörfern und kleinen Städten geradezu verschluckt wird, wie auch die Ortschaften selbst verschluckt scheinen. Dabei ist es dort wirklich schön, am Fuße der Schwäbischen Alb, die ganz sicher mehr Menschen in den Wahnsinn getrieben hat als die dramatische Bergwelt der Alpen, in die die Leute sich bereits verrückt hineinbegeben und dann die Alpen verantwortlich machen.

Irgendwie zählt Giesentweis zu der eine Stunde entfernt gelegenen Landeshauptstadt Stuttgart, aber das kann man sich nicht vorstellen, wenn man an einem sonnenhellen Tag auf diesen Ort hinuntersieht, auf die beiden massiven weißen Türme der Stiftskirche, die engstehenden hellen Fachwerkbauten, den übers Tal hingestreckten Siedlungskörper, der an einen gefällten Stamm erinnert, welcher genau dort hingestürzt ist, wo er hinstürzen sollte (während ja viele Ortschaften im Zuge ihrer Verbauung an Waldarbeiterunglücke gemahnen). Nein, angesichts dieser kleinen Stadt konnte man an den Ausspruch denken, mit dem manche Hundebesitzer auf die Frage, wem denn dieser süße Hund hier gehöre, gerne antworten: Der gehört sich selbst. – Ja, Giesentweis gehörte sich selbst, und daß es Teil eines Regierungsbezirkes war … nun, der Mensch ist Teil der Evolution, und Island ist Teil von Europa, aber was heißt das schon?

Als Lilli und Ivo von Rom aufbrachen, taten sie das bei bestem Wetter. Mitte März. Der Frühling grüßte. Er grüßte Rom, nicht aber Giesentweis. Das ganze Tal, der ganze Albabschnitt lagen unter einer dichten Schneedecke begraben. Die Dinge und Gebäude erinnerten an diese Frauen in übergroßen Pelzmänteln, die man gar nicht mehr erkennen kann, wo selbst die Magersüchtigen wie Wesen aus vielerlei Fettschichten anmuten.

Es schneite unaufhörlich, so stark, daß man nur schwer mit dem Wagen vorwärts kam. Lillis und Ivos erster Blick auf diese magische Gegend bestand somit darin, die Gegend *nicht* zu sehen. Beziehungsweise allein in einem locker hingesetzten Tarnkleid, das in Summe höchst massiv zu nennen war.

»Ich hab noch nie soviel Schnee erlebt«, sagte Ivo.

»Schön, nicht wahr?« meinte Lilli und lenkte den Wagen mit jener Übersicht, zu der in der Tat nur Frauen in der Lage sind. Das ist eine hormonelle Frage. Männer in Autos erliegen biochemischen Desastern, für die sie nichts können. Sie können allerdings sehr wohl etwas dafür, sich trotz allem hinter ein Steuerrad zu setzen. Wenn es stimmt, daß Männer besser beim Parken sind, dann nur darum, weil die Autos so froh sind, daß der Mißbrauch ihres Körpers zu Ende geht. Beim Fahren wehrt sich das Auto, beim Parken nicht.

Jedenfalls erreichten Lilli und Ivo die Zweitausend-Seelen-Gemeinde, ohne auch nur einmal in eine haarige Situation geraten zu sein, während an diesem Tag so einige Leute die Kontrolle über ihr Fahrzeug verloren.

Der Notar, der die beiden in seinem Büro empfing, machte einen letzten Versuch, Lilli zu einem Verkauf des Objekts zu überreden. Es gebe mehrere Interessenten, die durchaus bereit seien, einen Preis anzubieten, der den eigentlichen Wert überschreite. Weit überschreite.

»Wieso eigentlich?« fragte Lilli. »Ist dort ein Schatz vergraben?«

Der Notar lächelte verzweifelt. Er schien sich nicht sicher zu sein, ob diese Frage ernst gemeint war oder als Scherz zu verstehen, und verharrte darum eine ganze Weile in seinem Lächeln. Es gehörte absolut nicht zu seinen Pflichten, Lilli zu überreden. Allerdings gab es Leute in der Stadt, und nicht wenige, die es gerne gesehen hätten, wäre ihm dies gelungen. Doch bereits während der Telephonate nach Rom war ihm bewußt geworden, es zwar mit einer jungen, aber überaus selbstbewußten Person zu tun zu haben, die man nicht beeindrucken konnte, wenn sie nicht beeindruckt werden wollte. Gleich, ob er den lieben Onkel oder den strengen Bürokraten spielte. Lilli verstand das eine wie das andere gut auszuhalten.

Im Angesicht dieser schönen, jungen, aus dem Albschnee märchenhaft aufgetauchten Österreicherin, die den Namen Steinbeck trug, erkannte der Notar die Unmöglichkeit dieses Ansinnens. Es brauchte ihn auch gar nicht zu wundern, wenn er an die Frau dachte, die vor zwanzig Jahren zusammen mit ihrem Mann an diesen Ort gezogen war und die ihr Haus an ebendiese junge, rothaarige Verwandte vermacht hatte.

Rothaarig? Kann man das so sagen? Sicher nicht Feuerrot, auch nicht Henna, überhaupt nichts Gefärbtes. Kein starkes Rot, kein rostiges. Ein helles Rot. Ein Wangenrot. Nur eine Spur stärker als das Rot, das tatsächlich die Wangen Lillis hin und wieder bedeckte und bei dem es sich dann freilich um aufgetragenes Rouge handelte.

Auch Marlies war rothaarig gewesen. Der Notar dachte gerne an sie. Er hatte ihre resolute Art gemocht, die aber nicht dumpf gewesen war, nicht einfältig, auch frei von jener allseits verbreiteten Schläue, die einen Fußbreit von der Rücksichtslosigkeit liegt (und es ist wirklich egal, ob diese Schläue von den Bauern kommt oder von Leuten, die Maier heißen). Ihm selbst war diese verschlagene und hinterhältige Wesensart in all den Jahren zuwider geworden. Die ganze hiesige Kultur schien daran zugrunde zu gehen. Die Schläue der einen hakte sich in die Schläue der anderen ein, und gleich, ob daraus eine Vermählung oder ein Krieg hervorging, die Menschen verloren ihr Gesicht, und zurück blieb eine Fratze. – Er hatte ganz sicher den falschen Beruf gewählt. Wobei ihm seine Arbeit grundsätzlich gefiel, der Umgang mit Dokumenten und Urkunden, die Akkuratesse, mit der er die abgegebenen Willenserklärungen verwaltete und im Falle rechtlicher Schwierigkeiten nach Lösungen suchte. Das Problem dabei waren die Menschen, die da ihren Willen vorbrachten und ihn beglaubigen ließen und die diesen Willen nicht selten zum Nachteil eines bestimmten Menschen oder einer ganzen Gruppe entwickelten. Das war der springende Punkt: Daß es so gut wie nie um die Nutznießer eines Testaments ging, sondern fast ausschließlich um die dadurch Geschädigten: die Enterbten, die Zurückgestuften und die absichtsvoll Übersehenen. Es handelte sich so selten um ein *Für* und so häufig um ein *Gegen*. Mehr als jeder Seelsorger und jeder Therapeut war er, der württembergische Bezirksnotar, Anlaufstelle für die in ihrer Wut und ihrer Bosheit oder wenigstens in ihrem Gekränktsein gefangenen Menschen. Wie oft hatte er versucht, eine Partei dazu zu bewegen, das Sinnvolle zu tun, das Friedenstiftende, das gerade im Angesicht des einst oder sogar demnächst eintretenden Todes Versöhnliche. Natürlich war ihm mehr als jedem anderen aufgetragen, den Willen seiner »Klienten« zu respektieren, andererseits kannte er die Leute, die ihn konsultierten, viel zu gut, war viel zu sehr mit ihren Verhältnissen vertraut, als daß er nicht das jeweilige Unglück erahnte, das sie mit ihrem letzten Willen, ihren Eheverträgen, ihren Grundstücksübertragungen, vor allem mit der Neugestaltung ihrer bisherigen Erklärungen verursachen konnten und natürlich verursachen wollten. Aber er, der Notar, sah ja keine glücklichen Unglücksverursacher, sondern traurige, verbohrte, vom Haß zerfressene Menschen. Und es war darum mehr als der bloße Ausdruck einer Konvention, daß er – obgleich als beamteter Notar eines Bezirksnotariats zur religiösen Neutralität verpflichtet – hinter sich, in seinem Besprechungszimmer, eine Christusfigur hängen hatte. Diese Figur sollte eine Mahnung darstellen, eine Erinnerung weniger an die Vergänglichkeit des Menschen als an dessen moralische Verantwortung.

Es kam schon mal vor, daß der Notar, der zusätzlich als Richter in Sachen Grundbuch und Nachlaß und Vormundschaft fungierte, während eines Gesprächs seinen Kopf leicht nach hinten wendete, wie um den Sohn Gottes ins Spiel zu bringen. Leider mußte er die Erfahrung machen, daß die Leute Christus gerne übersahen, wenn er ihnen einmal außerhalb der Kirche über den Weg lief. Die meisten empfanden die Figur an der Rückwand als ein Ornament, beziehungsweise dachten sie, dies sei eben der Spleen des Herrn Notars, sich mit spirituellen Antiquitäten zu umgeben.

Lilli hingegen würdigte augenblicklich die Grazie dieser Figur, die in keiner Weise an die bedauernswerten Kruzifixe in Amtsstuben erinnerte, welche so angestaubt und lieblos wirken und allein geschaffen scheinen, konservativen Eiferern das Lustgefühl der Überlegenheit zu bescheren. Nein, Lilli war bewußt, wie wenig dieser hölzerne, armlose, sehr kompakte, mit dem Rücken an die Wand geschraubte Christus nur zum Vergnügen an dieser Stelle hing. Oder bloß die christliche Ausrichtung des Landes dokumentierte. Dem Körper fehlten nicht allein die Arme auf Höhe der hochgezogenen Schultern, sondern ebenso die Füße. Wobei die Arme abgebrochen, die Füße jedoch abgeschnitten aussahen. Das Gesicht selbst, sein Ausdruck, war weder leidend noch von Müdigkeit gezeichnet, eher konnte man meinen, dieser Schmerzensmann betrachte einen weit entfernten Punkt. Allerdings keinen jenseitigen Punkt, sondern so, wie wenn jemand durch eine Flucht von Räumen schaut, an deren Ende sich etwas ereignet, er aber nicht sagen kann, was eigentlich.

»Ein schöner Christus«, kommentierte Lilli, so wie sie zuvor den Schnee gelobt hatte.

Der Notar erklärte, es handle sich um die Kopie einer mittelalterlichen Plastik, geschaffen von einem berühmten Münchner Hofbildhauer, von dem es auch einige Arbeiten in der örtlichen Stiftskirche zu sehen gebe. Doch bei aller Liebe zum Rokokostil, der Heiland komme im Mittelalter einfach besser zur Geltung als in Zeiten staats- und kirchentragender Üppigkeit.

»Frau Kuchar mochte diese Figur ebenfalls«, sagte der Notar, somit den Namen von Lillis Großtante zweiten Grades aussprechend, die man angesichts der Situation durchaus als »Erbtante ersten Grades« hätte titulieren können. Der Notar fügte an: »Sie war eine ausgesprochen gebildete Frau. Allerdings auch ein wenig streitsüchtig, wenn Sie erlauben, daß ich das so ausdrücke.«

»Wollen Sie mir damit sagen, sie sei unbeliebt gewesen?«

»Eher gefürchtet. Sie sind ihr ja nie begegnet, nicht wahr?«

»Niemals«, bejahte Lilli.

»Sie war bis zum Schluß höchst vital und höchst beeindruckend«, beschrieb sie der Notar. »Mit siebzig noch bildschön. Eine echte Persönlichkeit. Sie hatte eine Meinung, und die Meinung hat sie vertreten. Es war so ihre Art, Wahrheiten auszusprechen, die man eigentlich nicht aussprechen darf, will man nicht als unhöflich gelten. Gleichzeitig kann man nicht sagen, sie wäre je ausfallend oder ungerecht gewesen. Das war eben das Paradoxe, diese souveräne Freundlichkeit, mit der sie etwas Unerfreuliches unter die Leute getragen hat.«

»Können Sie mir ein Beispiel geben?« fragte Lilli.

»Ich weiß nicht, ob ich …«

»Seien Sie einfach so nett. Als Einstimmung auf das Erbe.«

Der Notar seufzte tonlos, den Mund zu einem kleinen Spalt geöffnet, in dem sich kurz eine speichelige Wand gebildet und den Notarsmund versperrt hatte. Die Haut platzte, und der Notar begann davon zu erzählen, wie Marlies Kuchar kurz nach dem Tod ihres Mannes ein Mädchen bei sich aufgenommen hatte. »Die Tochter einer wichtigen Persönlichkeit unserer Stadt«, erklärte er. »Das Mädchen war schwanger. Offenkundig war es eine unwillkommene Schwangerschaft, unwillkommen für die Eltern des Mädchens. Man erzählt sich allgemein, Marlies habe die junge Frau dazu überredet, das Kind auszutragen. Aber ich denke, Überredung war dazu wenig nötig. Es war einfach so, daß Marlies der werdenden Mutter Schutz angeboten hat. Schutz und Obhut und Wärme. Sie können sich vielleicht vorstellen, wie ungern das gesehen wurde. Aber das Mädchen war volljährig, bekam ihr Kind, ging später nach Ulm, noch später ins Ausland. Sie soll eine glückliche Frau geworden sein. Was wenig zählt, wenn jemand anderswo glücklich wird. Eher ist es eine Beleidigung für den Ort. Vor allem für die Eltern, die alle möglichen Hebel in Bewegung gesetzt haben. Doch diese Hebel haben Marlies nicht beeindrucken können. Sie war resistent gegen Hebel. Zudem juristisch versiert, was ja nicht gerade ein Nachteil ist, wenn man die Welt ein bißchen verbessern möchte, ohne gleich im Gefängnis zu landen.«

»Dann freut es mich«, sagte Lilli, »in das Haus einer solchen Frau ziehen zu können.«

Dabei ließ sie unerwähnt, selbst schwanger zu sein und wie sehr somit alles sich perfekt fügte. Das Kucharsche Haus als Geburtsstation. Freilich war Lillis Schwangerschaft noch nicht zu sehen, hatte man keinen Blick dafür. Und ein solcher fehlte dem Notar.

Aber er hatte einen anderen. Er sagte: »Ich will und darf Sie nicht beeinflussen, aber rechnen Sie damit, daß man Ihnen in Giesentweis ... na ja, leicht reserviert begegnen wird. Jedenfalls mit Vorsicht. Ich will nicht behaupten, die Menschen hier seien weniger tolerant als anderswo. Oder besser gesagt: In den großen Städten sind die Leute auch nicht toleranter. Aber wenn die Welt zu einem Punkt schrumpft – und Giesentweis ist ein Punkt –, dann wiegt alles ungleich stärker.«

»Ein einzelner Punkt ist wenigstens übersichtlich«, erklärte Lilli, stets den Vorteil an einer Sache suchend.

Ivo schwieg zu alldem. Er fühlte sich unbehaglich. Er dachte: »Und dabei haben wir noch nicht mal dieses Geisterhaus gesehen.«

Nun, in der Tat war es an der Zeit, sich um das Gebäude zu kümmern. Oder dies wenigstens zu versuchen. Versuchen deshalb, weil sich das Kucharsche Anwesen etwas oberhalb der Stadt befand. Das letzte an einer kleinen Straße gelegene Grundstück. Der Notar, der übrigens den Namen Kowalsky trug, konnte nicht sicher sagen, ob dieser Weg bereits geräumt worden war. Er bot an, seinen Wagen zu nehmen, weil dieser geländetauglich sei.

Doch es sollte sich herausstellen, wie wenig diese Geländetauglichkeit nützte, um den Schneehaufen zu überwinden, der sich vor der Abzweigung gebildet hatte. Wollte man nicht sagen, diese Barriere bedeute mehr als das reine Zufallsprodukt der offiziellen Schneeräumung.

»Darf ich Ihnen vorschlagen«, meinte Dr. Kowalsky, »Sie für diese Nacht im Hotel unterzubringen, und morgen gehen wir dann die Sache in aller Ruhe an? Es ist spät und wird bald dunkel.«

»Noch dunkler?« fragte Ivo, dem schon jetzt alles und jeder auf die Nerven ging.

»Nun, wir haben bei uns noch richtige Nächte«, bemerkte der Notar, »und wenn es zu schneien aufhört,
kann man die Sterne sehen. Die Sterne gehören mit zum
Schönsten in dieser Gegend. Was Sie hier also sicher nicht
brauchen, ist ein Planetarium.«

Ivo lachte verächtlich.

Lilli aber sagte: »Ich freue mich auf die Sterne.«

Es muß nun gesagt sein, daß Ivos ablehnende Haltung,
sein gewisses Angefressensein gegenüber der Provinz, in
die es ihn verschlagen hatte, nichts an dem Glück änderte,
das er empfand. Das Glück, mit dieser Frau zusammenzu-
sein, sie in den Armen halten zu dürfen, den Kopf auf den
Bauch gelegt, in dem das Leben keimte, auch wenn es
noch zu früh war, etwas zu spüren. Nicht, daß Ivo sich
unbedingt darauf freute, Vater zu werden. Die Vaterschaft
schien ihm so suspekt wie die im Schnee spukartig versin-
kende Stadt. Erst recht das Haus, in das man ungesehen
ziehen wollte und das sich vorerst mal dem Zugriff entzog.
Er, Ivo, hatte die letzten weißen Flecken auf der Landkarte
erobern wollen und war nun an einem weißen Flecken
ganz anderer Art gelandet. Doch an der Seite von Lilli
besaß alles einen Zauber. Lieber mit ihr im finsterweißen
Giesentweis als ohne sie im Dschungel von sowieso.

Der Notar brachte die beiden in ein sauberes kleines
Hotel und versprach für den nächsten Tag eine freie Auf-
fahrt zum Haus.

»Und wenn es durchschneit?« fragte Ivo.

Aber Lilli meinte, man könne auch gerne ein paar Tage
im Hotel zubringen. Die Macht des Winters sei zu akzeptieren. Sie dankte dem Notar für seine Bemühungen und
entließ ihn mit einer jovialen Geste, so als sei sie hier die
Königin. Die Königin von Giesentweis. Genau das dachte
der Notar. Er dachte, Lilli sei hergekommen, um die Rolle
ihrer Großtante zweiten Grades zu übernehmen.

Genau darin hatte das Problem für die Leute dieser Stadt bestanden, in den letzten zwanzig Jahren auf eine mysteriöse Weise von einer Ortsfremden regiert worden zu sein. Nicht auf die banal bürokratische, von Seilschaften und Bekanntschaften geprägte eines Gemeinderates und einer Stadtverwaltung und eines Bürgermeisters und einer in der Ferne kaum erkennbaren Landeshauptstadt, sondern im Stile jener Weissagungen, die sich zwangsläufig dadurch erfüllen, daß man ihnen auszuweichen versucht. Marlies Kuchar hatte es geschafft, die wichtigste und mächtigste Person in dieser Stadt zu werden, auf eine Weise gefürchtet wie Schnee, der vom Himmel fällt und der ja hübsch anzusehen ist, während er die Dinge unter einer Decke begräbt, den Verkehr zum Erliegen bringt, die Geräusche dämpft, das Leben dämpft, die Schönheit mit der Katastrophe vereint, den Himmel mit der Erde, die Poesie mit der Lawine ...

Verehrt und gefürchtet.

Nicht, daß es Lilli bewußt war, wie sehr ihre Ankunft der Ankunft einer Thronfolgerin glich. Dennoch hatte sie aus der Schilderung des Notars herausgehört, ihr würde dank ihres Stammbaums ein gewisser Ruf vorauseilen. Indem sie ihr Erbe antrat, trat sie ihr Erbe an.

Und als wäre sie nun allen Ernstes die Meisterin des Schnees, hörte es mit Einbruch der Dunkelheit zu schneien auf, schoben sich die Wolken zur Seite und offenbarten einen klaren, funkelnden Nachthimmel.

Ivo und Lilli standen auf dem Balkon ihres Hotelzimmers, vereint unter einer Wolldecke, und sahen hoch zum Firmament.

»Wir sollten uns langsam Gedanken machen, wie das Kind heißen soll«, meinte Lilli.

»Jetzt schon? Ich weiß nicht«, sagte Ivo, »das hat doch noch Zeit, bis man weiß, was es wird.«

»Was denkst du denn, daß es wird? Eine Giraffe?«

fragte Lilli und zeigte hinauf zu jenem Sternbild, das genau diesen Namen trug.

Ivo hatte weit weniger Ahnung vom figuralen Gespinst des Firmaments, verstand die Anspielung nicht. Er hielt es jedenfalls für überflüssig, einen Buben- und einen Mädchennamen auszuwählen, bevor noch das Geschlecht feststand. Zwei Namen für nur ein Kind. Aber er sagte: »Ich kann mal überlegen.«

»Vielleicht werden es ja Zwillinge«, äußerte Lilli im Angesicht des gleichnamigen Tierkreiszeichens. »Ich würde sagen: Pollux und Alhena. Roter Riese und weißer Zwerg.«

»Gottes willen, das muß ja nicht unbedingt sein«, stöhnte Ivo, zum ersten Mal eine solche Verdoppelung von Kind und Problemen bedenkend.

»Sei nicht so ängstlich«, meinte Lilli und lachte. Und sagte: »Komm!« – Wie man sagt: Die Kinder schlafen schon.

Sie gingen zurück in ihr Zimmer, verkrochen sich im Bett wie in einer geräumigen Muschelschale und machten sich ein paar Geschenke.

Nach der Bescherung vermeldete Lilli, sie verspüre Hunger, weshalb man sich zum Abendessen hinunter in die Gaststube begab. Es war Freitag abend und das Restaurant gut besucht.

Nicht, daß beim Eintreten Ivos und Lillis ein völliges Verstummen eingesetzt hätte. Man war hier nicht im Wilden Westen, auch verstanden sich diese Leute keinesfalls als Barfüßige, die beim Anblick einer hellhäutigen Frau erschrocken wären. Allerdings wußte oder ahnte ein jeder, daß es sich um die Erbin des Kucharschen Hauses handelte, in welchem die Tochter des ehemaligen Bürgermeisters ein gesundes Kind zur Welt gebracht hatte. Bestens betreut von Marlies Kuchar, die zu allem Überfluß auch noch über eine Ausbildung als Hebamme verfügt hatte. Immerhin war das eine Zeit gewesen, als Hausgeburten wieder in Mode gekommen waren. Wobei die famose Marlies bei aller magischen Wirkung niemals den Status einer Hexe oder Alchemistin besessen hatte. Dazu war sie viel zu damenhaft und modern aufgetreten. So hatte sie etwa, man höre und staune, einen Aston Martin gefahren. Es war folglich schwer gewesen, diese Frau in eine esoterische oder gar schamanistische Ecke zu stellen. Sie trug, während sie da ein Geburtsgeschehen professionell begleitete, ein Chanel-Kostüm. Eher hätte man ihr also vorwerfen können, für eine Hebamme viel zu mondän daherzukommen. Doch gegen das Mondäne ist kein Kraut gewachsen. An dieser Frau, an ihrer gepanzerten Erhabenheit, hatte sich das um ihre Tochter beraubte Bürgermeisterehepaar die Zähne ausgebissen.

Das war übrigens eine Verfahrensweise, welche Lilli auf ihre eigene Weise zitieren und fortführen würde, indem sie nämlich später, als aktive Polizistin, stets bestens gekleidet sein würde, so schwierig auch immer eine Situation sich darstellte. Sie würde immer tipptopp sein und sich niemals von den Widrigkeiten und Grausamkeiten ihrer Arbeit zu praktischer, aber häßlicher Kleidung verleiten lassen. In einen Abwasserkanal zu steigen brauchte nicht zu heißen, wie ein Kanalräumer auszuschauen.

Ivo und Lilli ließen sich von einer freundlichen Kellnerin an einen freien Platz führen. Aber diese Kellnerin war nicht aus Giesentweis, sondern eine saisonale Hilfskraft, ein Niemand. Sie hatte ein hübsches Gesicht und einen hübschen Körper von jener Art, die nicht lange hält. Nicht unter den Umständen, als Niemand im Gastronomiegewerbe zu dienen, einem Gewerbe, dessen kriminelle Energie bekanntermaßen nur noch von der Bauwirtschaft und der Zuhälterei übertroffen wird.

»Ah, Frau Steinbeck, nicht wahr?« sagte ein Mann, der an Lillis und Ivos Tisch getreten war. Er trug einen dunklen Anzug und hatte Hemdkragen und Krawatte leicht gelockert. Sein Hals war ein schmaler Streifen, auf dem ein Kopf aufsaß, wie gepflügt, wie von irgendwoher ausgerissen. Ein gestohlener Kopf.

Ivo dachte: »Der ist wahrscheinlich der Oberbauer von dem Kaff.«

Aber wie ein Bauer sah er nicht aus, eher erinnerte er an Michael Douglas als Börsenspekulant Gordon Gekko in *Wall Street*: smart, hinterlistig, krawattenspangig, glatt, zynisch, die Einstellung vortragend, daß Leute, die zu Mittag essen würden, Waschlappen seien. Ja, dieser Mann war eindeutig ein Verächter des Mittagessens, erst recht des Mittagessens um zwölf Uhr. Er wäre sicher lieber drüben in Stuttgart gesessen, als hier den Provinzkaiser geben zu müssen, noch dazu im Bewußtsein, dabei nicht annähernd die Macht zu besitzen, die eine kostümtragende Hin-und-wieder-Hebamme mit jener Leichtigkeit erobert hatte, wie es nur bei Dingen gelingt, um die man nicht zu kämpfen braucht.

Der Typ von der Gekkosorte präsentierte sich als einer der Stadträte von Giesentweis und fragte, ob er Lilli und Ivo zu einem Glas Wein einladen dürfe. Er freue sich über ihr Kommen und ihren möglichen Zuzug.

Wie er das sagte, »ich freue mich«, das hörte sich nicht nur einfach verlogen an. Viel schlimmer noch. Als könne er mit seiner Stimme Materie schrumpfen. Und in der Tat wäre die Welt fast doppelt so groß, würden nicht überall Leute vom Format dieses Stadtrats die Materie minimieren. Das allgemeine Ressentiment gegen Politiker ist das Ressentiment gegen die weltweite Verschrumpfung.

Der Giesentweiser Minimierer richtete sich an Ivo und fragte mit einem Hornissenlächeln: »Und Sie wollen sich also ebenfalls in unserer schönen Stadt niederlassen, Herr Berg?«

»Es wird mir nichts anderes übrigbleiben«, zeigte Ivo wenig Bedürfnis, sich zu verstellen.

»Sie verzeihen schon«, sagte der Stadtrat, der den Namen Scheller trug, »daß ich etwas neugierig bin. Aber es interessiert mich natürlich, wenn wir Leute in unsere Gemeinschaft aufnehmen, in welchen Sparten sie tätig sind.«

Lilli betrachtete Scheller von der Seite, wie um sein Gesicht in einem geistigen Scherenschnitt festzuhalten. Dann fragte sie, ob man denn unbedingt einen Beruf ausüben müsse, um in Giesentweis leben zu dürfen.

»Keineswegs. Wenn Sie mögen, können Sie ganz einfach unsere schöne Umgebung genießen, keine Frage. Wir haben hier viele Senioren, die ganzjährig ...«

»So lange wollen wir gar nicht bleiben«, versicherte Ivo.

»Das kann man nie wissen, oder?« meinte die grinsende Gekkohornisse. »Ich bin auch nicht wirklich von hier. Manchmal bleibt man wo hängen und stellt dann fest, wie gut sich alles gefügt hat. Wie gern man da hängt. – Ich hörte, Frau Steinbeck, Sie hätten etwas mit Kriminalistik zu tun. Sie sind ja noch sehr jung, wenn ich das sagen darf.«

Lilli überhörte die Bemerkung ihr Alter betreffend und wollte wissen: »Können Sie denn Kriminalistinnen brauchen?«

Scheller lachte in der dröhnenden Weise freier Übertreibung. Dann schüttelte er belustigt den Kopf und meinte, das Verbrechen führe sich an diesem Ort recht undramatisch auf. Sicher gebe es die üblichen Nachbarsstreitigkeiten und Ruhestörungen, und leider ändere auch das Eingebettetsein in wunderschönste Landschaft nichts daran, daß die Drogendelikte zunehmen, aber insgesamt sei das Leben in dieser Gegend ein friedliches zu nennen. Er sagte: »Verbrechen gibt es überall, natürlich. Aber wenn bei uns eines geschieht, steckt nicht viel dahinter. Nichts, was unseren Polizeiposten ins Chaos stürzen würde.«

»Das freut mich zu hören«, meinte Lilli. »Denn ich bin nicht hergekommen, um Kriminalfälle zu lösen.«

»Sondern?«

Ja, genau das wollten alle in Giesentweis wissen. Was Lilli eigentlich vorhatte. Inwiefern sie plante, in die Fußstapfen ihrer Groß- und Erbtante zu treten, und wieso sie nicht einfach, wie man das von einer städtischen Frau ihres Alters hätte erwarten dürfen, Haus und Grundstück verkaufte, um sich in irgendeiner Metropole ein Loft anzuschaffen.

Lilli hätte jetzt die Wahrheit sagen können, nämlich so banaler- wie grandioserweise schwanger zu sein und es für richtig zu halten, ihr Kind in den ersten Jahren seines Lebens nahe der Natur und damit auch nahe der Naturgeister aufwachsen zu lassen. Denn Lilli glaubte ja nicht nur an Gott, sondern ebenso an die den Elementen verbundenen Geistwesen und daß selbige es, bei aller Scheue, mit den kleinen und kleinsten Menschen gut meinten. Wenigstens in dieser frühen Lebensphase wollte Lilli ihr Kind verbunden mit jenen feinstofflichen Erscheinungen wissen. Das, was »gute Luft« genannt wird, ist ja nichts anderes als eine geistvolle Sphäre.

Freilich konnte sie das *so* nicht sagen. Zudem sah sie keinen Grund, über ihre kommende Mutterschaft Auskunft zu geben. Die Leute würden es noch früh genug kapieren. Darum also ließ sie Schellers Nachhaken unbeantwortet und erkundigte sich ihrerseits, inwieweit es ihm, seines Zeichens immerhin Stadtrat, möglich wäre, den Weg zum Kucharschen Haus vom Schnee befreien zu lassen.

Scheller gab sich erstaunt und bedauernd. Offensichtlich seien die Räumkräfte angesichts der Schneemassen überfordert. Er werde aber veranlassen, daß man sich baldmöglichst darum kümmere. »Ich möchte ja nicht«, sagte er, »daß Sie glauben, das sei Absicht gewesen.« Dann wandte er sich wieder zu Ivo hin und erinnerte, immer noch nicht zu wissen, ob Ivo Student sei, denn über eine Uni würde man vor Ort leider Gottes nicht verfügen.

»Ich arbeite in der Reisebranche«, äußerte Ivo. Und das stimmte ja.

Jetzt hätte sich Scheller natürlich erkundigen müssen … Aber er war es wohl müde, weiter in Lilli und Ivo zu dringen und Details ans Tageslicht zu zerren. Ohnehin ging es nicht um die Details, sondern ums Ganze. Er hatte den beiden auf eine so freundliche wie direkte Weise das Gefühl vermitteln wollen, wie wenig sie in Giesentweis willkommen waren. Er sah nun auf die Uhr, sprach von einem späten Termin, erhob sich und gab jedem zum Abschied die Hand. Er drückte sie so, als zerknülle er einen hinfälligen Vertrag.

Als er gegangen war, sagte Ivo: »Das ist genau die ländliche Kretinvariante, wie du sie hier überall antreffen wirst.«

»Mein Gott, was stellst du dir vor? Wir sind fremd, aber keine Touristen. Das wird ein bißchen dauern, bis uns alle liebhaben.«

»Willst du denn von unserem verehrten Herrn Scheller liebgehabt werden?«

»Der Mann ist unsicher«, rechtfertigte Lilli, »so unsicher wie der Notar. Sie alle wissen nicht, was wir vorhaben.«

»Na, um ehrlich zu sein«, meinte Ivo, »ich weiß auch nicht, was wir vorhaben.«

»Richtig. Auch *du* bist unsicher. Obwohl du weißt, daß wir an diesen Ort gekommen sind, um ein Kind in die Welt zu setzen.«

»Stimmt«, sagte Ivo, als sei es ihm gerade wieder eingefallen.

3

Gegen elf, als Lilli bereits seit zwei Stunden schlief – sie pflegte nie später als neun, halb zehn ins Bett zu gehen, die alte Regel befolgend, nach welcher der gute Schlaf jener vor Mitternacht sei –, begab sich Ivo nochmals nach unten in den Gastraum. Eine Unruhe war in ihm, die er meinte mit einem Bier besänftigen zu können. An der Theke standen mehrere Gäste, andere bevölkerten den Stammtisch. Junge Männer, auch Frauen, modern gekleidet. In den Gesichtern spiegelte sich das Dumpfe genauso wider wie eine zeitgenössische Weichheit der Züge. Kaum einer, der aussah, als sei sein Antlitz vom hiesigen Holzbildhauer geschnitzt worden. Das war ja schon bei Stadtrat Scheller aufgefallen, wie wenig das Bäurische, das Ländliche, die Landluft zur Wirkung kamen, wie sehr die Menschen vom Fernsehen verwandelt schienen, durchaus so, wie warnende Eltern ihren Kindern ankündigen, sie würden vom vielen Schauen in die Glotze viereckige Augen kriegen. Ja, diese Menschen muteten an wie aus einer Vorabendserie herausgeschnitten. Nur, daß man eben das Ausgeschnittene sah. Den unsauberen Rand.

»Ein Bier bitte«, sagte Ivo zur Bedienung hinter der Theke und setzte sich an einen entfernten Tisch. Er bereute, heruntergekommen zu sein. Er spürte augenblicklich die Feindseligkeit.

In der Tat machte nun einer von den Burschen die Bemerkung, es sei ziemlich verwegen, so ganz ohne Frauchen ein Bier trinken zu gehen.

Es muß gesagt sein, daß Ivo nicht annähernd über jene

Männlichkeit verfügte, die seine Geschlechtsgenossen animiert hätte, Frieden zu geben, wenn der Frieden sich anbot. Vielmehr war er zierlich zu nennen. Zierlich und drahtig und mittelgroß. Er war ein guter Schwimmer und ein guter Läufer, auch ein guter Kletterer. Eher jemand, der sich auf die Bedingungen einließ, als sie zu bekämpfen: einen Halt im Felsen suchend, wo dieser Halt auch vorhanden war. Während die meisten der Jungs, die jetzt zu ihm herüberglotzten, natürlich Fußballer waren, somit gewohnt, einen Ball zu treten, beziehungsweise ein Bein. – Fußball ist eine Krankheit, die über die Welt gekommen ist. Die Eleganz, die Grazie, die Intelligenz dieses Spiels ist ein Gerücht, das sich tagtäglich im Fernsehen als ein *bloßes* entlarven läßt. Es braucht auch nicht zu verwundern, daß selbst hochbezahlte Profis sich am Spielfeld und anderswo auf die schändlichste Weise benehmen und vor aller Augen Tätlichkeiten begehen. Das Begehen dieser Tätlichkeiten stellt ja den Sinn dieses Sports dar, wie die dauernden strukturgebenden Unterbrechungen beweisen. Die Spieler einer Mannschaft sind weniger auf das eigene Spiel konzentriert, das eigene Ballvermögen, als auf die Behinderung des Spielflusses des Gegners. Sogenannte geniale Spielzüge, Doppelpässe, Dribbeleien, famose Sturmläufe etc. sind ein Begleitprodukt, ein aus dem Handlungszwang der ballbesitzenden Mannschaft resultierendes Ornament. Die eigentliche Aktion allerdings geht immer von jenem Team aus, welches sich eben *nicht* im Ballbesitz befindet. Wenn ein Tor entsteht, dann dadurch, daß ein angreifender Spieler nicht rechtzeitig gefoult wurde. Die einzige Raffinesse besteht beim Fußball darin, Gemeinheiten zu begehen, sich aber nicht erwischen zu lassen, beziehungsweise vorzutäuschen, Opfer einer solchen Gemeinheit geworden zu sein. Fußball spiegelt die leidenschaftlich-kriminelle Verankerung des Menschen wider. Das Schlimmste am Fußball freilich ist, daß er verbindet.

Daß er verschweißt. Verschweißte Gebilde sind selten schön, etwa im Vergleich zu Objekten, die aus einem einzelnen Stein gemeißelt wurden.

Einem solchen verschweißten Gebilde stand Ivo nun gegenüber. Gerne wäre er aufgestanden und gegangen. Aber da setzten sich drei von den Burschen an seinen Tisch, von denen einer Ivo das bestellte Bier mitbrachte.

»Prost!«

Alle hoben ihre Gläser an. Wobei derart kräftig gegen das von Ivo geschlagen wurde, daß der Schaum gleich einem verspäteten Schneeschauer durch die Luft flog und Ivos Schulter benetzte.

»Was soll ...?«

»Sei kein Baby, Ivo!« rief einer. Offenkundig war sein Vorname bereits bekannt. Jemand anders meinte: »Ivo?! Das hört sich irgendwie jugoslawisch an, oder?«

Nun, Ivo war blond und hatte absolut nichts Südländisches an sich. Zudem war dieser Name alter deutscher Herkunft, stand allerdings ebenso für die serbische Kurzform von Johannes. Doch ohnehin sollte hier keine Namensforschung betrieben werden.

»Deine Freundin«, sagte nun ein anderer, »schaut richtig gut aus. Ein bißchen unbefriedigt. Aber geil.«

»Muß das jetzt sein?« fragte Ivo. Er machte ein angewidertes Gesicht.

»Na, was glaubst du? Sicher muß das sein. Der Wahrheit ins Auge schaun. Und nachher ist das Auge blau von der Wahrheit.«

»Ich hab es nicht so mit dem Boxen«, sagte Ivo und stand auf.

»Setz dich, Aff!«

»Tut mir wirklich leid, aber sucht euch bitte ein anderes Opfer.« Ivo machte sich daran zu gehen.

Doch auch die anderen erhoben sich und stellten sich ihm in den Weg. Einer befahl: »Trink dein Bier.«

»Ich mag nicht.«

»Willst du uns beleidigen?«

»Wieso? Habt ihr das selbst gebraut, das Zeug?«

»Ich brau dir gleich deine Visage.«

Da kam die Kellnerin und erklärte, sie wolle keinen Ärger. Immerhin sei Ivo Gast im Hotel. Doch es wurde ihr rasch klargemacht, wie wenig sie mitzureden habe. Daß sie verschwinden solle. – Sie ging.

»Holen Sie den Chef!« rief Ivo ihr nach.

»Machst du dir jetzt in die Hose, Kleiner?« spottete einer und ergänzte, wobei er unverkennbar in den Dialekt wechselte: »I hau dr glei ois uff d'Gosch.«

Doch im Grunde fielen wenige solcher Phrasen. Entweder, weil man ja von Ivo, dem Ausländer, verstanden werden wollte, oder aber da die meisten im Bewußtsein des parodistischen und lächerlichen Klangs der eigenen Mundart lebten. Man wollte Ivo eins auswischen und nicht etwa selbst als dümmliche Figur dastehen.

Die tiefere Funktion des Dialekts ist die des Gespenstes. Gespenster sollen angst machen. Aber dafür müssen sie in ihrer Schrecklichkeit begriffen werden und dürfen nicht in die Komik einer im weißen Hemdtuch erscheinenden Spukgestalt verfallen. Das ist das Problem: die Brutalität des Dialekts, wie des schwäbischen, zu erhalten, ohne sie aber in der Clownerie aufzulösen.

Da war also niemand, der in einem fort gesprochen hätte wie auf einer Volksbühne. Nein, eher war man um einen synchronisierenden Ton bemüht und setzte einzelne Dialektbegriffe nur ein, um eben das Brutale zu steigern, ihm eine irrationale Note zu verleihen, etwas Künstliches und Perverses.

So falsch es gewesen wäre, wenn Ivo ganze Sätze nicht verstanden hätte, so richtig war es, daß einzelne Wörter im Dunkeln blieben, das Dunkle somit verkörpernd. Ivo mußte nicht wissen, welche Variante von Arschloch bezeichnet wurde, wenn von »grombohrds Arschloch« die Rede war. Der Klang sagte alles.

»Redet, was ihr wollt«, meinte Ivo, »ich laß mich nicht ärgern. Wenn euch das Spaß macht, ordinär zu sein, von mir aus. Und sollte jetzt einer auf die Idee kommen, mir zu sagen, er hätte meine Mutter gefickt. Na schön, dann kann er das nur sagen, weil er meine Mutter nicht kennt.«

Man war irritiert. Es gelang Ivo, seine defensive Art mit einem beleidigenden Ton zu verbinden. Die Burschen hatten ihn provozieren wollen und fühlten sich nun ihrerseits provoziert.

Von hinten trat einer an Ivo heran und schlug ihm leicht gegen den Hinterkopf.

Ivo drehte sich langsam zu dem Angreifer um und dozierte: »Es gibt Männer, die sind ständig auf Raufereien aus, damit sie die Körper anderer Männer berühren können, ohne daß jeder gleich kapiert, wie schwul sie sind.«

Der Angesprochene schien zuerst unsicher, wie das gemeint war. Doch eins der Mädchen rief ihm lachend zu: »Super, Heinz, du bist durchschaut.«

Der Mann, der Heinz war, befand sich solchermaßen in der höchst unangenehmen Situation, zwar augenblicklich körperlich werden zu wollen, andererseits aber gerade dadurch Ivos Theorie zu untermauern, wobei es in der Tat so ist, daß der männerbündlerische Charakter von Fußballsportverschweißungen homosexuelle Neigungen fördert. Nichts freilich, was ein junger Mann sich gerne vorwerfen lassen möchte. Heinz entschloß sich zuzuschlagen. Beziehungsweise entschied er sich dafür, dies mit einer derartigen Wucht zu tun, daß kein Zweifel an seiner Männlichkeit und der in seiner Männlichkeit blühenden Gewalttätigkeit würde entstehen können. Er war betrunken genug, das zu glauben. Er dachte, die Männlichkeit ließe sich dadurch beweisen, in einer Weise vorzugehen, die suggerierte, er plane seinen Gegner umzubringen. (Als läge nicht genau darin der ultimative Ausdruck der Männerliebe: den anderen Mann töten zu wollen.)

Er holte ganz weit aus. Ivo konnte es sehen, denn er besaß ein gutes Auge. So, wie er die fingerbreite Spalte oder den kaum sichtbaren, dennoch Halt gebenden Vorsprung im Felsgestein erkannte, erkannte er auch die völlig übertriebene und zudem recht unkoordinierte Einstellung der Schlaghand.

Richtig, Ivo hatte gesagt, es nicht so mit dem Boxen zu haben. Allerdings war er auf seiner letzten großen Reise – kurz bevor er sich seinen pakistanischen Virus zugezogen hatte – in einem kleinen, weit entlegenen Dorf im Süden Chinas gewesen. Eigentlich hatte er sich auf der Suche nach einem ominösen Hominoiden befunden, war dann aber in einem Drecksloch von Kloster gelandet, wo die Leute in keiner Weise an propere Shaolinmeister erinnerten, eher an verwilderte Bettelmönche. Männer, so voll von Schmutz und vernarbter Haut und üblen Gerüchen, daß Ivo bei sich gedacht hatte, gleich auf eine ganze Horde jener gesuchten Hominoidenart gestoßen zu sein: Mensch und Affe und Mönch. Es brauchte eine ganze Zeit, bis ihm bewußt wurde, daß sich unter diesen Männern auch Frauen befanden, vom Dreck, der an ihnen klebte, vollständig getarnt. Was er freilich nie herausfand, war die Religion, der dieser gemischte Orden anhing, nicht das übliche Buddhistische, auch keine christlichen Elemente. Vielleicht etwas, das man im Westen als chinesischen Volksglauben bezeichnet. Jedenfalls verfügte das Kloster über eine Art Ahnenhalle, wo Bilder von Verstorbenen hingen. Wenigstens war dies Ivos Vermutung, denn auch diese Photos und Zeichnungen waren von dunklen Schichten überdeckt. Sogar das Essen an diesem Ort wirkte erdig, verbrannt, verkohlt, schmeckte aber sehr viel besser, als sein Anblick nahelegte. Bei den schwarz schimmernden Statuen, die überall herumstanden, handelte es sich wohl um Gottheiten. Allerdings wurde in ihrem Angesicht weder gebetet noch gekniet, noch wurden die üblichen Weihrauchstäbchen aufgestellt. Keiner dieser Mönche und Mönchinnen redete Englisch, während man sonst in China selbst im hintersten Kaff auf Englischmeister traf, die jeden Ausländer mit ihren Fähigkeiten bombardierten.

Was nun diese Klosterleute durchaus beherrschten, war eine andere Kunst: eine Kampfkunst (wenngleich man natürlich auch die englische Sprache als Kampfkunst hätte bezeichnen können). Doch das, was hier praktiziert wurde, hatte nichts Brachiales an sich: keine karateartigen Verrenkungen, keine Zirkusübungen, eher jenes Zeitlupenballett, das man als Tai-Chi kennt, wobei es bei der vorliegenden Variante darum ging, so nahe an sein Gegenüber wie nur möglich zu gelangen, ohne es aber zu berühren. Beziehungsweise allein mit der eigenen Atmung zu berühren. Daraus ergab sich die Möglichkeit, den Gegner im wahrsten Sinne des Wortes umzublasen. Nicht, indem man die eigenen Backen wie Superman aufblähte und dann einen Sturm entließ, sondern mittels eines konzentrierten, zu einem dünnen, laserartigen Strahl gebündelten, lang anhaltenden Ausatmens oder besser Aushauchens. Wenn man das richtig machte, konnte man einen schweren Mann aus dem Gleichgewicht bringen, ohne daß der schwere Mann begriff, was da mit ihm geschah. In der Regel glaubten die solcherart zu Fall Gebrachten, ein Schlag habe sie erwischt, ein Schlag von solcher Rasanz, daß sie nicht nur nichts gesehen, sondern auch nichts gespürt hatten.

Doch in der Regel diente den Mönchen und Mönchinnen diese Technik allein dazu, sich in gemeinsamen Exerzitien – atmend und hauchend – aneinander zu reiben und gleichzeitig in Balance zu halten. Nette Übung! Und Ivo war in den Wochen, die er in der dunklen Erdigkeit dieses Klosters zugebracht hatte, in besagtes Atemwerk eingeführt worden. Dabei war es ihm einmal allen Ernstes gelungen, dank der Kraft seiner Lungen einen bloß mit der Spitze in die Wand geschlagenen Nagel vollständig im Mauerwerk zu versenken. Was ihm dann allerdings doch etwas unheimlich gewesen war. Er stellte sich nämlich vor, wozu man sonst noch so alles in der Lage sein könnte.

Das einzige Wort, welches die Mönche verwendeten, das Ivo verstand, war »Pneuma«, ein Begriff für Geist und Luft, aber auch für Druck. Ja, sie hatten ihm beigebracht, sein Pneuma wirkungsvoll einzusetzen, seinen eigenen kleinen Heiligen Geist.

Eingedenk des exotischen Charakters dieser Praktik war Ivo niemals wieder auf die Idee gekommen, sie zu nutzen und irgendwelche Nägel blasend einzuschlagen. Er hätte sich vorwerfen lassen müssen, unter die Zauberkünstler, ein wahrlich trauriges Gewerbe, gegangen zu sein. Und hätte diesem Vorwurf auch gar nichts entgegensetzen dürfen, um nicht erst recht als meschugge dazustehen. Darum also ...

Doch als er nun die Faust dieses Mannes namens Heinz, den er unklugerweise dem Verdacht der Homosexualität ausgesetzt hatte, näher kommen sah, da reagierte er spontan mittels der in China erlernten Manier, wand sich in einer schattenboxerisch fließenden Bewegung am Schlag vorbei, preßte die Arme gegen den eigenen Rumpf, verschränkte seine Hände über dem Bauch, machte sich so schmal als möglich und drehte sich einmal um die eigene Achse herum, so daß er mit seinem Gesicht ganz knapp vor dem Gesicht des anderen zu halten kam. Gleichzeitig atmete er aus, wobei der Hauch sich praktisch aus dem Magen hochschraubte, etwa wie eine Windhose, eine rüsselförmige, rotierende Säule, die nun als dünner Luftzug Ivos bloß leicht geöffneten Mund verließ.

Da war nichts zu hören und nichts zu sehen. Aber die Wirkung war ebendie eines Tornados. Selbiger traf Heinz irgendwo in der Gesichtsmitte und versetzte ihm einen

Schlag von solcher Kraft, daß es ihn rückwärts durch die Luft schleuderte und er nahe der Theke auf dem Boden landete, wobei er zwei Leute mit sich riß.

Ivo bereute sofort, was er getan hatte. Denn die Rolle in dem Spiel, das ihm von der Mehrheit und Übermacht an diesem Ort zugeteilt worden war, war ja die des Opfers. Natürlich durfte ein Opfer sich wehren: verzweifelt, ungeschickt, opferartig eben. Selbst seine Provokation, den Mann namens Heinz andeutungsweise in die schwule Ecke gestellt zu haben, ging noch an, konnte noch als Ausdruck der Hilflosigkeit, einer aus der Hilflosigkeit gekeimten tollkühnen Erwiderung verstanden werden. Aber nie und nimmer ging es an, daß er, Ivo, so zart und städtisch blaß, wie er war, diesen Heinz k.o. schlug. Denn genau das war dem Neunzig-Kilo-Kerl widerfahren: k.o. geschlagen von einer unsichtbaren Luftströmung, die keiner wahrgenommen hatte. Da lag er nun wimmernd am Boden und beklagte sich stotternd ob des unfairen Manövers, nämlich ohne Vorwarnung ins Gesicht geboxt worden zu sein.

Weil es jetzt schon egal war, sprach Ivo hinunter zu dem Mann: »Hör auf zu flennen, du Mimose!«

Dann spürte er, wie er von hinten gepackt wurde. Er wehrte sich nicht. Es waren zu viele. Und er wäre auch kaum in der Lage gewesen, seine pneumatische Technik beliebig oft zu wiederholen und die Gegner reihenweise außer Gefecht zu setzen.

»Hört zu, Kinder, so geht das nicht«, sagte jetzt ein älterer Mann, nicht der Hotelbetreiber, aber wohl ein einheimischer Kellner, »wir sind hier kein Ringerklub. Wenn ihr spielen wollt, dann geht raus.«

»Danke, aber ich bin müde«, äußerte Ivo, »ich möchte jetzt wirklich gerne ins Bett.«

»Kannst du später«, sagte einer. »Wir gehen noch schwimmen.«

»Bitte?«

(Im Zuge der polizeilichen Ermittlungen, die in den nächsten Tagen die Begebnisse dieser Nacht zu klären versuchten, verwiesen Zeugenaussagen darauf, Ivo Berg habe wegen eines nicht näher bekannten Disputs einen der einheimischen Burschen mit einem Karateschlag attackiert, woraufhin alle involvierten Gäste von einem Hotelangestellten des Lokals verwiesen worden seien. Ivo Berg sei von seinem Kontrahenten bloß mit einer kleinen Kopfnuß bedacht worden, während er selbst auf eine ausgesprochen brutale Art und Weise ...)

In der Tat wirkte die ganze Gesellschaft eher ausgelassen denn aggressiv, als sie nun das Lokal verließ und in die eisige Luft hinaustrat, über sich einen Sternenhimmel im Stile einer prächtigen Schimmelbildung.

»Auf zum Schwimmbad!« war die Parole.

Ivo, der noch immer im festen Griff seiner Begleiter steckte, ging davon aus, bei »Schwimmbad« handle es sich um ein Synonym. Am ehesten sei wohl eine Kneipe gemeint, aus der man nicht bei der erstbesten Rangelei geworfen wurde. Aber er irrte sich. Es war in der Tat das hiesige Hallenbad, das man ansteuerte. Ein unglaubliches Ding, das am nordöstlichen Ortsrand in den Hang hineingebaut worden war. Unglaublich, weil so riesig. Offensichtlich war geplant gewesen, eine Art Wellneßcenter zu errichten, mit Saunalandschaften, enormen Rutschen, künstlichen Lagunen, Wellenbädern, Fitneßanlagen, Restaurants und all dem Drumherum derartiger Freizeitphantasien. Aber nachdem der Rohbau einmal gestanden hatte – ein nicht unraffinierter Komplex aus einer geschwungenen, tänzerisch anmutenden Vorderfront und einer Rückseite, die gleich einer Welle gegen den Hügel schwappte –, war das Geld knapp geworden. In der Folge waren die Investoren abgesprungen, und eine Bestechung war ans Licht der Öffentlichkeit gekommen. Nichts, was man nicht auch von anderswoher bestens kannte, nichts, was den Beteiligten das Genick gebrochen hätte, aber Faktum war leider, daß man diesen gewaltigen Bau nie und nimmer würde fertigstellen können. Auf der anderen Seite mangelte es dem Ort tatsächlich an einer Schwimmhalle, weshalb man sich entschlossen hatte, in diese für ein großes Bad gedachte Betonhülle ein kleines Bad zu fügen – eine aus der Verpackungsindustrie bekannte Variante, auch den leeren Raum als einen vollen zu begreifen. Und weil es eher unüblich war, den Baukörper im Halbfertigen oder Angedachten zu belassen, hatte man die Fassade – welche eine ozeanische Kraft verbildlichte, eine Erinnerung an das Urmeer, das hier vor zweihundert Millionen Jahren das Leben bestimmt hatte, lange vor der CDU – in allen Details fertiggestellt, so daß von außen der Eindruck entstand, der Traum vom Wellneßcenter habe sich doch noch erfüllt. Im Inneren freilich war allein im Westflügel ein recht banales, aber vernünftig zu nennendes Fünfundzwanzig-Meter-Becken eingerichtet worden, dazu eine kleine Rutsche und ein moderater Sprungturm von drei Meter Höhe. Auch existierten ein Saunabereich, aber keiner, in dem man sich verirren konnte, sowie eine Squashhalle und eine Kantine. Übersichtlich, praktisch, den Verhältnissen entsprechend. – Ja, sah denn nicht vieles in der Welt so aus? Überall gigantische Behältnisse und Gehäuse, die in Wirklichkeit sehr viel weniger gigantischen Zwecken dienten.

Jedenfalls bot dieser Komplex, der von der Bevölkerung seiner auskragenden Gebäudeschnauze wegen den Namen »Weißer Hai« erhalten hatte, einen beeindruckenden Anblick, auch darum, weil er, gleich der Stiftskirche, nachts beleuchtet wurde. Das mochte als Verschwendung erscheinen, aber das ganze Gebäude war ja eine Verschwendung. Und das Prinzip der Verschwendung ist seine Gebärfähigkeit, seine Fortpflanzung. – Wer hätte je von einer zeugungsunfähigen Verschwendung gehört?

Es versteht sich, daß der »Weiße Hai« um diese späte Stunde geschlossen war, aber einer von den jungen Männern arbeitete dort als Bademeister und verfügte über den Eintrittscode, mit dem man schlüssellos in das Gebäude kam. Eine oft geübte Praxis, die erstaunlicherweise von der Verwaltung noch nicht entdeckt worden war. Nun, solange niemand ertrank ...

Die ganze Gruppe, an die zwanzig Leute, unter ihnen Ivo, dem es nicht gelungen war, sich loszureißen, trat durch die zur Seite gleitenden hohen Scheiben in den Eingangsbereich, der aussah wie der enorme Empfangsraum eines Schönheitschirurgen. Glatte Wände, die eine glatte Haut suggerieren sollten.

Die Eindringlinge waren nun frech genug, auch in der talseitigen Schwimmhalle die Innenbeleuchtung in Betrieb zu setzen, so daß eine vorbeifahrende Polizeistreife dies hätte bemerken müssen. Aber zum Spaß gehörte das Risiko, erwischt zu werden. Niemand hier träumte vom perfekten Verbrechen, vom Unerkanntbleiben der Handlungen und Taten. Alles, was man unternahm, sollte ein sichtbares Zeichen sein, und selbst noch das Unsichtbare wurde so aufgestellt, daß es tunlichst einen Schatten warf. Wenigstens der Schatten sollte gesehen werden.

Schatten gab es hier genug, im grellen Licht der Spots. Das Wasser war ein schöner blauer Glastisch.

»Ausziehen!« sagte einer der Jungs im Ton einer Fanfare.

Ivo dachte bereits, man wolle ihn zwingen, sich vor aller Augen zu entblößen. Doch vielmehr war gemeint, daß *jeder* aus seiner Wäsche schlüpfen sollte, Mädchen wie Jungs und Ivo natürlich ebenso.

Dann sprangen alle ins Wasser. Ivo erhielt einen Stoß und landete – als einziger noch angezogen – im Naß. Wie gesagt, er war ein guter Schwimmer, gleichfalls ein guter Taucher, und nutzte darum die Möglichkeit, unter den anderen wegzugleiten, um auf der anderen Seite hochzukommen und aus dem Becken zu klettern. Aber auch dort stand jemand, allerdings keiner von den »Leibwächtern«, sondern zwei Mädchen, splitternackt, die sich Ivo mit vorgestreckten Brüsten in den Weg stellten. Im Grunde hätte er spielend an den beiden vorbeigekonnt, ohne sie umblasen zu müssen. Aber er war wie erstarrt, gebannt ob der Vulgarität ihrer jungen und doch eine ältliche, fast greise Obszönität feilbietenden Leiber. So schlank sie noch waren, wirkten sie bereits fett. Fett und verbraucht.

»Magst an meinen Titten lutschen?« fragte die eine, in deren Augen ein kleiner Wahnsinn zirkulierte, den sie einer Medikation verdankte, die sie sich als Apothekengehilfin selbst verschrieben hatte.

»Ausziehen!« befahl die andere.

»Ihr könnt mich mal, Ihr Landhuren!« antwortete Ivo. Er war jetzt wirklich wütend. Diese Weiber widerten ihn an.

»Huren! Huren!« wiederholten die beiden und lachten hysterisch. Dann fragte die Apothekerin, sich ganz ernst gebend: »Bist du so einer mit einem Hurensyndrom? Der überall nur Nutten sieht?«

Sie griff sich ans Geschlecht und sagte ...

Ivo hörte nicht mehr, was sie sagte, weil er sich zurückfallen ließ, dabei eine Drehung vollzog und mit einem Kopfsprung ins Wasser eintauchte. Er blieb jetzt eine ganze Weile dort unten, über den Boden driftend, langsam, nachdenklich, ein Rochen seiner selbst. Dann schoß er hoch, sprang erneut aus dem Wasser und marschierte rasch weg vom Pool. Niemand hielt ihn auf. Die Burschen waren damit beschäftigt, den Mädchen an die Brüste zu fassen oder sie unters Wasser zu drücken. An Ivo schienen sie schon nicht mehr zu denken. Selbst Heinz nicht. Die Ivo-Sache war gegessen.

Was Ivo aber nicht sogleich bewußt wurde. Er fühlte sich

weiter verfolgt und bewegte sich eilig aus der Schwimmhalle hinaus, nicht aber zurück in den langen Flur, der zum Ausgang führte, sondern tiefer hinein in das Innere des »Weißen Hais«. Dabei geriet er in einen unbeleuchteten Gang, so daß er die Hände ausstrecken und sich an der Wand entlangtasten mußte. Blind wie in Rom. Dennoch kehrte er nicht um, wobei er weniger die Handgreiflichkeiten der Burschen fürchtete als die abstoßende Körperlichkeit der Mädchen. Nein, lieber wollte er einen anderen Ausgang suchen. Solcherart kam er an eine Schwingtür, durch die er nun in eine hohe Halle geriet, über der eine gläserne Kuppel sich spannte. Auch zum Tal hin war alles verglast, mit Blick auf die schanzenartige, als Haimaul interpretierte Terrasse. Jenseits derer lag Giesentweis gleich einem gigantischen toten Robbenbaby, weiß und flauschig und bewegungslos. Nur das nervöse Flackern eines polizeilichen Blaulichts störte den Frieden.

Obzwar die Halle unbeleuchtet blieb, war es beinahe taghell, dank der reflektierenden Weiße des Robbenkörpers. So konnte Ivo sehen, daß die zentrale Bodenfläche aus einer gewaltigen Einbuchtung bestand, in die man wohl ursprünglich eine künstliche Lagunenlandschaft hatte fügen wollen. Nun aber erinnerte der Anblick an den Einschlag eines wohlerzogenen Meteoriten. Nicht minder akkurat war die gesamte Rückseite mit einer Betonwand verkleidet worden, die sich über vier Stockwerke erstreckte und im oberen Bereich mit Überhängen ausgestattet war. Auf der gesamten Fläche waren verschiedenfarbige Griffe angebracht. Schwer zu sagen, ob diese Kletterwand ein Relikt des geplanten Wellneßcenters darstellte oder die nachträgliche Adaption einer ursprünglich als Wasserfall gedachten Installation. Aber das war gar nicht die Frage, die Ivo beschäftigte, sondern was für ein Ding es war, das da herunterbaumelte.

Zuerst dachte er, es handle sich um einen Sack, irgendein zurückgelassenes Teil. Aber das war kein Teil, sondern ein Mensch.

»Hallo!« rief Ivo. Doch einzig sein Echo antwortete ihm. Er rannte hinüber zu der Kletterwand und konnte jetzt deutlich sehen, daß auf halber Höhe, an einem von der Spitze führenden Seil, ein Körper hing. Der Körper eines Jungen. Die Schlinge spannte sich um dessen Hals, allerdings schien auch eine Hand zwischen Seil und Hals eingeklemmt. Auf Ivo wirkte es aber weniger so, als habe der Junge sich zu retten versucht, sondern als sei eine Ungeschicklichkeit zu vermuten, ein Versehen, als hätte er die Hand nicht rechtzeitig ... Wie auch immer, der Junge, vielleicht vierzehnjährig, regte sich nicht, reagierte in keiner Weise auf Ivos Rufe.

Ivo rutschte aus seiner nassen, schweren Hose, zog auch den Pullover aus und ging daran, die Kletterwand hochzusteigen. Hier konnte man wirklich sagen, er sei der richtige Mann am richtigen Ort. Er kam auf den enggesetzten Griffen schnell vorwärts. Doch erst als er sich auf Höhe des bewegungslosen Körpers befand, drängte sich ihm die Frage auf, ob es nicht klüger gewesen wäre, vorher die anderen zu alarmieren. Also rief er nach ihnen. Brauchte sich freilich nicht zu wundern, daß keiner ihn hörte. Sie waren zu weit entfernt und zudem völlig ihren diversen Räuschen ergeben.

Da der Junge nicht gänzlich frei hing, sondern mit dem Rücken die Wand berührte, gelang es Ivo, ihn ein Stück hochzudrücken und mit dem eigenen, sesselartig gekrümmten Körper zu stützen. Auf diese Weise büßte das Seil seinen Zug ein, und Ivo schaffte es, die Schlinge über den Kopf des Jungen zu führen. Sofort fielen dessen Hand und Arm zur Seite, während der Kopf nach hinten sank, gegen Ivos Schulter stieß.

»Eine Leiter«, sagte sich Ivo, »ich hätte eine Leiter holen müssen. Die anderen holen müssen. Die Rettung

69

holen müssen. Was mache ich hier? Ich kann den Jungen nicht halten.«

Stimmt, er konnte ihn nicht halten. Wie auch hätte es funktionieren sollen? Hätte er das Kind mit nur einer Hand über die Schulter wuchten und solcherart bepackt wieder hinunterklettern sollen? Unmöglich! Nein, Ivo konnte noch einige Sekunden lang den schlaffen Körper umklammern, dann entglitt er ihm und fiel die etwa sieben Meter nach unten, wo zumindest die obligate Matte den Fall bremste. Der Körper schlug gleich einer willenlosen Puppe auf.

Rasch kletterte Ivo abwärts, sprang die letzten beiden Meter auf die Matte, eilte zu dem Jungen und preßte sein Ohr an dessen Brust. Nun, was Ivo hörte, war das eigene pochende Herz und das eigene Keuchen. Egal, er sagte sich: »Es geht um Leben und Tod.« Er richtete sich auf und lief hinüber zu Heinz und den übrigen Nackten.

Genau dieser Heinz war es dann, der sich als einziger von Ivos Aufregung beeindrucken ließ, ihm auch wirklich zuhörte, den Ernst der Situation begriff, ein Büro aufbrach, ein Telephon fand und die Polizei zu Hilfe rief.

Es ging alles sehr schnell, Polizei und Rettung trafen ein. Offensichtlich lebte der Junge noch, denn er wurde an ein Atemgerät angeschlossen und sofort in den Krankenwagen verfrachtet. Auch kam es zu keinem der üblichen Mißverständnisse, etwa dem, Ivo hätte eine Straftat begangen. Er wurde augenblicklich als der Retter erkannt, der er war.

Nachdem der Junge abtransportiert worden war, zog sich ein jeder der Badenden rasch an, um nicht so vollkommen nackt im Angesicht der Polizei zu stehen. Ivo erhielt trockene Kleidung aus dem Bademeisterbüro. Eine erste Befragung erfolgte, damit die Beamten sich einen Reim auf die Hintergründe dieser Lebensrettung machen konnten. Absurde Hintergründe. Wobei kein Zweifel über die Zufälligkeit aufkam, dank derer Ivo in die Halle geraten war und das Kind an dem Seil baumelnd vorgefunden hatte. Wahrscheinlich ein Selbstmordversuch. Oder ein Jungenstreich, der schiefgelaufen war. Nichts jedenfalls, wofür man die besoffene Bande aus Nachwuchsbademeistern und Apothekengehilfinnen und Bürgermeistersöhnen verantwortlich machen konnte.

»Bringen Sie mich zu dem Jungen!« verlangte Ivo. »Ich will wissen, ob er durchkommt.«

Ivo fürchtete, es könnte im Endeffekt der Sturz schuld sein, wenn das Kind verstarb. Doch genau das versuchte man ihm eiligst auszureden. Es war den Polizisten sehr daran gelegen, ihn, Ivo Berg, nicht als Opfer einer Entführung zu sehen, denn sie hatten schnell begriffen, daß er genau das gewesen war. Nein, Ivo sollte allein als Retter eines hiesigen Buben fungieren.

»Gut«, sagte einer der Uniformierten, »wir fahren Sie ins Krankenhaus. Dort reden wir weiter.«

Darum ging es den beiden Beamten: Ivo zu präparieren. Ihn vergessen zu lassen, *wie* er an diesen Ort gelangt war. Daß die Bedeutung allein darin bestand, *daß* er an diesen Ort gelangt war.

Das idealistische Wunschdenken der Polizisten – nämlich eine Lebensrettung über ein Verbrechen zu stellen – fand nun dadurch Unterstützung, daß sich bald herausstellte, Ivo habe den Jungen keine Sekunde zu früh aus der Schlinge befreit. Der Sturz selbst schien dabei keine Rolle gespielt zu haben. Gewissermaßen ein guter Sturz. Wenn der Junge sein Leben lang behindert bliebe, dann nicht, weil er sechs, sieben Meter tief auf eine Matte gefallen war, sondern weil sein Gehirn zu lange ohne Sauerstoffzufuhr gewesen war. Freilich hätte man es auch folgendermaßen ausdrücken können: Sollte das Kind den Rest seines Lebens ein Krüppel sein, dann einfach darum, weil es von einem

Mann namens Ivo Berg gerettet worden war und es nun diesen Rest von Leben überhaupt gab. Hätte Ivo noch eine Leiter gesucht, diese endlich gefunden, sie aufgestellt, die anderen geholt und so weiter, der Junge hätte es niemals geschafft.

Nun, da war niemand, der es später auf diese Weise auszudrücken gedachte, versteht sich.

4

Es war eine moderne Klinik am Rande der nächstgrößeren Stadt, in die man den bewußtlosen Teenager eingeliefert hatte und die nun auch Ivo Berg und die beiden Polizisten betraten. Wie immer am Beginn des Wochenendes war viel los, durchaus, wie man es aus amerikanischen Krankenhausserien kennt: grell, futuristisch, streng, in der Luft der Geruch absoluter Kompetenz, dieser Schrei nach Bypässen in der Art von Essensbestellungen im Restaurant. Nun, eine kleine Spur weniger aufgeregt als im Fernsehen war es schon, nicht ganz so schrill. Keine Hunderennbahn für Rollbahren. – Es war dann genau eine solche Rollbahre, unbesetzt an den Rand geparkt, die Ivo ins Auge fiel, als er, von den Polizisten flankiert, einen langen Flur entlangschritt. Eine abgestellte Krankenbahre, darauf ein von Blut getränktes Stück Stoff, eine Jacke, eine grüne Trainingsjacke, Grün von der Art Braun, wenn Blätter verwelken. Man könnte auch sagen: Oliven mit Depression. Dazu das Markenzeichen einer bekannten Sportartikelfirma, allerdings wegen des verteilten Bluts nur noch schwer auszumachen. Ivo aber erkannte das Emblem, so wie er auch das Grün erkannte. Er hatte es immer scheußlich gefunden, gleichzeitig nie ein Wort darüber verloren, weil Lilli in ästhetischen Fragen über eine uneingeschränkte Autorität verfügte. Ja, genau eine solche Sportjacke besaß Lilli. Lilli, die doch bereits seit Stunden in ihrem Bett lag und all die Aufregungen glücklich verschlief. Wie sagte sie selbst des öfteren: »Ich habe eine Nachtruhe wie eine Siebenjährige, die noch nie einen Alptraum hatte.«

»Natürlich«, sagte sich Ivo, »sie schläft. Was auch sonst?«

Und dann überlegte er, wieviel tausend Menschen solche Jacken trugen, obgleich klarerweise sehr viel weniger als im Falle von 08/15-Schwarz oder 08/15-Rot. Aber auch die Olivgrünen gab es sicher in großer Zahl. Im trendigen London etwa ... Nun, hier war nicht London, sondern die Universitätsklinik einer mittelgroßen Stadt, die manchen die Welt war, anderen die Provinz, aber keinesfalls London. Trotzdem ...!

»Hör auf, dich verrückt zu machen«, mahnte sich Ivo, während er sich bereits mehrere Meter von der Bahre und der blutverschmierten Jacke entfernt hatte. Doch quasi aus dem eigenen Beschwichtigungsversuch heraustretend, vollzog er eine Kehre, ließ die verdutzten Polizisten stehen, lief zurück und griff nach der Jacke. Eine Krankenschwester rief ihm zu, er solle das bleibenlassen. Aber er ließ es nicht bleiben. Er hatte jetzt Blut an den Händen. Blut, das er nicht sah, sondern allein das kleine große *L*, das Lilli so fürsorglich in die Etiketten all ihrer Wäschestücke zu sticken pflegte.

Das war der Moment, da Ivo Berg starb. Sein Herz setzte aus. Daß er dennoch weiteratmete ... nun, das ist eben das Phänomen des ersten Todes, den man stirbt: daß das Herz aussetzt und man trotzdem atmet, trotzdem schwitzt, trotzdem zittert, gar nicht mehr zu zittern aufhört. Das Zittern ist wie ein Echo des alten Lebens, ein sich in die Länge streckender Nachhall.

Man ist tot, aber man spürt den Griff des Polizisten.

»Was ist los mit Ihnen?« fragte der Uniformierte.

»Ich ...« Ivo sah hoch. Seine Augen waren zwei rote Knöpfe. Er stammelte: »Das ist ... meine Frau ... das gehört ihr, das hat sie getragen.«

»Sind Sie sicher?«

Ivo zeigte auf das Etikett, auf das eingestickte *L*.

Der Polizist runzelte die Stirn. Er fand, hier würden ein bißchen viel Dinge zusammentreffen, sich kreuzen, sich überschneiden. Freilich, das Schicksal war leider nicht so eins, das man gegen die Wand drücken und dem man Handschellen anlegen konnte.

»Wie heißt Ihre Frau?« fragte der Polizist.

»Lilli. Lilli Steinbeck. Wir sind nicht verheiratet, aber wir werden bald ...«

»Bleiben Sie mal da stehen«, sagte der Beamte, »ich kläre das ab.« Er trat zu der herbeigelaufenen Krankenschwester, schob sie von Ivo weg und erkundigte sich flüsternd, was es mit der blutverschmierten Jacke auf sich habe. Nachdem er eine erste Auskunft erhalten hatte, ging er hinüber zum Infoschalter, sprach dort eine Weile mit einer Angestellten und kehrte dann zu Ivo zurück, der noch immer neben dem anderen Polizisten stand: starr, wie verbrannt, wie diese Gegenstände, die völlig im Feuer aufgehen, jedoch in der Senkrechten verbleiben, totemartig, schwarze Gebilde.

»Hören Sie«, sagte der Polizist mit einer sich windenden Stimme, »es scheint ... Sie haben leider recht. Ihre Freundin ... sie wurde eingeliefert. Sie hatte einen Unfall.«

»Aber sie liegt doch im Bett!« fuhr Ivo hoch. »Sie schläft seit neun am Abend.«

»Also, wie es ausschaut, ist sie aufgewacht und hat nach Ihnen gesucht. Sie muß sich angezogen haben und hinunter vors Haus gegangen sein. Dort hat sie dann gestanden, als ... ja, als der Wagen kam. Ein Wagen von auswärts, er ist aus der Kurve geraten ...«

»Gott, was ist mit Lilli?«

»Ich weiß nur, daß sie schwer verletzt wurde. Sie müssen mit dem Arzt reden. Kommen Sie.«

Aber der Arzt operierte noch. Eine andere Person, eine junge Kollegin, erklärte, daß man um Lillis Leben kämpfe. Sie habe innere Verletzungen davongetragen, viel Blut verloren, der Blutdruck sei extrem schwach, vor allem jedoch bestehe ein schweres Schädel-Hirn-Trauma. Der Begriff der Hirnquetschung allerdings fiel nicht. Doch genau das war ja das Problem mit dem Hirn: sein kabinettartiges Eingeschlossensein, von einem Knochen geschützt und gleichzeitig in diesem gefangen zu sein. Das ist wie mit einer guten Mutter, die einen nicht losläßt. Das Hirn ist außerstande auszuweichen, dann, wenn der Schädel attakkiert wird und seine Knochen eine Deformation erfahren. Eine solche Deformation hatte sich zugetragen. Lilli war von dem schlitternden Wagen getroffen und gegen die Stange einer Straßenlaterne geschleudert worden, wo sie mit dem Gesicht voran aufgeschlagen, zur Seite gestürzt und sodann auch noch mit der rechten Stirnhälfte gegen eine harte Kante geprallt war.

»Sie befindet sich derzeit im künstlichen Koma«, erklärte die Ärztin.

»Sie ... ist schwanger. Lilli ... wir ... bekommen ein Kind«, sprach Ivo aus einem toten Mund.

Die Medizinerin biß sich auf die Lippen, als wollte sie mit ihren Vorderzähnen ein kleines Gebet in die dünne Lippenhaut ritzen. Dann sagte sie: »Es wird alles für Ihre Freundin getan. Wir sind hier bestens ausgerüstet. Der operierende Arzt ist mein Chef. Er ist der beste Chirurg weit und breit. Ich würde das nicht sagen, wenn es nicht so wäre. Es ist ein Glück, daß er gerade im Haus war, als man Ihre Freundin eingeliefert hat. Haben Sie Vertrauen, bitte!«

Vertrauen? Nun, was sollte der beste Arzt nützen, fragte sich Ivo, wenn der liebe Gott sich längst entschieden hatte, böse zu sein? Nicht, daß Ivo sich wirklich einen bösen noch einen guten Gott vorstellen konnte. Er tat sich bloß schwer, angesichts der Absurdität der Umstände so etwas wie Vertrauen zu entwickeln. Eher kam es ihm vor, als sei er Opfer eines teuflischen Plans, dessen Sinn ganz sicher nicht darin bestand, am Ende all dieser Verkettungen einem irdischen Krankenhausarzt den Triumph zu lassen, ein Leben gerettet zu haben.

»Kommen Sie«, sagte die Ärztin, »ich bringe Sie in ein Zimmer, wo Sie allein sind.«

Nun, ganz alleine blieb er nicht. Einer der Polizisten stellte sich vor die Tür des kleinen Raums, in dem Ivo jetzt saß und auf ein Glas Wasser starrte. Der andere Polizist gab in der Zwischenzeit den eben eingetroffenen Kollegen von der Kripo einen ersten Bericht. Die Identität des Jungen stand bereits fest. Es handelte sich um das älteste Kind einer fünfköpfigen Familie, die ein Haus am Rande von Giesentweis bewohnte. Ein Abschiedsbrief war im Zimmer des Fünfzehnjährigen gefunden worden. Ein Allerweltsschicksal: Schulprobleme. Natürlich bringen sich nicht alle um, die schlechte Noten haben oder nicht so gute, wie ihre Eltern verlangen. Aber die Not, die die Schule verursacht, ist derart gewaltig, daß es eigentlich eine Versicherung gegen die Schule geben müßte, eine Bildungsversicherung, welche die Schäden an der Gesundheit der Kinder und der Eltern und nicht zuletzt des Lehrkörpers abdeckt (die meisten Lehrer bräuchten eine Elternversicherung). Jene wiederum, die von der Schule *nicht* zerstört werden, sondern sie bestens zu überstehen scheinen, sind entweder unverbesserliche Frohnaturen, oder aber man müßte mal deren Herzen röntgen lassen. Wahrscheinlich würde man ziemlich dunkle Brocken zu Gesicht bekommen. – Ausgerechnet diese Brocken bilden dann die Säulen der Gesellschaft, weshalb die Gesellschaft so aussieht, wie sie aussieht.

Die Sache war also klar, ein Suizidversuch, während die Umstände, die zu der Lebensrettung geführt hatten, lange nicht so eindeutig ausfielen. Die Kripobeamten nahmen die Sache sehr viel genauer als die beiden Uniformierten, welche oft gezwungen waren, die Kunst des Wegsehens zu praktizieren. Oder wenigstens die Menschen ein wenig zu verstehen. Kriminalbeamte hingegen scherten sich einen Dreck um die Personen, mit denen sie es zu tun hatten, Opfer wie Täter, sondern waren ganz der Sache an sich verpflichtet, dem, was sie die »Wahrheit« nannten. Kripobeamte waren Kreuzritter.

Freilich wurde Ivo zunächst einmal in Frieden gelassen. Er bangte um Lillis Leben. Immerhin, wenigstens der Junge, sein Name war Moritz, befand sich bereits außer Lebensgefahr. Doch war das wirklich ein Glück zu nennen? Denn leider Gottes stand nicht nur sein Überleben fest, sondern gleichermaßen, daß er nie wieder völlig gesund werden würde. – Was heißt »völlig gesund«!? Vielmehr war es so, daß er ziemlich beschädigt aus dieser Gerade-noch-Rettung seines Lebens hervorgehen sollte. Seine Zukunft würde darin bestehen, lallend in einem Rollstuhl zu sitzen.

Ivo sollte sich später, wenn er Moritz sah, und er sah ihn oft, jedesmal fragen, ob er, hätte er noch einmal die Chance dazu, die sofortige Rettung unterlassen würde. Ob er dann also nach einer Leiter schauen oder erst die Polizei alarmieren würde und so weiter, um folglich zu spät zu kommen und auf diese Weise dem Jungen seinen Willen zu lassen. Aber wahrscheinlich würde er eher versuchen, schneller zu sein als beim ersten Mal, früher in die Halle mit der Kletterwand zu gelangen, früher nach oben zu steigen. Ja, die eigene »Entführung« aus der Wirtsstube sowie die Rettung des Jungen derart rasch zu bewerkstelligen, um in der Folge rechtzeitig wieder zum Hotel zurückzukehren und damit auch Lilli vor ihrem Schicksal zu bewahren.

Aber obgleich man zweimal stirbt, leben tut man bloß einmal. Keine Zeitmaschinen, keine Was-wäre-wenn-Spiele.

Immerhin ergab es sich auch ohne Was-wäre-wenn, daß

Lilli die Operation überstand. Sie kam durch. Freilich auch sie nicht unbeschadet, wie sich denken läßt. Sie verlor ihr ungeborenes Kind. Als man sie aus dem künstlichen Koma holte und nachdem sie wieder ansprechbar war, setzte sich der Arzt, der sie gerettet hatte, zu ihr ans Bett. Noch bevor er zu reden beginnen konnte, legte Lilli sich einen Finger senkrecht an die Lippe (beziehungsweise berührte der Finger den Gesichtsverband, der ihre Gesichtsmitte dominierte). Der Arzt verstand. Er schwieg. Dann aber bedeutete Lilli ihm, sich zu ihr hinunterzubeugen. Auch das tat er, sein Ohr an ihren Mund haltend, an den schmalen Schlitz, aus dem nun an den Nähten vorbei Lillis Stimme im warmen Atem hochstieg. In kleinen, dünnen Worten beschrieb sie dem Arzt, es sofort gespürt zu haben, noch während der Unfall geschehen war und auch danach, im Koma liegend, daß ihr Kind tot sei. Wobei sie sich frage, wie man da überhaupt denken könne, im Koma.

»Das Koma war künstlich«, erklärte der Arzt. »Das ermöglicht uns, einen Rhythmus zu gewährleisten, ein Verhältnis von Tag und Nacht, eine zeitweise Reduktion der Schlaftiefe. Der Patient ist dann beinahe wach, registriert Bewegungen, Stimmen, registriert den eigenen Körper.«

»Registriert die Kürettage«, sagte Lilli, jetzt sehr viel kräftiger sprechend.

Der Arzt richtete sich wieder auf, nickte.

»Sehen Sie bitte zu«, bat Lilli, »daß … niemand soll mich wegen des Kindes ansprechen. Auch mein Freund nicht. Ich will nichts verdrängen, aber … es gibt Dinge, wo jedes Wort ein Wort zuviel ist.«

Der Arzt war froh, Lilli in diesem geistig klaren Zustand zu begegnen, was eigentlich ein Wunder war. Ihr Gehirn schien nicht die geringsten Folgeschäden zu zeitigen. Kein Gedächtnisverlust, keine Sprachstörung, außer jener, die sich vorerst aus den Gesichtsverletzungen und den starken Medikamenten ergab.

Auch er, der Arzt, war der Meinung, daß manche Dinge sich im gesprochenen Wort vergifteten, über die bereits gegebene Vergiftung hinaus. Manches allerdings war unvermeidbar. Genau das sagte der Arzt auch, er sagte: »Über Ihre Nase müssen wir aber schon sprechen.«

So unverfälscht Lilli den Verlust ihres Kindes erkannt hatte, so wenig war ihr bewußt geworden, eine schwere Nasenfraktur erlitten zu haben. Fraktur war eigentlich ein viel zu mildes Wort. Man mußte es wirklich so formulieren: Ihre Nase war Matsch. Nicht nur das Nasenbein war betroffen, auch die Nachbarknochen, das ganz zentrale Knochenfeld. In ihrem Fall war der Begriff der »Trümmerfraktur« bestens angebracht. Diese Nase stand bildhaft für die Trümmer, die von Lillis Zukunftsträumen geblieben waren. Denn so beherrscht und bestimmt sie mit dem Verlust ihres Kindes auch umging, für sie war eine Welt zusammengebrochen. Sie gehörte ganz und gar nicht zu den Personen, die sich mit dem Spruch trösten wollten, in Zukunft noch viele Kinder bekommen zu können. Genau darum hatte sie den Arzt ja augenblicklich in die Schranken gewiesen, um sich genau diesen einen blöden Satz nicht anhören zu müssen.

Die Nase also. Eine baldige Operation stand an, um einer Verfestigung der Trümmer zuvorzukommen. Allerdings wies der Arzt Lilli darauf hin, es würde mehrerer Eingriffe bedürfen, bis ihre Nase wieder vollständig hergestellt sei. (Wobei zu sagen wäre, daß die plastische Chirurgie natürlich nicht so weit war, wie sie es zwanzig Jahre später sein würde, während zum Beispiel die Marsforschung auch zwanzig Jahre später noch zur Hauptsache in den Kinderzimmern begabter Grundschüler stattfinden sollte.)

Lilli war also ein Fall für die Wiederherstellungschirurgie geworden. Aber sie wollte gar nicht wiederhergestellt werden. Sie wollte nicht so aussehen, wie sie zuvor ausgesehen hatte. Wenn es ihr schon nicht vergönnt war, bei ihrem toten Kind zu sein – und Selbstmord kam für sie nicht in Frage –, dann war es ihr wichtig, wenigstens etwas von diesem Akt der Zerstörung bei sich zu behalten. Die vollständige oder beinahe vollständige Wiederherstellung, oder gar eine Verschönerung wären ihr als eine böse Lüge erschienen, als der Versuch, das Geschehene physiognomisch aus der Welt zu schaffen. Das Unglück zu leugnen, es aus dem Gesicht zu radieren. Und damit in letzter Konsequenz das gestorbene Kind zu verleugnen. Was sie nicht wollte. Weshalb sie nur jene medizinischen Eingriffe geschehen ließ, die nötig waren, um eine funktionierende Nasenatmung zu gewährleisten, nicht aber jene, die es ihr ermöglicht hätten, die Bildschönheit ihres Gesichts mittels einer neuen Nase zu unterstützen.

»Ich will keine neue Nase«, pflegte sie zu sagen. Und im Grunde hieß das, ohne daß jemand dies ahnen konnte: Ich will kein neues Kind.

Lilli Steinbeck wollte somit den Rest ihres Lebens mit einer Deformation an ungünstiger Stelle verbringen. Mit einer Nase, die wegen einer gewissen wirbelsäulenartigen Rippung und ihrer Verschiebung zur Stirn hin, durch die sich ein Höcker gebildet hatte, von einigen Leuten als »Klingonennase« apostrophiert wurde. Daß aber diese Verunstaltung sich in einem fortgesetzt hübschen Gesicht befand, welches nichts von seinem edlen, madonnenhaft hellen Ausdruck verloren hatte, schien vielen Leuten verwirrend, wenn nicht unheimlich. Darum nämlich, weil fast allen bewußt war, daß Lilli Steinbeck ja gar nicht gezwungen war, mit einer solchen Katastrophe im Gesicht herumzulaufen, wo doch die moderne und immer noch moderner werdende plastische Chirurgie es ihr ermöglicht hätte, eine Korrektur vorzunehmen und vom Klingonischen wieder zum Menschlichen zu wechseln.

Wenn man nun aber weiß, daß Klingonen sich durch ihr

kämpferisches Gemüt, ihr Ehrgefühl, ihre Betonung des Kriegerethos auszeichnen, zudem über einen organischen Überfluß verfügen, etwa das Vorhandensein mehrerer Mägen, und daß ihnen eine hohe Widerstandsfähigkeit und ein bei hundertfünfzig Jahren gelegenes Mindestalter gegeben sind, so ist es wahrscheinlich kein Nachteil, einen kleinen, vernünftigen Anteil an dieser als gewalttätig verschrienen Rasse zu besitzen.

Nun, gewalttätig war Lilli ganz sicher nicht und wurde es auch im Zuge ihrer weiteren Ausbildung zur Kriminologin nicht. Eher ergab sich ein gewisses lebenslanges Kränkeln, ein bloßer Anflug von Krankheit, etwas Schnupfenartiges, Chronisches, Entzündliches. Aber vielleicht kann man es so ausdrücken: Mit ihrer Klingonennase war Lilli imstande, die Gewalt zu »riechen« und dabei die diversen Ausformungen olfaktorisch genauestens zu unterscheiden, niemals also die eine Gewalt mit der anderen zu verwechseln. Ihre Nase war ein klingonisches Labor.

Nachdem sie eine ganze Weile mit ihrer Rekonvaleszenz zugebracht, eine Verletzung des Beins auskuriert und sich ihr Körperhaushalt stabilisiert hatte, ging Lilli zurück nach Wien, um dort ihr Studium fortzusetzen, welches sie nicht nur äußerst rasch abschloß, sondern auch mit einer ausgezeichneten Arbeit. Man wäre sofort bereit gewesen, sie fest an die Uni zu binden, aber Lilli wollte unbedingt zur Polizei. Sie sagte, sie habe nicht die Tierwelt der Ozeane studiert, um dann ein Aquarium zu betreuen, sondern natürlich, um neben den Haien zu schwimmen. Und wenn nötig, das Bild über selbige zu revidieren. Oder das über die Delphine.

Sie wurde eine ausgezeichnete Kriminalistin und übernahm sehr bald, gerade erst dreißigjährig, die Leitung einer Sondereinheit für Entführungsfälle. Bei alledem blieb sie die elegante, perfekt gekleidete, kultivierte Person, die sie schon immer gewesen war. Einzig ihre Haare veränderte sie, färbte sie schwarz, ging jedoch weiterhin früh zu Bett und erhielt sich den Charme und die Schlankheit einer Audrey Hepburn sowie die Männer bremsende Strenge einer Katharine Hepburn. Allerdings ohne einen eigenen Mann an ihrer Seite, was den Verdacht unterstützte, sie sei eine Lesbe. Freilich war da auch keine Frau an ihrer Seite, nicht einmal ein Tier, was eigentlich nur den Verdacht zuließ, Steinbeck sei ein Neutrum. Damit aber konnte kaum jemand etwas anfangen.

Es war mitnichten so, daß Lilli Steinbeck Ivo Berg einen Vorwurf machte. Das wäre lächerlich gewesen. Die Umstände waren nun mal unglückliche gewesen. Derartiges geschah. Im Grunde hätte Lilli eher sich selbst anklagen müssen, mitten in der Nacht ihr Zimmer verlassen zu haben, um nachzusehen, wo ihr Freund abgeblieben war. Wie man einen kleinen Buben sucht, der sich im Wald verlaufen hat. Nein, sie hätte liegenbleiben müssen. Der Mensch ist kein Nachttier.

Dennoch, für Lilli war die Sache mit Ivo beendet. Ohne ihr gemeinsames Kind erschien Lilli die Fortführung der Beziehung unsinnig. Die Liebe war verflogen, allein der Schmerz blieb. Doch mit dem Schmerz lebte es sich besser als Single, fand Lilli. Sie glaubte nicht an einen Trost, den zwei Betroffene einander spenden konnten. Trost von Gott, das schon, Trost im Gebet, ja, im Andenken, sicherlich, aber nicht im Gespräch. Im Zusammensein mit Ivo wäre es ihr auch viel zu schwer gefallen, ein anderes Leben in Angriff zu nehmen, quasi das alte Konzept erneut aufgreifend. Sie entschied sich gegen Ivo.

Aus Lilli, der Mutter, wurde Lilli, die Polizistin.

Übrigens sollte aus Lilli, der Polizistin, dann aber doch noch Lilli, die Mutter, werden. Wenn auch Adoptivmutter. Ende des Jahrtausends, als die Welt wieder nicht unterging, nahm sie ein Mädchen bei sich auf, von dem sie angab, es stamme aus der rumänischen Verwandtschaft,

Banater Schwaben. Zwar bestanden da ein paar Ungereimtheiten, aber wenn die österreichische Bürokratie mit
etwas umgehen kann, dann mit Ungereimtheiten. Diese
Bürokratie ist seit jeher darauf spezialisiert, die Zustände
zu tauschen, das Verschwommene ins Klare und das Klare
ins Verschwommene zu transferieren. Im Nebel stehende
Objekte erhalten eine feste Gestalt, bei blauem Himmel
hingegen verwandelt sich alles in ein impressionistisches
Gespenst. Diese Bürokratie kann man nicht bestechen, sie
besticht sich selbst.

Lilli adoptierte Sarah und schenkte ihr ihren Nachna-
men. Man blieb noch ein paar Jahre in Wien, dann wechselte Lilli zur deutschen Polizei und geriet schließlich in
einen höchst dubiosen Fall, eine Serie zusammenhängen-
der Entführungsfälle, deren Sinn einzig darin zu bestehen
schien, irdischen wie überirdischen Spieltrieb zu befriedi-
gen und eine gewisse Überlegenheit des Menschen gegenüber den Göttern zu beweisen. Jedenfalls führte dieser Fall
Lilli nach Athen, wohin dann auch Sarah zog. Lilli selbst
jedoch war gezwungen, im Zuge einer privaten Abma-
chung ins Dschugdschurgebirge aufzubrechen, einer so
gut wie menschenleeren Region in Russisch-Fernost, wo
man sich wahrhaftig verlaufen konnte.

Nun, genau das schien sich dann ereignet zu haben: Lilli
Steinbeck und ein Mann namens Kallimachos, der dickste
Detektiv, den die Welt je gesehen hatte, die beiden ver-
schwanden, wie man so sagt, spurlos. Lillis Tochter Sarah
blieb einstweilen in Athen. Sie war ja erwachsen, zudem
bestens aufgehoben im Schoße einer gewissen Familie Stir-
ling.

Und Ivo? Was geschah mit Ivo in diesen zwei Dekaden?

Das Erstaunliche war, daß Ivo Berg, nachdem sein ungeborenes Kind gestorben war und die wieder gesundete
Lilli ihn verlassen hatte, sich nicht etwa zurück in die

römische oder wenigstens österreichische Sicherheit begab oder eine mit Elterngeld finanzierte Expedition in Angriff nahm, sondern sich entschloß, in Giesentweis zu bleiben. Sich niederzulassen und in das Haus zu ziehen, welches Lilli geerbt hatte. Er gedachte es anzumieten, doch Lilli wollte kein Geld, obgleich sie damals durchaus welches benötigt hätte. Aber sie vertrat die Meinung, gewisse Dinge dürfe man nicht *verkaufen* und andere nicht *kaufen*. Tat man es dennoch, sei dies eine Sünde. Also schenkte sie ihm das Anwesen.

So geschah es tatsächlich, daß Ivo Berg in das Kucharsche Haus zog, ein vielleicht hundert Jahre altes Gebäude mit einer großen Scheune und einer kleinen Werkstatt, woraus sich quasi ein loser Dreikanthof ergab, in dessen Hofmitte ein alter Baum aufragte. Dieser Baum sollte Ivos Leben maßgeblich verändern und prägen. Zunächst aber stand er einfach nur da, wie Bäume das zu tun pflegen, als könnten sie nicht bis drei zählen. Aber einem jeden sei versichert: Das können Bäume ganz sicher und noch ein bißchen mehr.

Zunächst freilich herrschte Bestürzung in der kleinen Stadt darüber, daß Ivo blieb. Der ganze Fall war übel genug. Die ermittelnden Kripobeamten bestanden auf einer genauen Untersuchung, so daß jene jungen Frauen und jungen Männer gezwungen waren, zu den Vorfällen besagter Nacht Auskunft zu geben. Zwar hatten sie sich in dem einen Punkt abgesprochen, Ivo hätte vollkommen freiwillig an der illegalen Schwimmbadparty teilgenommen, aber Ivos eigene Aussage sowie diverse Widersprüche relativierten den Begriff der Freiwilligkeit. Es wurde klar, daß man Ivo unter Androhung von Gewalt gezwungen hatte, mitzukommen. Andererseits erkannten auch die Kripobeamten, wie sehr es allein diesem Zwang zu verdanken gewesen war, daß in selbiger Nacht ein halbwüchsiger Schulversager überlebt hatte. Allerdings in einer Weise, deren einziges echtes Plus darin bestand, nicht mehr zurück an seine alte Schule zu müssen.

Letztendlich begnügten sich aber auch die Kriminalbeamten damit, einen Untersuchungsbericht abzufassen, der sich kaum eignete, Anklage gegen wen auch immer zu erheben. Wobei weder Lilli noch Ivo bezüglich des Unfallfahrers irgendeinen Zorn verspürten. Sie sahen in ihm bloß einen willenlosen Baustein der fatalen Ereignisse, kaum schuldiger als der Laternenpfahl und die Bordsteinkante und die Bedingungen des Wetters in dieser Nacht.

Anders war das mit den jungen Leuten, die Ivo gezwungen hatten mitzukommen. Sie waren auch ohne Klage Angeklagte. Sie fühlten die Schuld. Die ganze Stadt fühlte diese Schuld und empfand es gleichzeitig als Impertinenz, wie sehr Ivo durch sein Hierbleiben einen jeden Giesentweiser an das erinnerte, was sich zugetragen hatte. Man war überzeugt, Ivo wolle sich auf diese Weise rächen, so wie man überzeugt war, er würde nach einiger Zeit genug von der Rache haben und Giesentweis wieder verlassen. Da aber täuschten sie sich. Sosehr sie Ivo mieden oder ihm bürokratische Fallen stellten, blieb dieser unbeirrt. Er setzte sich fest. Daß er die Leute damit ärgerte, störte ihn zwar nicht, war aber mitnichten ein Beweggrund. Eher könnte man sagen: Er war gestrandet. Und kein Gestrandeter sucht sich den Strand aus.

Zwei Jahre nachdem dies alles geschehen war, lernte Ivo eine gewisse Freifrau von Wiesensteig kennen, die in Stuttgart lebte, aber in Giesentweis ein kleines Sommerhaus besaß. Die Freifrau war zugleich auch Freidenkerin, so aristokratisch wie aufgeklärt und noch einige andere Widersprüche vereinend. Eine beeindruckende Person, siebzigjährig, fast zwergenhaft klein, dennoch imposant, allein in der Art, wie sie ihren Kopf trug, beziehungsweise schien es so, als trage der Kopf sich selbst und lenke den restlichen Körper gleich einem Automobil. Überhaupt gemahnte die Freifrau an jene Damen aus den zwanziger Jahren, die Autos und Abenteuer zu den ihren gemacht hatten, den Luxus zum Kunstwerk, das Kunstwerk zum Alltag. Die Freifrau fungierte als Präsidentin eines »Vereins zur Förderung der Freiheit im Kopfe und im Geiste« und veranstaltete postmoderne Séancen, in denen sowohl die Teilnehmer als auch die teilnehmenden Geister auf jeglichen Hokuspokus und Pathos verzichteten und man ausgesprochen vernünftig miteinander umging, sagte, was zu sagen war, ohne unhöflich mit dem Tisch zu rücken und aufs blödeste die Stimme zu verstellen.

Die Freifrau – viele nannten sie auch *das Fräulein* – verfügte über die Gabe, etwas scheinbar Verrücktes auf die normalste und stets wissenschaftlichste Weise darzulegen. Für sie gab es keine Wunder, sondern nur Natur. Sowie eine falsche und eine richtige Art, mit der Natur, nicht zuletzt der menschlichen, umzugehen. Eine ihrer interessantesten Forderungen war die, jeder Bürger sollte einmal am Tag in der Lage sein, ein Restaurant aufzusuchen. Selbstverständlich auch jene, die in Restaurants arbeiteten.

Ivo lernte Eila von Wiesensteig im selben Hotelgasthof kennen, in dem die dramatische Wandlung seines Lebens ihren Ausgang genommen hatte. Es versteht sich, daß er auch hier höchst ungern gesehen war, aber was sollte man machen? Er gehörte mitnichten zu den Gästen, die man mit einem Hausverbot belegen konnte. So unbeliebt er war, war er dennoch sakrosankt. Auf eine andere Weise war das auch Marlies Kuchar gewesen. Und ganz sicher galt dies für Eila von Wiesensteig, vor der sich sogar die Halbstarken verbeugten.

Als nun an einem viel zu heißen Tag fast alle Gäste im Freien saßen, kamen Ivo und die Freifrau in der Leere des dunklen Innenraums miteinander ins Gespräch. Ja, sie trafen sich wie Leute in der Wüste, die mit ihren Autos auf der einzigen Straße zusammenstoßen, ohne sich aber umzubringen, in der Kollision sogar ein Geschenk erkennend. Zumindest sollte sich dieses zufällige Kennenlernen für Ivo als ein solches erweisen.

Sogleich kam der Spiritismus zur Sprache. Doch was Ivo vor allem faszinierte, war das Gesicht der kleinen Aristokratin, schmal, hell, fast weißlich, mit einem geradezu winzigen roten Mund im Gesicht, einem Kindermund, der von einer vergleichsweise großen Nase gestreift wurde, die allerdings ohne irgendeine Verunstaltung auskam, vielmehr ebenmäßig das vornehme Damengesicht erhöhte, eine spitze Kuppe bildend. Dennoch fühlte sich Ivo an Lilli erinnert, obgleich nicht nur deren Nase, auch deren Mund ganz anders aussah, größer, voller. Vielleicht war es eher die Haltung in diesem Gesicht, denn nicht nur der Kopf schien sich selbst zu tragen, sondern auch jedes Detail des Gesichts – für sich stehend ein Ganzes bildend.

»Sie haben Hände für Bäume«, sagte die Freifrau.

»Finden Sie?« zeigte sich Ivo verwundert und schaute auf seine Hände hinunter. »So breit finde ich sie gar nicht.« Er hatte nämlich »Hände wie Bäume« verstanden. Wurde nun aber darüber aufgeklärt, daß das Freifräulein befand, seine Hände seien von jener Gestalt und Form, die sich zur Pflege von Bäumen und Sträuchern eigne.

»Woran erkennen Sie das?«

»Ausschlußverfahren«, sagte Eila von Wiesensteig. »Ich sehe, wofür Ihre Hände alles *nicht* geeignet sind, um jetzt beispielsweise das Klavierspiel, die Feinmechanik und die Betreuung von Kleinkindern zu erwähnen. Was bleibt, ist die Pflege von Bäumen. Nicht das Übelste, oder?«

In der Tat war es nicht das Übelste. Was aber Ivo in diesem Moment nicht ahnen konnte, war, wie sehr dieser Fingerzeig seine Zukunft bestimmen sollte. Erneut erhielt in diesem unscheinbaren Gastraum sein Leben einen Richtungswechsel, nur, daß es diesmal ein erfreulicher sein würde.

Ivo begegnete der Freifrau von Wiesensteig, die bald darauf ihr Sommerhaus verkaufte, nur dieses eine Mal. Aber die Bemerkung des Fräuleins bezüglich der Eignung seiner Hände, die auch eine charakterliche und ideelle Eignung einschloß, animierte ihn dazu, am nächsten Tag die katholische Pfarrbücherei aufzusuchen und sich ein Standardwerk über den richtigen Umgang mit Bäumen auszuleihen. Daß in diesem Buch nur Unsinn stand, würde ihm später sehr klar werden, aber die Kraft von Büchern ist mitunter so stark, daß auch die, in denen Unsinn steht, den Suchenden mit dem richtigen Impuls ausstatten. Einmal in der rechten Umlaufbahn, finden sich sogar die gescheiten Bücher. Dazu kam, daß die Rotbuche in der Mitte des Kucharschen Hauses Ivo recht bald lehren würde, wie mit einem Baum richtig zu verhandeln sei.

Ivo Berg traf also nie wieder auf Eila von Wiesensteig. Und lange sollte es so aussehen, als würde er auch Lilli Steinbeck nicht wieder begegnen. Aber das Schicksal bewies, daß es den oft zitierten Satz, wo ein Scheißwille ist, da ist auch ein Scheißweg, auf seine eigene, etwas umständliche, aber nicht unelegante Weise umzusetzen imstande war.

Manches braucht Zeit. Aber wer, bitteschön, sollte Zeit haben, wenn nicht die Zeit?

II

Gegenwart

demokratie

unsere ansichten
gehen als freunde auseinander

   (in den Stuttgarter Stadtbahnen
   ausgehängtes Gedicht von Ernst Jandl)

Ein Freund ist nur ein Feind,
der noch nicht angegriffen hat.

   (aus dem Zeichentrickfilm
   Die Pinguine aus Madagascar)

Manchmal glaube ich,
daß das Telephon aus der Vogelperspektive
erfunden wurde.

   (Edmund Mach, »Das Telephon« aus
   Buchstaben Florenz)

5

Können Geister telephonieren?

Nun, ein Spötter würde jetzt vielleicht fragen, ob man sich angesichts von telephonierenden Geistern nicht auch Auto fahrende Geister vorstellen muß. Aber Telephonieren ist etwas anderes. Geister sind aus nachvollziehbaren Gründen am Autofahren gar nicht, an der Kommunikation aber sehr wohl interessiert. Und sosehr man vielleicht den weitverbreiteten Mißbrauch des mobilen wie stationären Telephonierens beklagen mag, ein gutes Mittel im Austausch von Meinungen und Erlebnissen, ja selbst noch im gegenseitigen Anschweigen ist es allemal. Und gerade darum, weil die Grenze zwischen Diesseits und Jenseits eine relativ strenge ist und sich die Verbindung zwischen den Welten nicht selten im lächerlichen Schabernack der Geisterbeschwörung erschöpft – welche Seite auch immer diesen Schabernack verschuldet –, darum also ist der Einsatz des Telephons im Bereich zwischenweltlicher Kontaktaufnahme ein vernünftiger zu nennen.

Wie so oft kommt es dabei auf die Zahlen an. Denn auch im Gespräch mit Geistern braucht es ja eine Nummer, die man wählt, die *richtige* Nummer. Es nützt also kaum, einfach den Hörer abzuheben, das Handy ans Ohr zu halten oder simplerweise eine beliebige Ziffernfolge einzugeben. Man käme ja ebensowenig auf die Idee, durch bloßes Öffnen eines Kühlschranks dessen Anfüllung zu bewerkstelligen oder mittels blinden und gedankenlosen Hineinhämmerns in eine Tastatur ein Theaterstück zu schreiben (Mails schon, aber das ist etwas anderes). Nein, die rich-

tige Nummer ist auch im Umgang mit Geistern unerläß-
lich. So ist die Welt nun mal beschaffen. Alle Welt. Der
Hokuspokus, der von einigen hüben wie drüben praktiziert wird, dient nur der Unterhaltung und wie alle Unterhaltung der Geldbeschaffung. Wer sich hingegen wirklich
mit der anderen Seite austauschen will oder muß, der ...

Richtig, Geister stehen nicht im Telephonbuch.

Oder doch? Hat sich schon einmal jemand die Mühe
gemacht, sämtliche Namen und Adressen und Telephonnummern eines einzelnen Bandes einer einzelnen Stadt zu
überprüfen? Ob all diese Personen tatsächlich existieren?
Es wäre zumindest nicht ganz dumm, wenn der eine oder
andere Geist, der eine oder andere Tote sich auf diese
Weise in unsere Welt schmuggeln würde.

Wenn das so ist, wenn wirklich ein echtes Telephon-
interesse der Geister besteht, so werden jetzt einige Leute
die Frage stellen: »Wieso in Herrgottsnamen hat mich
dann noch nie ein Geist angerufen?«

Nun, warum sollte er? Ohne echten Anlaß. Ohne die
Chance auf ein interessantes Gespräch. Vor allem ohne die
Chance, ernst genommen zu werden. Denn selbstredend
würden die meisten den Anruf eines Geistes für einen
dummen Scherz halten.

Das Problem der ernsthaften Geister ist dasselbe, mit
dem sie wahrscheinlich schon zu Lebzeiten zu kämpfen
hatten: ihre Normalität, ihre Unauffälligkeit. Der unauf-
fällige Geist wird übersehen und überhört. Im besten Falle
belächelt.

Es muß somit einen ziemlich triftigen Grund dafür geben,
wenn einer von ihnen zum Hörer greift und eine Nummer
wählt, die zu unserer Sphäre gehört. Einen sehr triftigen
Grund.

*

Auf einem Flecken dieser Erde, an dem es ganz sicher keine Telephonleitungen und Funkmasten gab und man schon ziemlich gut ausgerüstet sein mußte, um einen fernmündlichen Kontakt herzustellen, stand ein Mann auf einer der zahlreichen Erhebungen, die diese auf eine karge, wilde Weise wunderschöne Landschaft bestimmten. Dank der Berge gab es Täler und Ebenen, die wie vergnügte kleine Kinder aus diesen Bergen herausgerutscht waren. Ein paar waren klein geblieben, andere gewachsen, einige hatten ihrerseits etwas hervorgebracht, Flüsse, Wälder, andere waren leer geblieben, wirkten dabei aber nicht unglücklich. Menschen gab es in dieser Gegend nur wenige, so wenige, daß man es sich kaum vorstellen konnte. Wie da nämlich auf den Quadratkilometer zwei Zehntel eines Bewohners kamen und es somit einer ganzen Menge von Quadratkilometern bedurfte, um einen vollständigen Menschen zu ergeben. Das heißt, der Mensch stand an dieser Stelle des Erdballs einerseits einer Übermacht der Natur gegenüber, durfte andererseits eine beachtliche Fläche für sich in Anspruch nehmen.

Wie auch jener dicke Mann, der da völlig allein die moosige Kuppe der nach sämtlichen Seiten steil abfallenden Anhöhe besetzte. – »Dick« ist eigentlich das falsche Wort, und auch »fett« hätte nur ungenau sein Aussehen beschrieben. Er war kein Koloß und auch kein Freak. Sein Dicksein war grundsätzlich und ausschließlich, existierte unabhängig von allen anderen Erscheinungsformen. Es war sowenig ein Kontrapunkt zum »Dünnsein« oder »Schlanksein«, wie ein Walroß den Kontrapunkt zu einem Seepferdchen darstellt.

Dieser Mann beherrschte den ihn umgebenden Raum, füllte den Raum zur Gänze. Da war keine Lücke, kein Platz auch nur für ein Krümelchen. Ja, man konnte sich vorstellen, wie selbst Bakterien ein Problem damit hatten, in nächster Nähe zu diesem Mann eine Nische zu finden.

Darum war es auch nur normal, daß er sich nicht bewegte, sondern starr, aber nicht leblos den Ort dominierte, schwer atmend, gewissermaßen der Luft die Luft entziehend und sie ihr in einem stark veränderten Zustand zurückgebend. Darum nämlich, weil dieser Mann eine Zigarette im Mund hatte. Selten sah man ihn ohne das glühende Röhrchen zwischen seinen Lippen. Er qualmte und qualmte und verwandelte immer wieder aufs neue die Luftverhältnisse in seiner Umgebung. Selbst hier oben, wo man praktisch mit der Hand in den Himmel fassen konnte – was er freilich niemals getan hätte, den Himmel angreifen, als sei's ein befreundeter Hintern oder so – und wo ein eisiger Wind wehte, rauchte er in derselben gelassenen, den Standpunkt der Ewigkeit einnehmenden Art. Allerdings war auch er gezwungen, sich die jeweils neue Zigarette am Stummel der alten anzuzünden, tat dies jedoch auf eine kaum merkliche Weise, seine fleischigen Ärmchen praktisch unter der Hand bewegend, so zeitlupenartig wie zügig, die Aktion vom eigenen Schatten verdeckt. Das geschah hier oben in der gleichen Weise, wie es auch in einem überfüllten Restaurant geschehen wäre. Nur, daß sich in den Restaurants die Leute stets gewundert hätten, daß dieser »schnaufende Fleischberg« schon wieder eine neue Zigarette im Mund hatte. Ein Mensch, dem mit keinem Rauchverbot der Welt beizukommen gewesen wäre.

Nun, in einem Restaurant war der dicke Mann, der den Namen Spiridon Kallimachos trug, schon lange nicht mehr gewesen. An diesem Flecken der Erde gab es keine Restaurants, bloß eine Kneipe, unten im Dorf, das jedoch kein richtiges Dorf war, sondern eine Ansiedlung, eine Ansiedlung ohne Namen, genaugenommen ein Versteck. Tag für Tag trugen die Männer, die dort zusammen mit Kallimachos lebten, den massigen Griechen in einer Sänfte den Berg hoch. Denn natürlich wäre er selbst niemals in der Lage gewesen, sein Gewicht (diesem Gewicht nun eine

Zahl zu geben hätte bedeutet, es zu entehren) den steilen Weg nach oben zu schleppen. Nichtsdestoweniger bestand Kallimachos darauf, während des kurzen Sommers jeden Nachmittag ein, zwei Stunden an dieser Stelle zu verweilen und hinunter ins Land zu schauen. Wenn er denn tatsächlich schaute. Was genau er unternahm, konnte ja niemand sagen, außer natürlich, daß er rauchte. Dennoch wäre keiner von den jungen und alten Männern sowie den Kindern, die Kallimachos gleich einem Buddha auf ihren Schultern transportierten, auf die Idee gekommen, seinem Wunsch zu widersprechen oder gar dessen Sinn in Frage zu stellen. Alles, was Kallimachos tat, vor allem jedoch die Dinge, die er in auffälliger Weise *nicht* tat, wurden als bedeutsam erkannt. Als etwas Göttliches, aber nicht plump göttlich. Die Leute hier waren keine Idioten wie unsereins, die wir die Religion gleich einer Ermäßigungskarte fürs staatliche Museum in der Geldbörse verwahren (und ja doch nicht ins Museum gehen). Diesen Menschen hingegen war die Religion ein so bitterer wie süßer Ernst. Und genau darum betrachteten sie Kallimachos gleichzeitig als ihren spirituellen Führer und ihren Gefangenen.

Wohin hätte Kallimachos auch flüchten können, in dieser Gegend, wo man einmal pro Kilometer auf zwei Zehntel Mensch traf?

6

Ivo hing soeben in den Seilen, in der Art der Bergsteiger, als würde er einen Überhang von der Unterseite her beturnen. Aber es war nun mal kein Felsen, von dem er da waagrecht baumelte, sondern die mächtige alte Rotbuche, die weit ausladend den Innenhof des Kucharschen Anwesens einschattete. Vom grellen Sonnenlicht des Tages drangen nur Splitter und Funken bis zur ausgetretenen Bodenfläche, wo die wenigen Flecken schwächlich herumzuckten, als berichteten sie vom Aussterben jeglicher Tanzkultur. Das meiste Licht aber verfing sich im dichten Gewebe der Blätter und Äste. Hier gehörte es fast zur Gänze dem Baum.

»Hallo!« rief der Mann, der eben in den Hof getreten war, zu jenem am Seil Hängenden hinauf. Es war Dr. Kowalsky, der vor zwanzig Jahren das Bezirksnotariat geleitet hatte, um dann wenig später eine eigene Anwaltskanzlei zu eröffnen. Für einen kurzen Moment war er berühmt geworden, weil er einen bekannten Fußballer in einem Mordfall, einer Eifersuchtsgeschichte, vertreten und einen Totschlag erwirkt hatte, gleich einem, der aus einem Glas Wein den ganzen Alkohol herausargumentiert. Aber vom Gipfel dieser Berühmtheit war er rasch wieder zurückgefallen in den Alltagstrott aus Geschäftsverträgen und Erbschaftsstreitereien.

Obgleich er ja von der Wut der Menschen lebte, fragte er sich manchmal, woher sie kam, ob auch sie ein Erbe darstellte, mehr noch als die Häuser, die der eine an den nächsten abgab. Jemand erbte ein Haus und erbte die Wut dazu. Erst im nachhinein suchten diese Leute nach einem Grund für ihre Wut, um die Wut nicht so allein und sinnlos dastehen zu lassen. Wenn einer seine Frau schlug, so mußte er hernach ein auslösendes Moment dafür finden. Ein solches fand sich immer, niemand wußte das so gut wie Kowalsky. Nun, bis zur Pensionierung blieben ihm noch knapp zwei Jahre, und er war froh um ein Einkommen, das es ihm ermöglicht hatte, eine kleine Kunstsammlung anzulegen, viel Mittelalterliches, aber auch einige moderne Meister. Die Kunst war seine Liebe und sein Trost. Wäre die Kunst nicht gewesen, er hätte sich umgebracht.

Und da stand Dr. Kowalsky also im Schatten der Rotbuche, an diesem klaren, noch etwas kalten Märztag, jedoch ohne Mantel und Hut, und rief zu einem Mann hoch, mit dem ihn zwar kein freundschaftliches Verhältnis verband, aber doch ein freundlicher Umgang, während der Rest der Gemeinde bis zum heutigen Tag einen Bogen um Ivo Berg machte.

Ivo vollzog zwischen den Seilen einen gestreckten Überschlag rückwärts, was nicht wirklich einem Zweck diente, sondern bloß dokumentieren sollte, wie perfekt er sich zu bewegen verstand. Und zwar ganz im Gegensatz zu Dr. Kowalsky, diesem blassen Menschen im dunklen Anzug, der aber ebensogut als dunkler Mensch in einem blassen Anzug durchgegangen wäre. Anzug und Mensch schienen fortgesetzt ihren Platz und ihre Rollen zu vertauschen, ja sich zu verwechseln, ohne darum aber verwirrt zu sein. Die Verwechslung, die Unwissenheit, wer hier Anzug und wer hier Mensch war, führten eher zu einer großen Stabilität. Zu einer Verfestigung andauernder Unklarheit. Wie man sich in manchen Gegenden und zu manchen Jahreszeiten an den ständigen Wechsel des Wetters gewöhnt und diesen schlußendlich als das eigentliche Wetter begreift. Es ist also nicht so, daß der April nicht weiß, was er will, er weiß es sogar ganz bestimmt. Und auch Dr. Kowalsky wußte bei aller Skepsis sehr genau, was er wollte.

Federnd landete Ivo auf der Erde. Er war noch etwas dünner und drahtiger als vor zwanzig Jahren, das Gesicht kantiger, aber auch gesünder, wobei diese Gesundheit salbungsvoll die Traurigkeit seiner Augen umgab, das Dunkle und Abgründige, genau das, was so stark bei den Frauen wirkte. Sie begriffen diese Dunkelheit als eine Art goldene Fassung, in die sie selbst sich schmückend einfügen konnten, sich als Edelstein erlebend. Ja, in der Tat, sosehr Ivo öffentlich gemieden wurde, hatte er nicht wenige Frauen aus der Umgebung in diesen zwanzig Jahren beglückt, ohne daß dies je ruchbar geworden war. Was ja einem Wunder gleichkam, gerade am Lande. Aber die Frauen begriffen, diesen Mann nicht *vollständig* haben zu können, weil ein Teil von ihm gestorben war und sie es allein mit einem aufteilbaren Rest zu tun hatten, mit einer attraktiven Traurigkeit in Form einer goldenen Fassung.

Dennoch war Ivo Berg mitnichten ein Frauenheld zu nennen. Wenigstens schien er aus seinem Erfolg keine echte Freude, nicht einmal Macht zu beziehen. Er verhielt sich in dieser Hinsicht wie jene Menschen, die, ohne Appetit zu haben, essen, ohne das Bedürfnis, sauber zu sein, sich waschen, ohne reich sein zu wollen, reich sind.

Ganz anders war das mit seiner Arbeit, die nun in erster Linie darin bestand, mit Bäumen zu reden. Besser gesagt, sich mit Bäumen herumzustreiten. Denn entgegen der landläufigen Vorstellung von der Gutmütigkeit pflanzlicher Existenzen waren vor allem die bäumlichen Wesen mit einer widerspenstigen, von Sturheit und Eigensinn bestimmten Natur ausgestattet, die mal mehr und mal weniger intelligent daherkam. Gut vorstellbar, wie sehr diesen Lebensformen die eigene Bedeutung für das Funktionieren gewisser biochemischer Vorgänge bewußt war und wie viel also davon abhing, daß es sie gab. Vor allem aber waren sie im wahrsten Sinne fixiert auf den Ort, an dem sie ihre Wurzeln geschlagen hatten und den sie für sich beanspruchten. – Es ist sicher keine Kleinigkeit, wenn man feststellt, daß ein Baum, der im Wege steht, gefällt werden muß. Platz machen muß für eine unserer schönen Autobahnen oder eines unserer schönen Einfamilienhäuser. Die meisten Menschen trösten sich wie so oft mit dem Argument der Notwendigkeit, der Not wendenden Wendung. Es gibt freilich auch jene, die wissen oder ahnen, daß, wenn man einen Baum umschneidet, dies ein wenig so ist, als würde man dem lieben Gott einen Finger abtrennen. Vielleicht auch nur eine Fingerkuppe. Aber selbst das wäre ja immer noch zuviel des Guten.

Wer nun in solchen Fingerkuppendimensionen dachte, tendierte natürlich dazu, anstatt einem Baum sägend und fällend das Lebenslicht auszublasen, ihn stehenzulassen und sich Kompromisse zu überlegen. Solche Leute waren es, die Ivo Berg engagierten, dann, wenn ein Baum zu kooperativem Verhalten animiert werden sollte. Indem man ihn zum Beispiel überredete, in eine andere als die bisherige Richtung zu wachsen. Sich weniger über die Straße und mehr über die Wiese zu neigen. Seine Wurzeln nicht mehr dazu zu benutzen, eine Mauer oder einen Pool auszuhebeln. Oder indem man ihn aufforderte, der eigenen Erkrankung, des eigenen Pilzbefalls Herr zu werden. Ja, mit Bäumen konnte man reden, aber eben nicht so, wie sich das die Topfpflanzenbesitzer vorstellen, die eher einen sentimentalen oder weinerlichen oder psychologischen Ton anschlagen und sich gerne auf einer Stufe mit ihren Lieblingen sehen. Einem Baum hingegen brauchte man mit einem derartigen Gesülze gar nicht erst zu kommen (und das hat nichts mit der Körpergröße der Bäume zu tun, auch Zwergtannen und Bonsais sind so).

Eila von Wiesensteigs Bemerkung, er, Ivo Berg, habe
»Hände für Bäume«, hatte ihn dazu gebracht, sich mit
jenen Wesen auseinanderzusetzen, für die seine Hände angeblich geschaffen waren. Und die Rotbuche in der Mitte
des Hofs war es dann gewesen, die Ivo gelehrt hatte, wie
eigenwillig Bäume sein können, wie klug, wie stur, mitunter wie blöd. Ivo Berg hatte jedenfalls eine Ausbildung
zum Gärtner begonnen. Und in der gleichen unbedingten
und bravourösen Art, mit der Lilli Steinbeck zur gleichen
Zeit eine verblüffende Abschlußarbeit über die zwangsläu-
fige Verbindung von Kreditgesellschaft und organisiertem
Kidnapping vorlegte, wurde Ivo ein geprüfter Baumpfleger
und Baumsanierer. Bar ihres Kindes, waren die beiden zu
Musterschülern geworden, die auch in der Praxis eine be-
ängstigende Grandiosität entwickelten. Beängstigend, weil
man sich nämlich fragen mußte, ob nicht alle Leute, die in
ihren Berufen Beträchtliches leisteten, sich diese Gunst mit
einem fürchterlichen Unglück »erkauft« hatten.

Wie auch immer, Ivo war also ein gefragter Baumpfleger
geworden, der von Leuten in ganz Deutschland und darüber hinaus engagiert wurde, nur natürlich nicht von den
Giesentweisern. Ivo hatte den Ruf, auch mit den schwie-
rigsten Bäumen fertig zu werden, wobei das, was er war,
wenig bis nichts zu tun hatte mit dem, was in anderem Zusammenhang Pferdeflüsterei genannt wird. Das Flüstern
geht den Bäumen nämlich am Arsch vorbei. Dann schon
lieber ein lautes Wort. Bäume sind im Prinzip Diskutierer,
nicht alle cholerisch, aber viele. Immerhin lassen sie sich
beeindrucken, indem man eben nicht flüstert und nicht so
tut, als wollte man eine nette kleine Unterhaltung führen.
Und vor allem, indem man auf und in ihnen herumklet-
tert. Die meisten mögen das. Zumindest wenn der Kletterer sich versiert zeigt und also die Würde des Baumes mittels der Würde eigener Kletterkunst unterstreicht. Anfänger
und Halbstarke werden hingegen gerne abgeschüttelt be-

ziehungsweise kaum über die ersten Meter des Stammes hinausgelassen. – Bei Obstbäumen in Gärten ist es oft anders. Was aber nicht zu wundern braucht. Es ist, als hätte man ihnen das Hirn aus dem Schädel operiert. Und da stehen sie also wie narkotisiert (in der Tat nicht selten besprüht) und produzieren ihre Kirschen und Äpfel und Birnen und lassen sich von jedem dahergelaufenen Kleingärtner besteigen. Armselig!

Daß Waldbäume da sehr viel eigensinniger sind, versteht sich. Doch das Augenmerk der Baumpfleger gilt naturgemäß vor allem jenen Exemplaren, die sich in nächster Nähe zu den Menschen aufhalten, ohne aber ihre Wildheit eingebüßt zu haben. Bäume an Straßen, Bäume, die schon *vor* den Häusern, *vor* den Spielplätzen da waren, bevor noch jemand auf die Idee kam, eine Parkbank hinzustellen oder eine Kurve anzulegen. Und selbst jene Bäume, die durchaus zum Zwecke städtischer Begrünung gepflanzt wurden, leben oft im Bewußtsein ihrer prinzipiellen Überlegenheit, ihres Vorrechts vor der Architektur und den Bewohnern. Da haben wir dann doch wieder den Umstand photosynthetischer Höchstleistung im Dienste atembarer Luft, während die Menschen in dieser Hinsicht ja eher Kontraproduktives leisten. – Daß wir in der Lage sind, Bäume zu fällen, mag zwar ebenfalls als eine Art von Überlegenheit gesehen werden. Bloß was ist das für eine Überlegenheit, etwas umzusägen? Auf die Medizin übertragen, könnte man sagen, daß selbst eine brutale Amputation noch einfallsreich wirkt im Vergleich dazu, den Patienten einfach zu erschießen.

Ivo Berg also stellte sich quasi zwischen den Baum und eine mögliche Erschießung und bot Alternativen an. Er leistete Überzeugungsarbeit, in Richtung der Gartenbesitzer und Kommunen wie auch in Richtung der Bäume, mit denen er es zu tun bekam. Dabei drehte es sich des öfteren um den Erhalt der Verkehrssicherheit, auch wenn Ivo den

Bäumen gerne weismachte, deren eigene Sicherheit sei das Thema. Jedenfalls war er um eine Aussöhnung zwischen dem verkehrsbedingten Lichtraumprofil und dem Profil des Baums bemüht. Er kletterte in den Bäumen herum, vollzog akrobatische Verbeugungen, redete mit dem Holz, stritt mit ihm, fügte Prothesen an, eliminierte stillschweigend abgestorbene Teile, spritzte stabilisierende Materialien in brüchige Äste und setzte sich mit der Frage auseinander, was ein bestimmter Schädlingsbefall zu bedeuten habe. Denn selbst bei Bäumen war es ja nicht so, daß sie aus heiterem Himmel krank wurden, sich ansteckten, einer Attacke anheimfielen. Klar, auch unsereins wird von einer Mücke gestochen, ohne daraus etwas abzulesen als diese gewisse Bissigkeit kleiner Blutsauger. Doch jemand, der ständig Stiche erleidet und dabei in der heftigsten Weise reagiert, wird sich wohl so seine Gedanken machen und sich wenigstens schützen. Ivo Berg half den Bäumen, sich zu schützen.

Daneben erstellte er Gutachten, manchmal leider auch über die Widerspenstigkeit und Unrettbarkeit mancher Patienten.

Ivo galt als Koryphäe in seiner Branche. Zwar gab es noch bessere Kletterer als ihn, aber sein Gespür für den Baum, seine psychologische Kenntnis dieser Wesen, die auszurotten sich die Menschheit einfach nicht leisten konnte, galt als umfassend und hexenmeisterlich. Daneben wäre zu erwähnen, daß er einen durchaus zeitgenössischen Geist versprühte: diese Mischung aus Umweltschutz und schlankem Armani-Körper, aus Hochanständigkeit und einer wohlgestalten Arroganz, aus Vegetarismus und Lamborghini … In der Tat, er fuhr einen solchen Wagen, einen Murciélago LP 640, dessen Name, Murciélago – ebenso wie das Markenzeichen dieser Sportwagenfirma –, sich auf jenen gleichnamigen Stier bezog, der 1879 in Córdoba (eine Stadt, die man eigentlich nur kennt, weil sie irgendwie zu Österreich gehört) vierundzwanzig Lanzenstöße überlebt hatte und schließlich von seiner Lächerlichkeit, dem Torero, begnadigt worden war.

Ivo Bergs Fledermaus (denn nichts anderes bedeutet Murciélago) war nicht schwarz oder braun, sondern gelb wie viele Lamborghinis, allerdings hatte er sich ein spezielles Gelb ausgewählt, ein gebrochenes Gelb, aus dem etwas Silbriges, Schuppiges hervorstach, als handle es sich eben weder um eine Fledermaus noch um einen Stier, sondern eher um einen Fisch, einen schnellen, versteht sich, einen Barrakuda oder Fächerfisch.

Mit diesem Wagen donnerte er phasenweise durch ganz Deutschland, von einem Baum zum nächsten. Daß er damit nicht gerade zur Luftverbesserung beitrug, war ein Faktum. Aber es war nun mal genauso ein Faktum, daß, wenn man zu denen gehörte, die in irgendeiner Form die Welt gestalteten, man diese Welt auch bereisen mußte. Selbst Philosophen waren angehalten, an diversen über den Globus verteilten Seminaren und Workshops und Tagungen teilzunehmen. Ein zeitgemäßer Philosoph saß nicht in irgendeinem Kaff herum und schrieb Bücher, in Kaffs saßen nur die herum, die keine Einladungen zu Workshops erhielten.

Nun, Giesentweis war zwar ebenfalls ein Kaff, taugte aber bestens als Bergsches Hauptquartier. Auch als Trainingslager, eingedenk der Rotbuche im Innenhof, in der Ivo herumkletterte, um sich auf seine Einsätze vorzubereiten.

Ivo führte Dr. Kowalsky in einen weitgestreckten, niedrigen Raum, in dessen Mitte eine dreiteilige helle Sofalandschaft gleich einem Atoll einen kleinen, schwarzen, in der Mitte aschenbecherartig eingebuchteten Tisch umrahmte. Nicht, daß hier geraucht wurde. Es gab nicht einmal Kaffee oder Tee, sondern stilles Mineralwasser, das

Ivo in zwei Gläser einschenkte, die so ungemein dick und schwer waren, als wäre es zuwenig der kathartischen Strenge, »gesundes Wasser« in *leichten* Gläsern zu servieren.

»Also?« sagte Berg, beugte sich leicht vor und betrachtete den Anwalt mit dieser speziellen Abfälligkeit der Naturmenschen den Büromenschen gegenüber. Als schaue eine Elster auf eine Ameise, völlig vergessend, wie überlegen diese Ameisen sind, sobald man sie als Kollektiv begreift.

Aber auch einzelne Ameisen haben etwas zu sagen. Kowalsky erklärte: »Ich wurde beauftragt, Sie zu kontaktieren. Es gibt da ein Unternehmen, NOH, einer der größten pharmazeutischen Betriebe weltweit. Sie haben sicher schon von denen gehört.«

»Wollen die vielleicht einen Baum retten?« fragte Ivo.

»NOH will die ganze Menschheit retten«, erklärte Dr. Kowalsky.

»Ach was!? Es geht also gar nicht um Geld.«

»Solange Lamborghinis nicht mit Luft, sondern mit Benzin angetrieben werden«, meinte Kowalsky, »wird es immer auch ums Geld gehen. Das ist aber kein Grund, den Kopf hängen zu lassen, nicht wahr? Die Welt darf ja trotzdem eine bessere werden. Aber lassen Sie mich ausholen. Der NOH-Konzern hat an vielen Orten seine Leute sitzen, da wird fleißig geforscht und gesucht. Und einige von denen finden auch etwas, sonst wäre es unter dem Strich schließlich kein Geschäft. In Bremen ist die Zentrale. Und dort haben sie von einem ihrer russischen Mitarbeiter ein Fläschchen mit einer Essenz erhalten, welche offensichtlich die Laborleute in helle Aufregung versetzt hat. Die Analyse scheint absolut vielversprechend: Heilung auf der ganzen Linie.«

»Ein Wundermittel?«

»Es gibt keine Wunder, nur Mittel«, sagte Kowalsky. »Gute oder schlechte Mittel. Dieses scheint ein besonders gutes zu sein. Es handelt sich um die ölige Ausscheidung aus dem Zapfen einer Dahurischen Lärche.«

»Welcher genau?« fragte Ivo, der es ja mit Bäumen recht genau nahm.

»Einer bislang unbekannten Varietät«, präzisierte der Anwalt, »deren Vorkommen auf ein Gebiet der nordwestlichen Seite des Dschugdschurgebirges beschränkt scheint.«

»Nett von diesem Zapfen«, kommentierte Ivo, »den NOH-Konzern auf sich aufmerksam zu machen.«

»Unverdünnt ist das Zeug ziemlich giftig. Wohl anzunehmen, daß es dazu dient, sich Freßfeinde vom Leib zu halten. Es soll bestialisch riechen. Zumindest für den, der ein Freßfeind ist.«

»Larix gmelinii«, sagte Ivo, »ist ein harter Hund. Kein Baum hält so viel Kälte aus. Und jetzt wird er auch noch giftig. Na gut, das wird seinen Grund haben. Trotzdem weiß ich nicht, was Sie von mir wollen. Überhaupt wundert mich, wie viel man Ihnen erzählt hat.«

»Nun, ich habe denen in Bremen deutlich gemacht, daß ich schon etwas brauche, mit dem ich Sie überzeugen kann.«

»Wovon überzeugen?«

»Die NOH-Leute möchten Sie engagieren, ihnen einen von diesen Bäumen zu besorgen.«

»Wie? Einen ganzen?«

»Einen ganzen«, bestätigte der Anwalt. »Wenn Sie es so ausdrücken wollen: mit Haut und Haaren. Beziehungsweise mit sämtlichen Extremitäten, mit der gesamten Wurzel und auch gleich dem Erdreich, in dem diese Wurzel steckt. Wahrscheinlich will man den Baum hier bei uns einpflanzen.«

»Was heißt ›hier bei uns‹?«

»Keine Angst, ich spreche natürlich von einem Labor. Nur scheint es eben so zu sein, daß die Zapfen allein oder ein paar Proben nicht ausreichen, man benötigt die gesamte Pflanze.«

»Warum fahren die Bremer nicht selbst nach Sibirien?«
fragte Ivo. »Oder schicken gleich Sie, Dr. Kowalsky?«

»Na, ich denke, daß dieser Baum keinen Anwalt benötigt, sondern einen Pfleger.«

»Ich hatte aber noch nie mit Russen zu tun. Außerdem habe ich ein Vorurteil gegen diese Leute. Abgesehen von meinem Vorurteil gegen die pharmazeutische Industrie.«

»Sie sollen weder dafür bezahlt werden, einen Konzern zu lieben, noch ein bestimmtes Volk. Ihre Liebe zur Natur dürfte vollkommen ausreichen.«

»Wissen Sie, was ich denke?« meinte Ivo und setzte dorthin zwei Kränze aus enggesteckten Dornen, wo soeben noch seine schönen, traurigbraunen Augen geschimmert hatten. »Es geht darum, daß ich einen Baum stehlen soll. Und NOH diesen Diebstahl dadurch zu tarnen versucht, indem man vorgibt, eine botanische Expedition zu finanzieren. Eine Expedition, die ich offensichtlich anführen soll.«

»Nein, *Sie allein* sind die Expedition«, erklärte der Anwalt.

»Was? Die wollen mich allen Ernstes solo dorthinschikken? Dschugdschur! Haben Sie denn eine Ahnung? Das ist nicht der Himalaja, wo man an jeder Ecke jemand anmieten kann, der einem die Rucksäcke schleppt.«

»Keine Sorge wegen der Rucksäcke«, meinte Kowalsky. »In Ochotsk warten zwei Mitarbeiter auf Sie. Einheimische, die wissen, was zu tun ist. Aber Sie haben schon recht, man möchte, daß Sie im Auftrag einer Forschungsstiftung reisen, die von NOH gesponsert wird. Dabei brauchen Sie aber in keiner Weise etwas vorzugeben, was Sie nicht vorgeben wollen. Ihr Job ist die Untersuchung einer neuen Varietät der Dahurischen Lärche. Die Russen wissen das. Und es ist sicher so, daß die Russen, wenn sie Geld wollen, es auch bekommen.«

»Denken Sie wirklich, denen käme das nicht faul vor?

Sich schmieren lassen für ein Kieferngewächs. Die werden doch sicher kapieren, daß es hier um weit mehr geht.«

»Na und?« tönte Kowalsky. »In Ochotsk regieren Leute, die noch kurzfristiger denken als die in Moskau. Wenn die Geld sehen, schalten sie ihr Gehirn aus. Sie werden nur ungemütlich, wenn unsereins meint, es ginge auch ohne Geld. NOH glaubt das aber nicht. Die Leute in Bremen wissen ganz gut, wie wichtig es ist, daß jeder sein Auskommen hat. Nicht zuletzt einer, der für die Lebenserhaltung eines Lamborghini aufkommen muß.«

»Was reiten Sie so auf meinem Auto herum? Ich muß gewiß nicht diesen Auftrag annehmen, um mir Benzin und Versicherung leisten zu können. Abgesehen davon, daß ein wirklich schönes Auto auch im geparkten Zustand schön bleibt.«

»So meinte ich es auch nicht«, sagte der Anwalt.

»Sondern?«

»Daß es gut ist, wenn alle auf ihre Kosten kommen – NOH, Sie, die Russen.«

»Na, Sie werden ja wohl auch bezahlt.«

»Für mich steht hier am wenigsten auf dem Spiel.«

»Wie kommen Sie auf die Idee, lieber Herr Kowalsky, für mich könnte etwas auf dem Spiel stehen? Nein, Sie werden sich einen anderen suchen müssen.«

Ivo klang ärgerlich. Aber der Ärger galt ihm selbst. Er spürte, daß er sich viel zu sehr in dieses Gespräch einließ und sein Widerstand etwas Kindhaftes besaß. Als versuche er, das abendliche Zähneputzen abzuwehren. Aber das Zähneputzen kann man nicht abwehren, sondern nur hinauszögern. Wie auch das Schlafengehen und das Aufstehen. Liegenbleiben kann man nur, wenn man krank wird. Ja, Ivo wäre jetzt gerne krank geworden. Doch Dr. Kowalsky sagte: »Es ist doch so, Herr Berg, Sie sind ganz einfach der Richtige für diese Angelegenheit. Und es wäre eine Schande, würde statt des Richtigen ein Falscher auf die Reise gehen.«

»Denken Sie denn, es ist so schwer, einen Baum auszureißen, ordentlich zu verpacken und in ein Flugzeug zu stecken?«

Dr. Kowalsky runzelte die Stirn. Er sagte, nun doch in den Ton des Vaters verfallend, der das Zähneputzen einklagt: »Was soll das, Herr Berg? Warum stellen Sie sich dumm?«

Ja, was sollte das? Das mußte sich auch Ivo fragen. Denn natürlich war es alles andere als unkompliziert, einen ganzen Baum aus einer solch entlegenen Gegend zu »kidnappen«. Und diesen Baum dann auch noch zu überreden, selbige Behandlung nicht mißzuverstehen. Denn wenn Pflanzen etwas wirklich beherrschten, dann die Fähigkeit, sich umzubringen, einen unwürdigen Zustand selbst zu beenden. Umpflanzungen waren in diesem Punkt ein ganz heikles Thema, selbst wenn es sich nur um ein paar Meter handelte. Für Bäume das roteste aller roten Tücher.

Warum sollte nun ausgerechnet die nicht gerade als devote Gartenpflanze oder als Parkbaum berühmte Dahurische Lärche diesbezüglich anders denken? Nein, die NOH-Leute lagen schon richtig, wenn sie sich gerade ihn, Ivo Berg, ausgesucht hatten. Er würde kraft seiner Person der Sache einen seriösen Anstrich verleihen, vor allem aber die bestmögliche Behandlung des Baums gewährleisten. Nicht zuletzt würde sein Job auch darin bestehen, jenes Exemplar auszuwählen, das am ehesten in Frage kam. Man könnte sagen, die reisefreudigste unter all den Lärchen.

Zudem begriff Ivo, wie viel besser es war, daß NOH nur eine Person schickte, einen einzelnen Botaniker, statt eins dieser Teams zu entsenden, die selbst auf der Jagd nach Schmetterlingen einen söldnerhaften Eindruck hinterließen. Und welche, sobald sie einen Ort erreichten, alle Aufmerksamkeit an sich zogen, technisch hochgerüstet, laut, anmaßend, blindwütig. Nein, so unvernünftig waren die Verantwortlichen in Bremen nicht.

War das ein Grund für Ivo, zuzusagen? Nur, weil da oben in Norddeutschland mal jemand vernünftig schien? Natürlich nicht. Sowenig wie die Benzinfrage zählte, wenngleich ... nun, die Erhaltung seines luxuriösen Gefährts wie auch die Erhaltung des Anwesens hatten Ivos Finanzen zuletzt deutlich geschwächt. Seit einiger Zeit kämpfte auch er mit Schulden.

Was nun aber wirklich dafür sprach, den Auftrag anzunehmen, war die Möglichkeit, eine Flora zu studieren, die noch viele weiße Flecken aufwies. Wer kam schon je in diese unwegsame Gegend? Und der tollste weiße Fleck ergab sich natürlich in Form einer neuen Variante der robusten Dahurischen Lärche. Um so mehr, als sie offensichtlich eine höchst bemerkenswerte Substanz enthielt.

»Hat der Baum schon einen Namen?« fragte Ivo unvermittelt.

»Nein. Das ist noch nicht offiziell. Es fehlt eine echte Erstbeschreibung. Es gibt praktisch nur die Untersuchung eines einzelnen Zapfens. – Warum? Wollen Sie das Anrecht auf die Benennung?«

»Wer die Erstbeschreibung verfaßt, genießt auch den Vorzug ...«

»Ich denke mir, das müßte sich machen lassen. Die Auftraggeber werden verkraften, wenn der Baum nicht nach dem Konzern heißt. Etwa NOH-A. Auch wenn das ganz gut passen würde.«

»Und die Bezahlung?«

Dr. Kowalsky nannte ein Fixum sowie eine weitaus höhere Erfolgsprämie bei Ablieferung des Baums in einem »der wissenschaftlichen Untersuchung und weiterführenden Verwendung dienlichen Zustand«.

»Bumm!« sagte Ivo. »Das ist keine kleine Summe.«

»Ich weiß nicht«, antwortete Kowalsky, »ob ich berechtigt bin, Ihnen auch weniger anzubieten, wenn Sie sich dann besser fühlen. Aber ich könnte nachfragen.«

Ivo ignorierte den Spott und meinte: »Ich überlege …
ich frage mich, welches Risiko ich eingehe.«

»Darum ist die Bezahlung wohl so hoch«, vermutete
Kowalsky, »weil die Risiken so schwer einzuschätzen sind.
Sie sind dort drüben praktisch auf sich selbst gestellt. Müssen eigene Entscheidungen treffen. Natürlich, da wären
noch die beiden Männer vor Ort. Ihre Auftraggeber aber
werden sich absolut zurückhalten. Das Projekt liegt in der
Verantwortung der wissenschaftlichen Stiftung, nicht des
Unternehmens. Die Stiftung wiederum besteht aus nichts
anderem als einem Bankkonto. Wenn Geld fließen soll,
wird es fließen. Aber das mit dem Baum müßten Sie schon
selbst hinkriegen. Sie verstehen?«

»Hört sich ziemlich nach Himmelfahrt an.«

»Ja, wer kann schon sagen, wo eine Fahrt letztendlich
hinführt. – Also? Darf ich davon ausgehen, daß Sie zusa-
gen?«

Ivo Berg hätte noch ein wenig überlegen können. Aber
er wußte um den geringen Nutzen einer solchen Verzögerung. Die Zukunft stand bereits fest, sie erfüllte sich nur
noch. Und die allernächste Zukunft bestand darin, Kowalsky zuzunicken. Also löste Ivo Berg ein, was theoretisch
längst geschehen war. Sein Nicken verwob das Kommende
mit der Gegenwart.

Der Anwalt erhob sich, reichte Ivo die Hand und sagte:
»Ich melde mich bei Ihnen mit den Details.«

Ivo Berg blieb mit dem Gefühl zurück, der Tag sei vorbei, obwohl erst Mittag war. Aber wann ein Kapitel zu
Ende ist, ist nun mal keine Frage der Tageszeit.

7

Ivo sah durch die hohen Scheiben hinaus auf den Platz. Er brauchte eine Weile, um zu begreifen, daß die ineinander verschraubten Metallstreben keine Stahlskulptur ergaben, die man bloß zu nahe an einen alten Baum gestellt hatte, sondern es sich um eine Stütze für ebendiesen Baum handelte. Ein erstaunlicher Irrtum für einen Mann seines Berufs. Allerdings muß gesagt werden, daß soeben ein heftiges Schneetreiben über Warschau herfiel, und zwar in der Art, in der Milch übergeht, jedoch im Übergehen innehält, den Topfrand nicht überschreitet, eine brodelnde Kuppe bildet und sich so noch eine ganze Weile in der Schwebe hält. Man konnte also meinen, der Schnee steige aus dem Boden hoch.

Ivo kam nicht umhin, an das ungeheuerliche Schneetreiben zu denken, das ihn und Lilli empfangen hatte, als man erstmals nach Giesentweis gekommen war. Natürlich, Schnee fiel immer wieder mal und immer wieder mal auch heftig. Aber Ivo fühlte sich in einer Weise erinnert, wie man beim Anblick einer glühenden Herdplatte daran denkt, sich einst die Finger verbrannt zu haben.

Gemäß der Direktive, die Dr. Kowalsky ihm zwei Tage nach ihrem Gespräch überbracht hatte, befand sich Ivo also in der von einem späten Winter eingeholten polnischen Hauptstadt. Er war angewiesen worden, ein Zimmer in einem Hotel der Altstadt zu beziehen und um drei Uhr nachmittags ein Lokal an der Krakowskie Przedmieście aufzusuchen, nahe der Uni. Dort sollte er einen Mann namens Epstein treffen, der ihn mit allem versorgen würde, was er für seine Reise und seinen Auftrag benötigte. Wobei dieser Auftrag, diese ganze Unternehmung, die Codezahl fünfhundertneunundzwanzig trug.

»Wieso fünfhundertneunundzwanzig?« hatte Ivo den Anwalt Kowalsky gefragt. Aber der hatte nur mit der Achsel gezuckt und gemeint, Sinn und Nutzen dieser Zahl würden sich wohl noch eröffnen.

Ivo freilich fand, die Geschichte schlage gleich zu Beginn einen unangenehm mysteriösen Weg ein. Doch was sollte er tun, er hatte nun mal zugesagt und saß darum in einem dieser neuen schicken Warschauer Cafés, während draußen weiter die Milch kochte.

Aus dem schäumenden Weiß trat ein Mann in das Lokal, der einen langen Mantel trug. So ein Mantel, der zwei Weltkriege überstanden hatte. Verwundet, verschrammt, aber ungebrochen winterfest, der Mantel. Der Typ freilich, der darin steckte, war sehr viel jünger, etwa zwanzigjährig, ein wenig auf Drogen, nach dem Glanz seiner Augen zu urteilen. Er fragte: »Sind Sie Ivo Berg?«

Ivo antwortete: »Fünfhundertneunundzwanzig.«

»Wie bitte?« Der junge Mann schien verwirrt.

Ivo erklärte: »Der Code, ich rede von dem Code: Fünfhundertneunundzwanzig.«

»Ich weiß nichts von einem Code«, antwortete der junge Mann.

»Na egal«, zeigte sich Ivo flexibel, »Sie sind also Epstein.«

»Richtig.« Epstein setzte sich und gab einer vorbeilaufenden Kellnerin ein Zeichen, indem er die Form eines Glases in die Luft zeichnete und dazu »Czerwony« sagte. In der Folge öffnete er den Mantel, was so aussah, als präsentiere ein Schuppentier eine senkrechte Lücke in seinem Panzer. Aus dieser Lücke zog er eine Mappe hervor, die er vor Ivo auf den Tisch legte.

Ivo betrachtete eine Weile die lederne Hülle, auf der ein altes goldenes Wappen aufgedruckt war, dann schlug er den Deckel auf. Im Inneren befanden sich mehrere Tickets für seine Flugreise via Moskau und Chabarowsk nach Ochotsk. Dazu Bilder von der Gegend, einige Karten, die Bestätigung, daß die vereinbarte erste Zahlung auf sein Konto eingegangen sei, sowie Kopien diverser Skizzen, die wohl jene bislang unbekannte und unbenannte Varietät einer Dahurischen Lärche darstellten und einen recht begabten Zeichner verrieten. Zuletzt ein Photo, auf dem ein Haus zu sehen war, eine Hütte, oben auf einem Hügel stehend. Jedoch ohne Hinweis, was es mit diesem Blockhaus auf sich hatte.

Dieses Konvolut erinnerte Ivo ein wenig an jene Berichte von Seeschlangen und Schneemenschen, wo es immer nur Augenzeugenberichte, Graphiken oder verwackelte Filme gibt, wenn Photos, dann verschwommene, wenn gestochen scharfe, dann welche, die alles mögliche zeigen, nur nicht eine Seeschlange oder einen Schneemenschen. Ja, neuerdings geschahen sogar mittels Google Earth dubiose Sichtungen.

Kann es denn so schwer sein, eins dieser Wesen in derselben präzisen Weise in die Linse zu bekommen wie Haustiere und Schifahrer und Damen im Bade? Nun, offensichtlich schon. Was aber beweist das? Daß ein Betrug vorliegt, eine Fälschung?

Unternahm er diese Reise, um eine Fälschung zu entlarven?

Was ist überhaupt eine Fälschung? In der Regel die Kopie eines Originals. Oder ein Notnagel, und zwar so lange, bis endlich ein Schneemensch sich dafür hergibt, in ähnlicher Weise wie all die photosüchtigen Alpinisten und Damen im Bade zu posieren.

Ivo sah auf und meinte: »Ich hatte erwartet, man würde mir einen Laptop auf den Tisch stellen, wo dann alles gespeichert ist, was ich wissen muß. Dazu die Laborbe-richte und ein Iridium-Satellitentelephon.«*

»Keine Ahnung«, sagte Epstein. »Ich soll das hier über-geben. Ich habe es übergeben. Der Tag ist schön.«

»Finden Sie, daß das ein schöner Tag ist?«

»Ich meinte, ich wünsche einen schönen Tag.« Er trank sein Glas in einem Zug aus, schob die Schuppen seines Panzermantels wieder ineinander, erhob sich und trat nach draußen, wo er augenblicklich von heftigstem Gestöber verschluckt wurde. Echt Nebenfigur!

Ivo Berg blieb noch eine Weile. Er wartete so lange, bis die Wirbel sich eingebremst hatten und man wieder etwas vor der Hand sehen konnte, das nicht an jenes verlorene Schiff auf William Turners Gemälde *Schneesturm auf dem Meer* erinnerte.

Chancenlos allerdings war er gegen das Wasser, das in seine dünnen Schuhe drang, als er zurück zum Hotel ging. Dort angekommen, legte er sich ins Bett, wickelte seine

---

* Das Kommunikationssystem »Iridium« ist übrigens ein gutes Beispiel dafür, wie vorsichtig man mit der Bedeutung von Namen und Zahlen umgehen sollte. Das chemische Element Iri-dium besitzt wie auch ein Detektivbüro in Los Angeles und eine tschechische Bürgerrechtsbewegung die Ordnungszahl 77. Und exakt so viele Satelliten waren ursprünglich geplant, um das Funktionieren dieses Telephonsystems zu gewährleisten. Es wurden aber nur 66 Trabanten. Das Produkt müßte also Dys-prosium heißen, was freilich ein häßlicher Name ist. Lange nicht so schön wie Iridium, ein Edelmetall noch seltener als Gold und nicht zuletzt der Beweis für jenen Meteoriteneinschlag, der der Welt das Aussterben der Dinosaurier bescherte, ein Ereignis, das dem Menschen ungewöhnlich stark zu Herzen geht, vielleicht aus seiner Begeisterung für Urzeitriesen, vielleicht wegen seiner Begeisterung für Endzeitszenarien. In jedem Fall wäre zu sagen, daß man ob der Schönheit eines Namens nicht vergessen sollte, nachzusehen, ob hinter dieser Schönheit nicht ein Irrtum, ein Betrug oder ein Mangel steckt.

Füße ein und ergab sich einem zweistündigen Schlaf, aus dem er mit einer verstopften Nase und dem für ihn irritierenden Bedürfnis nach Alkohol erwachte. Er fragte sich, inwieweit dies der Warschauer Luft zu verdanken war, und nahm etwas Homöopathisches zu sich, Arsenicum album, ein Mittel, auf das er süchtig geworden war. Dabei entsprach er gar nicht dem zu übertriebener Perfektion neigenden Arsentypus, der mittels rechter Winkel, des Geradehängens von Bildern und des ständigen Händewaschens das Chaos in der Welt zu bekämpfen versuchte. Dennoch war Ivo Berg auf das weiße Arsen gestoßen, im Zuge eines Verdachts auf Heuschnupfen, und nicht wieder davon losgekommen. Vielleicht war es allein der Name, der ihn so anzog. Das gibt es. Belladonna etwa wird von vielen Menschen allein des hübschen Namens wegen eingenommen. Den Klang des Namens im Ohr, erfolgt die Heilung.

Ivo Berg rauchte nicht, trank selten, war in der denkbar besten körperlichen Verfassung und schluckte Arsenicum album wie andere Traubenzucker. Und wenn man nun berücksichtigte, daß Ivo seine ersten Lebensjahre ja nicht in Wien, sondern an einem kleinen Ort im Ennstal zugebracht hatte, dann ergab sich eine gewisse Verbindung zum Phänomen der sogenannten Arsenikesser aus der Steiermark, Waldarbeiter des 19. Jahrhunderts, die sich zur Stärkung und Anregung kleine Mengen dieser psychoaktiven Substanz lutschend oder quasi als Aufstrich aufs Brot einverleibt hatten, ohne daran zugrunde zu gehen. Ivo gefiel die Vorstellung durchaus, auf eine modifizierte, eben homöopathisch heutige Weise als ein Nachfolger dieser Waldarbeiter gelten zu können, sowohl als Arsenkonsument wie auch als tätiger Mensch im Walde.

Nachdem die Globuli sich auf seiner warmen Zunge gleich winzigen Hagelkörnern aufgelöst hatten, fühlte sich Ivo rasch besser. Er zog sich an, nun aber feste Winterschuhe verwendend, über die er selbstverständlich in mehreren Versionen verfügte. Vor ihm lag immerhin ein weiterer, diesmal erwarteter Spätwinter. Ochotsk war nicht gerade berühmt für seine verfrühten Wärmeeinbrüche.

Es dämmerte, als er nach draußen trat. Der Schnee fiel jetzt bedächtig auf die im Weiß daliegende Stadt. Es war Sonntag, viele Menschen unterwegs, entweder zum Abendessen oder in die Kirche. Nahe dem hoch aufschießenden Kulturpalast (eins dieser Gebäude aus Kunst und Rakete, welche Außerirdische im gesamten Ostblock aufgestellt und nicht wieder abgeholt hatten, während die auf Distanz gehaltenen Hochhäuser der neuen Ära ganz sicher auf keine höhere Intelligenz schließen ließen) betrat Ivo ein italienisches Restaurant, wo man ihn an einen kleinen Tisch führte. Er bestellte Pizza und Wasser. Die Pizza, die dann kam, war so dünn, wie er das noch nie erlebt hatte, schmeckte aber vorzüglich, wie zur Palatschinke mutiert: eine Verschlankung, die die Schmackhaftigkeit des Belags zu verstärken schien, als würden die Tomaten und Artischocken und die Kräuter geradezu aufatmen. Ohnehin brauchte bei Ivo eine Pizza nicht dick zu sein. Er bevorzugte beim Essen das Dünne und Leichte. Wenn er selbst einmal etwas mehr auf die Waage brachte, dann vom Arsen. Denn auch dafür ist Arsen ja bekannt, daß man davon zunimmt.

Dem ungewohnten Drang von zuvor nun doch noch nachgebend, bestellte er sich ein Glas Rotwein. Er hätte aber nicht sagen können, es schmecke ihm sonderlich oder er fühle sich irgendwie besser. Eher war es so, daß er das Gefühl hatte, etwas Notwendiges zu tun, in der Art einer Vorbereitung, eines Trainings. Als wollte er sich lieber hier und jetzt in aller Ruhe an das Trinken gewöhnen und nicht erst in einem Moment, wo alles viel zu rasch gehen würde. Wie gesagt, es war ein Gefühl, eine Ahnung, eine alkoholische Ahnung.

Als Ivo das Restaurant wieder verließ, hatte erneut starker Schneefall eingesetzt. Da er nun aber mit den richtigen

Schuhen und der richtigen Jacke bekleidet war, empfand er eine Freude ob des Wetters. Mit einem ungefähren Gefühl für die Topographie der Stadt setzte er sich in Bewegung, spazierte eine ganze Weile in Richtung der Weichsel und kehrte schließlich in eine von vielen jungen Leuten besuchte Kneipe ein. Mehrere Bildschirme hingen über dem Gastraum, den seitlich eine lange Bar dominierte, an die sich Ivo setzte. Er bestellte ein Bier. Am Mittag des nächsten Tages sollte es nach Moskau gehen, was eigentlich kein Grund war, die Alkoholübung zu übertreiben.

Darum legte sich Ivo sicherheitshalber ein paar Arsenglobuli auf die Zunge und ließ das Bier erst einmal ein wenig stehen. Richtig, er hatte von Bier keine Ahnung.

Ein wenig mehr Ahnung hatte er von Musik, aber auch nur in der Weise, wie man die Namen von Weinen auseinanderhalten kann, aber nicht die Weine selbst. Und dennoch, nachdem er nun eine ganze Weile mit der wohltuenden Wirkung des Arsens und dem Anblick eines unberührten Bieres dagesessen und die Musik, die von den Videoclips herkam, als belanglose Zickenmusik abgetan hatte, drang mit einem Mal etwas an sein Ohr, das ihn aufhorchen ließ. Er blickte nach oben zu den Monitoren.

Zum raschen, konstanten, viertelgenoteten Fortissimoklang eines geschlagenen Holzes hatte eine Gruppe von Klarinetten eingesetzt, in die sich fanfarenartig weitere Blasinstrumente fügten, eine akustische Welle bildend, die in Bewegung war, ohne sich aber fortzupflanzen, ohne größer oder kleiner zu werden. In sich selbst allerdings variabel, so als würde ein Puzzle mittels raffinierter Umschichtung ständig neue Bilder ergeben. Das alles mit einer erhabenen Wucht – präzise und kräftig. Eine Welle, die ein ganzes Meer füllte, ein Meer, das genau vier Minuten existierte. So lange spannte sich dieses Musikstück in der Zeit, bevor es mit einem Finale endete, wie Ivo noch nie eins vernommen hatte – Zack, zack, zack! –, danach war alles tot: das Meer, die Welt, die Musik, die ganze Maschine.

Denn um eine solche Maschine ging es, wie Ivo, der aufgestanden war, um besser sehen zu können, dem eingeblendeten Text entnahm: *Short Ride in a Fast Machine* by John Adams, Berlin Philharmonic, Sir Simon Rattle.

Danach kam gleich wieder einer der üblichen Clips: hüpfende Mädchen, die ihre Bauchnabel der Welt entgegenstreckten, wie um aus diesen Nabeln Projektile abzufeuern und genau diese Welt abzuknallen. Aber diese Welt war ja bereits gestorben, wie Ivo dachte, im Zuge des Finales von John Adams' *Short Ride,* einer Komposition, die aus dem Jahre 1986 stammte, wie er recht bald herausfand. Denn es gab hier auch einen Tisch mit Computer und Internetzugang, wohin sich Ivo nun begab, um Details über dieses zur intelligenten Faust geballte Stück Musik zu erfahren, das ihn in jeder Hinsicht *mitgenommen* hatte. Nie hatte er etwas Derartiges erlebt. Ihm war vollkommen klar, daß – mehr noch als der Alkohol, an den zu gewöhnen sich möglicherweise als unvermeidlich erweisen würde – es genau die soeben gehörte Musik war, dieser kurze Ritt in einer schnellen Maschine, die ihn auf seiner Reise ins und durchs ostsibirische Bergland begleiten würde, auch wenn es wohl kaum eine kurze Reise werden würde. Aber in einer schnellen, in einer sehr schnellen Maschine veränderte sich der Begriff der Zeit und eben auch der Kürze, weil man ja mit diesen Maschinen an weit entfernte Punkte reiste. Zum Bäcker um die Ecke nahm man keine Rakete, oder?

Auf der YouTube-Plattform stieß Ivo auf mehrere Videoaufnahmen dieser Komposition. Minimal music! Auch so eine Schublade. Das wenige, was er aus selbiger kannte (vor allem Stücke von Steve Reich und Philip Glass), war ihm stets geschmäcklerisch erschienen, Kaufhausmusik für Gebildete, nett anzuhören, aber im Grunde belanglos, eintönig: ein dahinfließender Bach, ein langer Teppich, klapperndes Geschirr. – Das war in diesem Fall anders. Auch beim zweiten Mal Hören. Wobei Ivo genau dieselbe Interpretation mit dem weißhaarig aufleuchtenden Sir Rattle schauen konnte, die er zuvor, zwischen Böse-Mädchen-Musik eingebettet, erlebt hatte. Dazu gab es die bei YouTube obligaten Kommentare von Zuhörern zu lesen. Ivo war erstaunt, wie viele Leute sich in der elaboriertesten und auch leidenschaftlichsten Weise mit diesem Stück auseinandergesetzt hatten, variierend zwischen »Damn listen to the rhythm mistake at 2:01«, »Ouch … I heard a squeak from the clarinets around 0:8«, »Love the horns at 4:18!« und »Damn straight! Fuck!«.

Der Vorteil war natürlich, daß man ein Stück von dieser Kürze gleichzeitig als kompaktes Ganzes ansehen, es aber ebenso in einer übersichtlichen Weise aufsplittern konnte. Wobei sich zudem eine recht heftige Diskussion darüber entspann, wie schlimm oder nicht schlimm es sei, John Adams' »piece« fälschlicherweise als »song« zu titulieren, und wer sich nun darum eigne, als ein »douchebag« beschimpft zu werden. Ivo hatte nicht geringste Ahnung, was das überhaupt sein sollte, ein Douchebag, aber er beschloß, sich dieses Wort zu merken. Vielleicht würde irgendwann eine Situation eintreten, wo es sich anbot, diesen Begriff im Stile einer Waffe zu verwenden, einen Begriff, von dem er eben nur das Waffenhafte kannte. Ein Schwert – denn dies stellte das Wort ganz sicher dar –, dessen genaue Beschaffenheit, dessen Länge und Schärfe ihm unbekannt waren, so daß er nur darum auch wagen würde, es einzusetzen. So betrachtet, paßte Douchebag bestens zu der Zahl fünfhundertneunundzwanzig.

Die Diskussion der Hörer auf YouTube gipfelte in einer Weise, die geradezu exemplarisch für die moderne Streitkultur westlicher Prägung stand, wenn da einer meinte, die Kommentare kommentierend: »Surprising amount of vulgarity on comments for classical music« und ein anderer darauf antwortete: »Surprising amount of musical elitism in the comments on a classical music video.«

Damn right!

Ivo jedenfalls war überglücklich, dieses Musikstück entdeckt ... nun, es war ihm quasi vor die Füße gefallen. *Short Ride* erschien ihm als *seine* Filmmusik, als die Musik, die seine Reise von nun an begleiten würde, wie Filmmusik das eben zu tun pflegt: auftauchend, verschwindend, hinweisend, den laufenden Bildern eine Stimme verleihend, die Übertreibung übertreibend: Gänsehaut und Tränen.

Ivo bezahlte das unangetastete Bier und brach auf. Er wollte zurück zum Hotel, denn selbstredend befand sich in seinem Gepäck ein von Drahtverbindungen unabhängiges Notebook, mit dem er John Adams' intelligente Faust auf seinen MP3-Player herunterladen konnte. Als er nun aber eine ganze Weile durch den dicht fallenden Schnee gestapft war, drängte sich ihm die Ahnung auf, sein Ziel verfehlt zu haben. Wobei er im Grunde zu denen gehörte, die meinten, vom angepeilten Objekt angezogen zu werden, wie an einem Faden, der einen hinein ins Hotel zieht.

Aber da war kein Faden. Oder es war so, daß im Zuge der Wetterumstände auch das Hotel selbst den Überblick verloren hatte und außerstande war, Fäden durch die Stadt zu spannen, um jene Gäste, die sich ihrer Intuition oder falsch gelesenen Stadtplänen ergeben hatten, wieder einzufangen.

Die Straßen waren jetzt leer, niemand hier, den Ivo hätte fragen können. In der Altstadt befand er sich wohl, die Häuser standen eng, aus vergitterten Schaufenstern fiel Licht und bildete zarte, schwebende Bühnen, lauter Dramen von Schnitzler oder Tschechow, wo blasse Frauen im Schnee stehen und frieren. Eine wunderbare Stille.

Er spürte etwas hinter sich. Etwas Kleines. Aber der Eindruck der Kleinheit mochte vielleicht daher stammen, wie sehr im Schnee alles gedämpft und milde anmutete. Auch etwas oder jemand, der sich von hinten näherte. Eine Katze hatte in solchen Fällen etwas Mäuschenhaftes und ein Mann eher etwas Kindhaftes.

Bevor sich Ivo noch umdrehen konnte, um die kindhafte Ausstrahlung der Bewegung in seinem Rücken zu überprüfen, legte jemand einen Arm um ihn, der sicher kein Kind war. Der Arm zog sich wie eine Schlinge um Ivos Hals, während die andere Hand gegen die Hüfte drückte. Beziehungsweise bahnte sich diese Hand an den Textilien vorbei einen Weg, wohl auf der Suche nach einer Geldbörse.

»Jetzt werde ich sterben«, dachte Ivo mit einer verblüffenden Ruhe, so wie einer denkt: Jetzt kriege ich eine Glatze. Er war außerstande, sich zu wehren, Arme und Beine einzusetzen, derart heftig wurde er gehalten. Nur den Mund, den Mund konnte er noch bewegen und stieß ein von dünner Atemluft getragenes »Douchebag!« hervor.

War das möglich? Sollte wirklich eine Macht der Wörter existieren, vor allem jener, deren Bedeutung man nicht kannte?

Der Angreifer löste seinen Griff, trat einen Schritt zurück. Ivo fiel nach vorne. Sein Gesicht tauchte in den Schnee. Das Weiß wurde schwarz, und die Luft wurde dünn, und der Angreifer verschwand.

Dafür wurde hörbar eine Tür geöffnet. Zwei Frauen traten heraus und halfen Ivo in die Höhe. Er spürte nur, daß es Frauen waren. Denn sehen konnte er sie nicht. Ihm war, als hätte der Schnee ihm ein schwarzes Band über die Augen gezogen.

Während die Gefahr, erwürgt zu werden, ihn so merkwürdig ruhig gelassen hatte, geriet er nun in Panik, fürchtete, daß zwanzig Jahre später seine alte Krankheit, sein Lidkrampf, ihn erneut ereilt hatte.

Doch kurz darauf, nachdem er von den helfenden Händen in einen Hausflur geführt worden war, ging auch das Licht in seinen Augen wieder an. Ja, wie zum Ausgleich für diese Verspätung seines »Augenlichts« erkannte er für einen Moment alles in einer übertriebenen Klarheit. Auch die vollen, großäugigen Gesichter der beiden Frauen, die da blond und stark geschminkt vor ihm standen, mit engen Jeans und engen Blusen und Ausschnitten von der Art, wie kleine Kinder Möwen zeichnen. Ihre Mienen waren besorgt und fragend. Sie redeten auf Ivo ein. Er zeigte an, sie nicht zu verstehen. Sie warfen ihm einige Brocken Englisch hin. Sie meinten wohl, er sei überfallen worden. Nun, das war er ja auch, allerdings war seine Geldbörse unangetastet, wie er nun feststellte. Er hielt sein Portemonnaie zeichenhaft in die Höhe, so daß die Besorgnis in den Gesichtern der Frauen sich zur Seite bog und ein Lächeln blütengleich ans Licht kam. Es war wirklich schön mitanzusehen, wie rasch diese breiten, vollen Gesichter die Stimmung wechseln konnten.

Eine Wohnungstüre wurde geöffnet, und die beiden führten Ivo in einen kleinen Wohnraum von grandioser Schwülstigkeit. Hier schien selbst noch der Staub glitzernde Schleifchen zu tragen. Nicht, daß es sich um ein Bordell handelte, selbige waren in der Altstadt sicherlich verboten, aber doch so eine Art privates Animierlokal. Viel Plüsch und viele Likörfarben und in der Luft eine unbestechlich schwermütige Mischung aus Nikotin und Parfüm.

In solcher Luft büßte Ivo rasch den eben gewonnenen klaren Blick ein. Eigentlich wollte er gehen. Aber die Frauen drängten ihn, auf einem winzigen, halbkreisrunden Sofa Platz zu nehmen. Es war schrecklich eng, wie im Zwergenland, nur daß niemand hier ein Zwerg war, so daß alle drei Beinpaare zusammenstießen.

Auf dem Tisch stand eine offene Flasche Weißwein. Drei

Gläser wurden gefüllt. Die Damen hoben die ihren hoch. Ivo tat es ihnen gleich, um nicht unfreundlich zu sein. Und fragte sich gleichzeitig, wozu er in dieser Nacht noch alles bereit sein würde, nur, um nicht unfreundlich sein zu müssen. Denn das war das Problem mit einigen Damen, wie wenig man ihrer Freundlichkeit entgehen konnte und dann Dinge tat, die man nachher bereute.

»I'm tired. I have to go«, stieß er hervor.

»No, no, no«, antwortete die Frau zu seiner Linken und schwang einen Finger verneinend durch die Luft. Auf dem lackierten Nagel spiegelte sich das Licht der vielen Kerzen, die den Raum schmückten.

Nicht, daß Ivo die beiden Frauen nicht gefielen, aber es gehörte zu seinen Prinzipien, keinen Verkehr mit Prostituierten zu haben. Auch wenn es freundliche Prostituierte waren. Genau auf diesen Umstand verwies er nun in einem hingestotterten Englisch.

Aber die beiden lachten nur. Die eine, die eben noch mit ihrem Finger gependelt hatte, zeigte Ivo die Zunge. Es war eine schöne Zunge, makellos, rot, glatt, frei von jeglichem Belag, ausgenommen der Lasur, die sich aus einem Schluck Wein ergeben hatte. Ivo wollte etwas sagen, doch in seinen sich öffnenden Mund hinein fuhr die schöne Zunge und drängte jegliches Wort zurück. Die andere Frau griff ihm zwischen die Beine, ein wenig heftig, so daß es schmerzte. Glücklicherweise, denn dieser Schmerz war wie eine Startrampe, aus der Ivo hochschnellte. Er griff in seine Geldbörse, legte zwei Scheine auf den Tisch, nahm seine Jacke und stürmte aus der Wohnung. Was auch immer ihm die beiden hinterherriefen, es hatte etwas Fleischiges, Beuscheliges. Als beginne nun die Luft zu kalben. Es klang nicht nett.

Draußen, in der feuchten Kälte, fühle Ivo die Erleichterung. Er begann zu laufen. Schnee spritzte. Er traf auf Spaziergänger, erkundigte sich und gelangte nach einer Weile auf den Platz vor seinem Hotel. Die Westfassade des Königsschlosses stand so fest und eisern da wie ein Mann, der einzig und allein aus zwei dicken Beinen und einem sinnlosen Hals besteht.

Jetzt war Ivo Berg wirklich tired.

8

Ivo erwachte in dem Moment, als das Flugzeug aufsetzte und dabei heftige, kratzende Geräusche verursachte. Der Eindruck konnte entstehen, die Propellermaschine wäre nicht auf einem Flugfeld, sondern auf dem Rücken eines sehr großen, naturgemäß unebenen Tiers gelandet, auf einem dieser sagenhaften Drachen, die, falls es sie doch gibt, dann am ehesten in einer Region wie Russisch-Fernost vorkommen.

In der Tat bremste die zweimotorige Antonow ihre Fahrt nicht auf einer konventionellen Betonpiste, sondern auf einer Bahn aus verschweißten metallenen Platten, die man gelocht hatte. Gut möglich, daß hier eine Ladung alter russischer Panzer glattgewalzt und in der Folge gestanzt worden war. Dennoch kam der Flieger perfekt zum Stehen. Ivo rieb sich die Augen, wußte auch schon gar nicht mehr, was er gerade geträumt hatte, und löste seinen vom Schlafschweiß feuchten Körper vom Sitz. Es hörte sich an, als öffne jemand die Manschette eines Blutdruckgeräts.

Ivo war der letzte, der das Flugzeug verließ. Etwas in ihm sträubte sich. Er hätte umkehren wollen. Eine Flugbegleiterin blickte ihn streng an und gab ihm ein Zeichen. Ein Zeichen in der Art über die Knie gebrochener Äste.

Draußen waren ein dunkelgrauer Himmel und ein eisiger Wind und um das Flugfeld herum ein vom Schnee weißes Land. Vom Rand der Piste kamen mehrere Personen, um die Angekommenen zu begrüßen und dabei zu helfen, das Gepäck aus dem Bauch des Flugzeugs zu hieven. Hier war Fliegen noch wie Busfahren.

Ivo drängte sich zwischen die Leute, in leichter Panik, jemand könnte es auf seine beiden gelben Metallkoffer abgesehen haben, die zwischen verschnürten Taschen und sonstigen Gepäckstücken deutlich hervorstachen. Viel zu auffällig, lamborghinimäßig. – Ivo wurde in diesem Moment bewußt, daß es vielleicht besser war, sich in Zukunft nicht wie ein Mandrill aufzuführen, der mit seinem grell gefärbten Hintern seine Umgebung zu beeindrucken versucht. Eher sollte er sich an den Wombats orientieren, jenen australischen Beutelsäugern, die nämlich ebenfalls über einen famosen Hintern verfügen. Dadurch, daß selbiger von Knochen und Knorpeln verstärkt wird, sonst aber bescheiden bleibt. Ja, Wombat statt Mandrill, das war die Devise. Aber Devisen sind natürlich weit weniger robust als die Knochenplatten auf Wombatärschen.

»Guten Tag, Herr Ivo«, sagte eine Stimme hinter ihm. Eine Kinderstimme.

Ivo faßte nach seinen beiden Protzkoffern und wandte sich um. Vor ihm stand ein Junge, vielleicht vierzehn, fünfzehn, rotes Haar, rotorange, ein rundes Gesicht, eine kleine Nase, dunkle Augen, schöne Augen, wie geschliffene Steine im klaren Wasser. Er trug einen ebenfalls roten Anzug, ein Pagenkostüm, schien es Ivo, wobei der Stoff stark abgetragen war und das fleckige, an manchen Stellen wie verschütteter Wein wirkende Rot sich wohl einer ungenügenden Färbung verdankte. Rot, das einmal Blau gewesen war. Unter der Jacke wärmte ihn ein dicker Pullover. Die Hose verfügte an beiden Seiten über breite schwarze Streifen. Zudem hatte der Junge eine Pagenmütze vom gleichen unreinen Rot auf seinem rotorangen Schädel. Ohne aber knallig oder grell zu wirken. Auch trug er weiße Stoffhandschuhe, viel zu dünn für die Kälte, sowie geknöpfte Gamaschen über den festen Schuhen. Die Gamaschen schienen aus weißem Kunststoff. Ivo überlegte, daß der Kleine wahrscheinlich von einem Hotel kam, einem lausigen Hotel, wo man Kinder in fadenscheinige Kostüme steckte.

»Du sprichst Deutsch?«, fragte Ivo, als hätte er es nicht gerade eben gehört.

»Natürlich. Ich bin hier, um Sie abzuholen.«

»Wie soll ich das verstehen?«

»Ich bin Ihr Führer, Herr Ivo. Ich werde alles für Sie erledigen. Wenn Sie etwas brauchen, sagen Sie es, ich organisiere es.«

»Hör mal zu, Kleiner …«

»Mein Name ist Spirou.«

»Klingt nicht sehr russisch.«

Der Junge griff nach hinten unter Jacke und Pullover und zog ein Heft hervor, einen stark abgegriffenen Comic, den er Ivo entgegenhielt: *Spirou und Fantasio*, Band 13, *Der Plan des Zyklotrop*.

»Als ich zehn war«, erzählte der Bub, »war ich in Chabarowsk. Da habe ich das Heft entdeckt. Eine deutsche Ausgabe, darum auch habe ich Ihre Sprache erlernt, um die Geschichte lesen zu können.«

»Erstaunlich«, kommentierte Ivo.

»Ich liebe Spirou«, sagte der Junge.

Es dämmerte Ivo. Auch er hatte als Kind einige Hefte dieser Comicserie gelesen. Die Erinnerung stieg nun hoch, so daß vor Ivos geistigem Auge die beiden jungenhaften Helden dieser Bildergeschichte feste Gestalt annahmen: Spirou, der Draufgänger mit der roten Mütze, und sein Freund Fantasio, der rasende Reporter, und natürlich das gelb-schwarze, extrem langschwänzige, aus dem palumbianischen Urwald stammende Marsupilami.

Die geschliffenen Augen des Jungen glänzten, als hätte gerade jemand das ohnehin saubere Wasser, in dem sie schwammen, durch ein noch klareres ersetzt. Es war offenkundig, wie sehr es ihn freute, daß Ivo seine Ähnlichkeit mit dem Helden der frankobelgischen Comicreihe erkannt hatte.

»Spirou also«, sagte Ivo.

»Genau«, bestätigte der Junge.

»Okay. Ich weiß schon, daß dein Namensvetter aus dem Heftchen es mit allerlei Ganoven aufnimmt und die verrücktesten Abenteuer besteht. Aber ich kann mir nicht vorstellen, daß du mich im Ernst begleiten sollst.«

»Ich bin klein und ich bin jung. Das ist ein Vorteil hier in Ochotsk, glauben Sie mir das bitte.«

»Wie alt bist du?«

»Dreizehn.«

»Das ist ein Alter, wo man nicht als Fremdenführer arbeiten, sondern zur Schule gehen sollte.«

»Ich gehe zur Schule.«

Wie meinte er das jetzt? Die Schule des Lebens? Zumindest machte er so ein Gesicht. Bei aller Feinheit der Züge trug er auch etwas Häßliches um Augen und Mund. Nicht die Häßlichkeit eigener Schlechtigkeit, sondern der Schlechtigkeit der Welt, die sich in einem Antlitz spiegelt, welches genau diese Schlechtigkeiten schauen muß. Ja, Spirou hatte Dinge gesehen, die ein Kind nicht sehen sollte. Auch für das richtige Leben müßte es Altersbeschränkungen geben. Gab es aber nicht. Und so war es dazu gekommen, daß Spirou trotz seiner dreizehn Jahre sicher kein Kind mehr war, wenn er überhaupt je die Möglichkeit gehabt hatte, ein solches ansatzweise zu sein. Eher war zu vermuten, er spiele das Kind, beziehungsweise ein zur Comicfigur verwandeltes Kind.

(André Franquin, der wohl bekannteste aller Spirou-Zeichner, beklagte einmal, daß die Persönlichkeit Spirous ihm stets Schwierigkeiten bereitet habe, weil ihm nicht klar gewesen sei, daß »ein Held wie er gar keine Persönlichkeit besitzt. Er hat keine Persönlichkeit, weil er da anstelle des Lesers ist. Deshalb muß er ›leer‹ sein.« Erinnerte das nicht ein wenig an Musils *Der Mann ohne Eigenschaften*? Konnte man also vielleicht sagen, jener Spirou, der soeben Ivo Berg vom Flughafen abgeholt hatte, war »Das Kind ohne Eigenschaften«?)

Jenes Kind ohne Eigenschaften wurde nun von Ivo gefragt: »Und du kennst dich hier wirklich aus?«

Mein Gott, schon wieder so eine blöde Frage. Natürlich kannte sich der Junge aus. Er wäre sonst kaum beauftragt worden, Ivo zu helfen. Darum gab der Kleine auch keine Antwort, sondern begnügte sich mit einem Grinsen, das die Qualität einer Krankenversicherung besaß. So eine Krankenversicherung wie früher, als man seine Beiträge noch nicht ganz umsonst bezahlte.

Ivo startete einen letzten Versuch, den Jungen loszuwerden, indem er nach dessen Eltern fragte und was die denn dazu sagen würden, daß ihr Sohn sich als Organisator und Führer verdinge. Nun, es hätte diese Eltern wohl kaum gestört, vor allem angesichts einer guten Bezahlung. Aber wie Spirou erzählte, war er bei einer Tante aufgewachsen, zumindest ein paar Jahre lang. Seine Eltern habe er nie gesehen.

Auch das noch, dachte Ivo, der auf keinen Fall in irgendeine Ersatzvatergeschichte geraten wollte.

Als würde Spirou die Gedanken seines Gegenübers erraten, meinte er: »Ich bin immer gut ohne Vater und Mutter ausgekommen.«

Das war eine Lüge, die sich im Laufe der Jahre in eine Wahrheit verwandelt hatte. Lügen tun das manchmal.

»Kommen Sie«, sagte Spirou und wollte nach einem der Koffer greifen, was ja auch angesichts des Pagenkostüms und des Umstands, daß Spirous fiktives Vorbild einst im Hotel Moustic gearbeitet hatte, nicht ganz unpassend war.

Doch Ivo lehnte ab. Er war zu sehr Westmensch, als daß er einem Kind seinen schweren Koffer aufgehalst hätte. Westmenschen tun zwar alles, um die eigenen Kinder sowenig wie möglich sehen zu müssen, aber sie haben Skrupel, fremde Kinder etwas Schweres tragen zu lassen.

»Ich mach das schon selbst«, erklärte Ivo und nahm die beiden Koffer.

Spirou wies den Weg. Sie betraten die kleine schäbige Halle des Flughafengebäudes. Ein Uniformierter kam auf sie zu. Spirou sagte etwas. Der Uniformierte lächelte mit einer Zahnreihe, die an ein fatales Endspiel im Schach erinnerte, wenn Schwarz über Weiß triumphiert, und ließ die beiden mit einer schwungvollen Geste passieren.

»Wie auf dem Weg in die Hölle«, dachte Ivo. »Die Freundlichkeit vergammelter Zähne.«

Draußen stand ein Motorroller mit einem Anhänger, in den Ivo sein Gepäck stellte. Dann setzte er sich zu Spirou auf die Vespa, die geradezu selbstverständlich über das gleiche fleckige Rot verfügte. (Es war nicht wirklich eine Vespa, sondern ein chinesisches Modell, doch Ivo sah die Dinge in vertrauten Zusammenhängen. Um etwas Chinesisches als chinesisch zu erkennen, hätte es eine Portion süß-saures Schweinefleisch sein müssen. Motorroller hingegen waren immer italienisch.)

Spirou fuhr los. Auch die Straße hätte durchaus ein paar Metallplatten zur Stabilisierung vertragen. Aber so viele Panzer hatte man offensichtlich in dieser Region nicht zurückgelassen.

Als sie die Stadt erreichten, hatte der Himmel ein wenig von seiner dunklen Fülle verloren. Ein paar Sonnenstrahlen fielen auf das Land, als wollten sie es kartographieren. Nicht, daß viele Leute sich für eine Karte von Ochotsk interessieren würden. Diese Ansiedlung städtischen Typs hatte schon einmal bessere Zeiten erlebt. In der Ära der Sowjetunion und vor allem dank des Hafens und einer boomenden Fischereiwirtschaft war der im 17. Jahrhundert als Kosakenwinterlager gegründete Ort ständig gewachsen. Aber damit war in den frühen neunziger Jahren des 20. Jahrhunderts Schluß gewesen, die ja für so vieles das Ende bedeutet hatten. Das wird einmal der Anteil der neunziger Jahre an der Geschichte sein, nicht nur das Ende des Sozialismus, eigentlich das Ende von fast allem bewirkt zu haben, da ja nicht allein die sozialistische, sondern dank der bakteriellen Übermacht der Kapitalmärkte in Folge auch die bürgerliche Gesellschaft zugrunde gegangen war. Es gab nirgends mehr noch Bürger. Bloß Leute, die einen Tagtraum vom Bürgersein träumten.

Nun gut, in Ochotsk war der Zusammenbruch natürlich ein offenkundigerer. Die Hälfte der Bewohner hatte den Ort verlassen, dessen locker verstreute Holzhäuser wie gegerbt anmuteten, von Wind und Wetter zu Leder verarbeitet. Auch die meisten Menschen schienen zu Leder verarbeitet worden zu sein. Sie hatten ihre ursprüngliche Haut eingebüßt und waren im Zuge diverser Demütigungen und Härten und sozialer Prozesse in Hüllen aus Leder verwandelt worden. Hatten somit aber auch eine gewisse Haltbarkeit und Widerstandsfähigkeit entwickelt. Doch um jetzt wieder den Tiervergleich zu bemühen: Ein intaktes Rind schaut einfach lebendiger aus als noch so schöne Rindslederhandschuhe.

Allerdings waren die Straßen stark belebt, so, als sei die im Ort zurückgebliebene Bevölkerungshälfte, immerhin ein paar tausend Leute, bemüht, den Schwund mittels Zentrierung und Verklumpung wettzumachen, wie bei einem Filmset, wenn man mittels einiger Dutzend eng aneinandergedrängter Komparsen sowie geschickter Kameraführung den Eindruck eines überfüllten Platzes erzeugt.

Überall standen Leute herum und handelten, ohne daß sichtbar wurde, womit eigentlich. Wirkliche Waren waren kaum zu sehen. Und das viele verrostete Zeug konnte es wohl kaum sein, was hier einer dem anderen verkaufte. (Wobei anzumerken wäre, daß in Zeiten extremer Wirtschaftskrisen, dort, wo gar nichts mehr geht, eine Art symbolischer Handel existiert, Handel mit wertlosen Sachen, für die nicht wirklich bezahlt wird oder bloß mit Spielgeld oder Steinen oder eigenen kleinen Zeichnungen, ganz wie bei Kindern. Dieser Handel macht natürlich niemanden satt, aber sosehr der Mensch vom Brot lebt, lebt er eben auch von seinen Aktivitäten, zumindest vom Schein der Aktivitäten. Lieber sinnlosen Handel treiben als gar keinen.)

Immerhin sah Ivo einen Fischmarkt, und einmal erblickte er eine schwarze Limousine, die freilich auf dieser vom Schneematsch aufgeweichten Straße fremdartig wirkte. Als sei sie aus einem Flugzeug, das sich auf dem Weg nach Chabarowsk oder Wladiwostok befunden hatte, herausgefallen. Nirgends war ein Gebäude zu finden, das die Existenz dieses Automobils begründet hätte. Keine Villa, kein Waldorf-Astoria oder dergleichen.

Spirou lenkte den Roller auf die Nordseite der Stadt, die das Ufer der Flußmündung bildete. Ivo staunte einigermaßen, als man vor einem Lenin-Monument eine Pause einlegte.

»Schön, nicht?« meinte Spirou geradezu verträumt und erzählte, das Denkmal sei im letzten Jahr wieder aufgebaut worden.

»Bist du Kommunist?« fragte Ivo offen heraus.

»Ich bin Spirou«, sagte der Junge.

War das eine Antwort? Nun, wahrscheinlich war es eine. Also gab Ivo Frieden, betrachtete noch ein wenig den hoch auf seinem Sockel stehenden Lenin, der die Hand ausgestreckt hielt, vielleicht zum Gruß, vielleicht zum Aufruf, vielleicht, um den Himmel zu tragen. Ein Mann der Mißverständnisse. Von seiner Gestalt her eher ein impressionistischer Maler, wie Renoir. Und vielleicht sollte man die ausgestreckte Hand als die eines Malers deuten, der den Himmel eben nicht stützt, sondern malt.

Hinter dem Monument erstrahlte ein weißes Verwaltungsgebäude im Licht der kartographierenden Sonnenstrahlen. Einige Männer standen auf dem weiten Platz und handelten. Womit auch immer.

Spirou und Ivo stiegen wieder auf das Motorrad und fuhren noch ein Stück in Richtung einer zugefrorenen Flußmündung. Man hielt vor einem Gebäude, das nicht aus Holz war, somit auch nicht ledern anmutete. Allerdings ebenfalls etwas Gegerbtes an sich hatte. Gegerbter Beton. Zwei ebenerdige Komplexe bildeten einen rechten Winkel. Auf einem der Gebäude thronte eine mächtige Satellitenschüssel, auf dem anderen mehrere kleine Antennen. Teile der Außenwände waren gefliest, wobei zwei der Mosaike – das eine stellte eine Rakete dar, das andere einen Ringplaneten – in demselben Rotorange gehalten waren wie Spirous Haar. Was ja mal vorkommen kann.

»Hier sind wir«, sagte Spirou und ging daran, nun doch einen der Koffer aus dem Anhänger zu heben. Beinahe hätte Ivo geglaubt, der kleine Rotschopf wäre auf wundersame Weise ebenso kräftig, wie er perfekt deutschsprachig war. Aber er war nicht kräftig. Sein Körper war allen Ernstes erst dreizehn Jahre alt.

»Ich mach das schon«, sagte Ivo, nahm dem stöhnenden Kind das Gepäck aus der Hand, und gemeinsam begaben sie sich zu einer dunkelgrün lackierten Metalltüre, auf der in kyrillischer Schrift etwas stand, das Spirou mit »Das Herz des Weltalls« übersetzte.

»Schöner Name«, kommentierte Ivo.

Sie betraten das Haus. In einem kleinen, vollkommen kahlen Raum standen Dutzende von Gummistiefeln, an denen der Schlamm eines letzten Sommers in versteinerter Form klebte. In einer Ecke lehnten Angelrouten. Überhaupt roch es stark nach Fisch. Aber das tat es fast überall in Ochotsk. Allerdings roch es anders, als man das von europäischen Häfen gewohnt war. Es roch weniger nach totem Fisch, eher nach lebendigem. Als würden hier nicht die Vögel durch die Luft fliegen, sondern die Fische, als seien die Angelruten eine bloße Reminiszenz, während man in Wirklichkeit die Fische vom Himmel schoß. Ivo fiel ein surrealistisches Gemälde ein, auf welchem der Himmel von Fischen bevölkert wurde. Dalí? Nein, Max Ernst. Ja, er fühlte sich hier wie in einem Max-Ernst-Land. Dunkel und merkwürdig, aber kein Traum.

Der Fisch freilich, der sich im nächsten, weitgestreckten Raum befand, war tot. Er lag in große Stücke geteilt in einem Kessel und kochte vor sich hin. Vor dem Herd stand eine Frau in dicken pinkfarbenen Wollstrümpfen. Stimmt, sie hatte nicht allein diese Strümpfe an, sondern auch einen karierten Rock und eine dunkelgrüne Kapuzenjacke mit dem Signum irgendeiner amerikanischen Universität. Aber es waren nun mal die Strümpfe, welche diese Frau, nicht nur ihre Beine, dominierten. Zumindest von hinten. Was sich vorerst nicht ändern sollte, da sie auch beim Eintreten Spirous und Ivos fortgesetzt in der Fischbrühe rührte. Daß sie dabei rauchte, konnte Ivo nicht sehen, da ihr die Kippe im Mundwinkel steckte und der Qualm sich mit dem hochsteigenden Suppendampf vermischte.

Vorbei an der Rückseite der Frau, vorbei an Fahrrädern, die mitten im Raum standen, gelangte man in einen düsteren Flur, der zu beiden Seiten in kleinere Zimmer führte. In eines davon bat Spirou den Gast.

»Hier können Sie schlafen. Ich habe aufgeräumt für Sie. Ich habe die Bettlaken gewaschen. Ich habe auch die Wände neu gestrichen.«

Ja, das konnte man riechen. Es roch nach Chemiefabrik. Fisch und Chemie. Aber war das nicht ohnehin die Verkörperung des russischen Fernen Ostens?

»Ich danke dir, Spirou«, sagte Ivo, der sich vorgenom-

men hatte, so oft als möglich den Jungen bei seinem selbst-
gewählten Namen zu nennen. Dieses Geschenk wollte er
ihm machen.

Nicht, daß Ivo ein Freund der Kinder war, er war ein
Freund der Bäume. Den Gedanken, wenigstens im Ansatz
einst ein Vater gewesen zu sein, hatte er erfolgreich ver-
drängt. Und um Frauen mit einem ausgeprägten Kinder-
wunsch hatte er stets einen großen Bogen gemacht. Kinder
waren ihm in all den Jahren gleichgültig geblieben. Mit
einer Ausnahme. Für jenen Moritz, den Jungen, den er vor
dem Tod bewahrt und dem er solcherart ein behindertes
Leben beschert hatte, für diesen Jungen hatte er ein Gefühl
der Zuneigung entwickelt. Beziehungsweise auch für dessen Mutter, die ihr Kind, das niemals mehr ein Erwachse-
ner werden würde, im Rollstuhl durch Giesentweis schob.
Mit dieser Frau war Ivo intim geworden, nicht aus Liebe,
das kann man nicht sagen, sondern aus einer Verbundenheit, ähnlich der, welche Menschen empfinden, die an der
gleichen schweren Krankheit leiden. Sowenig nun echte
Liebe im Spiel gewesen war, war Ivo dennoch in einer so
überaus zärtlichen und einfühlsamen Weise dieser Frau
begegnet wie zuvor sonst nur Lilli. Und auch dem lallenden, sabbernden, mit einem fremden spiralartigen Blick in
die Welt schauenden Moritz war Ivo bei gemeinsamen
Spaziergängen vertraut geworden, sich mittels Grimassen-
schneiderei mit dem Kind austauschend, seine Haut und
sein Kopfhaar berührend, die Hand haltend, sprechend,
kommunizierend. Andererseits muß schon gesagt werden, daß Ivo stets das Gefühl gehabt hatte, er unterhalte
sich mit einem hirnlosen, aber zu Affekten fähigen Medi-
zinball. Eingedenk der ins Rundliche verwandelten Kopf-
form des ehemals schlanken Jungen. Sowie eingedenk der
vielen Medikamente, die Moritz zu schlucken bekam, der
Schmerzen wegen oder der Ruhigstellung wegen, so genau
wußte man das nicht.

Warum aber rührte ihn nun dieser Junge namens Spirou? Weil er ohne Eltern war, weil er mit seinen dreizehn ein knatterndes Moped fuhr und Ausländern als Führer diente? Weil er sich in die Vorstellung geflüchtet hatte, ein Comicheld zu sein? Weil er trotz der Kälte diese dünne, fleckige Livree trug, mit drei goldenen Plastikknöpfen drauf? Weil er die Bettlaken gewaschen hatte, wozu scheinbar sonst niemand willens gewesen war? Schon gar nicht diese Frau drüben beim Herd mit ihren pinkfarbenen Strümpfen. Weil er Deutsch gelernt hatte, perfekt gelernt hatte, nur um einen Comic zu verstehen, der bereits 1960 entstanden war?

Warum auch immer, Ivo mochte diesen Jungen. Genügend jedenfalls, um dessen Namenswahl, dessen Alter ego ernst zu nehmen.

»Wollen Sie sich ein wenig ausruhen?«, fragte Spirou. »Oder soll ich Sie gleich zu Professor Oborin bringen?«

»Professor wer?«

»Er war einmal an der Universität ein wichtiger Mann dort«, erklärte Spirou. »In Kiew. Als sie dann bei uns das Loch gegraben haben, ist auch der Professor gekommen. Vor dreißig Jahren. Die anderen sind aber wieder fort. Nur der Professor ist geblieben.«

»Freiwillig?«

»Ich glaube, sie wollten ihn nicht mehr haben in Kiew. Alle, die noch hier sind, sind hier, weil man sie anderswo nicht will.«

»Und du?«

»Ich warte auf etwas.«

»Auf was denn?«

»Mir ist von einer Frau, die Schamanin ist, einmal gesagt worden, ich soll in Ochotsk bleiben, ich soll da warten. Da wird mein Glück kommen. Also bleibe ich in Ochotsk und warte. Ich glaube, ich weiß sogar, woraus mein Glück sein wird. Die Schamanin hat gesagt, daß das gut so ist, es zu wissen. Nur dann kann ich es erkennen, das Glück.«

Ivo unterließ es, nach der Art des Glücks zu fragen, dessen ungefähre Gestalt Spirou zu kennen meinte. Statt dessen erkundigte er sich nach dem »Loch«, von dem die Rede war.

Spirou antwortete: »Es heißt, es sei drüben in den Bergen. Ich weiß nicht, wo genau, der Professor redet nicht so gerne davon. Niemand bei uns redet gern darüber. Ich kann auch nicht sagen, wieso man es gegraben hat, aber es soll sehr tief sein. Man sagt, es ist das tiefste Loch der Welt.«

Das tiefste Loch der Welt? Ivo wußte, daß man zu Anfang der siebziger Jahre, als die Sowjets noch an den Sieg ihres operettenhaften Heldenmenschen, an die Eroberung des Weltalls geglaubt hatten und eben auch an die Eroberung des Erdinneren, daß man damals auf der Halbinsel Kola begonnen hatte, ein ultratiefes Loch zu graben, und in späterer Folge – bereits jenseits der Sowjetträume, 1994 – in eine Weltrekordtiefe von über zwölftausend Metern vorgestoßen war. Allerdings hatte Ivo nie davon gehört, es wäre seither ein noch tieferes Loch entstanden. Zudem war ihm unbekannt – und eine diesbezügliche Suche im Internet hätte nichts daran geändert –, es hätte je in Russisch-Fernost eine solche Bohrung stattgefunden und somit in der Gegend des Dschugdschur ein derartiges Superloch existiert. (Freilich, gerade die Sowjetrussen waren, ähnlich wie ihre Aufrüstungsfreunde, die Amerikaner, Spezialisten für das Inoffizielle gewesen. Im Inoffiziellen hatten sie die eigene Wichtigkeit noch sehr viel stärker empfunden als mittels ihrer großangelegten Militärparaden und offiziellen Welteroberungsinszenierungen. Neben der Operette hatte eine staatliche Konspiration geherrscht, eine im Atheismus eingelegte geheimdienstliche Religiosität, ein PSI-Faktor, eine marxistische Akte X. Während man im Falle der Rechtsnachfolger des Sowjetreichs doch eher den Eindruck gewinnen konnte, die Allgewalt der Operette würde jegliches Geheimnis an die Wand drücken. Aber vielleicht tat man Putin und seinen Zwergen damit unrecht.)

»Du hast das Loch also nie gesehen.«

»Nein.«

»Das klingt nach Legende.«

Doch der Junge war klug genug zu erwähnen, der Professor sei ganz sicher keine Legende. Man könne ihn jetzt gleich besuchen. Er befinde sich, wie eigentlich die meiste Zeit, drüben im »Labor«, im Nebengebäude. Das mit der Satellitenschüssel.

»Gut«, sagte Ivo und zog sich nur rasch ein frisches Hemd an.

»Wer ist eigentlich die Frau?« fragte Ivo, als man erneut den Rücken der Pinkbestrumpften passierte.

»Galina. Die Tochter vom Professor.«

»Ist sie taub? Oder ist sie in die Suppe verliebt?« fragte Ivo.

»Beides, ja!« antwortete Spirou und machte ein überraschtes Gesicht. Denn er hatte die Frage durchaus ernst genommen und war darum verblüfft ob Ivos scheinbarer Weitsicht, nämlich zu ahnen, wie sehr Galinas vollkommene Konzentration, ihre Suppenliebe und tiefe Versunkenheit nicht zuletzt auch darin begründet lagen, taubstumm zu sein.

Nicht, daß Ivo dies begriff. Auch jetzt noch nicht.

Spirou führte Ivo über einen kleinen Hof. Durch den kniehohen Schnee war eine saubere bogenförmige Schneise geschaufelt worden. Im Sommer, so berichtete Spirou, befinde sich an dieser Stelle ein großer Kräutergarten und ein nicht ganz so großes Gemüsebeet. Daß hier die Kräuter und nicht das Gemüse überwogen, war ein deutlicher Hinweis auf die magische Bedeutung der Suppen der Galina Oborin.

Die Außentür zum Labor besaß das gleiche Rotorange wie die Mosaike an der Mauer und das Haar des Jungen. Und sie verfügte ebenfalls über eine Aufschrift in schwarzen kyrillischen Lettern. Spirou übersetzte: »Das Gehirn des Weltalls«. Was wiederum bestens zur anderen Türe paßte. Denn zu einem schlagenden Herzen gehört natürlich auch eine den Verstand beherbergende zerebrale Station. Und um eine solche schien es sich zu handeln.

Als Ivo Berg eintrat, da offenbarte sich ihm ein fensterloser, mit unzähligen Geräten und Apparaturen vollgestopfter Raum. Überall standen alte oder zumindest nicht mehr ganz neue Computer herum, deren Gehäuse den Farbton der Fingerkuppen starker Raucher aufwiesen. Das Ungewöhnliche aber war, daß diese Rechner geschmückt waren, mit Federn und Ketten und Amuletten und Stücken von Leder, Rinde oder Pelz sowie Einmachgläsern, in denen Objekte schwammen, die Phantasie und Alpträume anregten: Pfoten von Tieren, Schlangenteile, Insekten, allerdings weder Augen noch Zähne, denn es handelte sich mitnichten um ein Gruselkabinett. Ein Gruselkabinett besitzt etwas Komödienhaftes, doch alles in diesem Raum wirkte ernst und von einem Zweck bestimmt, der nicht auf das Erschrecken des Betrachters abzielte.

Überraschender noch als die Computer und Transistoren und Röhren und Meßgeräte und diversen Kabelsalate waren die vielen über den Raum verteilten Telephonapparate, die meisten mit Wählscheibe, deren Kabel mitunter in die Computer mündeten, andere in kleine Löcher, die in den betonierten Boden gebohrt worden waren. Möglich, daß sie zu unterirdisch verlegten Leitungen führten, doch angesichts der rituellen Ausschmückung fast sämtlicher Geräte konnte man sich auch vorstellen, sie wären direkt mit dem Erdreich verbunden. Jedenfalls erschien der Raum wie ein Call-Center der anderen Art. Wer auch immer hier anrief oder von hier angerufen wurde, es ging ganz sicher nicht um das Andrehen von Versicherungen oder todbringenden Aktienfonds.

Oborin war ein Mann knapp über sechzig, der allerdings älter wirkte und dessen untere Gesichtshälfte von einem grauen, dichten Bart eingeschlossen war, während der obere Teil im Licht einer hohen Stirn und einer nackten Schädelmitte stand. Aber das Licht dieser Kahlheit änderte nichts am Dunkel der Augen, die wie ein Schatten ihrer selbst gewissermaßen die ultratiefen Löcher im Gesicht dieses Mannes bildeten. Beim Eintreten Spirous und Ivos war er gerade dabei gewesen, eine Verbindung zu löten. Jetzt setzte er seinen ledernen Stuhl mit Rollen in Bewegung und kam mit einer halben Drehung vor den Eingetretenen zu stehen.

Statt einer Begrüßung fragte er in einem Deutsch, aus welchem – ganz im Unterschied zu dem Spirous – der russische Akzent deutlich herauszuhören war: »Wo sind Zigaretten?«

»Was für Zigaretten?« zeigte sich Ivo unwissend.

»Du hast Zigaretten nicht dabei?«

»Nein.«

»Verdammt! Du bist Ignorant.«

»In erster Linie bin ich nicht Ihr Freund oder Student oder so«, erklärte Ivo. »Könnten Sie also vielleicht aufhören, mich zu duzen?«

»Ach so, du bist Nichtraucher und Mimose, du Nichtfreund.«

»Noch mal, ich …«

»Schon gut«, unterbrach ihn Oborin. »Sie sind Mann von Stunde, Sie darum bestimmen, wie wir sprechen. Ob Sie oder du.«

Sofort lenkte Ivo ein. Er sagte: »Das mit den Zigaretten tut mir leid.« Es tat ihm tatsächlich leid. Es war wirklich dumm von ihm gewesen. Er hätte sich ja denken können, wie sehr die Leute an einem solchen Ort etwas übrig hatten für eine Stange westlicher Tabakware. Er sagte: »Ich mache das wieder gut. Versprochen.«

Oborin schenkte ihm einen verächtlichen Blick. Er war es wohl leid, sich irgendwelche Versprechungen anzuhören. Er hob in pianistischer Weise seine Hände an und wandte sich erneut seiner Gerätschaft zu.

»Was geschieht hier eigentlich?« wollte Ivo wissen. Er hatte die Frage an Spirou gestellt, da Oborin durchaus in der Art seiner suppenkochenden Tochter völlig vertieft in seine Arbeit schien.

»Es wird telephoniert«, erklärte Spirou.

»Soll das heißen, diese Apparate funktionieren auch?«

»Wenn die Verbindung steht, dann funktionieren sie.«

»Verbindung wodurch?«

»Alles, mit dem man eine Verbindung herstellen kann: alte Leitungen, alte Satelliten, Funkgeräte, Radios, Bücher, Kartoffeln.«

»Bücher? Kartoffeln?«

Spirou öffnete seine kleinen Hände zu einer Geste, die bedeutete, nichts zu können für die Wunder dieser Welt.

Ivo meinte: »Wie wäre es mit Internet?«

»Haben wir nicht. Brauchen wir auch nicht. Die Leute vom Bürgermeister haben das natürlich, aber die reden ja mit Moskau. Der Professor jedoch redet nicht mit Moskau.«

»Sondern?«

»Er redet mit den anderen.«

»Was für *andere*?«

»Wir in Ochotsk, wir sind das Herz und das Hirn des Weltraums«, erklärte Spirou und sah Ivo Berg an, als sei damit alles gesagt.

»Außerirdische also«, kommentierte Ivo und lächelte in der verbissenen Manier der Skeptiker.

Statt darauf zu antworten, meinte Spirou: »Es ist uns erzählt worden, Sie würden mit Bäumen reden.«

»So kann man das nicht sagen«, erwiderte Ivo.

Ja, wie konnte man es denn sagen? Ivo versuchte Spirou klarzumachen, an der Kommunikation mit Bäumen sei nichts Übernatürliches, keinerlei Zauberei. Die Kommunikation erfolge auf dem Niveau der Pflanzen.

Spirou nickte und meinte, dies gelte gleichfalls für den Professor, der schließlich kein Magier sei, sondern Wissenschaftler, Physiker, Mathematiker, Astronom. Auch Oborin würde in keiner Weise Übernatürliches erschaffen, sondern allein versuchen, Kontakt zu Wesen aufzunehmen, die man halt nicht im Telephonbuch finde und auch nicht mit Hilfe des Internets kontaktieren könne.

»Geister, Tote?« fragte Ivo.

»Ich weiß nicht, ob die tot sind, mit denen er redet. So richtig tot können sie eigentlich nicht sein, wenn man mit ihnen sprechen kann. Oder?«

Nun, das hatte etwas für sich. Eine Stimme war etwas durchaus Lebendiges, gleich, ob diese Stimme über einen Körper im herkömmlichen Sinn verfügte oder nicht. Interessant war vor allem die Frage, wie man sich denn Körper im *nicht* herkömmlichen Sinne vorzustellen hatte. Vom eingeschränkten menschlichen Standpunkt war ja ein Körper sehr rasch *nicht* herkömmlich. Darum wurde auch soviel Theater wegen der Über- und der Untergewichtigen gemacht, der Behinderten, der explizit Häßlichen, und wegen all jener, deren Körper verrückt spielten.

»Hast du auch schon mit diesen *anderen* gesprochen?« fragte Ivo.

»Hören Sie auf, arme Junge zu traktieren«, wandte sich der Professor mit einem Mal um und bewies, selbst in Momenten scheinbarer Abwesenheit eins seiner Ohren oder wenigstens den Teil eines Ohres beim Gespräch zurückzulassen. Er sagte jetzt: »Spirou kann nicht erklären, braucht nicht erklären. Als man mich hat gezwungen, zu bleiben in Ochotsk – nicht, weil ich vorher gewesen bin bei Partei, sondern weil ich vorher *nicht* gewesen bin bei Partei –, da hat man mir vermacht gesamten Schrott, der da steht. Aber schauen Sie, Kommunikation ist gar nicht so sehr Frage von moderner Technik. Was nützt beste Technik, wenn Sie nicht wissen, mit wem Sie überhaupt reden? Oder ob Mann, mit dem Sie reden, wirklich ist der, für den sie ihn halten. Wenn jemand hat in Briefkasten, na, sagen wir, Brief, der ist von Stalin unterzeichnet, lange nachdem Stalin ist gestorben, dann gibt es Möglichkeiten noch und noch, die erklären, warum. Es könnte sein Fälschung, könnte sein Scherz oder Verspätung, natürlich. Doch wenn ich mir vorstelle, Genosse Stalin ist Geist, dann Geist, der viel, viel Spaß sich macht, Schriftstücke zu unterzeichnen, immer wieder, bis in ewige Ewigkeit, Todesurteile sogar noch, wenn kein Mensch mehr ist auf Erde.«

So wie Oborin da saß und fabulierte, fühlte sich Ivo an den berühmtesten aller Jedi-Ritter, Meister Yoda, erinnert. Nicht, daß der Professor grün war wie Yoda oder etwa über dem Boden schwebte. Es war eher diese bestimmte sprachliche Verrenkung. Der Basic sprechende Yoda hatte ja stets das Verb dem Objekt und Subjekt nachgestellt. Im Falle Oborins fiel vor allem der Verzicht auf den Artikel auf. Noch mehr aber war es diese bestimmte höfliche Arroganz, mit der er auftrat, die an Yoda gemahnte. Die Oborins und Yodas dieser Welt vermittelten den Personen, mit denen sie sprachen, vor allem eines: Dummer Bub, du hast keine Ahnung, was wirklich abläuft.

Nun, der »dumme Bub« Ivo Berg fragte jetzt: »Soll das heißen, Sie telephonieren mit den Toten?«

»Ich lege Leitungen, das ist alles«, verhielt sich Oborin reserviert. Und fügte an: »Aber wieso Sie wollen das wissen? Sind doch gekommen, einen Baum holen, nicht wahr?«

»In der Tat, darum bin ich hier. Und würde gerne wissen, wer die Lärche entdeckt hat. Waren Sie das?«

»Ich habe nie solchen Baum gesehen. Bekannter von mir hat gebracht Zapfen.«

»Kann ich diesen Bekannten treffen?«

»Nein.«

»Wieso?«

»Er ist tot. Bei Ihnen wird gesagt, glaube ich, mausetot.«

»Na, dann kann ich ja vielleicht mit ihm telephonieren«, äußerte Ivo und wies spöttisch auf die vielen Apparate. Fragte dann aber: »Und warum ist er tot?«

»Er hat Geschäfte gemacht«, erklärte Oborin. »*Ein* Geschäft davon war ganz schlechtes Geschäft. Hat aber nichts zu tun gehabt mit Baum. Keine Angst. Niemand hier, der Lärchen will haben, solange nicht Maschinengewehre wachsen aus Zapfen. Allerdings, Sie benötigen Genehmigung, offizielle und inoffizielle. Eine davon wird sehr teuer sein. Vielleicht beide.«

»Der Konzern bezahlt das. Die Leute in Bremen.«

»Ja, aber Männer, die in Ochotsk haben Kontrolle, wollen nicht reden mit Bremen, sondern mit Ihnen. Spirou wird Sie hinbringen. Sie unterhalten sich mit denen, trinken mit denen und versprechen alles hoch und heilig, was Männer wollen versprochen haben. – Keine Angst, ist nur Ritual. Niemand wird richtig böse werden, solange Sie zusammen sind mit Spirou. Er ist Held, Sie wissen das?«

»Ja, ich kenne die Comics«, sagte Ivo. »Andererseits bin ich nicht hierhergereist, um mit Mafialeuten zu verhandeln, sondern eine bestimmte Lärche zu finden und mitzunehmen. Ich bin kein Unterhändler, sondern Baumpfleger.«

»Sie können nicht kommen zu Luzifer hin und ihm sagen, wie Sie meinen, daß Hölle ausschauen soll.«

Richtig, das konnte er wirklich nicht. Wenn die hiesigen

Chefs ihn unbedingt sehen wollten, dann mußte er sich ihnen auch zeigen. Daß nun aber ein kleiner, dreizehnjähriger Junge …

»Gut«, sagte Ivo Berg. »Was mich jetzt noch interessieren würde, ist die Sache mit dem Loch, die Bohrung. Soweit ich weiß, sind Sie ja wegen dieser Grabung nach Ochotsk gezogen. Nur, um jetzt an diesem Ort zu versauern.«

»Was heißen das: *versauern?* Verschweinern? – Egal! Loch hat nichts zu tun mit Baum.«

»Der Baum hat auch nichts mit den Telephonapparaten zu tun, oder? Ich will mir nur einen Überblick verschaffen.«

»Wenn Sie kommen zum Loch«, sagte Oborin, »bitte aufpassen und nicht hineinfallen.«

»Wunderbarer Rat. Eine Frage noch, werden *Sie* es sein, der mich auf der Expedition begleitet?«

»Das wäre nicht gut für Kopf von mir. Und nicht gut für Beine. Alte Beine. Nein, Spirou begleitet Sie. Und Tochter von mir. Braves Mädchen.«

»Ach, die mit der Suppe.«

»Noch froh Sie sein werden, daß es gibt Suppen von dieser Art«, prophezeite Oborin, in der Tat nun einen Satz im Yoda-Stil sprechend. Sodann drehte er sich wieder zu seiner Werkbank hin, wobei er diesmal beide Ohren mitnahm.

»Kommen Sie bitte«, ersuchte Spirou Ivo. »Der Professor muß arbeiten. Und Sie müssen essen. Danach fahren wir zu Lopuchin. Er ist der Big Boss in unserer Stadt. Wir brauchen sein Zeichen.«

»Was für ein Zeichen?«

»Sie werden sehen.«

»Ich würde es gerne vorher wissen.«

»Besser nicht«, sagte Spirou. »Aber das Zeichen zu haben ist viel besser, als das Zeichen nicht zu haben.«

»Trotzdem möchte ich gerne …«

»Erst die Suppe«, sagte Spirou, wie man sagt: Man sollte sich zunächst einmal ein Pflaster besorgen, wenn man vorhat, sich das Knie aufzuschlagen.

9

Galina stand noch immer am Herd und rührte in dem hohen emaillierten Topf. Es war somit weiterhin allein ihr Rücken zu sehen, ein massiver Rücken, wobei sie ein Kopftuch von derselben Farbe der Jacke trug. Ivo fühlte sich außerstande einzuschätzen, ob es sich um eine jüngere oder eine ältere, eine hübsche oder häßliche Frau handelte.

»Bitte!« sagte Spirou und wies auf einen mit Packpapier ausgelegten Tisch neben dem Fenster. Ivo setzte sich und sah nach draußen. Die Dunkelheit des Abends legte sich über die Gegend. Schnee begann zu fallen, aber nicht wie in Warschau, aus dem Boden steigend, sondern aus ebendieser abendlichen Dunkelheit hervorkeimend, so, als bestehe die Luft aus vielen kleinen Eiern, die nun in rascher Folge aufbrachen, und ein jedes gab eine Flocke frei. (Man konnte also schwer sagen, ob das, was da in der Luft schwebte, jeweils eine Flocke oder eine Eierschale darstellte.)

Während Ivo durch zwei Häuser hinüber auf die von engstehendem Treibeis beherrschte Lagune sah, stellte Spirou einen tiefen, weiten Teller mit Suppe vor Ivo auf den Tisch, holte sodann einen kleineren Teller für sich selbst und nahm seitlich von Ivo Platz.

»Essen Sie, bitte!« sagte Spirou. »Und einen guten Appetit.«

Ivo schaute hinunter auf die beigefarbene Brühe, in der verschiedene Dinge schwammen: Teile eines Fisches wohl, dazu Kartoffelstückchen, Kräuter, die trotz der eisigen Verhältnisse wie frisch geerntet wirkten, sowie mehrere

Spalten eines getrockneten Pilzes, zudem Brocken von Brot. Wobei diese Verifizierung der »Gegenstände« ja nur eine Vermutung Ivos sein konnte, während sein Blick vom aufsteigenden Suppendampf getrübt wurde. Aus diesem Suppennebel hob er jetzt seinen Kopf und stabilisierte ihn in einer leichten Schräge, um aus dieser dekorativen Stellung heraus die Erzeugerin der Suppe zu betrachten. Sie hatte sich Ivo gegenüber gesetzt, jedoch ohne Teller, sondern mit einer Tasse Tee, deren emaillene Haut denselben dunkelgrünen Farbton besaß wie auch der Suppentopf, wie auch die Jacke Galinas und deren Kopftuch. Und weil ja nun die pinkfarbenen Strümpfe unter dem Tisch verborgen waren, fehlte die Ablenkung. Das Grün konnte wirken.

Es war nun nicht exakt das gleiche Grün, das jene blutbefleckte Jacke besessen hatte, die Ivo vor zwanzig Jahren von einer Krankenbahre gezogen hatte und von dem gesagt worden war, es handle sich um das Grün einer depressiven Olive. Und trotzdem! Ivo empfand einen Stich. Der Pfeil in seiner Brust bewegte sich. Auch wirkte das Gift auf der Spitze des Pfeils jetzt stärker als üblich.

Er beugte sich ein wenig in Richtung der Köchin und fragte sie (überzeugt, daß, wenn Oborin des Deutschen mächtig sei, es auch seine Tochter sein müßte): »Können Sie mir verraten, wieso Sie Ihre eigene Suppe nicht essen?«

»Sie kann Sie nicht verstehen. Galina ist taubstumm«, erklärte Spirou, obgleich er dachte, Ivo wüßte das doch bereits. Und fügte an: »Und wenn sie von den Lippen lesen soll, dann geht es am besten mit Russisch. Sprechen Sie ein bißchen Russisch, Herr Berg?«

Nun, eigentlich wollte ja Ivo eine Frage beantwortet haben. Andererseits war es nicht unüblich, daß Frauen, die kochten, das Gekochte zwar servierten, aber nicht selbst verspeisten, oder bloß in winzigen Mengen. Was auch immer das jeweils bedeuten mochte.

»Nein, ich spreche kein Russisch«, sagte Ivo, nahm den Löffel in die Hand und rührte in der Suppe herum, die »Gegenstände« verstellend, als würde er auf einem Touchscreen arbeiten. Endlich aber füllte er einen Löffel und führte ihn zum Mund. Vorsichtig, denn es war ja eine so heiße wie unbekannte Suppe.

Schwer zu sagen, wonach es schmeckte. Nach Fisch freilich, aber noch mehr nach Fluß als nach Fisch, so wie ja mitunter ein Steak weniger nach dem Rind als nach der Umgebung schmeckt, in der das Rind groß geworden ist, oder sogar nach den Umständen seines Todes. Mitunter wehrt sich so ein kürzlich getötetes Tier selbst dann noch, wenn es weichgekocht zwischen den Zähnen des Essers steckt. Es will nicht schmecken. Was dann irrtümlich dem Unvermögen des Kochs angelastet wird.

Nicht, daß sich diese Suppe sträubte, verzehrt zu werden, aber wie gesagt, Ivo meinte den Fluß zu schmecken, woraus sich der merkwürdige Widerspruch ergab, eine brennend heiße Suppe als kalt zu empfinden. Wie ja umgekehrt kalte Tomatensuppen oft auch die Hitze der Sonnentage vermitteln.

Ivo nickte in Richtung Galina. Auf diese Weise wollte er sich bedanken und die Suppe loben, die bei aller »Kälte des Flusses« einen guten, würzigen Geschmack besaß. Doch eigentlich nutzte Ivo die Möglichkeit, sich Galina genau anzusehen. Denn sein Bedürfnis war kein geringes, das Gesicht der taubstummen Frau in sich aufzunehmen: ein Photo zu machen.

Galina! Eingerahmt von dem enggebundenen Kopftuch war da ein Gesicht asiatischen Zuschnitts, das in keiner Weise an den Vater erinnerte. Für Ivo sah diese junge, maximal fünfundzwanzigjährige Frau so aus, daß er gerne hätte sagen mögen: Das ist die schönste Japanerin, die ich je gesehen habe. Aber er ahnte schon, daß sie keine Japanerin war, auch nicht mütterlicherseits, sondern einen mongolischen Hintergrund besaß. Dieser Hintergrund bestimmte das Antlitz, dessen gewisse typische Rundlichkeit von einer länglichen Form aufgefangen wurde. Die ganze Frau war eher großgewachsen, so auch ihr Gesicht. Der Eindruck des Japanischen ergab sich aus der kalligraphischen Präzision von Augen, Nase, Mund, ohne aber einen Schwung, etwas Hingeworfenes zu besitzen. Die meisten Gesichter sehen hingegen aus, als hätten sie sich selbst zusammengesetzt und als wären die einzelnen Teile im Widerstreit gestanden. Als sei eine Nase immer nur die Antwort auf einen Mund, meist eine freche Antwort. Hier aber stand nichts im Widerstreit. Freundlich war das Gesicht dennoch nicht zu nennen, zumindest nicht solange der Blick auf ihn, Ivo, fiel. Erst als Galina den Kopf schwenkte und zu Spirou schaute, der eifrig seine Suppe löffelte, huschte ein Lächeln ... Das mit dem Huschen ist eigentlich eine blöde Phrase, aber in diesem Augenblick stimmte sie. Denn Galina lächelte ja nicht, ihr Mund blieb unverändert gerade, und dennoch war der milde Ausdruck eines Lächelns zu sehen, der Transit eines Lächelns, so wie wenn Merkur oder Venus vor der Sonnenscheibe entlanggleiten. Während das Lächeln der meisten Menschen eher einer partiellen Sonnenfinsternis gleichkommt.

Galina streichelte über Spirous Kopf, welcher für einen Moment dankbar zu ihr aufsah. Dann zündete sich die Meisterin der Suppen eine Zigarette an, was in den Augen des Westmenschen Ivo Berg natürlich doppelt ungehörig war: Am Tisch saß ein Kind, *und* man war beim Essen. Aber man war eben auch auf der anderen Seite der Welt.

Ivo wollte hier nicht den Suppenkasper geben. Vor allem wollte er diese Frau nicht kränken. Er aß seinen Teller leer, ließ sich eine zweite Portion servieren und verdrängte den Gedanken, wie wenig er über die Zutaten wußte. Währenddessen brachen draußen die Schneeeier in immer rascherer Folge auf. Es war Nacht geworden, und ein heftiger Sturm setzte ein. Die Scheiben vibrierten.

»Kann das nicht bis morgen warten?« fragte Ivo. »Ich meine unseren Besuch beim Bürgermeister.«

»Lopuchin ist nicht der Bürgermeister von Ochotsk, sondern der Zar von Ochotsk«, erklärte Spirou. »Und er will Sie sehen, heute, nicht morgen.«

»Aber das Wetter!?«

Spirou machte ein ratloses Gesicht. Er fragte: »Was ist mit dem Wetter?«

»Schon gut«, resignierte Ivo. Die Wettersache war von vornherein ein Problem gewesen. Wäre es nach ihm gegangen, dann hätte er seine Reise erst in einigen Wochen angetreten, wenn die Schmelze begann und die Flüsse eisfrei wurden. Aber seine Auftraggeber hatten auf einem sofortigen Aufbruch bestanden, damit man bei der erstbesten Möglichkeit die Suche nach einem Baum beginnen konnte, über dessen möglichen Standpunkt bisher nur recht ungenaue Angaben vorlagen. Natürlich hatte Ivo fest damit gerechnet, auf den Mann zu treffen, der die Lärche entdeckt und den Zapfen nach Ochotsk gebracht hatte. Doch dieser war ja nun tot. Überhaupt entwickelte sich die Sache anders, als er gehofft hatte. Er war in keiner Weise darauf vorbereitet gewesen, dem kriminellen Stammeshäuptling dieses Ortes begegnen zu müssen. Er hatte gedacht, diesen Part hätten die NOH-Leute in jeder Hinsicht geregelt. Dabei war es ihm nicht einmal möglich, in der Konzernzentrale anzurufen oder auch nur Dr. Kowalsky zu kontaktieren. Dies war ihm ausdrücklich untersagt worden. Gab es Probleme, so sollte er sich allein mit den beiden Mitarbeitern vor Ort besprechen. So wie es aussah, handelte es sich bei diesen »Mitarbeitern« um einen dreizehnjährigem Jungen mit frankobelgischem Comiceinschlag und einen ausgemusterten Wissenschaftler, der mit alten Telephongeräten auf der ebenso alten parapsychologischen Sowjetschiene fuhr. Und dazu gab es auch noch irgendwie ein Loch in der Erde. Famos!

»So soll es sein«, murmelte Ivo Berg, erhob sich vom Tisch und gab Galina durch ein Zeichen zu verstehen, wie sehr es ihm geschmeckt habe. Ein Zeichen, das darin bestand, sich mit dem Finger über die Unterlippe zu streichen. Was allerdings aussah, als dokumentiere er, von der Suppe geküßt worden zu sein. Wenn schon nicht von der Köchin. Nun, er war nun mal ein Womanizer, wie das heutzutage heißt. Doch eins war mindestens so sicher, daß Galina Oborin mitnichten die Frau war, die sich von einem traurig-romantischen Blick oder von einer kleinen Fingergeste beeindrucken ließ.

Derweilen sah Spirou auf seine Uhr, einen Chronometer von der Art einer bläulichen Beule, eines Planetariums, wo sich zwischen vielen Zeigern auch die Uhrzeit verbergen mochte, und meinte: »Wir müssen los, wenn wir pünktlich sein wollen. Lopuchin mag Pünktlichkeit.«

»Und wenn man zu spät kommt?«

»Warum sollten wir das tun? Wozu Lopuchin ärgern?«

»Kluger Junge«, sagte Ivo und ging hinüber in sein Zimmer, um sich für den Weg durch die Kälte einzukleiden.

Das war auch besser so. Denn kurz darauf saß er erneut auf dem Rücksitz des Rollers. Spirou freilich schien zu keiner Zeit auf sein Pagenkostüm als äußerster Hülle zu verzichten. In dieser Hinsicht hätte man ihn für einen roten Pinguin halten können.

Der Scheinwerfer zwängte einen zitternden Kegel in die Schwärze, der mehr die Flocken als die Straße beleuchtete. Wo auch immer die russische Schneeräumung unterwegs war, nicht in Ochotsk. Das Motorrad schlitterte. Ivo vergrub seinen Blick in die Rückseite von Spirous Jackett.

Irgendwann bremste das Vehikel ab, und Spirou rief in den Wind hinein: »Wir sind da!«

Lopuchin thronte in der Mitte eines weiten Sofas, die Beine übereinandergeschlagen, die Arme über die Lehne gebreitet. Einzig dieses Sofa sowie ein leerer Sessel standen im Licht, der Rest des Raums und der Rest der Leute in diesem Raum verblieben im Dunkel. Rembrandt ließ grüßen. Und auch der Teufel ließ grüßen. Sollte er je auf einer Wolke hocken, dann würde er wohl so aussehen wie dieser Mann in seinem Möbel. Und in der Tat war Lopuchin der Teufel vor Ort. Er trug einen schmalen Schnurrbart, welcher haargenau die Oberlippe zitierte. Er hatte einen dunklen Teint und trug ein ungemein enges, kakaobraunes Hemd, das seinen schlanken Gepardenkörper prägnant herausstellte. Offensichtlich gehörte auch er zu denen, die allein aus Knochen bestanden. Aber nicht so wie Ivo, der sich bekanntermaßen aus *ausgespuckten* Knochen zusammensetzte. Die Skeletteile Lopuchins hingegen stammten aus einer Bleigießerei. Der mittige Reißverschluß des Hemds war bis zum unteren Ende des Brustbeins geöffnet und offenbarte eine glatte, glänzende Brust, einen Spiegel, der nichts spiegelte außer sich selbst. Fehlte eigentlich nur noch eine Melone, und Lopuchin hätte als russische Version von Sammy Davis Jr. auftreten können.

Natürlich bemerkte Ivo die etwas abstehenden Ohren, deren Wirkung aber weniger komisch denn furchteinflößend war. Wer auch wollte über den Teufel lachen? Eher mußte man befürchten, der Makel solcher Ohren verschlechtere die Laune Mephistopheles'. Jedenfalls verfügte sein Russisch über einen raspeligen Klang, so, als säge er die Wörter von seiner Zunge herunter.

»Herr Lopuchin«, übersetzte Spirou, »möchte Sie ganz herzlich in seiner Stadt begrüßen.«

»Das ist aber lieb von ihm«, sagte Ivo und war bemüht, einen spöttischen Blick zu vermeiden.

Lopuchin hob einen Finger und lud Ivo ein, ihm gegenüber auf einem Sessel Platz zu nehmen.

Ivo setzte sich. Spirou stellte sich rechts neben ihn. Lopuchin redete.

Aus Spirous Übersetzung ging hervor, daß die finanzielle Seite erledigt sei. NOH habe den geforderten Betrag überwiesen, der es Ivo überhaupt erst erlaube, sich auf die Suche nach dem Baum zu machen und ihn nach erfolgter Auffindung über Ochotsk nach Europa zu transportieren. »Trotzdem«, dolmetschte Spirou, »möchte Herr Lopuchin gerne wissen, warum der Baum so wichtig ist.«

»Ob der Baum wirklich wichtig ist, wird sich erst herausstellen«, antwortete Ivo.

»Können wir das bitte anders formulieren«, bat Spirou, der wie alle guten Übersetzer auch eine lektorische Ader besaß.

»Ich will sicher nicht unfreundlich sein«, wählte Ivo einen anderen Weg, »aber man wird doch verstehen, daß NOH keine derartige Summe bezahlt, damit ich hier zum Vergnügen aller Geheimnisse ausplaudere. Allerdings kann ich eins verraten: Es geht um keine biologische Waffe. In dem Baum steckt nichts, womit man der Welt den Garaus machen könnte.«

»Schade«, meinte Lopuchin. Nicht, daß er in erster Linie als Waffenhändler fungierte, er war vielmehr ein Alleshändler. Allerdings ließ sich mit nichts so gut handeln wie mit Waffen. Die Welt war verrückt danach. Und besonders verrückt nach *neuen* Waffen.

Aber darum ging es nun mal nicht. Keine Waffen.

Dennoch war erstaunlich, wie rasch Lopuchin akzeptierte, daß Ivo die Bedeutung jener Varietät einer hiesigen Dahurischen Lärche für sich zu behalten gedachte. Freilich stellte sich sogleich heraus, daß Lopuchins eigentliches Anliegen – der Grund, daß er Ivo hatte kommen lassen – nicht den Baum betraf, sondern das Loch, jene ominöse Röhre, die angeblich in irgendeinem Tal des Dschugdschur in die sibirische Erde getrieben worden war. Wobei Lopuchin eine Erklärung schuldig blieb, ob er die genaue Lage dieser Sowjetgrabung kannte oder nicht. Präzise wurde er hingegen bei der Analyse seiner eigenen Macht. Er sagte: »Ich bin Kaiser von Ochotsk. Das ist schön, solange ich in Ochotsk bin, nicht so schön, wenn anderswo.«

In der Tat war dies das Problem vieler heutiger Kaiser: die extreme Beschränkung ihrer Einflußsphäre. In der einen Straße war man noch ein geachteter Potentat, in der nächsten purer Abschaum. Zwar umfaßte Lopuchins Herrschaft nicht nur die Stadt, sondern zusätzlich den Küstenstreifen nach beiden Richtungen und vor allem den Flughafen, der für den Transport des Baums von großer Bedeutung sein würde, dort aber endete Lopuchins Reich. Jenseits der aus perforierten Metallplatten gezimmerten Landebahn mangelte ihm jegliche Macht.

Macht worüber? fragte sich Ivo. Über Lärchen und Kiefern, über die Trostlosigkeit so gut wie unbewohnter »mittelgebirgsartiger Reliefe«, über die paar Ewenken, die dort lebten, über das bißchen Fischfang?

Nun, wie Zar Lopuchin jetzt erklärte, trug das, worüber er keine Macht besaß, den Namen Toad's Bread, womit genau jenes tiefe Loch bezeichnet war. Beziehungsweise das, was sich in diesem Loch befand. Das Ding im Loch. Und dieses Ding war allen Ernstes ... eine Stadt. Eine ganz andere Stadt, als Ochotsk eine war.

»Heiliger Bimbam, was für eine Stadt denn?« wollte Ivo wissen, wobei er ganz richtig den Begriff Toad's Bread mit »Krötenbrot« übersetzte. Auch wußte er dank seiner botanischen Ausbildung, daß es sich beim Krötenbrot um eine der vielen Namen für den Holzsymbionten Amanita muscaria handelte, welcher in der deutschen Sprache jedermann als Fliegenpilz vertraut ist.

Ebenso bekannt war Ivo, wie sehr dieser Pilz im sibirischen Schamanismus eine Rolle spielte. Aber nicht nur. Der hübsche rotgehaubte und weißgeflockte Hutschwamm aus der Familie der Wulstlinge düngte auch den christlichen Boden. So gab es etwa die Theorie, nach welcher Jesus in Wirklichkeit ein Fliegenpilz gewesen sei und das Urchristentum einen Fliegenpilzkult praktiziert habe. Das Fleisch Christi wäre demnach nichts anderes als das jenes psychoaktiven Pilzes, der nicht zuletzt so manchem Zwerg als gemütliche Wohnung dient und mit besagten Kröten ein mythologisches Paar bildet.

Alles schön und gut, aber was hatte dieser Pilz mit einer Bohrung zu tun, welche von Sowjethelden einst im geheimen vorgenommen worden war? Und wie mußte man sich eine Stadt vorstellen, die in einem solchen Loch steckte? Oder hockte sie? Zusammengekauert? Das wollte Ivo wissen.

Nun, Lopuchin erklärte. Spirou übersetzte. Ivo staunte.

Ja, er staunte ob der Beschreibung besagten Ortes. Nach dem Zerfall des Arbeiter- und Bauernstaates waren das Projekt im Dschugdschur beendet und die Bautrupps sowie die beteiligten Wissenschaftler zurückbeordert worden. Man hatte das Loch vollkommen aufgegeben. Es ging sowieso nicht noch tiefer. Wie es nun scheint, war in der Folge eine Gruppe entflohener Häftlinge in einem der unwegsamen Gebirgstäler auf die Grabung gestoßen, um alsbald festzustellen, daß die Sowjets nicht nur ein Loch in die Erde getrieben hatten, sondern in einer Tiefe von ungefähr sechzig Metern auch einen horizontalen Schacht, der in eine künstliche Höhle führte. Eine gewaltige Einrichtung, deren Sinn und Zweck es wohl hätte sein sollen, der militärischen und politischen Nomenklatura im Katastrophenfall als Rückzugsort zu dienen. Allerdings war einzig der Rohbau fertig geworden, immerhin aber ausgestattet mit einem funktionierenden Entlüftungssystem und einer ausgesprochen intelligenten Energieversorgung. Zudem waren die oberirdischen Ausformungen geschickt in die Landschaft integriert worden. Die Augen der Satelliten täuschend.

Im Laufe der Jahre war nun dieses vergessene Areal von immer mehr Menschen in Besitz genommen und verwandelt worden. Menschen, die aus diversen Gründen eine Stätte aufsuchten, an der sie vor Verfolgung verschont blieben. So entstand nach und nach eine unterirdische Stadt, eine geheime Zuflucht nicht allein für Russen. Menschen aus ganz Asien hatten sich hier eingefunden, überraschenderweise noch mehr Japaner als Chinesen, später kamen Amerikaner dazu, Australier, schließlich auch Europäer. Nicht alle hatten einen kriminellen Hintergrund, es waren teils ganze Familien und Sippschaften, die von weit her gereist kamen. Das Vorhandensein dieser Stadt sprach sich herum und blieb dennoch geheim. Es wurde gehandelt, kleine Handwerksbetriebe entstanden, Straßenküchen, Wäschereien, Friseurläden, Schneidereien, Fleischereien, Geschäfte mit okkulten Gegenständen und Arzneien. Doch auch Schulmediziner siedelten sich an, Ärzte, die nirgends auf der Welt mehr eine Praxis hätten betreiben dürfen. Hier durften sie. Viele Leute kamen nach Toad's Bread, um etwas zu tun, was man ihnen zu Hause verwehrte. Und sei es das pure Existieren. Wobei interessanterweise nichts von dem, was in dieser Stadt entstand, was in diesem Reich der Kröten fabriziert wurde, jemals auf irgendeinen der Weltmärkte gelangte, nicht einmal hinüber nach Ochotsk. Man kann es so ausdrücken: Brot, das in Toad's Bread gebacken wurde, wurde auch in Toad's Bread gegessen, ausnahmslos.

Wie gesagt, nicht jeder in dieser Stadt war ein Verbrecher, doch der kriminelle Geist dominierte. Das übliche: Prostitution, Drogen, Waffen, Raub, Erpressung. Aber auch in dieser Hinsicht drang nichts nach außen. Jede Droge, die in dieser ungemein engen und enger werdenden Wohn- und Arbeitsmaschine hergestellt wurde, wurde hier auch konsumiert. Wie allerdings die diversen Rohstoffe in das Loch gerieten, blieb unklar. Ein Gerücht besagte, daß unterhalb der von harten Wintern bestimmten kargen Vegetationsdecke eine gar nicht so karge Agrikultur entstanden war, die mittels Lichtschächten und Wasserkanälen und einer bedeutenden Erdwärme am Leben und Blühen gehalten wurde. Aber wie gesagt, dies war ein Gerücht, eher konnte man annehmen, daß, wenn schon nichts dieses Loch nach außen verließ, sehr wohl einiges von außen in das Loch gelangte, eben nicht bloß Menschen, sondern mit ihnen ein wenig vom Reichtum der Welt. Faktum war auf jeden Fall, daß in politischer Hinsicht die Gesellschaft von Toad's Bread eine vollkommen autarke darstellte. Ein selbstverwaltetes Kollektiv. Sosehr das kriminelle Element vorherrschte, war es keine der üblichen mafiosen Vereinigungen, die das Sagen hatte. Vielmehr gab es strenge Regeln, die eben nicht zuletzt das kriminelle Zusammenleben bestimmten. Toad's Bread war eine Verbrecherrepublik durchaus im Sinne einer aufgeklärten Gelehrtenrepublik. So befand sich etwa die Prostitution vollkommen in den Händen der Frauen. Wobei dies keineswegs bedeutete, daß es sich um eine »menschenfreundliche« Prostitution handelte, denn wie hätte die denn aussehen sollen? Was aber fehlte, waren die Exzesse, war die Unordnung, das ständige Überschreiten von Grenzen. Kein Platz für Zuhälter, statt dessen organisierte ein Frauenverband den Strich. Dies hatte unter anderem dazu geführt, daß es unter den Prostituierten keine Minderjährigen gab und gewisse unwürdige Praktiken als Tabu galten. Wollte aber ein Mann in dieses Geschäft einsteigen, so riskierte er, aus Toad's Bread hinausgeworfen zu werden. Und wer einmal rausflog, hatte keine Chance, wieder hineinzugelangen. Die wenigen Leute, denen es erlaubt war, zwischen Toad's Bread und der Außenwelt zu wandeln, waren Auserwählte, Agenten oder Anwälte des Kollektivs, die Jobs zu erledigen hatten. Etwa den Job, jene zum Schweigen zu bringen, die damit drohten, das Geheimnis dieser Stadt zu lüften.

Aber das hatte ohnehin noch niemand ernsthaft versucht. Sicher, es gab auch einige »wilde« Agenten, deren Interessen unklar blieben. Aber weder fielen sie ins Gewicht, noch fielen sie auf.

Bei aller Kultivierung des Verbrechens ergab sich als absolut wichtigster Aspekt in dieser Stadt die Versorgung der Bevölkerung mit frischen oder getrockneten Fliegenpilzen. Die ersten Bewohner der Stadt, jene entkommenen Häftlinge, hatten sich auf ihrer Flucht von selbigen Schwämmen ernährt. Denn es muß ja gesagt werden, daß der Fliegenpilz entgegen seiner in der westlichen Welt so energisch propagierten Giftigkeit durchaus zu genießen ist – getrocknet, in Rauchmischungen, in Bier und Wein gebröselt, eingelegt in Schnaps, ja sogar als Urin, als Menschenurin wie als Rentierurin, aber eben auch als frischer Pilz in Butter gedünstet. Und zwar als ein sehr schmackhafter Pilz. Welcher bekanntermaßen visionäre und rauschhafte Wirkungen besitzt und einem nicht zuletzt das Gefühl beschert, fliegen zu können. Jedoch absolut ungeeignet scheint, mittels seiner behaupteten Giftigkeit jemanden umzubringen. Als Untergrenze für eine tödliche Dosis gilt eine Menge von zehn Pilzen. Aber was, bitteschön, ist nicht in irgendeiner Form giftig und tödlich, wenn man sich zehn Stück davon ungebremst einverleibt? Etwa politische Talk-Shows oder Lyriklesungen.

Jedenfalls war der Fliegenpilz zum Symbol dieser Stadt geworden und lieh ihr zudem seinen Namen. Abbildungen von Amanita muscaria schmückten jedes der unterirdischen Quartiere, zudem prangte das Emblem auf T-Shirts, auf Plakaten und dekorierte die Grabstätten. Getrocknete Stücke wurden den Neugeborenen auf die Stirn gelegt. Wer heiratete, opferte ein besonders schönes Exemplar den Göttern. Und natürlich war der Genuß in allen möglichen Formen ein wesentlicher Bestandteil des Lebens von Toad's Bread.

»Ich kann da nicht mehr hin«, erklärte Lopuchin, »keine Chance. Ich wäre schneller abserviert, als ich mich entschuldigen könnte. Niemand dort will meine Entschuldigung.«

»Bei wem entschuldigen?« wollte Ivo wissen.

Doch Lopuchin erklärte nicht, welche Leute das waren, die auf eine Entschuldigung seinerseits verzichteten. Und was man unter »abservieren« zu verstehen hatte. Aber im Grunde konnte Ivo sich denken, daß Lopuchin einst in Toad's Bread gelebt und schlußendlich gegen eine der Regeln der Verbrecherrepublik verstoßen hatte.

Worüber Lopuchin sich sehr wohl ausließ, war der Umstand, daß er in Toad's Bread etwas zurückgelassen hatte, etwas, das ihm gehörte und das er um jeden Preis zurückhaben wollte. Doch auch bezüglich dieses Objekts blieb Lopuchin vage, beschrieb nicht, worum es sich eigentlich handelte. Sondern allein, daß dieser Gegenstand in einer kleinen, mit Teilen von Borke verzierten hölzernen Schatulle eingelagert sei.

Ivo nickte in der achselzuckenden Weise. Er begriff nicht, wieso ihm Lopuchin das erzählte. Er sagte: »Bei allem Respekt, ich werde den Baum suchen, nicht irgendeinen Schatz.«

Doch Lopuchin antwortete: »Wenn Sie den Baum finden, dann auch den Schatz. Ich will, daß Sie mir dieses Kästchen bringen. Den Baum können Sie behalten. Aber ohne Kästchen kein Baum.«

»So war das nicht ausgemacht«, beschwerte sich Ivo. »Dafür hat NOH nicht bezahlt.«

Das war jetzt wieder so ein Moment, da Spirou eine sofortige Übersetzung unterließ und äußerte, wie schlecht es wäre, auf diese Weise zu antworten. Eher wäre es angebracht, guten Willen zu beweisen.

»Verdammt noch mal, Spirou«, ärgerte sich Ivo, »geh doch in die Diplomatie!«

»Ich bin in der Diplomatie«, antwortete der rotgemützte Junge mit der feinen Kinderstimme, die fern jedem Stimmbruch schien: rein, hell, vertrauenswürdig.

Ivo gab sich geschlagen. Er versprach, daß falls irgendein verrückter Zufall ihn in die Nähe dieses Behältnisses führen sollte, er versuchen würde, es zu erstehen und Lopuchin zurückzubringen.

Was auch immer Spirou nun übersetzte, es war mit Sicherheit sehr viel weniger kleinmütig, denn derartige Kästchen waren wohl kaum in der Welt, um »erstanden« zu werden. Außerdem hatte sich Lopuchin ja als der Besitzer des Schatulleninhalts bezeichnet. Wobei die Leute in Toad's Bread, die gerne auf Lopuchins Entschuldigung verzichteten, das vermutlich anders sahen. Wie auch immer, ein simples Geschäft, wo einer kaufte und einer verkaufte, würde es nie und nimmer werden.

Lopuchin rief mit der Bewegung seiner stark beschlagringten Finger Spirou zu sich und drückte ihm zwei Papiere in die Hand, ein offenes und ein gefaltetes. Spirou gab beide an Ivo weiter und sagte: »Die Adresse. Und dazu eine Zeichnung von dem Kästchen.«

»Die Adresse vom Baum oder vom Loch?«

»Von dem Ort, wo das Kästchen steckt.«

Nun, es handelte sich nicht um eine Adresse im Sinne eines Straßennamens und einer Hausnummer. Vielmehr erwies sich das größere Papier als eine Art von Karte. Zu sehen war eine kreisförmige Anordnung, wobei das Zentrum von einer disziplinierten vierarmigen Spirale beherrscht wurde, die aber in ihren Ausläufern in eine asymmetrische, siebenspurige Version überging. Innerhalb der mit Bleistiftschraffur aufgezeichneten wolkenhaften Strukturen zogen sich eine Vielzahl enggesetzter Punkte dahin. Ivo mußte unwillkürlich an eine Galaxie denken, eine Scheibe aus Sternen.

Nahe dem Zentrum war nun einer der Punkte mit einem

Kreuz markiert worden. Der sehr viel kräftigere Strich suggerierte, an dieser Stelle sei etwas zu finden. – Aber an der Stelle wovon, bitteschön? Doch darauf gab es keine Antwort. Spirou wußte es nicht, und Lopuchin sagte es nicht.

Einfacher war es mit der Schatulle, die recht deutlich auf dem kleineren Papier abgebildet war: ein Quader, dessen Oberseite vollständig mit Tusche ausgemalt war. Die Zeichnung wirkte abstrakt, beliebig, wie hingespuckt, wie bei einem umgefallenen Glas Rotwein, wobei man am ehesten ein schmetterlingshaftes, flugpionierartiges Wesen aus der Zeichnung herauslesen konnte. Denn in der Tat war nichts in dieser Gegend wirklich abstrakt. Alles hatte etwas zu bedeuten. Alles verwies auf eine konkrete Sache, ein konkretes Ding.

Ivo tippte auf den Zettel und schenkte sodann seinem Führer Spirou einen Blick, der weniger aus den Augen als aus den Stirnfalten zu stammen schien. »Sag, Spirou, hast du eine Ahnung, wie man nach Toad's Bread findet?«

»Ich war noch nie dort«, antwortete Spirou und erwähnte den Namen, den die Bewohner der Bergregion für das Loch und die Stadt im Loch verwendeten: *d'aŋgujśa.* Eine Verbform aus der nganasanischen Sprache, die man mit »nicht sein« oder »nicht existieren« übersetzen konnte.

Und nun ergänzte Spirou: »Ich kenne auch niemanden, der je da gewesen ist.«

»Und was ist mit Lopuchin?«

»Er ist der Zar«, erinnerte Spirou.

Das war keine Antwort. Oder doch?

Selbiger Zar unterbrach das Zwiegespräch, indem er aufstand und auf Ivo zukam. Auch Ivo erhob sich von seinem Sessel.

Im Stehen wirkte Lopuchin noch etwas kleiner und schmächtiger, seine Ohren jedoch größer. Er begann wieder zu reden, rascher als zuvor, keine Pause mehr zulassend, so daß Spirou gezwungen war, simultan zu übersetzen.

Lopuchin berichtete von den »Zeichen«, die er in Ochotsk zu verteilen pflege. Jene Männer und Frauen, denen er seinen Schutz gewähre, küsse er auf die Stirn, was sich sodann herumspreche. Alle zu küssen wäre freilich unpassend. Also gebe es auch die, welche kußlos blieben und tunlichst achtgeben müßten, sich nichts zuschulden kommen zu lassen. Leider Gottes geschehe es immer wieder, daß jemand meine, in die eigene Tasche arbeiten zu dürfen. Unverbesserliche Naturen, die er, Lopuchin, ebenfalls »kennzeichne«, nicht mit einem Kuß versteht sich, sondern mit einem Stigma, versteht sich.

»Ich mache das nicht«, sagte er, »weil ich Spaß daran habe, Menschen zu verletzen. Mir wäre lieber, man würde mich nicht dazu zwingen. Aber man tut es. Kein Wunder, daß ich dann wütend werde.«

»Also ich will Sie ganz sicher nicht wütend machen«, sagte Ivo.

Umgehend versicherte Lopuchin, welche Freude es ihm bereiten würde, Ivo auf die Stirn zu küssen und ihm auf diese Weise seinen Aufenthalt in Ochotsk zu erleichtern.

»Aber ich frage Sie, Ivo«, sagte Lopuchin, »was nützt Ihnen mein Schutz in Ochotsk, wo Sie doch in die Berge müssen, um Ihren Baum zu finden? Dort oben gibt man nichts auf Freunde von Lopuchin. Man haßt ihn. Und alle, die zu ihm gehören. Das ist so traurig wie wahr. Darum ...«

Er holte aus. Ivo wollte sich wegducken. Doch zu spät. Die Faust traf ihn. Aber da war noch etwas Zusätzliches, was ihn traf, sehr viel schmerzvoller als eine bloße Faust. Es traf ihn auf der Wange. Im Zurückfallen fühlte er, wie seine Haut aufriß. Er spürte augenblicklich, daß ein spitzer Gegenstand das Fleisch seiner Backe vollständig durchbohrt hatte. Ja man hätte sagen können: Ivo Berg registrierte, wie die Luft hereinzog – nicht durch den Mund, sondern durch die Wangenwand.

Er fiel auf den Boden, schlitterte ein wenig über den glatten Stein. Zu Ende geschlittert, richtete er sich mit einem Stöhnen auf, griff sich an die Wunde und schaute dann auf das viele Blut in seiner Hand.

Ivo Berg war von einem Ring getroffen worden, genauer gesagt *gestochen* geworden, gestochen im Sinn einer Stempelung. Lopuchin, der Zar von Ochotsk, trug diesen Ring an seiner linken Hand. Einen Goldring aus fünf spitz zulaufenden Dornen, angeordnet im Stil einer Krone. Selbige Dornen hatten Haut und Fleisch von Ivos Wange durchstoßen, so daß nun aus fünf Löchern das Blut rann.

»Ambulanz!« rief Lopuchin mit drängender, fast verzweifelter Stimme, als ginge es darum, seinen besten Freund zu retten.

Augenblicklich erschien ein kräftiger Mann mit einem Notfallkoffer, kniete sich neben Ivo und begann, ihn zu verarzten. Auch Spirou war herbeigeeilt, sichtlich geschockt, denn er hatte einen Kuß erwartet und keinen Schlag. Dennoch mußte er sich beeilen zu übersetzen, was Lopuchin nun sagte, und das war das Folgende: »Die Löcher wachsen zu, mein Freund, aber die Narben bleiben. Und das ist gut so. Ich weiß, Ivo, Sie sind wütend. Aber Sie werden mir noch danken für dieses Stigma. Es wird Ihnen helfen. Man wird Sie im Dschugdschur dafür achten. Man wird Sie für meinen Feind halten. Für einen wichtigen Feind. Kaum einer hat jemals fünf Stiche erhalten. Diese Narben werden Ihnen Türen öffnen.«

»Scheiße! Doch nicht hier in Ochotsk«, klagte Ivo und spuckte Blut.

»Das ist richtig«, sagte Lopuchin. »Sie werden sich in unserer Stadt in acht nehmen müssen. Es wird gut sein, nicht unter die Leute zu gehen. Natürlich könnte ich allen erzählen, wie es wirklich ist. Daß Sie mein Mann sind. Aber das wäre doch dumm. Es würde sich herumsprechen. Auch bis nach Toad's Bread. Und das wäre nun wirklich ein Problem. Es wäre dann alles umsonst gewesen. Nein, mein Freund, es ist gut, wie es ist.«

Jemand im Hintergrund lachte. Lopuchin fuhr ihn an. Sofort war Ruhe. Ganz klar, was Lopuchin getan hatte, war nicht aus seiner Lust an der Gewalt geschehen. Nein, er hielt es schlichtweg für das einzig Richtige.

Lopuchin sagte etwas zu Spirou, dann wandte er sich um und verschwand in einem der tiefschwarzen Ausläufer des Raums, ohne daß man hätte feststellen können, ob er den Raum auch wirklich verlassen hatte oder sich bloß in die Peripherie eines Rembrandtschen Gemäldes zurückgezogen hatte.

Der Mann mit dem Notfallkoffer desinfizierte die Wunde, legte einen Verband an, erhob sich und folgte seinem Herrn in die Dunkelheit. Wieder hörte man keine Türe. Dennoch trat eine Stille ein, die nahelegte, daß Ivo und Spirou jetzt allein waren.

»Scheiße, ich bin in die Hölle geraten«, meinte Ivo und verabreichte sich eine Globulidosis Arsenicum album.

»Es tut mir leid«, sagte Spirou. »Ich habe nicht gewollt, daß er Ihnen weh tut.«

Ivo sah Tränen in den Augen des Jungen.

»Nicht deine Schuld«, betonte Ivo. Er strich dem Kind über die Wange, eine Träne auffangend, die nun ihre Tropfenform verlor und sich als seichter Bach über den Finger verteilte. Das Naß der Träne trocknete so rasch, als blase jemand Dritter seinen warmen Atem darüber.

Als wenig später Galina sich die Wunde ansah, seufzte sie kurz. Sie wies den Verwundeten an, sich auf einen niedrigen Fauteuil zu setzen. Dann ging sie hinüber zum Küchenschrank, aus dem sie mehrere Gefäße zog. Sie erhitzte einen Topf mit Rentiermilch und begann, eine Paste zuzubereiten. Dazu gab sie Geräusche von sich, als singe sie durch die Nase.

Das Schönste am Hokuspokus ist, wenn er wirkt.

Vielleicht jedoch war es einfach eine gute Salbe. Doch so gut sie war, die Narben würden bleiben. Aber das war ja auch der Sinn der Sache.

10

»Kann man das eigentlich als Winter bezeichnen?« fragte sich Ivo Berg in diesen vielen Wochen, die er recht untätig in Ochotsk zubrachte. Der Winter nämlich, der ihm vertraut war, fühlte sich ganz anders an, der Winter aus Wien und der aus Rom und auch jener heftige, den er einst erlebt hatte, als er mit Lilli in Giesentweis angekommen war. Der europäische Winter entsprach dem, was man ein Kleid nennt, ein Kleid, das man hin und wieder trägt, aber mit dem man sich natürlich nicht ins Bett begibt, sondern das man am Abend in den Schrank hängt. Der sibirische Winter hingegen war weniger ein Kleid als eine Haut – ein Film, der sich über alles und jeden legte: ein Film in beiderlei Sinn des Wortes, also sowohl als eine dünne Schicht als auch als Projektion bewegter Bilder, Bilder vom Winter, die quasi in der Art veränderlicher Tattoos einen jeden Gegenstand und Körper illustrierten. Die Dinge, die Häuser, Tiere und Menschen dieser Gegend waren nicht nur vom Winter umgeben, sondern trugen ihn mit sich herum, während der durchschnittliche Mitteleuropäer eigentlich ständig auf der Flucht vor dem Winter war oder mittels Wintersportarten versuchte, den Winter lächerlich zu machen.

Das wäre hier schwerlich gegangen. Niemand wäre auf die Idee gekommen, den Winter zu persiflieren. Immerhin saß der Winter – egal, wie stark man heizte – mit am Tisch und hörte jedes Wort, das man sprach.

In jedem Fall war es für Ivo Berg eine gute Zeit, auch wenn er seinen eigentlichen Auftrag noch nicht in Angriff nehmen konnte und er es wohlweislich unterließ, sich im Ort zu zeigen. Er verzichtete also darauf, die Kneipen Ochotsks aufzusuchen und dabei an Leute zu geraten, die den Umstand fünf punktgroßer Narben auf seiner linken Wange als Aufforderung verstanden hätten, eine Schlägerei zu beginnen. Doch ohnehin war Ochotsk kein Eldorado gastronomischer Einrichtungen. Wodka gab es auch bei Galina, einen sehr guten, in dessen Flaschen ein Zopf zusammengebundener Gräser schwamm, auch wenn diese Gräser eher wie Haare aussahen, aber das anzunehmen, verbat sich Ivo. Nicht zu vergessen die Suppen der Galina Oborin, die hier Tag für Tag serviert wurden und die man zu allen drei Mahlzeiten konsumierte. Dazu gab es oft Kartoffeln, bei denen Ivo immer an diese Szene aus der historischen Fernsehverfilmung des *Seewolfs* denken mußte, wenn Raimund Harmstorf eine rohe Kartoffel zerdrückt. Zwar wurde später von den Medien behauptet – weil zum Spaß auch immer das Spaßverderben gehört –, diese Kartoffel sei in Wirklichkeit gekocht gewesen, aber das war eine Lüge, um das Mysterium der Harmstorfschen Kraft zu entweihen. Wie auch immer, die Kartoffeln, die Galina neben die Suppenterrine zu stellen pflegte, sahen so aus, als seien sie allein durch heftiges Drücken *erweicht* worden. Kein Wunder, daß sie niemals richtig heiß waren, sondern eher *handwarm*.

Das Verhältnis, das Ivo zu den drei Personen in diesem Haus entwickelte, war recht unterschiedlich. Mit Spirou verstand er sich prächtig. Der Junge war anhänglich, klug und treu. Und auch trotz der vielen schrecklichen Dinge, die Spirou in seinem Leben bereits hatte schauen und erleben müssen, verfügte er immer wieder über einen kindlichen Übermut. Einen Übermut, an den sich Ivo anschloß. So verbrachten die beiden Stunden im Schnee, nicht bloß Schneeballschlachten austragend, sondern ganze Festungen aus der weißen Masse formend, wehrhafte Krieger bauend, mitunter überlebensgroße Figuren, denen die Rundlichkeit läppischer Schneemänner fehlte und die eher an die Sturmtruppen des galaktischen Imperiums erinnerten: weiß, aber böse. Auch begaben sich Ivo und Spirou gerne auf die zugefrorene Flußmündung, wobei sie mit einem alten Schneemobil über die weite Fläche flogen. Und dann war da noch etwas: Sie spielten Tennis. Genau! Hinter dem Haus lag ein Tennisplatz, den die beiden Tag für Tag vom Schnee befreiten, woraufhin sie den gefrorenen Untergrund mit Streusalz aufweichten, das Netz über den Platz spannten und sodann auf der Betonfläche einige Matches absolvierten. Die Schläger waren alt, nicht zuletzt die Bälle, zudem der Boden rissig und uneben, was die Qualität des Spiels schon ziemlich beeinflußte, aber den Spaß in keiner Weise verringerte. Hier war nicht Wimbledon. Alles in Ochotsk war alt und gebraucht. Nur die Waffen nicht. Aber die waren ohnehin Lopuchin und seinen Leuten überlassen.

»Was eigentlich das soll?« fragte eines Tages der Professor.

»Was soll was?« fragte Ivo zurück.

»Wollen Sie adoptieren Spirou?«

»Adoptieren? Meine Güte, davon kann keine Rede sein.«

»Keine Rede wieso? Soll heißen, Sie nur tun so als ob. Oder wie?«

»Mein Gott«, stöhnte Ivo Berg, »ich vertreibe mir die Zeit mit ihm. Und er mit mir.«

»Er mag Sie«, stellte Oborin fest. »Spirou wirklich mag Sie. Und wenn alles vorbei, Sie sind weg. Schneller weg, als er kann weinen.«

»Hören Sie, Professor, ich werde mir Mühe geben, dem Kleinen keine falschen Hoffnungen zu machen. Ich werde mit offenen Karten spielen.«

»Was soll er haben von offenen Karten? Besser, viel besser, Sie nehmen Spirou mit, wenn Sie gehen zurück.«

»Das wird schwer zu machen sein.«

»Wie? Sie wollen Baum aus sibirischer Erde stehlen, aber Spirou-Junge mitnehmen soll ein Problem sein?«

»Ich habe nicht vor, den Baum zu stehlen. Hier fließt immerhin eine ganze Menge Geld.«

»Sie bezahlen Mafia, Sie bezahlen aber nicht russische Erde.«

Da hatte der Professor schon recht. Ein ordentliches Geschäft würde in diesem Zusammenhang wohl kaum zustande kommen. Und es stimmte ebenso, daß niemand in Ochotsk etwas dagegen haben würde, wenn Ivo schlußendlich nicht nur ein Exemplar der Dahurischen Lärche entwurzeln und fachgerecht bandagieren nach Europa schaffen würde, sondern ebenso den kleinen Helden mit der roten Mütze. Dessen Tante, bei der er seine ersten Lebensjahre verbracht hatte, lebte nicht mehr. Und selbst Zar Lopuchin, der den Jungen sehr mochte und ihn zudem, wie er das bei einem jeden in Ochotsk tat, als seinen Besitz ansah, hätte Spirou ziehen lassen.

Dies alles war Ivo absolut klar. Zudem hätte es für seine in Bremen sitzenden Auftraggeber eine Kleinigkeit bedeutet, die bürokratischen Formalitäten nicht nur einer Baumüberführung, sondern eben auch einer Kindesüberführung in die Wege zu leiten. Nein, das Problem, das sich für Ivo Berg ergab, war schlichtweg die Frage, ob er sich ernsthaft vorstellen konnte, Vater zu sein. Beziehungsweise Pflegevater, was ja kaum die einfachere Vaterform ist, im Gegenteil. Dennoch, ganz abwegig schien ihm diese Idee nicht. Die Idee hatte sich geradezu in seinem Kopf festgesetzt. Seine abwehrende Haltung, wenn er darüber mit Oborin sprach, war auch gegen sich selbst gerichtet. Denn in Momenten, da er Spirou in aller Ruhe betrachtete, von keinem Herumtollen abgelenkt, rührte ihn dieser Anblick auf eine Weise, daß er meinte, ihm zerspringe das Herz. Was nicht zuletzt damit zusammenhing, daß sich in Ivos

Vorstellung das Gesicht Spirous mit dem von Moritz verband. Mit jenem Moritz, noch bevor dieser versucht hatte, sich umzubringen, um sodann schwerstbehindert auf ewig in einem Rollstuhl zu landen. Dabei war es ja nicht so, daß Ivo jemals Moritz anders gesehen hatte als mit dem Kopf in der Schlinge und anschließend in der lallenden, augenverdrehenden Weise seiner körperlichen und geistigen Einschränkung. Aber Ivo kam es vor, als spiegele sich in Spirous Antlitz das unbeschädigte Gesicht Moritz'. Und auf eine diffuse Weise erkannte Ivo die Chance, Moritz doch noch zu retten, richtig zu retten, und nicht bloß am Leben, am Rollstuhlleben zu erhalten. Ja, Moritz zu retten, indem er Spirou rettete.

Diffus! Diffus! Aber wie gesagt, durch sein Herz ging ein vielsagender Riß.

Da war dann noch ein zweiter Riß, aber nicht parallel zum ersten oder diesen überlagernd, sondern quer dazu, so daß sich in Ivo Bergs Herz eine Rißstruktur ähnlich einem Kruzifix ergab. Dieser zweite Riß galt Galina Oborin. Tagtäglich sah er die junge Frau bei der Zubereitung ihrer Suppen, denen sie sich mit absoluter Hingabe und einem Höchstmaß an handwerklichem Geschick widmete. Allein, wie sie die Zutaten portionierte und auf ein breites Holzbrett auslegte, erinnerte an die Herstellung eines Mosaiks. Und aus der Ferne erschien es Ivo tatsächlich so, als könne er hin und wieder eine bildliche Darstellung erkennen, eine Flagge, einen Stern, eine florale Anordnung. Aber sicher konnte er sich nicht sein, da er niemals wagte, zu nahe an den Herd und damit an die Köchin heranzutreten. Sie stand immer so, daß sie Ivo den Rücken zudrehte, und es wäre natürlich ungehörig gewesen, einen Menschen, der ohne Gehör war, auf diese Weise zu »überfallen« und dann auch noch in den Verdacht zu geraten, das Geheimnis der wohlschmeckenden Suppen lüften zu wollen.

Dennoch, eine Peinlichkeit blieb ihm nicht erspart. Als Ivo einmal früher als üblich aus dem Schlaf erwachte und das einzige vorhandene Badezimmer aufsuchte, da ereignete sich ein ungewollter, nichtsdestoweniger ungehöriger Überfall. Eigentlich hätte er das markante Geräusch der Dusche registrieren müssen. Tat er aber nicht, sondern trat um fünf in der Früh in den unversperrten Raum ein und gewahrte den Anblick der hinter einer klaren Scheibe stehenden nackten Galina, welche seitlich stand, den Kopf jedoch so in den Strahl gerichtet, daß sie Ivo nicht bemerkte. Dieser erstarrte völlig gebannt im Angesicht eines Körpers, der sehr viel schlanker war, als wegen der rundlichen Gesichtsform zu vermuten gewesen war, vor allem aber aufgrund der Täuschung, die sich aus Galinas dicker Bekleidung ergeben hatte. Denn sie pflegte stets – und gleich, wie stark auch geheizt wurde oder wie sehr der Dampf den Küchenraum erfüllte – ihre pinkfarbenen groben Wollstrümpfe zu tragen, dazu ihr grünes Kopftuch, einen kurzen Rock über einem knielangen sowie eine unbekannte Zahl von Oberteilen. Wodurch sie aber nicht den Eindruck des erfrorenen Typus machte, sondern eher den eines gepanzerten Wesens.

Hier aber stand sie nackt da und offenbarte einen Körper, dessen Haut und Form geschliffen wirkte, wie unter genau diesem Wasserstrahl entstanden. Als hätte der Wasserstrahl den Körper von allem Unnötigen befreit, ohne jedoch – wie das Zeichnern beim Radieren oft passiert – zuviel wegzunehmen. Die prinzipielle Schlankheit bedeutete somit nicht, Hüften oder Po oder Busen seien begradigt, sondern vielmehr von allem Überflüssigen reingewaschen worden. Alles, was rund sein sollte, war rund, und alles Gerade bar jener Zugabe, die wir gerne Polster oder Pölsterchen nennen. Dazu kam der leicht bräunliche Teint der Haut, auch eine gewisse Fleckigkeit, die aber in keiner Weise etwas Kränkliches, Ausschlagartiges besaß, sondern eher an die glänzende Oberfläche einer alten Violine erinnerte, die durch einige Virtuosenhände gegangen war. Allerdings konnte man sich bei Galina nicht vorstellen, daß je eine fremde Hand diese Haut berührt hatte. Früher mal die Mutter, natürlich, das schon, wer auch immer diese Mutter gewesen sein mochte, denn darüber wurde kein Wort verloren, von keinem. Nein, wenn man sich schon Hände auf dieser Geigenhaut vorstellte, dann die Hände wohlgesinnter, hochmusikalischer Geister.

Ivo stand also da und starrte den Körper an, als wäre er ein Zwölfjähriger, der zum ersten Mal die Seiten eines *Playboy*-Magazins aufschlägt. In diesem höchst ungünstigen Moment drehte Galina ihren Kopf aus dem formgebenden und formhaltenden Wasserstrahl heraus. Und zwar in Richtung der Türe und damit auf den herüberglotzenden Ivo. Ohne aber, daß sie zusammengezuckt wäre oder gar aufgeschrien hätte. Ihr Blick war streng und strafend. Der Blick sagte ganz klar, daß es *eine* Sache war, in ein besetztes Badezimmer zu treten, aus dem deutlich hörbare Duschgeräusche drangen, aber eine ganz andere, sich nicht augenblicklich umzuwenden und schnurstracks den Raum zu verlassen.

Nun, trotzdem war Ivo fortgesetzt unfähig, sich aus seiner Starre zu befreien, betrachtete vielmehr den jetzt frontal dastehenden Körper, die beiden gleichförmigen, festen Brüste, vor allem aber die zarte Wölbung eines Bauchs, in welchem der mittige Nabel so wirkte, als hätte ein Schöpfergott seinen Finger in weichen Ton oder frischen Teig gesetzt. Ja, diesen Nabel konnte man als einen Fingerabdruck der besonderen Art interpretieren. Wenn man wollte. Und Ivo wollte unbedingt.

Endlich aber gelangte er zurück in die unesoterische Sphäre guten Benehmens, senkte den Kopf und murmelte eine Entschuldigung, welche freilich Galina auch dann nicht hätte hören können, hätte sie *hören* können, drehte die Schulter weg und gelangte mittels solchen Schwungs durch die Tür und aus dem Badezimmer hinaus.

Eigentlich hätte Ivo befürchten müssen, daß Galina ihm aufgrund dieser Episode mit noch größerer Distanz und Kälte begegnen würde als schon bislang, von der im Preis inbegriffenen Suppenverköstigung einmal abgesehen. Aber überraschenderweise war das Gegenteil der Fall. Nicht, daß sie Ivo nun um den Hals zu fallen pflegte, wenn er von seinen Ausflügen mit Spirou zurückkam, aber sie schenkte ihm mitunter ein Lächeln, das man hätte betörend nennen müssen, wäre das Wort »betörend« nicht gänzlich in Ungnade gefallen. Jedenfalls hatte sich aus der Ungeschicklichkeit dieses Morgens ein unerwarteter Vorteil für Ivo ergeben. Aus irgendeinem Grund stand er jetzt in einem besseren Licht da. Außer man wollte annehmen, es handle sich um eine Falle.

Daß dennoch ein Riß durch Ivos Herz ging, ist wohl am leichtesten damit zu erklären, daß er sich nach Galina sehnte, nach ihrem einmal geschauten Körper. Auch sehnte er sich danach, mit ihr sprechen zu können, zur Not auf russisch, das er nicht verstand. Aber es war wohl der Klang einer nie vernommenen Stimme, den Ivo begehrte. Oder was sonst noch an Wünschen und Phantasien in seinem Kopf herumschwirrte. Man muß wohl sagen: in seinem verliebten Kopf.

Nicht, daß er ernsthaft versuchte, sich Galina zu nähern. Er spürte, daß es dafür zu früh gewesen wäre. Daß diese gewisse zeitweilige Freundlichkeit im Blick der taubstummen Frau keineswegs ein Signal darstellte, sich ihr in der üblichen Weise zu nähern, etwa zu versuchen, sie an der Schulter oder Hand zu berühren oder sie gar küssen zu wollen. – Es mochte ja manchmal vorkommen, daß ein verfrühter Kußversuch wenig schadete, möglicherweise sogar umständliche Anbahnungen zu umgehen half, aber in diesem Fall war Ivo vollkommen bewußt, wie sehr eine

Voreiligkeit jegliche Chance zunichte gemacht hätte. Nein, er beschloß, den einzigen richtigen Moment abzuwarten. Ohnedies war dieser sibirische Spätwinter bestens geeignet, das Warten zu lernen.

Einen Teil dieser Lernstunden im Warten verbrachte Ivo im Labor des Professors, ohne daß man viel miteinander sprach. Es war für Ivo kaum zu begreifen, was der Professor genau trieb. Natürlich, er öffnete alte Telephon- und Funkgeräte, alte Computer, bohrte und stocherte in den Eingeweiden der Maschinen herum, verlagerte Teile, verlegte Kabel, lötete, schraubte. Manche der Kabel mündeten abschlußlos im Mauerwerk oder in Kartoffeln oder Zwiebeln, andere in Bodenlöchern oder in mit Erde gefüllten Töpfen. Sobald Oborin eine neue Anlage installiert hatte – und tatsächlich schien der in der Kunst gebräuchliche Begriff *Installation* hier sehr viel angebrachter –, setzte er sich mit einem Schreibheft vor das jeweilige Wählscheibengerät. Darunter nicht wenige deutsche Produkte, eine ganze Serie sogenannter FeTAp 611, erstmals 1961 konstruierter Fernsprech-Tisch-Apparate, die dann Ende der siebziger Jahre in einem wunderbaren Orangeton auf den Markt gekommen waren. Gerade solche Apparate dominierten die Oborinsche Kommunikationszentrale, wobei jene Geräte, welche aktuell in Verwendung standen, mit einem Abdeck- und Schutzhäubchen ausgestattet waren. (Ivo war alt genug, sich an die unglaublichen textilen Schonbezüge aus Samt oder Cord zu erinnern, mit denen gewisse Hausfrauen ihre Telephonapparate versehen hatten. So ähnlich wie bis heute Dackel und Pudel bekleidet werden, um gegen die Härten einer gegen Kleinlebewesen unfreundlichen Umwelt gewappnet zu sein.)

In Oborins Fall handelte es sich allerdings nicht um industriegefertigte Abdeckungen, sondern um eigenhändig bemalte Stoffe, auf denen Tier- und Menschensymbole zusammen mit den Abbildungen technischer Konstrukte –

viele Traktoren und Nähmaschinen – eine kompositorische Einheit bildeten. Auch das wirkte nun ausgesprochen schamanistisch, wenngleich Oborin auf Gesänge und Trommelei verzichtete. Gar nicht schamanenhaft mutete hingegen der Einsatz der Mathematik an. Welcher sich Oborin nämlich bediente, indem er sowohl in seinem Schreibheft als auch auf einem kleinen Laptop, der stets zu seiner rechten Seite plaziert war, ein kompliziertes Formelwerk zur Anwendung brachte, an dessen Schluß enorm lange Zahlenreihen standen, die er in der Folge über die zehn Fingerlöcher in das Telephongerät eingab. – Dies war nun die eigentliche Überraschung, nämlich die Länge der Telephonnummern, die Oborin wählte. Es konnte geschehen, daß er stundenlang damit beschäftigt war, die Wählscheibe zu bedienen. Zeige- und Mittelfinger der rechten Hand waren darum mit einem Pflaster geschützt, und auch das Handgelenk hatte er einbandagiert.

Nicht, daß Ivo in der Lage gewesen wäre, einen möglichen Irrsinn Oborins von einer möglichen Sinnhaftigkeit seiner Handlungen zu unterscheiden. Ivo konnte in keiner Weise beurteilen, was Oborin da zusammenrechnete, inwieweit diese mathematischen Konstruktionen einen harten Kern besaßen oder eher die Weichheit von Oborins Birne bestätigten. Klar war allein die Besessenheit, mit der Oborin vorging.

Doch im Grund paßte es eigentlich ganz gut zusammen: die extreme Länge der Rufnummern und der Versuch, mit anderen Sphären verbunden zu werden. Eine Lichtjahre entfernte Galaxis mit einer ... sagen wir mal, mit einer kostenlosen 0800er-Nummer zu erreichen, das wäre doch recht unglaubwürdig. Und daß das Reich der Toten gleich um die nächste Ecke lag, ohne Vorwahl anwählbar, erschien ebenfalls unrealistisch. Nein, diese mit viel mathematischer Mühe erarbeiteten Megareihen verwiesen auf die beträchtliche Distanz, die hier überbrückt werden mußte. Auch geschah es, daß Oborin am Ende der Nummereingabe in die Hörer hineinsprach, russisch redend, manchmal auch englisch, manchmal einen Gesang verwendend, der Tierstimmen imitierte. Meistens schien es, als hätte er eine falsche Nummer gewählt oder als würde sich der angerufene Teilnehmer einem Gespräch verweigern. Doch hin und wieder konnte man den Eindruck gewinnen, Oborin würde sich tatsächlich mit einer Person unterhalten, wenigstens einer eingebildeten Person.

»Sie reden nicht wirklich mit denen, oder?« fragte Ivo einmal und setzte ein mitleidiges Grinsen zwischen sich und sein Gegenüber.

Oborin antwortete: »Ach! Aber mit Ihnen, mit Ihnen, meinen Sie, ich rede.«

Das war es auch schon. Mehr Kommentar gab Oborin dazu nicht ab. Ließ aber weiterhin zu, daß Ivo, wann immer er wollte, das Labor betreten durfte, um es sich in einem der alten Fauteuils, die wie hingeworfene Spielwürfel zwischen den Anlagen standen, bequem zu machen. Wobei Ivo stets – ähnlich wie auch bei Galina – Abstand hielt. So viel Respekt besaß er. Nur einmal, am Ende dieses langen Winters, kam er nahe genug zu sitzen, um den Eindruck gewinnen zu können, aus dem Telephon, welches Oborin sich ans Ohr hielt, sei eine Stimme gedrungen.

Nun gut, sagte sich Ivo Berg, schon möglich, daß unter all diesen Fernsprechapparaten, deren Kabel in die Wand und den Boden und die Zwiebeln führten, auch eines dabei war, welches ordnungsgemäß an das Ochotsker Telephonnetz angeschlossen war und somit die Stimme aus dem Telephon einem gewöhnlichen, lebendigen Benutzer gehörte.

Es war dann Spirou, der erklärte, Oborin verwende zum »normalen« Telephonieren ausschließlich ein Handy, aber sicher keins von den mit Fingerlochscheiben ausgestatteten Geräten.

»Wirklich?!« sagte Ivo. Was auch sonst sollte er sagen?

Der Winter zog sich bis zu dem Punkt, da er, der Winter, nicht mehr konnte. Als er einmal durchatmete, nutzte der Sommer seine Chance. So wie diese Heizdeckenverkäufer, die rasch ihren Fuß in die Tür stellen. Ein Schub von Wärme zog entlang der Küste und bildete zusammen mit dem Rest von Kälte ein kariertes Muster aus grünen und weißen Quadraten, wobei die grünen ständig wuchsen und folgerichtig die weißen schrumpfen ließen. Es taute. Aber es dauerte dann doch noch eine ganze Weile, bis die Verhältnisse so waren, daß an Aufbruch gedacht werden konnte. Endlich war es soweit. Ivo und Spirou packten zusammen, was sie auf ihrer Expedition benötigen würden. Auch Galina verstaute ihre Gerätschaft. Offensichtlich war sie entschlossen, in der Wildnis des Dschugdschur ihre Suppenkünste in der gewohnten Qualität fortzusetzen.

11

Die Straße war zu Ende, wobei man nicht wirklich von einer Straße sprechen konnte, eher von einer Schürfwunde in der Landschaft. Jedenfalls hielt Ivo den Jeep auf diesen letzten befahrbaren Metern an. Die drei Personen stiegen aus, schnallten sich ihr Gepäck um und gingen daran, nach oben zu steigen. Nicht sehr steil, ein von Gräsern und Bäumen überzogener Hügel, hinter dem eine Kette von Bergen bläulich aufragte, beschienen von einer späten Sonne, die ihr Licht zwischen Wolkeninseln hindurch auf das Land warf.

Auch wenn das der Beginn eines obligatorisch kurzen, heißen Sommers war, empfand Ivo den Anblick herbstlich, als laufe hier die Zeit und eben auch die Jahreszeit rückwärts. Oben auf der Kuppe, dort, wo ein schmaler Bach zwischen einer Gruppe locker aufgereihter Lärchen verschwand, stand ein einfaches Blockhaus. Es hatte jenem im Zuge einer unglücklichen Geschäftsvereinbarung zu Tode gekommenen Mann gehört, der den ominösen Zapfen entdeckt hatte. Allerdings war völlig unklar, ob er in der Nähe dieses Hauses auf die spezielle Varietät einer Dahurischen Lärche gestoßen war. Nun, wenigstens war es das Haus, das Ivo aus den Unterlagen kannte, die man ihm in Warschau ausgehändigt hatte. So gesehen mußte er sich am richtigen Ort befinden.

Die Türe zur Hütte war unversperrt. Um so mehr überraschte dann der Umstand, daß der Raum nicht leer war, sondern offenkundig aktuell genutzt wurde. Diverse Ausrüstungsgegenstände standen herum, die Matratzen der drei Stockbetten waren mit Schlafsäcken bedeckt, auf dem Tisch lagerte Kochgeschirr. In der Luft hing ein Geruch, wie ihn sehr alte Bierdeckel verströmen. Ein ganzer Stapel davon. Die Überreste ausgedrückter Zigarren steckten in einem mit Sand gefüllten Aschenbecher. Die Qualität vieler Gegenstände verriet, daß es sich um eine touristische Gruppe handeln mußte.

»Und was hat das zu bedeuten?« fragte Ivo und drehte sich zu Spirou um.

»Jagd auf Schneeschafe«, antwortete der Junge und erklärte, im Gebiet der gegenüberliegenden Bergkette lebe eine Population von Wildschafen. Beliebte Jagdobjekte für Leute, die es exklusiv mochten und darum das konventionelle Safariwesen mieden, vielmehr schätzten, in einem quasi rechtsfreien Raum ihrem Vergnügen nachzugehen. Denn obgleich man einen Teil des Dschugdschur unter Naturschutz gestellt hatte, war die Gegend insgesamt nicht gerade eine von Jagdaufsehern überlaufene. Vielmehr konnte man hier tun und lassen und zulassen, was man wollte. Das Schneeschaf war auch nicht etwa als gefährdet gelistet, was aber vor allem der geringen Kenntnis der Bestände zu verdanken war.

Spirou berichtete, ein Magadaner Veranstalter von Jagdreisen lasse kleine Gruppen von Interessierten mit dem Helikopter in diese Gegend transportieren, um die dunkelköpfigen, aber mit weißen Nasen und weißen Hintern ausgestatteten Kletterkünstler zur Strecke zu bringen. Er selbst sei noch nie einem dieser Jäger begegnet, die würden sich in Ochotsk nicht sehen lassen. Spirou erinnerte: »Wir sind hier draußen nicht mehr in Lopuchin-Land.«

Ivo griff sich reflexartig an die linke Wange, befühlte die fünf kleinen Narben und wollte wissen, wie es jetzt weitergehe.

Spirou empfahl, sich einen Platz zum Zelten zu suchen. Er halte es für besser, der Jagdgesellschaft auszuweichen.

Ivo nickte. Er war ganz dieser Meinung. Er war noch nie ein Freund waidmännischer Praktiken gewesen. Es gab wenig, was ihn mehr anekelte als das Verlangen, ein Wild zu erlegen. Wie konnte das ein Vergnügen sein? Den eigenen Tod verdrängend, einen fremden Tod zu erzwingen. – Seine, Ivos, Mutter war passionierte Jägerin gewesen, während der Vater dieses »Hobby« allein wegen der geringen Zweckmäßigkeit abgelehnt hatte. Die Mutter hingegen hatte immer wieder ihre Wochenenden damit verbracht, an Jagdgesellschaften teilzunehmen, zuerst im Steirischen, später dann in Italien auf Einladung diverser Geschäftspartner.

Wenn der jugendliche Ivo seiner Mutter in einem ihrer Jagdkostüme begegnet war und dabei ihre Vorfreude aufs Schießen erkannt hatte, auf die hinterlistigen Manöver, das In-die-Enge-Treiben der Kreatur, wenn er diesen gewissen Blick bemerkt hatte – als schaue eine aufgeklappte Schere in die Welt –, dann hatte er sich gefragt, ob dies allen Ernstes die Frau war, in deren Bauch er gelegen hatte, sich von ihr ernährend, ihren Lebenssaft aufnehmend und damit wohl auch ein wenig ihres Geistes. Nein, er konnte sich das nicht wirklich vorstellen. Was übrigens auch umgekehrt galt. Die Nichtsnutzigkeit des Sohns befremdete die Mutter. Sie empfand dieses Kind wie eine Krankheit, eine unheilbare und lebenslängliche. Natürlich pflegte sie es nicht auf diese Weise auszudrücken. Vielmehr verschwieg sie, wo immer es ging, überhaupt einen Sohn zu haben. Wobei sie im Rahmen der Jagdgesellschaften auch gerne die Existenz ihres Mannes unter den Tisch fallen ließ. Die Aristokraten, mit denen sie dort verkehrte, waren sehr viel mehr nach ihrem Geschmack. Alles dort war mehr nach ihrem Geschmack: als lebe man in einem Gemälde. Auch als dann später der Sohn doch noch eine Karriere begann und zum erfolgreichen Baumpfleger wurde, hatte dies in keiner Weise dazu geführt, daß Mutter und Sohn sich einander annäherten. Wobei es kein Haß war, der sie trennte, sondern allein das Unverständnis für ein fremdes, abstruses Leben und eben die Frage, wie man *in* diesen Bauch beziehungsweise *zu* diesem Kind hatte kommen können.

Richtig, Ivo hatte lange Zeit vom Geld dieser Frau gelebt. Aber er pflegte gerne zu sagen, er hätte sehr viel lieber vom Geld einer anderen Frau gelebt. Einer besseren Frau mit besserem Geld.

Natürlich hatte es Ivo im Zuge seiner baumpflegerischen Tätigkeit auch mit schießenden Förstern zu tun bekommen, also Leuten, denen nachgesagt wird, nicht allein aus dumpfer Freude am Töten zu jagen. Sondern eben die Natur und das Wild zu achten, das göttliche Licht in jedem jagdbaren Tier zu sehen und nur zu schießen, um einen vernünftigen Bestand zu sichern. Doch auch bei diesen Leuten hatte Ivo stets den gleichen scherenhaft glitzernden Blick seiner Mutter feststellen müssen. Er war überzeugt, daß jeder Jäger ein Killer war. Man könnte sagen, ein von den Umständen bürgerlicher Aufklärung gezähmter Killer, der gezwungen war, anstatt auf kleine Kinder auf kleine Hasen, anstatt auf unliebsame Kontrahenten auf mächtige Zwölfender zu zielen.

Ivo verspürte also wenig Lust, in solch entlegener Gegend auf Personen zu treffen, die ihn an seine liebe Mutter erinnerten und darüber hinaus wohl kaum an diesen Ort gereist waren, um eine tierfreundliche Försterei zu betreiben oder Schafe zu zählen, sondern um einen schießwütigen Einbruch in die Welt der Wiederkäuer vorzunehmen.

Aber zu spät! Weil nämlich das Unglück seinerseits eher zu den Pünktlichen gehört.

Als Ivo und Spirou nach draußen traten, wo noch immer Galina stand, näherte sich eine Gruppe von Männern. Sechs an der Zahl. Sie benahmen sich ausgelassen, große

Buben, wirkten wie das Klischee, das sie waren: allein ihre Art, einen Fuß vor den anderen zu setzen, dieses konstante Bemühen, sich die Welt untertan zu machen, die Welt zu markieren. Wie man seine Blase nur darum portionsweise entleert, um an jeder Stelle, an jeder belebten oder unbelebten Ecke der Erde sein Zeichen zu hinterlassen.

Das Problem der Gesellschaft ist sicher, daß immer die falschen Leute sich in Therapie begeben. Denn allein die Einsicht in die Therapienotwendigkeit würde ja bereits genügen. Aber selbige Einsicht ist eine verirrte Kugel.

Diese Männer, die jetzt näher kamen, würden in tausend Jahren keine Therapie machen. Eher würden sie die Schafe zum Arzt schicken. Freilich konnte kein Arzt der Welt jenen vier Exemplaren noch helfen, deren abgetrennte Schädel von einem waagrecht geschulterten Stab hingen. Die hellen Hörner erstrahlten vor dem Hintergrund blutroten Fells und zu Murmeln erstarrter Augen.

Einer der Jäger, offenkundig der Führer, rief etwas auf russisch. Er klang wütend. Spirou ging auf ihn zu und erklärte die Situation. Man habe nicht wissen können, daß die Hütte belegt sei. Und immerhin sei er, Spirou, mit dem verstorbenen Ochotsker Besitzer dieser Hütte bekannt gewesen.

Wie sich nun aber herausstellte, war im Zuge genau jener Geschäftstätigkeit, die den Ochotsker das Leben gekostet hatte, auch die Hütte in neuen Besitz übergegangen. Eben in den des Veranstalters für Jagdreisen.

Spirou übersetzte.

»Kein Problem«, versicherte Ivo, »wir wollten ja ohnehin woandershin.«

»Aber nicht doch, lieber Freund«, beeilte sich einer der Jäger zu betonen. Er sagte: »Seien Sie unsere Gäste.«

Wie sich nun herausstellte, setzte sich die Jagdgesellschaft neben dem einheimischen Führer und einem weiteren Helfer aus vier Jagdtouristen zusammen, von denen einer aus Amerika, einer aus Australien und zwei aus Deutschland stammten – ein Mann aus Karlsruhe und einer aus Baden-Baden. Letzterer war es, der die freundliche Einladung ausgesprochen hatte. Er sagte, es wäre eine schöne Gelegenheit, gemeinsam auf das heutige Jagdglück anzustoßen.

Während die anderen Männer mit ihren Militärhosen, den lässig geschulterten Gewehren und den breiten, von der Sonne und vom Schnaps geröteten Gesichtern im Schatten ihrer Baseballkappen auf eine privatmilitärische Weise bedrohlich wirkten, präsentierte der Baden-Badener eine kultivierte, noble Art, obgleich auch er eine Hose im Camouflagemuster trug; wohl um die Schafe auf diese Weise hinters Licht zu führen. Wie auch immer, es war sofort klar, daß er es war, der in dieser Runde das Sagen hatte, nicht zuletzt gegenüber dem einheimischen Führer, der bei allem, was zu tun oder zu unterlassen war, sich zuvor mittels Blickkontakt den Segen des Baden-Badeners einholte.

Der andere Russe brachte nun eine Flasche Wodka und kleine Gläser, die er auf einen Holzpflock stellte und einschenkte. Dabei lugte er vorsichtig zu Ivo hin, dessen linke Wange betrachtend. Natürlich wußte er, was dieses pentagrammische Mal zu bedeuten hatte und wie sehr es hier draußen, außerhalb von Lopuchins Einflußbereich, eine Auszeichnung darstellte. Etwas, von dem die Jagdtouristen freilich nichts ahnen konnten.

Jeder nahm jetzt ein Glas, außer Spirou und Galina. Was die Männer, die sich in Englisch miteinander unterhielten, zu ein paar abfälligen Bemerkungen animierte. Der Amerikaner sprach Galina auf russisch an und lachte in einer Weise, als sei dieses Lachen lange Zeit in einem stark verdreckten Zahnputzbecher eingesperrt gewesen. Ein bakteriologisches Lachen.

»Frau Oborin ist taubstumm«, erklärte Ivo.

»Ach ja«, meinte der Karlsruher. »Aber doch wohl kaum so schwach, um nicht ein Glas heben zu können.«

»Was ich sagen wollte«, erklärte Ivo, »ist, daß sie nicht imstande ist, eine Einladung auszuschlagen. Sie kann nicht sagen, daß sie keinen Alkohol mag.«

»Eine Russin, die nicht säuft, wer soll das glauben?«

Der Baden-Badener griff dem Karlsruher auf die Schulter, ein wenig wie das Vulkanier tun, um ihre Gegner zu lähmen. In der Tat war sofort Ruhe. Man genehmigte sich eine weitere Runde bis an den Rand gefüllter Wodkagläser und hielt sie wie um einen unsichtbaren Totempfahl herum. Dann trank man ex.

Erneut wurde nachgeschenkt. Auch wenn nun nicht noch mal versucht wurde, Galina zu überreden, sich zu beteiligen, so lagen dennoch die Blicke der Männer auf ihrem stark verpackten Körper. Es war dieser ungemeine Reiz einer in der Landschaft stehenden Frau, die gewissermaßen ohne männlichen Schutz war. Denn weder Ivo noch Spirou wurden von den anderen als wahrhaftige Begleiter dieser Frau wahrgenommen. Eher als ein Witz: ein Kind und ein schmächtiger Mann ohne Waffe.

Ivo spürte die Bedrohung. Er spürte, daß diese Männer, die zu Hause bei ihren Familien, im Rahmen ihrer Berufe und sozialen Kontakte angesehene und unbescholtene Bürger sein mochten, welche die Regeln einer zivilisierten Gesellschaft hochhielten, hier draußen in der Wildnis sich in der eigenen Wildheit übten. Eben nicht nur einfach zur Jagd gingen, wie sie das ja auch zu Hause tun konnten, sondern sich ganz ihren Trieben überließen, sich frei machten von den Konventionen, der Kleinlichkeit und Einschränkung, die sie als Bürger fesselten. Eine Befreiung, die weit darüber hinausging, einen Untergebenen zu demütigen oder mit Höchstgeschwindigkeit über die Autobahn zu preschen.

Richtig, das war geradezu ein Topos. Ivo dachte daran,

wie oft das in Filmen vorkam. Wenn Männer zu Jägern abseits der Jagdregeln wurden. Kam seine Angst also nur daher, weil er das schon mal im Kino gesehen, im Roman gelesen hatte? War sein paranoides Wesen ein von Fiktionen bestimmtes? In Kombination mit seinem mütterlicherseits geprägten Vorurteil?

Er konnte es nicht sagen. Er fühlte sich nur einfach sehr unwohl. Er sagte: »Wir müssen los, es ist spät, und wir haben noch einen Weg vor uns.«

»Was für einen Weg? Was machen Sie überhaupt in dieser Gegend?« fragte der Baden-Badener und setzte eine Zigarre in Brand, die in seinem Mund anmutete wie ein schmelzender Torpedo. Der rauchende Torpedist stellte fest: »Sie sehen nicht aus, als wären Sie zum Jagen in diese Einöde gereist.«

Ivo erklärte, er sei Botaniker und im Rahmen eines wissenschaftlichen Forschungsprogramms vor Ort. Er sagte: »Ich sammle Pilze und Gräser.«

»Ja, die stehen wenigstens still«, lachte der Baden-Badener und gab den anderen ein Zeichen, die sich nun daranmachten, die Trophäen zu präparieren.

Interessant war, daß bei alldem niemand sich mit seinem Namen vorstellte, auch Ivo nicht. Wieso? Weil Namen in solcher Wildnis bedeutungslos waren? Immerhin verriet der Baden-Badener, sich in seiner bürgerlichen Existenz als Anästhesist zu verdingen. Er sagte: »Ich weiß um die Kürze des Lebens.«

Ivo dazu: »Wie alt werden eigentlich solche Schneeschafe? Ich meine, wenn man sie vorher nicht erschießt.«

»Sie sind aber nicht gekommen, um die Viecher zu retten, oder?«

»Wie gesagt, ich rette Pflanzen.«

»Dabei sollten Sie es auch bewenden lassen«, äußerte der Baden-Badener und blieb die Antwort nach dem Alter von Schneeschafen schuldig.

Ivo Berg sah hinüber zu den Männern, wie diese nun begannen, die Schädelknochen von Fell und Fleisch zu befreien. Hernach sollten die Häupter in einem großen Kochgefäß landen, zu welchem Zweck der Helfer soeben Feuerholz aufschichtete. Ivo war dumm genug, auf der Tötungsfrage zu beharren. Es reizte ihn wohl allzusehr. Er wollte von dem Baden-Badener wissen, welche Lust es eigentlich bereite, Tiere zur Strecke zu bringen.

»Der Jäger steckt in uns«, sagte der Zigarrenmann mit ruhiger Stimme, »in einem jeden von uns. Auch in Ihnen. Ich will Ihnen jetzt nicht erzählen, daß in Kulturlandschaften die Jagd einer Regulation dient, die eine degenerierte Natur nicht mehr zu leisten imstande ist. Denn ... nun, wir sind ja hier definitiv in keiner Kulturlandschaft. Wilder, ursprünglicher geht es gar nicht mehr. Ursprünglicher ist es nur noch auf dem Mond.«

»Mondkälber schießen, das wäre es doch wohl«, meinte Ivo.

»Gäbe es die, ich würde sofort auf den Mond fliegen«, antwortete der Baden-Badener grinsend. Wurde dann wieder ernst und postulierte, daß in der Jagd der Mensch ganz bei sich sei, mehr noch als in der Liebe. Er sagte: »Wenn wir lieben, tun wir die meiste Zeit nur so, *als ob* wir liebten, tun so, wie man uns gelehrt hat, zu lieben. Allein in der Jagd folgen wir unserem ureigensten Trieb. Die Lust ergibt sich aus der absoluten Konzentration. Alles andere ist Ablenkung, Spiel, Routine. Bei der Jagd gesundet der verbildete, zögerliche Geist. Da gibt es keine Ausreden mehr, keine Zurückhaltung, keine Moral. Die Moral macht uns unfrei. – Ich weiß schon, ohne Moral würde unser Dasein nicht funktionieren. Die Frage ist nur, ob wir überhaupt so leben wollen, in ständiger Einschränkung unserer Triebe, unserer Instinkte. Die Jagd hingegen bedeutet Freiheit. Dieselbe Freiheit, die diese Tiere besitzen. Indem wir sie töten, holen wir uns diese Freiheit zurück. Wenn Sie mich fragen, wo ich mich Gott ganz nahe fühle, dann frage ich zurück: In einer Kirche etwa? Umgeben von Klimbim, im besten Fall von prächtigen Schinken egomanischer Kunstschaffender, gelangweilt von den tugendhaften Reden tugendloser Schwadroneure, neben mir meine Frau, die nur darum Mitglied dieser Kirche ist, weil sie in Weiß heiraten wollte und ihre Eltern ihr niemals ungetaufte Enkel verziehen hätten. Keine Angst, ich werde in die Kirche gehen, bis ich einmal tot umfalle. Aber Gott bin ich dort noch nie begegnet.«

»Wie soll ich das verstehen? Wenn Sie einem Schaf in die Augen schauen, bevor Sie es erschießen, dann erkennen Sie Gott?«

»Nun, ist das so abwegig, den Schöpfer der Dinge und Wesen eher in einem Tier zu vermuten als in einem gewölbten, kalten Raum, wo alle auf die Uhr schauen, wie lange es noch dauert, bevor sie endlich zum Frühschoppen dürfen?«

»Wenn ich das konsequent sehe«, meinte Ivo, »würde ich sagen, indem Sie das Tier töten, töten Sie Gott.«

»Ich töte, was er geschaffen hat. Dadurch bin ich ihm sehr viel näher, als wenn ich ein kleines, dummes Gebet spreche, das ich schon als Kind nicht ernst genommen habe.«

Das Gefühl der Bedrohung, das Ivo empfand, schmälerte sich in keiner Weise dadurch, wie sehr dieser Mann aus Baden-Baden sich auf kluge Weise zu erklären verstand. Die Klugen waren die Schlimmsten. Sie schafften es, den Unsinn kleidsam zu gestalten. Zudem erfüllte dieser Mann in seiner ganzen selbstsicheren Haltung perfekt die Vorstellung jenes »gezähmten Killers«, nur, daß die Zähmung sich mit dem Abstand zur Zivilisation wohl verringerte.

»Nun ja«, meinte Ivo und wehrte mit einer Geste einen weiteren angebotenen Wodka ab, »ich glaube, ehrlich gesagt, daß Gott nicht viel daran liegt, daß wir seiner habhaft werden, weder in der Kirche noch bei der Jagd. Wenn überhaupt, schaut er durch uns hindurch.«

»Bedauerlich für Sie, es so zu sehen.«

»Ich kann damit leben. Womit ich weniger gut leben kann, ist aber, bei einbrechender Dunkelheit durch eine Gegend zu stolpern, die ich nur von Karten her kenne. Und Karten sind nun mal ein recht blasser Abglanz der Wirklichkeit.«

»Da gebe ich Ihnen absolut recht. Wobei ich Sie herzlich einladen möchte, hinter dem Haus zu kampieren. Wir könnten uns dann noch weiter unterhalten. Es muß ja nicht die Jagd betreffen, oder? Und auch nicht Gott. Es wäre mir wirklich ein Vergnügen, Sie und Ihre Freunde zum Abendessen einzuladen. Wir haben einen wunderbaren Rheingau-Riesling dabei. Und keine Angst, wir essen kein Schafsfleisch, sondern frischen Fisch. Der Lachs in dieser Gegend ist fabelhaft.«

Nun, das war recht typisch für diese Position des Jagens, nämlich das erlegte Tier *nicht* zu verspeisen, also nicht so eine Einheit-mit-der-Natur-Schiene zu fahren. Sondern den Akt der Jagd echt und rein zu erhalten, gewissermaßen moralfrei und frei vom Nutzen der Ernährung.

Ivo wand sich. Sein Instinkt riet ihm, sich eiligst auf den Weg zu machen. Gleichzeitig wollte er nicht unhöflich sein, um so mehr, als der Baden-Badener jetzt meinte: »Ich liebe diesen österreichischen Tonfall. Es hört sich immer an, als rede ein kleines Orchester, wo einer den anderen mag und niemand sich im Weg steht. Wirklich schön!«

»Danke«, sagte Ivo, der es unterließ, darauf hinzuweisen, wie lange er schon nicht mehr in Österreich lebte und wie sehr ihm das baden-württembergische Wesen vertraut war, wie tief er selbst – trotz seiner Kleinorchesterstimme – in diesem Wesen verankert war, um jetzt nicht das Wort *begraben* zu verwenden.

Ein letztes Mal bemühte sich Ivo, der Einladung zu entfliehen. Aber der Baden-Badener griff Ivo an die Schulter. Und so, wie er zuvor die sexistischen Bemerkungen seiner Jagdfreunde unterbunden hatte, unterband er mit dieser sowohl schwerelosen wie massereichen Handauflegung auch den Widerstand Ivos.

»Gut«, sagte Ivo und sah hinüber zu den Bergen, hinter die gerade die Sonne fiel – in dieser Art des Ohnmächtigwerdens besonders vornehmer Damen. Immerhin, dank des abendlichen Szenariums konnte sich Ivo einreden, richtig zu handeln, indem er einen Marsch durch den demnächst dunklen, wahrscheinlich tiefdunklen Wald vermied. Er rief hinüber zu Spirou: »Wir stellen hinter dem Haus die Zelte auf!«

Spirous jugendliches Gesicht verwandelte sich für einen kurzen Moment ins Greisenhafte. Ja, genau so würde dieser Junge in siebzig oder achtzig Jahren aussehen. Ein Beckett-Schädel, gefalteter Stein. – Doch bereits einen Augenblick später war Spirou wieder der Draufgänger mit der roten Mütze, nickte Ivo zu und gab Galina mittels Zeichensprache zu verstehen, man wolle heute nicht mehr aufbrechen.

Galina atmete laut aus. Wobei es nicht ängstlich, sondern nur verächtlich klang. So, wie sie da stand, sah sie aus wie die letzte Frau auf Erden, die freilich das Pech hatte, nicht auch gleichzeitig der letzte *Mensch* auf Erden zu sein.

Begleitet von dem Baden-Badener, begab sich das »Ochotsker Trio« auf die Rückseite des Holzhauses und begann dort also, zwei Zelte aufzustellen, wobei Galina sich darauf beschränkte, ihre Töpfe und ihr Kochwerkzeug in der Art einer chirurgischen Palette auszubreiten. Es war vor allem Spirou, der beim Aufstellen der in kräftigem Gelb aufleuchtenden beiden Expeditionszelte Geschick walten ließ.

»Gute Tarnung«, kommentierte der Baden-Badener.

»Wie meinen Sie das?« fragte Ivo.

»Na, wenn Sie mit diesen Zelten sich in einem Meer von Pfifferlingen befinden. Oder Butterblumen.«

»Weit und breit kein Pfifferling«, stellte Ivo das Offenkundige fest, erklärte dann aber, daß neben dem Überlebensprinzip der Tarnung schließlich auch das der Warnung existiere. »Ein ähnliches Gelb wie bei diesem Zelt findet sich auch beim sogenannten Zitronengelben Blattsteiger, dem giftigsten Frosch, den die Natur zu bieten hat. Sein Gelb funktioniert als Warnfärbung. Der Frosch offenbart seine Giftigkeit.«

»Ich verstehe. Wer das Zelt sieht, sollte sich in acht nehmen.«

»Absolut richtig. Die grelle Farbe signalisiert die Abwehrfähigkeit.«

»Nun, mag ja sein«, meinte der Jäger, »daß wir keine Giftpfeilfrösche verspeisen, Pfifferlinge aber schon. Wir haben sogar welche in der Dose hier. Warum tut der Mensch so was, gelbe Pilze essen?«

»Gelb ist nicht gelb. Das Gelb des Pfifferlings ist rötlich und matt. Dieses Zelt aber sieht eher aus wie eine lackierte Zitrone, oder eben wie jener famose Frosch, der auf seiner Haut genug Batrachotoxin besitzt, um uns alle auszurotten.«

»Alle?«

»Zehn Erwachsene kriegt er hin. Und wir sind nur acht und ein Kind.«

»Beeindruckend. Da werden wir uns also in acht nehmen müssen«, lachte der Baden-Badener.

In der Tat hatte Ivo diese Anmerkung als eine Warnung gemeint: eine Warnung an die Jäger, sich in der kommenden Nacht den beiden Zelten nicht zu nähern.

»Verdammte Paranoia!« dachte Ivo später, als man um ein Lagerfeuer herum auf präparierten Holzstämmen saß und einen tatsächlich großartigen Riesling trank. Dazu gab es den versprochenen Fisch, dessen Fleisch im Licht des Feuers zu glühen schien. Als hätte das Fleisch Fieber. Ja, man konnte das Fieber schmecken. Heiß und zart. Fleisch im Delirium. Gruselig war nur, daß in einem der großen Töpfe noch immer die Schafshäupter schwammen.

Die Konstellation der Gesprächspartner, wie sie sich zuvor ergeben hatte, blieb auch jetzt aufrecht. Ivo unterhielt sich allein mit dem Baden-Badener, während der Karlsruher, der Amerikaner und der Australier in jener feixenden Weise miteinander redeten, die man gerne Waschweibern zuschreibt. Spirou wiederum diskutierte mit den Männern aus Magadan, der östlich von Ochotsk gelegenen größeren und bedeutenderen Hafenstadt. Galina hingegen blieb für sich, saß am Rande des Feuers, über das sie einen kleinen Topf hielt, in dem sie sich eine Suppe zubereitete. Sie hatte sich geweigert, den angebotenen Fisch zu essen, auch geweigert, diesen Fisch selbst zu verarbeiten. Und weigerte sich fortgesetzt, an der Sauferei teilzunehmen. Dabei war sie wahrlich keine Verächterin von Wodka, das hatte sie mehrfach bewiesen. Sie konnte saufen, bis die Männlein um sie herum ohnmächtig vom Brett fielen. Aber eben nicht hier und jetzt. Denn die Frage, was oder wer giftig sei, schien sie auf ihre eigene Weise zu beantworten.

Doch ihr Verzicht auf den Alkohol bewahrte sie nicht davor, daß später der Australier aufstand und zu ihr hinwankte. Er verfügte über einen mächtigen, präzise geschnittenen Schnauzbart, und sein Gesicht stach aus dem Dunkel, als stehe es im Dauerlicht einer Heizlampe. Er setzte sich neben sie auf den Holzstamm, schwenkte seinen Kopf in ihre Richtung und flüsterte ihr etwas ins Ohr, als könne er auf diese Weise ihre Taubheit durchbrechen. Vor allem aber berührten seine Lippen ihr Ohr. Sie hob ihren Arm, um ihn wegzustoßen. Doch er packte ihr Handgelenk, drehte den Handrücken zu sich hin, verkündete »I want some pussy« und preßte seinen Mund auf die fremde Haut. Ivo meinte trotz des Abstands das schmatzende, saugende Geräusch zu vernehmen, das dabei entstand. Dieser Handkuß war somit alles andere als eine freundliche, respektvolle, etwas sentimentale Geste. Eher gemahnte dieser Akt an jenes mit Hornzähnen und Saugmaul ausgestattete Neunauge, das sich an seine Opfer anklammert und deren Blut trinkt. Dieser Australier gehörte eindeutig zur Gruppe parasitärer Wirbeltiere.

»Oh, Scheiße, ich hab's doch geahnt«, sagte Ivo und fuhr hoch.

Der Baden-Badener hielt ihn zurück. »Was haben Sie denn? Darf denn ein Mann einer schönen Frau nicht die Hand küssen?«

»Nicht, wenn er dabei bis auf die Knochen nagt«, befand Ivo und ging los.

Doch Galina setzte sich bereits zur Wehr. Sie drehte ihren freien, angewinkelten Arm und schlug mit dem Ellbogen gegen den Schädel des Mannes, der noch immer an ihrer Hand herumschleckte. Endlich kippte er zur Seite, fing sich aber, rief »Bad ass bitch!«, holte aus und verabreichte ihr eine Ohrfeige. Keine kleine. Es wirbelte Galina nach hinten. In diesem Moment hatte Ivo sie erreicht und fing sie auf.

Er stockte. Ihm kam es so vor, als wiederholte sich auf eine verschlüsselte Weise der Giesentweiser Vorfall, der sein Leben so massiv verändert hatte. Nur, daß er jetzt die Chance erhielt, etwas zu tun für die Frau, an der ihm etwas lag.

Aber worin bestand die Chance? Allein darin, sie aufgefangen zu haben? Nein, damit würde die Sache kaum beendet sein. Denn der Australier, der im Zuge der eigenen Betrunkenheit zur Seite gerutscht und auf die Knie gefallen war, entließ eine verzahnte Folge heftiger Flüche – Variationen auf das Bitch-Thema – und versuchte sich aufzurichten. Ganz sicher nicht, um den Schwanz einzuziehen und das Feld zu räumen. Die anderen lachten. Dieses Lachen würde den Australier kaum animieren, sich zu mäßigen.

Ivo überlegte im Sekundenbruchteil, ob er nach all den Jahren, die seit den Ereignissen in Giesentweis vergangen waren, erneut jene Kampftechnik zum Einsatz bringen sollte, die darin bestand, den Gegner hauchend umzublasen. Wäre er dazu überhaupt noch in der Lage? Und war es sinnvoll, etwas zu wiederholen, was sich in der damaligen Situation insgesamt als Nachteil erwiesen hatte?

Ivo entschied sich dagegen. Vielmehr tat er etwas, was er bisher noch nie getan hatte und es eigentlich auch nur aus dem Fernsehen kannte. Noch bevor der Australier auf die Beine kommen konnte, holte Ivo mit dem Fuß aus und trat nach dem anderen wie nach einem Ball, den man noch in der Luft befindlich retourniert. Die Spitze von Ivos Fuß traf die Seite des knochenfreien Mittelbauchs. Der Getroffene fiel mit einem lauten Stöhnen zur Seite. Ein Stöhnen, in welchem sämtliche Adjektive, die einem zu »Bitch!« einfallen konnten, sich zu einem einzigen abstrakten, monochromen Gemälde verdichteten. Einem Black Painting.

Die anderen Männer waren alle aufgesprungen, aber keiner kam herübergerannt, vielmehr nahmen sie eine lauernde Haltung ein. So bildeten sie ihrerseits eine Skulptur, eine figurale Gruppe, die das Black Painting um eine altmeisterliche Note ergänzte. Der Baden-Badener tat zudem auch noch den Mund auf, indem er wissen wollte: »Sind Sie verrückt geworden?«

Nun, war Ivo das? Hatte er überzogen reagiert? Hätte er den Australier höflich bitten sollen, weder Galinas Hand auszusaugen noch ihr eine Ohrfeige zu verabreichen? Hätte er sich für Galinas »Überreaktion« entschuldigen sollen? Hätte er mehr Verständnis für die Ausgelassenheit eines alkoholisierten Jägers zeigen sollen, für den wahrscheinlich nicht viel Unterschied zwischen Frauen und Schafen bestand? (Und wenn die meisten Männer selbstverständlich anders über Frauen dachten, dann fragte man sich doch, warum die Welt so aussah, wie sie aussah. Das ist der Punkt: Die Welt beim Wort zu nehmen und zu sehen, ob das Wort mit der Welt auch übereinstimmt.)

Sosehr Ivo die eigene Tat überraschen mochte, sosehr er Gewalttätigkeiten auch ablehnte, meinte er den Nutzen zu erkennen: den Nutzen raschen Handelns. Und eben nicht darauf zu warten, daß jemand, mit dem man ganz sicher nicht würde verhandeln oder vernünftig reden können, einem ins Gesicht schlug.

In einem selbstbewußten Tonfall – welcher letztlich noch stärker imponierte als der Fußtritt – erklärte Ivo, daß, wenn hier eine Verrücktheit bestehe, dann nur darin, weil jemand, der ohne Benehmen sei, sich betrinke. Nur der gut erzogene Mensch, der sich seines Erzogenseins in jeder Lage sicher sein kann, habe das Recht, sich volllaufen zu lassen. Aber mitnichten dieser Mann hier mit seiner absichtsvollen Verwechslung eines Handrückens mit einem weiblichen Geschlechtsorgan. Und dann sagte er, Spirou winkend: »Es reicht jetzt. Wir gehen schlafen.«

Er hakte sich bei Galina unter und führte sie weg vom Platz, hinter das Haus. Spirou folgte.

»Wir werden zeitig in der Früh losgehen«, erklärte Ivo, »um rasch von diesen Herzbuben wegzukommen.«

»Ja, das ist wirklich besser«, meinte Spirou und erklärte, die beiden russischen Führer hätten ihm erzählt, das Jagdverhalten der vier Herren trage extrem sadistische Züge. Und wenn das russische Jagdführer sagten, dann war das sicher nicht übertrieben.

Ja, so war es oft. Es nützte nichts, daß anderswo in der Welt »gute«, »anständige« Waidwerker unterwegs waren, um die Natur zu beobachten, dem verirrten Wanderer den

Weg zu weisen, Vogelstimmen auf Band aufzunehmen, Müll produzierende Ausflügler zu ermahnen oder Futterkrippen sorgsam auszubessern. Es nützte ebensowenig, erzählt zu bekommen, es existierten auch verantwortungsvolle, einer christlichen Ethik verpflichtete Immobilienmakler, wenn ein böses Schicksal einen ständig in die Arme sogenannter schwarzer Schafe trieb.

Man begab sich in die Zelte. Galina in das ihre, Spirou und Ivo in das andere.

»Schau mal zu ihr rüber«, sagte Ivo nach einer Weile, »ob es ihr auch gutgeht. Sie wird vielleicht befürchten, einer von den Kerlen könnte sich in ihr Zelt verirren.«

Spirou tat, worum Ivo ihn bat. Als er zurückkam, sagte er, alles sei in Ordnung. Galina liege auf ihrem Fell und trage eins ihrer Küchenmesser zwischen der Brust und den überkreuzten Armen.

»Meine Güte, sie könnte sich selbst verletzen.«

»Sie schläft immer so«, erklärte Spirou. »Mit einem Messer. Es ist ein besonderes Messer. Es wehrt böse Geister ab, die versuchen, über den Pfad der Träume in den Menschen einzudringen. Aber zur Not kann man damit auch Leute verjagen, die keine Geister sind.«

»Na gut, dann sollten wir jetzt schlafen«, sagte Ivo, nahm fünf Globuli Arsenicum album, und dann noch einmal fünf – weil er wie die meisten Süchtigen ein Anhänger der Doppelt-hält-besser-Theorie war und weil dies *seine* Art der Geisterabwehr war –, stellte die Weckuhr seines Handys ein und knipste die Taschenlampe aus. Augenblicklich erfüllte ein Schwarz den Raum, das so makellos war, als sitze man im Inneren einer verschütteten Statue.

12

Wie geplant, standen die drei Nichtjäger bei Sonnenaufgang auf. Ivo mit Brummschädel. Während Spirou mit der bekannten Perfektion und Schnelligkeit die Zelte abmontierte und in handliche Knäuel verwandelte, drückte Ivo seine Daumenkuppen gegen die Schläfen. Was wenig nützte. Er stöhnte. Im Stöhnen drehte er seinen erschütterten Schädel zur Seite und sah, wie Galina ihm ein Stück ... Nun, er konnte nicht sagen, was es genau war. Etwas Getrocknetes. Eine Haut von was auch immer – vielleicht tierisch, vielleicht pflanzlich, vielleicht ... Jedenfalls nahm er es und steckte es sich in den Mund. Ohne zu zögern.

Als man sich kurz darauf die Rucksäcke umschnallte und losmarschierte, da ging es Ivo schon wesentlich besser. Allerdings bemerkte er nach und nach, daß die morgendlichen Farben sich veränderten, einen Glanz erhielten, eine Frische, als sei die Welt erst ein paar Minuten alt. Was ja auch stimmte, wenn man den anbrechenden Tag bedachte. Es freilich in dieser Deutlichkeit wahrzunehmen war wohl jenem *Ding* zu verdanken, an dem Ivo noch immer kaute. Schlucken wollte er es nicht. Um so mehr, als er auch die Geräusche des Waldes, in den sie nun eindrangen, in einer extremen Deutlichkeit vernahm. Extremer wollte er es gar nicht haben.

Immerhin erinnerte sich Ivo, wieso er überhaupt hier war. Einer Lärche wegen, welche auf den kolorierten Zeichnungen, die der verstorbene Ochotsker Hüttenbesitzer angefertigt hatte, in genau der kegelförmigen Gestalt abgebildet war, wie man sie von den bekannten Varietäten kannte. Auch die Blätter verfügten über die übliche nadelige Form, die an den Kurztrieben in Bündeln zusammenstanden. Es war darum erneut die Farbe, die den Ausschlag gab, vorausgesetzt, die Tönung beruhte nicht auf künstlerischer Freiheit, sondern war tatsächlich nach der Natur gemalt worden. War dies der Fall, so würde es bedeuten, daß der Stamm dieser unbekannten Lärchenart weder die rotbraune Färbung der jungen Jahre noch den grauen Ton des gealterten Baums besaß, sondern in demselben auffälligen Purpur erstrahlte, mit dem die weiblichen Zapfen in der ersten Zeit ausgestattet sind, bevor sie ins Bräunliche überwechseln. Ein Baum mit einer solchen Borke würde natürlich ähnlich stark auffallen wie diese Kühe, von denen manche Kinder meinen, sie seien von Geburt an violett. Auf eine solche farbliche Extravaganz zu stoßen, hoffte Ivo. Gesichert war dies freilich nicht. Gesichert schien allein der starke, abstoßende Geruch, den die ölige Ausscheidung junger Zapfen verursachte, ohne daß aber klar war, auf welche Distanz hin das menschliche Geruchsorgan ihn registrieren konnte. Auch verfügte Ivo über keine Analyse dieser Substanz. Die hatten die Bremer für sich behalten und allein den Hinweis gegeben, der Gestank könne als » aasartig« bezeichnet werden, vergleichbar dem der Stinkmorchel, zudem sei die Absonderung durchsichtig und von rotbrauner Farbe, aber definitiv kein Harz. Harz bildete sich, um eine Wunde zu verschließen. Dieses Sekret hingegen diente dazu, eine unerwünschte Wunde gar nicht erst geschehen zu lassen, willkommene Insekten anziehend, unwillkommene abstoßend. Auch war die Konsistenz etwas flüssiger als bei Harz.

Ivos Plan bestand darin, zuerst einmal den Baum zu finden, Proben sämtlicher Teile zu entnehmen, die neue Varietät eingehend abzulichten und zu skizzieren, sodann nach Ochotsk zurückzukehren und in Oborins Labor eine eingehende Analyse sowie eine präzise Erstbeschreibung vorzunehmen. Als Arbeitsnamen verwendete er den Begriff »gefährliche Lärche«, nicht nur wegen der olfaktorischen Abwehrmechanismen der Pflanze, sondern weil diese ganze Geschichte in einem gefahrvollen Kontext stand. Doch erst, wenn der Baum wirklich gefunden, ausgegraben und nach Deutschland geschafft sein würde, und erst im Zuge eines Okays aus Bremen, wäre er in der Lage, die von dem Sibirienforscher Johann Georg Gmelin benannte Lärchenart um seinen eigenen Namen zu bereichern. Was ihm nun in der Tat einiges bedeutete, auch wenn er damit zunächst einmal bloß Teil der botanischen Nomenklatura wurde. Sollte sich aber herausstellen, daß die Absonderungen dieses Baumes allen Ernstes …

Nach und nach verschwand nicht nur der Kopfschmerz, sondern auch die leichte halluzinogene Wirkung dessen, woran Ivo gekaut hatte. Er nahm das Stück Haut aus dem Mund, warf es aber nicht fort, sondern steckte es sich in die Hosentasche. Diese ganze Landschaft war alles andere als eine Wegwerflandschaft, die sich eignete, angekaute – somit verunreinigte – Was-auch-immer-Häute aufzunehmen.

Die drei Wanderer drangen nun tief in das bewaldete Tal, dort, wo noch die Nacht hockte, wie um den aufkeimenden Tag zu überstehen. An dieser Stelle würde die Schwärze nie ganz vergehen. Um so mehr wäre ein in Purpur aufleuchtender Stamm aufgefallen. Aber einzig und allein die jungen Zapfen trugen diese schöne Farbe, die wiederum die Zapfen auf der Netzhaut des Betrachters animierten.

Mangels einer »gefährlichen Lärche« untersuchte Ivo die vorhandenen, nahm Proben der Blätter und der Äste und der Rinden, füllte zudem Erde in gläserne Röhrchen, schnitt kleine Fragmente aus Pilzen, photographierte, war vergnügt ob solch konkreten Handelns.

Dann aber …

Zunächst fühlte er den Schmerz. Erst in der Folge vernahm er das pfeifende Geräusch eines Schusses, der sich von ihm wegzubewegen schien. Und in der Tat war die abgefeuerte Kugel nicht in seiner Schulter steckengeblieben, sondern hatte bloß eine Furche in das Schulterteil seiner Jacke gebrannt, um sodann weiter durch den Wald zu fliegen und schließlich im Stamm eines Baumes zu enden. Das demnächst produzierte Harz würde nicht nur die Wunde verschließen, sondern auch das Projektil einhüllen, auf daß Baum und Kugel eins wurden. (Daß Bäume denken können, ist allgemein bekannt. Aber können auch Projektile denken? Schmerzt es sie, ein Ziel verfehlt zu haben? Macht es sie glücklich? Kann eine Kugel überhaupt unterscheiden zwischen dem Holz, in das sie gedrungen ist, und dem Menschenfleisch, in das sie *nicht* gedrungen ist? Jedenfalls heißt es, es gebe Kugeln, die absichtlich aus der physikalisch vorgegebenen Flugbahn ausbrechen, die einen, um solcherart ihren freien Willen zu behaupten, die anderen aus einem Ekel gegenüber dem Ziel, für das sie geopfert werden sollen. Nun, das ist ein Gerücht, sicher, aber eines, das gerade von Scharfschützen beharrlich vertreten wird.)

»Auf den Boden!« schrie Ivo und warf sich auf die moosige Fläche. Sodann robbte er hinter einen breiteren Stamm. Zwei weitere Geschosse zischten durch den Wald, durchschlugen das Grün, verloren sich im Gehölz. Auch Galina und Spirou waren rasch in Deckung gegangen. Von weiter oben war ein Lachen zu vernehmen. Jemand rief: »Pussycat, the end is near, I blow you away, my lovely dear!« Es war die Stimme des Australiers. Mein Gott, Ivo war überzeugt gewesen, die Jägertruppe werde noch bis in die Mittagsstunde ihren Rausch ausschlafen. Aber offenkundig war der Reiz zu groß gewesen, frühmorgens auf die Pirsch zu gehen, auf die Jagd nach menschlichem Wild.

Allerdings vermutete Ivo, daß die Kugel, die allein seine Jacke beschädigt hatte, ihn auf Geheiß des Schützen verfehlt habe. Ivo konnte und wollte nicht glauben, daß der Baden-Badener und seine Freunde allen Ernstes die Tötung von Menschen in Kauf nahmen. Eine Hetzjagd, das schon! Aber keine Tötung.

»Okay, wir haben verstanden«, rief Ivo nach oben. »Der Schock sitzt tief. Ich hab mir fast in die Hose gemacht. Zufrieden?! Sie können also jetzt wieder zu Ihren Schneeschafen gehen.«

»Sprach das Schneeschaf!« rief der Karlsruher zurück. Gleich darauf folgte ein Schuß, der so knapp neben Ivo in den Baum drang, als hätte der Schütze auf eine Sprechblase aus Ivos Mund gezielt. Ivo begann an seiner Theorie zu zweifeln. Er überlegte, daß Jäger, die auf Menschen schossen, ohne sie zu töten, es immerhin riskierten, später angezeigt zu werden.

Ivo sah hinüber zu Spirou, der zusammen mit Galina hinter einem umgestürzten Baum hockte. Spirou deutete mit dem Arm in Richtung einer abschüssigen Rinne, die in wenigen Metern Entfernung einen natürlichen Kanal für das abrinnende Regenwasser bildete. Spirou hatte recht. Wenn man es schaffte, in diese Spalte zu gelangen, würde man über eine bessere Deckung verfügen und zudem eine Chance haben, zum Talboden zu gelangen und den Angreifern zu entkommen. Eine gewisse Unfähigkeit der Jäger vorausgesetzt. Die ganze Hoffnung lag auf dem Restalkohol im Blut der Angreifer. Selten war die Langzeitwirkung dieser Droge willkommener gewesen.

Ivo nickte Spirou zu, hob die Hand, senkte sie, sprintete los. Sofort feuerten die Jäger. Holz splitterte, Zapfen und Blätter zersprangen. Ein waagrechter Hagel. In gebückter Haltung erreichte Ivo die Rinne und sprang hinein. Spirou und Galina kamen von der Seite her und schafften es ebenfalls. Über ihren Häuptern das Pfeifkonzert verdrängter Waldluft. Augenblicklich gerieten die drei auf der feuchten, matschigen Fläche ins Rutschen, was aber gut so war.

203

Auf ihren Hosenböden glitten sie abwärts, Schlitten ihrer selbst. Das Gelärm der Salven entfernte sich, verstummte schließlich. Die Jäger hatten das Feuer eingestellt. Die Flüchtenden aber setzten ihren Weg fort, dem Fließwasser folgend, und landeten schließlich im Talgrund an einem an dieser Stelle fast eben dahinziehenden Gewässer, einem Bach, nicht breiter als drei, vier Meter, eingefaßt in ein begrastes Bett, das am Uferrand einen derart gepflegten Eindruck machte, als wären hier die Golfplatzgärtner am Werke gewesen. Oder so, als persifliere an dieser Stelle die Natur den in die Rasenpflege verliebten Menschen. Jedenfalls war es auch ohne Brücke nicht schwer, auf die andere Seite zu gelangen.

»Mann o Mann, was war das denn?« fragte Ivo.

»Eine Treibjagd«, zeigte sich Spirou sachlich. »Und ich denke, sie ist noch nicht vorbei.« Auch Spirou konnte sich kaum vorstellen, daß diese Männer – Alkohol hin oder her – nicht imstande gewesen wären, zu treffen, hätten sie das gewollt. »Es geht sicher darum, uns mürbe zu machen.«

»Und wohin jetzt?« fragte Ivo.

»Wenn wir weiter die Rucksäcke tragen, werden wir zu langsam sein«, meinte Spirou.

Da hatte er recht. Denn es ging ja nicht mehr abwärts, sondern nur noch gerade oder nach oben. Man beschloß, das hinderliche Gepäck in einer Mulde abzulegen, mit Reisig abzudecken und sich die Stelle zu merken. Nun, merken ging nicht. Ein Flecken sah hier aus wie der andere. Ivo nahm sein Taschenmesser – die einzige Waffe, die er besaß – und schnitt eine Markierung in den nächsten Baum. Er werkelte eine ganze Weile herum, trotz Zeitnot um Originalität bemüht. Das war unverkennbar die österreichische Ader. Der Drang, in Schönheit zu sterben.

»Keine Angst«, erklärte Spirou so milde wie drängend, »wir werden es nicht benoten.«

»Natürlich nicht«, antwortete Ivo, unterbrach den Vorgang und steckte das Taschenmesser wieder zurück. Dann fragte er: »Flußaufwärts?«

»Ja«, sagte Spirou. Obzwar dieser Weg ins Gebirge führte und damit weg vom schützenden Wald. Doch die Wahrscheinlichkeit war zu groß, daß flußabwärts die Jäger lauerten.

Nach einer halben Stunde schnellen Marsches fühlte Ivo, wie Galina ihn am Arm faßte. Er drehte sich zu ihr hin. Sie war rot im Gesicht, der Schweiß hing in Perlen an der Haut, und ihr Atem war ein Stottern. Spirou stand neben ihr und wirkte nicht minder erschöpft. Nun, in puncto Kondition spielte Ivo tatsächlich in einer anderen Liga. Er hätte jetzt am nächsten Ast ein paar Klimmzüge machen können, um nicht auszukühlen. Was er freilich unterließ, sich sein fast trockenes Hemd vom Körper zog, es zu einer Tuchform faltete und damit das Gesicht Galinas abtupfte. Sie ließ es geschehen. – Richtig, diese Geste erinnerte stark an das Bild des Pflegers, der einem Kranken die Stirn trocknet, um ihm ein wenig Erleichterung zu verschaffen. Vor allem aber ein Gefühl der Zärtlichkeit zu vermitteln.

Obzwar Galina nicht krank war, fühlte sie sich durchaus geschwächt. Vor allem aber fühlte sie sich gemocht. Auf eine reine, tiefe Weise gemocht.

Im Grunde hätte diese Geschichte in diesem Augenblick enden sollen. (Und warum auch nicht? Wer will, kann jetzt zu lesen aufhören und sich sagen: Alles wird gut.) Aber mit den wirklichen Geschichten ist es wie mit den meisten erfundenen, sie sind nach den ersten hundert, zweihundert Seiten einfach nicht zu Ende, so glücklich da ein Moment auch gerade sein mag.

Kein Wunder also, daß es genau in dieser Situation liebevoller Pflege und einem möglichen Kuß vorgelagerter Herzlichkeit geschah, daß von der Seite her jene sechs

Männer aus dem Dickicht brachen, Gewehre im Anschlag, ihre Gesichter ebenso. Denn natürlich kannte sich der russische Führer in dieser Gegend bestens aus. Zwar war es ihm gar nicht recht, einen Mann wie Ivo, der das Lopuchinsche Stigma trug, in die Enge zu treiben, aber was sollte er tun, er stand nun mal im Dienste des Baden-Badeners und hatte darum eine Biegung des Flußtals genutzt, um den Weg abzukürzen.

»So sind wir alle erneut vereint, wie schön!« frohlockte der süddeutsche Oberjäger.

»Wollen Sie wirklich aus dieser Nähe auf stehendes Wild schießen?« erkundigte sich Ivo und verwandelte das nun schweißgetränkte Tuch zurück in ein Männerhemd, welches er sich wieder überzog, um nicht nackt vor seinen Gegnern zu stehen.

»Das stimmt schon«, sagte der Baden-Badener, »aus dieser Entfernung auf jemand zu schießen wäre ziemlich unsportlich. Aber, oh Wunder, unser Freund aus Australien hat es nicht mit der Sportlichkeit. Sondern nur mit dem Sport. Diese Wallabys sind rauhe Naturen. Die schießen auch aus der Nähe. Oder sagen wir lieber, sie schießen gerne Stück für Stück.«

Letzteren Satz begriff Ivo nicht sofort. Doch als er jetzt sah, wie der Australier den Lauf seiner Waffe senkte und nicht mehr auf die Stirn, sondern aufs Bein zielte, da erkannte Ivo, wie es denn gemeint war. Darin bestand die Taktik: den Gegner zuerst *auf*schrecken und *er*schrecken und ihn dann verletzen, aber nur insofern, als dieser weiterhin imstande war, sich zu wehren oder wenigstens zu flüchten.

Der Australier kam jetzt noch zwei Schritte näher, so daß er sich wirklich gut entscheiden konnte, ob er ins Knie oder in die Wade schießen sollte. Sodann fixierte er grinsend Ivos Augenpaar und äußerte: »Only human!«

Gut, für Filmfreunde war sofort klar, daß es sich dabei

um ein Zitat aus dem ersten *Matrix*-Film handelte, die Szene, als einer der virtuellen Menschen, der sogenannten Agenten, auf den am Boden liegenden Keanu Reeves seine Waffe richtet und in der deutschen Synchronisation erklärt: »Nur ein Mensch!«, während fast gleichzeitig Reeves' Freundin von der Seite her ihrerseits auf die Schläfe des Angreifers zielt und äußert: »Nur ein Agent!« Und dann schießt.

Und dies wiederholte sich nun in der Wirklichkeit, nämlich nicht bloß, indem der Australier ein »Only human!« von sich gab, sondern auch dadurch, daß zur Verblüffung aller Galina Oborin eine Pistole unter ihrem Pullover hervorzog, diese gegen den Australier richtete und in dem hübsch gegurgelten englisch Russisch sprechender Damen meinte: »Only a hunter!« Und dann feuerte. Allerdings nicht auf die Schläfe, wie im Film, sondern in das Bein des Australiers.

Das war dreifach eine Überraschung. Erstens, weil Galina eine Waffe mit sich führte. Zweitens dadurch, daß sie ganz offensichtlich die *Matrix*-Trilogie kannte, wenigstens den ersten Film. Vor allem aber, indem sie, drittens, entgegen der allgemeinen Annahme, sie sei taubstumm, absolut in der Lage war, laut und deutlich und noch dazu mit einer hübschen Stimme zu sprechen, zumindest Englisch. (Wobei noch zusätzlich zu erwähnen wäre, daß Galina offenkundig auch die deutsche Version kannte, in der »Only human!« nicht ganz sauber mit »Nur ein Mensch!« übersetzt wird, um sodann überaus passend mit einem »Nur ein Agent!« zu kontern, während es ja im Original »Dodge this!« heißt, was in etwa bedeutet: »Jetzt versuch mal, der Kugel auszuweichen, Drecksack!« Somit hatte Galina zwar englisch gesprochen, jedoch die deutsche Version zitiert.)

Nicht zuletzt konnte man es auch als Überraschung ansehen, daß sie ohne das geringste Zögern abgedrückt

hatte. Nun, die angebliche geschlechtsspezifische Schieß-
hemmung von Frauen war möglicherweise ein ähnlich
dummes Gerücht wie die Annahme, Männer eigneten sich
in besonderem Maße, die Abseitsregeln beim Fußball zu
begreifen.

Galina schoß aber nicht nur – und zwar auf den
Unterschenkel, so daß die Kugel in die äußere Schicht der
Wadenbeinmuskulatur ein- und gleich wieder ausdrang –,
sondern sie richtete mit einer ungeahnten Schnelligkeit
die Waffe nach oben, um doch noch spielfilmgerecht auf
eine Schläfe zu zielen, nämlich die Schläfe des Baden-Badeners.

Der solcherart Anvisierte lächelte anerkennend, senkte
den Lauf seines Gewehrs und gab auch den anderen zu
verstehen, ruhig zu bleiben. Währenddessen wälzte sich
der Australier am Boden und entließ eine ganze Serie von
Black Paintings.

»Wäre vielleicht angebracht, dem armen Kerl zu helfen«, erklärte der Baden-Badener und blickte auffordernd
zu Ivo. Wobei er weniger besorgt denn amüsiert wirkte.

»Das hätten Sie von Anfang an tun sollen«, meinte Ivo,
»sich um Ihre eigenen Leute kümmern. Ich frage mich, wie
Sie diesen Wahnsinn verantworten wollen.«

»Eigentlich dachte ich«, sagte der Baden-Badener, »Sie
hätten bereits kapiert, worauf das alles hinausläuft. Worin
der Sinn der Jagd besteht. Ganz sicher nicht darin, aufzu-
hören, wenn es am schönsten ist. Wobei ich gestehen muß,
daß ich dachte, das gebe es nur im Märchen: daß das Wild
zurückschießt.«

»Verschonen Sie mich«, bat Ivo. Und fügte an: »Verarzten Sie Ihren Kumpel, bringen Sie ihn zurück und lassen
uns in Frieden.«

»Wenn Sie wirklich Frieden haben wollen, dann sagen
Sie Ihrer Freundin, sie soll jeden von uns abknallen. Friede
ist nämlich, wenn alle schlafen. Oder denken Sie, bloß

wegen der Perforation einer Wade stellt sich der Friede ein?«

Da nun aber Ivo keinen derartigen friedenstiftenden Befehl aussprach, runzelte der Baden-Badener die Stirn und gab dem Karlsruher Kollegen ein Zeichen. Offensichtlich fungierte dieser als Sanitäter der Truppe. Er kniete sich zu dem Verwundeten hin, öffnete eine kleine Tasche und ging daran, das Bein abzubinden, die Wunde zu desinfizieren und einen Verband anzulegen. Es handelte sich um einen Durchschuß, der aber wegen der Nähe zur Hautoberfläche sowie der heftigen Wirkung, die sich aus der geringen Schußdistanz ergeben hatte, eine offene Rinne bildete. Gleichzeitig war dies eine vergleichsweise harmlose Geschichte. Gewollt harmlos. Denn Galina hatte ja das Prinzip der »Verletzungsjagd« übernommen, indem sie das »Wild« bloß angeschossen hatte. Auf diese Weise war die Gruppe der Jäger gezwungen, sich vorerst mal um ihren Verletzten zu kümmern. Ihn zurück zur Hütte zu bringen, einen Helikopter anzufordern und sich vielleicht zu überlegen, ob es nicht besser wäre, an einem anderen Ort ihrem Hobby zu frönen.

Es war jetzt aber Ivo, der sagte: »Wir gehen!« Dabei sah er hinüber zu Galina. Sie schien ihn jedoch nicht zu verstehen, so als sei sie sofort nach der Schußabgabe wieder ihrer Taubstummheit verfallen. Darum hob Ivo nun die Hand und deutete mittels einer Geste den Rückzug an. Was auch sogleich geschah. Wobei Galina sich an Spirou festhielt und noch einige Zeit rückwärts ging, um weiterhin die Schläfe des Oberjägers im Visier zu behalten.

Das Gejammer des Australiers wurde nach und nach von den Geräuschen der Natur überlagert. Spirou, Galina und Ivo kehrten zurück zu der Stelle, an der sie ihr Gepäck versteckt hatten. Sie beschlossen, das Bachufer zu verlassen und den steilen Wald hochzusteigen, in Richtung eines im Plan eingezeichneten Plateaus, an dessen Rand sie ihr

Lager aufschlagen wollten. Denn obgleich sie alle noch kurz zuvor mit dem Tod, wenigstens mit einer Gefährdung ihrer Unversehrtheit bedroht worden waren, schien der Gedanke unmöglich, die Expedition abzubrechen. Sie waren in diese Gegend gereist, um einen Baum zu finden. Sie waren Gefangene dieser Suche. Und damit auch dieses Ortes.

Sie kletterten die Steigung nach oben, ihre Schuhspitzen in die feuchte Erde stoßend. Jetzt kam endlich auch Ivo ins Schwitzen. Ein Keuchen ging um in Gestalt eines dreistimmigen Chors.

Nachdem sie alle die von einer Strauchflechte pelzartig überzogene Ebene erreicht hatten, wurden im Schutze einer natürlichen Felshalde die beiden Zelte aufgestellt, eine Feuerstelle errichtet, und Galina begann mit den Vorbereitungen für eine Suppe. Sie sprach kein Wort, und als Ivo sie von hinten anredete, um sie zu testen, zeigte sie nicht die geringste Reaktion.

Ivo nahm Spirou zur Seite und fragte: »Ist unsere Suppenköchin jetzt taubstumm oder nicht?«

»Meistens ist sie das«, antwortete Spirou. »Ich kann es auch nicht erklären. Es ist wohl eher ... wie sagt man? Eine psychische Sache.«

Damit mußte sich Ivo vorerst zufriedengeben. Stimmt schon, es gab Leute, die waren an den Beinen gelähmt, ohne daß eine organische Schädigung vorlag. Manche bekamen Halsschmerzen, wenn sie bloß mit jemand Verkühltem telephonierten. Und auch die Ursachen des Stotterns lagen im Dunkeln. Und ob der Lidkrampf, der Ivo in seinen römischen Jahren soviel Blindheit beschert hatte, bloß Folge einer Infektion gewesen war ... Nun, bei vielen von diesen Phänomenen schien das ausschlaggebende Moment das der Angst zu sein. Die Angst schnürte den Menschen ein. Doch genau darin lag allerdings die Merkwürdigkeit im Falle Galinas, die ja ausgerechnet in einem

Moment größter Bedrohung zu reden und zu hören begonnen hatte, während Ivo in seiner Panik verstummt war. Benötigte Galina die Gefahr, um *gesund* sein zu können?

In jedem Fall war es durchaus beruhigend zu wissen, zu welcher Kaltblütigkeit diese Frau imstande war. Denn schließlich war nicht sicher zu sagen, ob die Gruppe durchgeknallter Jäger endgültig aufgegeben hatte. Womöglich würden sie rasch ihre Wunden lecken, alle Wunden, und sodann ... Ivo verdrängte den Gedanken. Er wollte sich auf die Suche nach dem Baum konzentrieren, machte Notizen, untersuchte die Proben. Währenddessen bereitete Galina die Suppe, wobei sie auch etwas von der Flechte verwendete, die Spirou gesammelt hatte. Was der Suppe einen bitteren Geschmack verlieh. Aber *gut* bitter. Jeder nahm einen Teller zu sich, dann brach man auf.

Es sollte ein geradezu heißer Tag werden. Es regnete Hitze, und man wurde richtig naß.

Naß wurden auch die Jäger, die ihren Verletzten abtransportierten. Der Baden-Badener hatte begriffen: Die Jagd war vorbei. Obgleich die anderen auf Rache sannen und sogar bereit gewesen wären, ihren australischen Freund sich selbst zu überlassen. Eine Haltung, bei der sie unterstützt wurden von den beiden russischen Führern, die auffälligerweise darauf drangen, Ivo und Galina und den Jungen nicht so einfach davonkommen zu lassen. Dazu paßte, daß die beiden Männer aus Magadan es gewesen waren, die früh am Morgen den Baden-Badener und seine Kameraden aus den Betten geholt und darauf aufmerksam gemacht hatten, daß Ivo samt seiner Entourage sich ohne Verabschiedung auf den Weg gemacht habe. Man kann sogar sagen, die zwei Russen hätten in ihrer Funktion als Jagdführer die Wahl eines neuen Jagdwilds vorgenommen. Die Schafe durch Menschen ersetzend. Als sei dies nun mal ihr Recht in dieser Gegend, eine solche Entscheidung zu fällen. Eine Entscheidung freilich, die den touristischen Jägern höchst willkommen gewesen war. Denn mit Schafen, seien es auch wilde, geht eine gewisse Langeweile einher.

Daran dachte der Baden-Badener nun, daß es ursprünglich die Russen gewesen waren, die diese Menschenjagd angezettelt hatten. Es war doch einigermaßen merkwürdig, daß sie trotz der Schlappe eine Fortsetzung einzuklagen versuchten. An die Ehre der Jäger appellierend.

Doch so klug war der Baden-Badener, zu wissen, wie sehr Rache ein Motiv der Verlierer war. Und als solcher wollte er sich nun mal nicht fühlen. Zudem hegte er den Verdacht, in eine ganz andere Auseinandersetzung hineingezogen zu werden als die, die ihm beliebte.

Er entschied, abzubrechen und den Australier ins Krankenhaus zu bringen.

13

Die Suche, die an diesem und auch am nächsten Tag erfolgte, brachte nichts ein. Viele Bäume, aber keiner von außergewöhnlicher Färbung oder extremem Geruch. Weshalb man nach einer weiteren Nacht beschloß, das Gebiet zu wechseln und über den Gebirgskamm in das nächste im Westen gelegene Tal vorzudringen. Denn auch dort – so hatte Spirou in Erfahrung gebracht – sei der Besitzer der Hütte und Entdecker des Baums öfters unterwegs gewesen, der Jagd frönend. Also packte man zusammen, überquerte das Plateau und stieg den Berg hoch.

Ein konstanter, zunehmend kühlerer Wind haftete sich an die erhitzten Körper. Ivo spürte wieder seinen Kopfschmerz, ohne daß diesmal der Wodka schuld gewesen wäre. Außer selbiger hätte in der Luft gelegen, was übrigens einige Schamanen, aber auch normale Bürger nicht nur in Sibirien behaupten, nämlich eine gewisse Alkoholhaltigkeit der Atemluft.

Ivo Berg griff in seine Hosentasche, zog seinen psychoaktiven »Kaugummi« hervor und schob ihn sich in den Mund. Dieser wirkte weiterhin. Noch schneller als beim ersten Mal verflog die tektonische Irritation in Ivos Kopf, und nicht minder rasch stellte sich ein veränderter Blick ein. Das Blau des Himmels erschien wie auf einer dieser Fliesen, die im Werbefernsehen staatsstreichartig vom Dreck befreit werden. Wisch und weg! Zudem vernahm Ivo ein fernes Stimmengewirr, das der Wind dahertrug. Luftgeister wohl.

Und tatsächlich, als er jetzt auf einer felsigen Bergkuppe

eine Gruppe von Menschen gewahrte, da meinte er im ersten Moment, es handle sich um eine kaugummibedingte Illusion. Nicht nur, weil das einfach nicht die Gegend für Menschenansammlungen war, sondern vor allem wegen der konkreten Ausprägung dieser Ansammlung. Die sieben, acht Männer, dazu Kinder, sowohl Mädchen als auch Jungs, hielten nämlich eine aus einfachen Holzstämmen und Seilen gefertigte Sänfte, die nichts Sanftes hatte, grob wirkte, ohne Polster und Decken auskam, ohne Schmuck, aber robust. Auf dem befestigten breiten Stuhl saß ein Mann. Ein dicker Mann, richtig dick, aber nicht in der Art der dicksten Männer der Welt. Denn bei aller ausufernden Schwammigkeit, die im einzelnen, Glied für Glied, gegeben war, besaß dieser Mann etwas absolut Kompaktes. Als hätte man eine gewaltige Schloßanlage, mit allem Drum und Dran, bis hin zu den Gewächshäusern und Labyrinthen, zu einem einzigen Objekt zusammengequetscht, so daß irgendwie drin in diesem Objekt auch der Schloßbesitzer und sein Hofstaat steckten. Dieser so dicke wie massereiche vielleicht sechzigjährige Mann trug einen schwarzen Anzug, einen schwarzen Hut und schwarze Schuhe. Und als nun Ivo näher kam und auch die Beendigung des »Kaugummikauens« nichts an dem Anblick änderte, da bemerkte er die Zigarette im Mund des auf der Sänfte Sitzenden. – Na gut, noch immer gab es Zigaretten und gab es Raucher, im Osten Rußlands sowieso, das war also nicht unbedingt eine Sensation zu nennen. Aber die Art, wie dieser Mann rauchte, wirkte einmalig. Eine Lok aus alten Tagen hätte kaum würdevoller schmauchen können. Diese Zigarette war ein schlanker Schornstein im Munde einer Buddhastatue. Dazu kam, daß der Mann den Glimmstengel kein einziges Mal anfaßte, sondern, an dessen Ende angelangt, eins von den Kindern zu ihm hochkletterte, ihm die Kippe aus dem Mund nahm, an der Glut eine neue entzündete und ihm diese sodann in den Mund steckte.

Bei sämtlichen Personen, die diesen vollendeten Raucher auf einer Sänfte trugen, handelte es sich um Bewohner des Berglandes, Ewenken, deren Gesichter eine indianische Grobheit besaßen, eine schöne Grobheit, geschnitztes Holz, welches die Handschrift des Schnitzers erkennen ließ. Kinder wie Erwachsene waren mit westlicher Markenware bekleidet, die jedoch stark abgetragen war: löchrig, fleckig, durchscheinend, allerdings bereichert um kleine Objekte aus Fell und Knochen und Pflanzenteilen, die an die Kleidung genäht waren. In den Haaren der Frauen steckten weiße Blüten, manchmal ganze Kränze. Es sah aber nicht so aus, als würden diese Leute mit einer volkstümlichen Feiertagsbekleidung durch die Gegend laufen, damit ein zufällig vorbeikommender Ausländer ein paar hübsche Photos schießen konnte. Nein, das waren weder »edle Wilde«, noch konnte man sie mit jenen Schischaukelvölkern der europäischen Alpen vergleichen, die zu absolut jeder Kasperliade bereit waren. Dagegen wirkte diese Gruppe von Menschen vollkommen eigenständig, hermetisch und geheimnisvoll.

Der dicke Mann besaß eindeutig die Züge eines Westmenschen, auch wenn seine vom Gesichtsfleisch bedrängten Augenschlitze über einen asiatischen Anklang verfügten.

»Wer ist das denn bitte?« wollte Ivo von Spirou wissen. Und spottete: »Der Marlboro-Mann im Dschugdschurland?«

Spirou gab nicht gleich eine Antwort, sondern schaute gebannt auf die geradezu skulptural aufragende Menschengruppe. Nur die Kinder bewegten sich, die Träger hingegen waren im Tragen erstarrt und schauten in die gleiche Richtung wie der dicke Mann, hin zur fernen Küste des Ochotskischen Meers.

Spirou murmelte etwas. Doch die kleinen Wörter verteilten sich im Wind wie die Flocken jener Asche, die von der Zigarette des Rauchers herunterbrach.

Ivo forderte von Spirou: »Kannst du so reden, daß ich dich auch verstehe?«

Spirou nickte, gab seiner Stimme einen Ruck und erklärte: »Ich dachte nicht, daß es ihn wirklich gibt.«

»Wen?«

»Den Großen Griechen.«

»Wer ist der Große Grieche? Der auf der Sänfte?«

»Er heißt Kallimachos«, sagte Spirou. Und berichtete, daß in einer ähnlich legendenhaften Weise wie im Falle jener unterirdischen Verbrecherrepublik namens Toad's Bread auch die Existenz eines Griechen kolportiert wurde. Eines Griechen, von dem es hieß, er sei der Schamane einer kleinen Gruppe separatistischer Ewenken, die ein Dorf bewohnten, das ohne Namen war. Zumindest ohne offiziellen, so wie ja auch die höchste Erhebung des Dschugdschur namenlos geblieben war, etwas, das vom westlichen Standpunkt ungeheuerlich wirkte. Westmenschen konnten ja nicht einmal darauf verzichten, Goldfische, die sie in Gläser sperrten, mit einem Namen auszustatten: Hansi, Glupschi, Tolstoi, Killer und so weiter. Doch hier in Ostsibirien ließen sie eine über tausendneunhundert Meter hohe Erhebung einfach den Berg sein, der er war.

»Und du meinst also, der dort ist dieser Kallimachos?«

»Er muß es sein«, sagte Spirou mit hörbarer Begeisterung. »Es heißt, er sei unverwundbar.«

»Wie soll ich das verstehen?«

»Wenn man auf ihn schießt, dann …«

»Dann prallen die Kugeln ab, gell?« höhnte Ivo.

»Nein, sie machen einen Bogen, die Kugeln, sie weichen ihm aus.«

»Na, damit sollte er eigentlich zum Fernsehen gehen.«

Spirou blieb völlig ernst, als er jetzt antwortete: »Kallimachos, so sagt man, ist ein Gefangener der Ewenken.«

»Ich dachte, er ist der Oberschamane. Und *gefangen* sieht er wirklich nicht aus.«

»Ist er aber, gleichzeitig ein Gefangener und ein König.«

»Ein gefangener König also.«

»Nein. Wollen Sie mich denn nicht verstehen?« fragte Spirou, der zum ersten Mal Ivo gegenüber ärgerlich klang. Und in der Tat ist die Begriffsstutzigkeit der Erwachsenen für Kinder manchmal schwer auszuhalten. Aber Spirou blieb dennoch bemüht, Ivo beizubringen, daß in dieser speziellen Situation der Gefangene als Majestät behandelt wurde, als königlicher Schamane, der mittels seiner puren Existenz, seines rauchenden Vorhandenseins dieser überschaubaren Gruppe von Menschen einen spirituellen Rahmen verlieh. Sie taten alles für ihn, schleppten ihn durch die Gegend, die Berge hoch, damit er in die Ferne schauen konnte, kochten für ihn, wuschen ihn, ersparten ihm die Mühen des Zigarettenanzündens, aber sie konnten es nicht zulassen, daß er sie verließ, um etwa nach Griechenland zurückzukehren. Und das galt ebenso für die Frau.

»Was für eine Frau? Kallimachos' Frau?«

»Die beiden sind nicht verheiratet, aber sie gehören zusammen.«

»Eine Griechin?«

»Ich glaube nicht. Eine Deutsche oder Österreicherin. Und es heißt, auch Kallimachos wäre des Deutschen mächtig.«

Nun, das mochte ein weiterer Grund für Spirous Begeisterung sein. Diese hohe Konzentration seiner Lieblingssprache an ungewohnter Stelle. Das war schon merkwürdig, wie hier im fernen Osten Sibiriens sich diese eine Fremdsprache durchsetzte. Ähnlich wie im Kino, wenn die Leute in Raumschiffen alle Englisch oder Deutsch sprechen, selbst die, die von anderen Planeten stammen. Die Originalsprachen dieser Außerirdischen fungieren dann nur noch als dialektale Ornamente, vergleichbar den Schweizern im deutschen Fernsehen, die man untertitelt.

Ivo Berg fragte Spirou, woher er das denn alles wisse.

»Wie ich schon sagte. Es ist ein Gerücht, eine Legende. Manche in Ochotsk glauben daran, andere nicht.«

»Die Legende scheint zu leben. Vielleicht sollten wir auf die Legende schießen, um uns ganz sicher sein zu können.«

»Das ist kein Spaß«, erklärte Spirou streng.

»Verzeih«, sagte Ivo. Und das meinte er auch so.

Spirou nahm Ivos Hand und drückte sie. Es war ein gutes Drücken. Als sinke ein kleines Polster auf ein größeres, dieses wärmend.

»Na, ich finde, wir sollten Herrn Kallimachos guten Tag sagen«, entschied Ivo.

Spirou hingegen war unsicher. Mit Kallimachos sprechen zu wollen kam ihm vor, als versuche man nach einem Traum zu greifen. Denn wenn man Kallimachos so betrachtete, konnte man sich kaum vorstellen, daß er sich überhaupt zu so etwas wie simplem Reden herabließ, egal, ob in Griechisch oder Deutsch oder sonst einer Sprache. Denn um etwas zu sagen, würde es immerhin nötig sein, die Zigarette aus dem Mund zu nehmen oder wenigstens dem Ende einer Zigarette eine Pause von der Zigarette folgen zu lassen.

Doch die Neugierde trieb auch Spirou an. Er nickte. Und Galina ging halt mit. Zu dritt näherte man sich der Gruppe des Großen Griechen.

Der schwenkte seinen Kopf und sah hinunter auf die Ankömmlinge. Und tat nun in der Folge etwas, was durchaus überraschte. Es mutete nämlich wie ein kleines Wunder an, daß dieser bislang so völlig unbewegliche Mensch einen Arm hob und sich mit Daumen und Zeigefinger die Zigarette eigenständig aus dem Mund zog. Und zwar, als wäre es genau das, was es war: nämlich das Einfachste auf der Welt. Selbst als er nun zu sprechen begann, klang dies weder übersinnlich noch entrückt, sondern so, wie ein kettenrauchender Grieche eben spricht. Gleich einem singenden Vulkan.

Das war interessant anzuhören, aber niemand hier beherrschte Griechisch (wobei man bei Galina wohl nicht so genau sagen konnte, was sie beherrschte und was nicht). Jedenfalls grüßte Ivo auf deutsch und stellte sich und seine Begleiter vor.

»Sie sind Österreicher, nicht wahr?« bemerkte der Große Grieche, eine Stimme einsetzend, die sehr viel femininer klang, als wenn er griechisch redete. Aber nicht in einem piepsigen Sinn. In einem mondänen.

»Richtig«, antwortete Ivo, erklärte aber, schon lange in Deutschland zu leben.

»Und was tun Sie dann hier?« fragte Kallimachos und ließ sich eine neue Zigarette reichen, die von einem kleinen Mädchen zuvor in Brand gesetzt worden war.

Ivo entschied sich für die Wahrheit. Dieser Grieche sah einfach nicht so aus, als könnte oder dürfte man ihn anlügen. Also berichtete Ivo davon, im Auftrag einer Bremer Firma eine spezielle Varietät der Dahurischen Lärche zu suchen.

»Und da nehmen Sie Kind und Frau ins Gebirge mit?«

»Galina ist nicht meine Frau und Spirou nicht mein Kind.«

»Was ich wiederum schade finde«, meinte der Mann, der Kallimachos hieß. »Wenn es ein Glück auf der Erde gibt, dann ist es eine Familie.«

»Denken Sie wirklich? Es heißt doch oft, die Familie sei die Hölle.«

»Sie muß klein bleiben«, meinte der dicke Mann. »Mit jeder Person, die dazukommt, wird es schwieriger.«

Das fand Ivo recht apodiktisch, widersprach aber nicht, sondern erkundigte sich vorsichtig, ob Kallimachos schon einmal von jener Lärche gehört habe, deren Rinde die gleiche Farbe wie die der jungen Zapfen besitze: Purpur.

»Purpur? Nein, tut mir leid. Aber diese ganze Gegend ist immer für Überraschungen gut. Wobei Ihnen schon klar ist, daß Sie so weit oben keine Bäume finden werden, oder?«

Ivo erklärte, auf dem Weg ins nächste Tal zu sein, und wies dabei in nordwestliche Richtung.

»Was wollen Sie eigentlich von dem Baum?« erkundigte sich Kallimachos.

»Ihn fragen, ob er mit nach Deutschland kommt.«

»Mit Bitten allein werden Sie ihn nicht überzeugen.«

»Ich weiß«, antwortete Ivo.

Kallimachos sagte: »Im Grunde stimmt die Richtung. Denn wenn jemand über diesen Baum Bescheid weiß, dann am ehesten die Leute in Toad's Bread.«

»Toad's Bread?!«

»Schon mal von dieser Stadt gehört?« fragte der Grieche.

»Sie sprechen jetzt von der Verbrecherrepublik?«

»Ich sehe, Sie kennen sich aus.«

»Nicht wirklich«, sagte Ivo. »Ich wüßte nicht, wo genau dieser Ort liegt. Wenn er denn wirklich existiert.«

»Das tut er. Und ich kann Sie hinbringen.«

»Zu welchem Preis?« fragte Ivo.

»Man kann mich nicht bezahlen. Ich bin hier ein Gott. Was sollte ein Gott mit Geld tun? Sich ein Kreuz kaufen? Eine Kirche?«

»Und warum helfen Sie mir dann?« fragte Ivo, der eine Falle witterte, weil er durchaus zu denen gehörte, die Fallen für einen Grundbaustein des Lebens hielten. Jene Bereiche, die ohne Fallen waren, ergaben sich allein aus dem Umstand, daß zu viele Fallen am gleichen Ort sich herumsprachen und die potentiellen Opfer dazu zwangen, niemals ihren Bau zu verlassen.

Wie auch immer, Kallimachos erklärte, daß er ohnehin auf dem Weg nach Toad's Bread sei und man an dieser luftigen Stelle bloß eine Pause eingelegt habe.

»Und was werden Sie dort tun, in Toad's Bread?« fragte Ivo.

»Meiner Kollegin beistehen.«

»Kollegin? Wie soll ich das verstehen? Eine Göttin etwa?«

»Ja, man könnte diese Frau durchaus als *göttlich* begreifen. Aber der Begriff der Kollegenschaft ergibt sich daraus, daß ich von Berufs wegen Detektiv bin und diese Frau von Berufs wegen Polizistin.«

»Das muß ich Ihnen jetzt aber nicht glauben, oder?«

»Was?«

»Daß Sie Detektiv sind.«

»Der Sinn des meisten Eindrucks«, verkündete Kallimachos, »ist es, zu täuschen.« Sprach aber gleich wieder über besagte Frau und Kollegin, welche zwar vom deutschen Polizeidienst freigestellt wäre, jüngst aber von den Leuten aus Toad's Bread gerufen worden sei, ein Verbrechen zu klären.

»Wie? Ich dachte, die sind dort selbst alle Verbrecher.«

»Das schon, jedoch Verbrecher, die ihre Regeln einhalten. Unglücklicherweise aber geht derzeit in der Stadt ein Mörder um. Einer, der sich an rein gar nichts hält. Am wenigsten an Regeln, die andere aufgestellt haben. Er mordet, wie es so heißt, wahllos. Wobei das Wahllose auch oft zu den Eindrücken gehört, die täuschen. Wie dicke Männer, denen man nichts zutraut.«

Ivo schnitt eine Grimasse, die verdeutlichen sollte, daß er Kallimachos durchaus eine Menge zutraue.

Der Große Grieche – den man drüben in Europa gerne als eine verschärfte Version des alternden Orson Welles bezeichnet hatte – führte weiter aus, daß sich auch einige Ewenken in der Verwaltung von Toad's Bread befinden würden. Und die eben hatten gemeint, eine deutsche Polizistin eigne sich bestens, die Spur eines wild und regelwidrig vor sich hin mordenden Phantoms aufzunehmen. »So ist das«, erklärte Kallimachos, »man hat meine Kollegin, meine Schwester im Geiste, dorthin beordert. Und ich folge ihr. Mit Verzögerung. Ich bewege mich ungern, aber möglicherweise benötigt sie meine Hilfe. Hin und wieder ist das der Fall.«

Ivo nickte. Ihm, der nie schwitzte, stand trotz des Windes Schweiß auf der Stirn. Wie Regen auf einer Windschutzscheibe. Er dachte: »Was für ein Zufall, diesen Mann hier oben zu treffen.«

Nun, mitunter ist es leichter, daran zu glauben, es gebe gar keine Zufälle, sondern bloß Straßen und Wege und von langer Hand geplante Zusammenstöße. Gute und schlechte Zusammenstöße.

War das hier ein guter?

Ivo wollte es gerne glauben. Zudem war er natürlich begierig, einen Ort zu sehen, den er bislang für ein Märchen gehalten hatte. Eine Stadt, die anders war und in der man möglicherweise eine Ahnung von Lärchen besaß, die ebenfalls anders waren. Ivo sagte: »Dann gehen wir also zusammen.«

»Sie gehen, ich sitze, und so kommen wir ans Ziel.« Kallimachos gab seinen Leuten, deren Gefangener, Bürgermeister und Oberschamane er war, das Zeichen zum Aufbruch.

Es war ein schwieriger Pfad, der über Geröll abwärts führte. Weshalb nicht viel geredet und dafür mehr gekeucht wurde. Auch das Tal, in welches man gelangte, das aber sehr viel höher gelegen war als die bisherigen, blieb baumlos und allein mit Flechten bewachsen. Eine ovale Mulde spannte sich zwischen den Hängen, nicht nur der Form nach gleich einem Löffel, sondern auch mit einem ähnlichen silbrigen Glanz versehen. Die Wolken zogen derart rasch über das Land, einen Wechsel von Licht und Schatten bedingend, daß man meinen konnte, ein hyperaktives Kind würde ständig die Wohnzimmerlampe ein- und ausschalten.

»Ich kann nichts erkennen«, meinte Ivo, auf den silbrigen Talkessel schauend.

»Besser als umgekehrt.«

»Wie meinen?«

»Na, schlimm wäre nur, eine Stadt zu sehen, die gar nicht da ist. Siehe Fata Morgana.«

In der Tat, das Loch in der Erde, die Pforte von Toad's Bread – und sie war von nicht geringem Umfang –, war dermaßen geschickt in die Landschaft gefügt, daß man selbst noch auf geringe Distanz glauben konnte, es handle sich bloß um einen von stoppeligem, graugelbem Gras überzogenen niedrigen Krater. Erst an dessen Rand stehend, konnte man erkennen, wie die Einbuchtung in wellenförmigen Terrassen sich nach unten verengte und schließlich in einen tief hinabführenden, dunklen Schlund mündete.

»Als wären wir auf dem Weg zum Mittelpunkt der Erde«, kommentierte Ivo.

»Ach, so tief liegt die Hölle gar nicht«, antwortete Kallimachos.

Die Träger genehmigten sich eine Rauchpause. Auch Ivo griff nach einer Zigarette. Kallimachos hingegen legte eine Pause vom Rauchen ein. Erst als man mit dem Abstieg begann, ließ er sich erneut eine Kippe zwischen die Lippen fügen. Es stimmte schon, sollte Gott je auf die Idee kommen, mit der Schmaucherei anzufangen – und es gibt ganz sicher schlimmere schlechte Angewohnheiten –, dann würde er ein Bild abliefern, das nahe an das herankam, welches Kallimachos bot.

14

Was anfangs den Eindruck eines allein von der Natur geschaffenen vertikalen Höhleneingangs gemacht hatte, entpuppte sich alsbald als die erwartete Intervention sowjetischer Ingenieure. Der Fels ging in einer geradezu fließenden Weise in Beton über, wobei die deutlichen Risse und das von den Wänden rinnende Wasser zeigten, wie sehr jeder Ingenieurskunst ein Vergänglichkeitsgen innewohnt. Das absolute Privileg der Natur ist nämlich, daß sie Zeit hat und niemals auf die Idee kommt, auf die Uhr zu schauen, um panisch festzustellen: »Mein Gott, es ist zu spät!« Für die Natur ist es nie zu spät.

Die Röhre führte in einen hohen Gewölberaum hinab, in dem mächtige alte Maschinen herumstanden, verrostete Ungetüme, Fossilien einer Epoche, da man gemeint hatte, absolut alles erobern zu können. Die gute Nachricht war, daß noch immer die Entlüftung und die Elektrik funktionierten. Die in Metallgitter eingefaßten Leuchtkörper bildeten einen Lichtkranz, der dem Raum eine zusätzliche sakrale Note verlieh. Nach zwei Seiten öffneten sich riesige Bögen, durch die man in weitere Räume gelangte. Hinter dem größten dieser Torbögen, der in eine absolute Schwärze wies, lag jenes tiefe Loch, das die Russen gegraben hatten, ohne daß jemand sagen konnte, wie tief genau sie gekommen waren. Denn dies war auch für die Bewohner von Toad's Bread ein Geheimnis. Sie mieden das Bohrloch. Fast alle meinten, die Röhre führe direkt in die Hölle, bilde wenigstens einen senkrechten Stollen, durch den man ins Reich der Toten gelange. Ein Reich, um das zu betreten man logischerweise lieber tot sein sollte. Denn ein Lebender im Reich der Toten wäre natürlich als Monster empfunden worden, als ungeliebter »Zombie«, so wie ja auch umgekehrt die Toten in der Welt der Lebenden nur schlecht gelitten sind. Mit ihnen telephonieren ist freilich etwas anderes.

Auf der entgegengesetzten Seite zum Bohrloch lag der Eingang, der hinüber in die unterirdische Stadt führte. Ein Eingang von mehreren, wie Kallimachos erklärte, aber der größte. Man begab sich also in jene mächtige beleuchtete Tunnelröhre, in der zwei Autostraßen Platz gefunden hätten. Um so erstaunlicher, daß diese Röhre sich zusehends und ohne ersichtlichen Grund stark verjüngte, geradezu einen Darmverschluß bildend, eine Verkrampfung. Es wurde so eng, daß Kallimachos gezwungen war, von seiner Sänfte zu steigen, beziehungsweise hob man ihn herunter. Da stand er also auf seinen eigenen Beinen, wobei der mächtige Unterleib und die gewaltigen Oberschenkel sich zu den Schuhen, den Schühchen, hin ähnlich radikal verjüngten wie der Stollen, in dem man sich gerade aufhielt. Man reichte Kallimachos einen schwarzlackierten Gehstock mit silbernem Handgriff. Ein locker in die Brusttasche gefügtes Einstecktuch leuchtete aus dem Schwarz des Jacketts. Auch sein Gesicht leuchtete. Wie Papier, das im Dauerlicht einer Schreibtischlampe einen gelblichen Stich angenommen hatte. Stimmt, da waren noch seine Augen, die aber, bedrängt vom Schatten der wulstigen Augenhöhlen, ständig die Farbe wechselten. Es hätte schon einer eingehenden Studie bedurft, festzustellen, inwieweit das Blau, Braun oder Schwarz, das Grau oder Grün, die vielen rötlichen Abstufungen, die Herbst- und Wintertöne, die Farbe des Wüstensandes oder das Purpur eines jungen Lärchenzapfens diese Pupillen jeweils mehr oder weniger dominierten. Nur eines war sicher, daß diese Äuglein ständig im Dunst einer tropischen Feuchtigkeit standen, einer flachen, dichten Tränenwand.

Das eigentliche Wunder aber war, daß Kallimachos seine Beine bewegen konnte. Nicht, daß er jetzt wie aus einem Jungbrunnen hochschoß und zu rennen anfing. Aber dank des Stocks und dank einer Ewenkin, die sich in seinem freien Arm eingehakt hatte, setzte sich Kallimachos in Bewegung. Langsam, in der Art einer Dampfmaschine. Im Keuchen begriffen, brannte die Glut der Zigarette in seinem Mund noch rascher.

Die Sänfte hochgestellt und letztendlich im Gänsemarsch drängte sich die Gruppe zwischen den schmal stehenden, nur noch spärlich beleuchteten Wänden. Sollte je eine militärische Einheit beauftragt werden, Toad's Bread zu stürmen, wäre man gut beraten, nicht durch diesen angeblich *größten* Eingang in die Stadt einzufallen.

Hatte man bislang nur die eigenen Stimmen und die Stimme des Windes vernommen, so wuchs nun eine polyphone Geräuschkulisse an, ein heftiger Tonknäuel. Kallimachos und seine Leute gelangten durch einen letzten Spalt auf einen Platz, einen Markt voller Menschen.

»Wow!« staunte Ivo. »Ich dachte mir das kleiner.«

Hinter der belebten Fläche breitete sich zu beiden Seiten und zur hohen Gewölbedecke hin ein aus verschachtelten Gebäudeteilen bestehendes Gebilde aus: ein wabenartiges Konstrukt, aber keines, das zu den disziplinierten Honigbienen gepaßt hätte, eher ein von Hummeln geschaffenes – Hummeln auf Speed. Es war offensichtlich, daß hier eine architektonische Einheit auf die andere gesetzt worden war, eine Wohnung auf die andere Wohnung, kleinere auf größere und umgekehrt, so daß Nischen entstanden waren, in die man weitere Wohnwaben gezwängt hatte. Es schien, als halte nicht eine gewollte Statik dieses Konglomerat zusammen, sondern die Zufälligkeit sich gegenseitig stützender Würfel: Spielsteine, die von wilden Hummeln in aller Eile hingespuckt worden waren. Architektur als Unfall, aber als funktionierender.

Das Gebilde, das an manchen Stellen über fünfzehn, sechzehn Stockwerke aufragte, endete knapp unterhalb einer Betondecke, in die mächtige Luftturbinen eingelassen waren. Auch hier wehte ein konstanter Wind, ein warmes, feuchtes Blasen, das alles und jeden umfing. Der Wind drang in die Ohren und Nasen und preßte sich durch das Gewebe der Kleidung. Keiner, der nicht schwitzte.

Der ebenerdige Bereich wurde von vielen kleinen Läden bestimmt, zwischen denen schmale Gehwege in das Innere der Stadt führten. Dunkle Schächte, die mit winzigen Laternen ausgestattet waren, welche eine geringe leuchtkäferartige Aufhellung mit sich brachten. Wer sich hier bewegte, hatte sich entweder an die Dunkelheit gewöhnt oder war im Besitz von Taschenlampen. Die freien Plätze hingegen, die sich entlang der äußeren Ränder der Stadt, aber auch in ihrem Zentrum ergaben, lagen im Schein starker Spots, wodurch ein Licht- und Schattenspiel wie auf einem Drehset entstand. Massenszenen! Die Energie dafür, wie für alles andere in diesem »Krötenbrot«, bezog man aus einem tiefer gelegenen Erdwärmekraftwerk. Wohin dagegen der Müll kam, war nicht so leicht zu sagen. Der Müll war allgegenwärtig. Denn entweder herrscht der Müll oder die Müllräumung. Wenn letztere existierte, dann im verborgenen.

Keine Frage, Toad's Bread erinnerte stark an jene legendäre Stadt Hak Nam (auch die »Ummauerte Stadt« genannt), einen so gut wie autonomen Stadtteil auf der Halbinsel Kowloon, in dem das organisierte Verbrechen über sein eigenes kleines steuerfreies Paradies verfügt hatte. Ein »Paradies«, in dem über dreißigtausend Menschen zuletzt so eng wie nur möglich gelebt hatten, bevor es 1993 einer Stadtsäuberung zum Opfer gefallen war. Nun stand dort ein properer Park. Und das Elend war woanders.

Gut möglich, daß einige Menschen, die in der Kowloon Walled City auf die Welt gekommen waren, jetzt in Toad's Bread lebten. Dem Ruf des Vertrauten folgend. Nur, daß die Ummauerte Stadt eine offizielle Verbrecherrepublik gewesen war und die »vergrabene« Stadt eine geheime. Und noch etwas unterschied diese beiden Orte ganz wesentlich: Kowloon Walled City war fast ausschließlich von der chinesischen Kultur und Sprache und Schrift und Kriminalität geprägt gewesen, während in Toad's Bread die Einflüsse verschiedener Völker und eine durchmischte Kriminalitätskultur das Bild bestimmten. Das konnte man sofort sehen an den Schildern der Geschäfte: das Nebeneinander der verschiedenen Schriftzeichen, wobei die japanischen, chinesischen sowie die Zeichen des kyrillischen Alphabets dominierten, aber gleichfalls lateinische, griechische und arabische zu sehen waren. Zudem eine Vielzahl an Piktogrammen: Kreuze, Hände, Tiere, Zahlen, Kinder, Frauen, Durchgestrichenes, Freigegebenes, dazu die obligaten Totenköpfe. (Totenkopfbilder sollte man ganz allgemein nicht nur an den Einfahrten zu Chemiefabriken aufstellen, sondern ebenso an den Pforten verschiedener Supermärkte. Vor allem aber in sämtlichen Parfümerien. Nirgends ist der Tod von Tier und Mensch manifester.)

Supermärkte und Parfümerien freilich waren hier nicht zu sehen. Dafür viele kleine Restaurants und Straßenküchen, die die äußeren Fronten der viereckigen Stadtverdichtung beherrschten. Neben japanischen und chinesischen Suppenbars existierten thailändische Garküchen und indische Kneipen. Was hingegen fehlte, waren Pizzerien. Die Italiener hatten in Toad's Bread kein Bein auf die Erde gekriegt oder es auch gar nicht versucht. Jedenfalls war das Fehlen von Pizzerien ein absolutes Glück zu nennen. In der kreisrunden Pizza spiegelt sich die bedauerliche Einfallslosigkeit mancher Menschen und vieler Esser. Was aber nicht heißt, der kulinarische Westen wäre nicht vertreten gewesen. So gab es etwa Wirtshäuser, in denen diverse europäische Kocharten zu einem Brei vermengt wurden, aber einem Brei gleich einer raffinierten Mixtur aus Schach, Dame und Halma. Vor allem aber muß erwähnt werden, daß sich im Inneren dieser versponnenen Stadt eine Großzahl winziger Lokale befand, in denen nichts anderes serviert wurde als eine Reihe von Fliegenpilzspeisen. Wenn man wußte, wieviel Pilzfleisch hier konsumiert wurde, und man außerdem bedachte, daß Amanita muscaria – das sogenannte Weltenei – einerseits zu den unzüchtbaren Schwämmen gehörte und andererseits so weit im Norden und Osten sehr viel seltener gedieh, mußte man die Vermutung aufstellen, überall auf der Welt würden Fliegenpilze gesammelt, nur, um auf alten und neuen Handelswegen nach Toad's Bread transportiert zu werden.

Wie auch immer, die Stadt verdiente ihren Namen. Und sosehr auch an jeder Ecke der Müll das Bild bestimmte, so kann man sagen, daß die Düfte der zahlreichen Küchen den Geruch von Abfall und Dreck überlagerten.

Als Kallimachos, Ivo und die anderen jetzt auf den Marktplatz traten, in das Gemisch aus Menschen und Waren, da kam ein Mann auf sie zu. Er war alleine, ein kleiner Mann mit einem Gesicht, das aussah, als sei es mit einem Stichel in eine Kupferplatte geritzt worden. Mit seinen gefurchten Augen schaute er zu Kallimachos hoch und bat darum, er möge ihm folgen.

Kallimachos löste sich aus dem Arm seiner Begleiterin und folgte allein mit Hilfe seines Stocks dem kleinen Mann mit dem Kupferplattengesicht durch die Menschenmenge, hinüber zur Häuserfront. Ivo, Spirou, Galina und die Ewenken trieben in seinem Kielwasser. Man betrat ein Restaurant, dessen Türschild von der schwarz-gelben Gestalt eines Feuersalamanders geschmückt wurde. Ein Tier, das es ja nur in Europa gibt. Nun, es war ja auch ein griechisches Restaurant, in das die Reisenden gelangt waren.

Aus den Lautsprecherboxen tröpfelte griechischer Wein. Harzig.

III

Zukunft

Das erste Wort aus dem Munde eines Samurai ist wichtig, weil dieses eine Wort seine Tapferkeit offenbart. [...] Das erste Wort ist sozusagen die Blume des Samurai-Geistes; es entzieht sich angemessener Beschreibung.

(*Hagakure – Der Weg des Samurai*,
Yamamoto Tsunetomo)

Weißt du, was komisch ist? Bevor ich hier hereinkam, dachte ich, *ich* würde gut aussehen.

(Nebendarsteller aus der Fernsehserie *Fringe*,
welcher die Eröffnungssequenz nicht überlebt)

15

Lilli Steinbeck betrat den weiten, kalten Raum. Sie fühlte sich, als marschiere sie durch die extreme Verlängerung eines Gefrierschranks. Nur, daß hier kein totes Gemüse und keine toten Tiere lagen, sondern tote Menschen. Lilli befand sich im Obduktionsraum der Gerichtsmedizin von Toad's Bread. Denn obgleich diese Stadt ohne ein herkömmliches Rechtswesen auskam, so besaß sie durchaus eine Rechtsmedizin. Sowie eine Strafbehörde, die Übergriffe ahndete. Streifenpolizisten gab es keine, da die Ordnung auf den Straßen und Plätzen jenen überlassen war, welche die Schutzgelder einzogen. Oder den Frauen, die das System der Prostitution aufrechterhielten. Kriminalpolizisten hingegen ... nun, die brauchte es schon. Sie verfolgten jene, die das kriminelle Regelwerk mißachteten, die sich dazu verstiegen, ein ganz eigenes, unabhängiges und ungeprüftes Verbrechen zu begehen.

Einem solchen Kriminalpolizisten trat Lilli jetzt entgegen. Der Mann war von mittelgroßer, kompakter Statur. Nicht dick, auch nicht dünn, sondern massiv, monolithisch. Er trug einen kupferfarbenen Anzug. Sein Gesicht jedoch war frei von den Spuren eines graphischen Tiefdruckverfahrens. Es war eher ein Aquarellgesicht. Was für einen Japaner ungewöhnlich war, so eine Verwaschenheit der Züge. Als sei das Aquarell noch nicht beendet. Als würde da jemand ständig Veränderungen im Gesicht vornehmen. Die Stimme allerdings war präzise, frei von Zweifeln. Der Mann fragte Lilli, ob er ihr einen Mantel bringen dürfe, sie scheine zu frieren.

Kein Wunder, Lilli trug ein aus vielen schwarzen Woll-fäden locker über die Haut gespanntes Kleid, das eher ein Netz war. Nur um die Brust und den Unterleib war ein durchgehender grasgrüner Streifen gespannt. Ihre langen strumpflosen Beine – weniger dünn als früher, aber immer noch dünn genug – mündeten in schwarze Stiefel mit cremefarbenen Schnallen: Pirate Boots von Vivienne West-wood. Lillis Haare hatten nun wieder ihre natürliche wan-genrote Farbe, nur eine kleine Spur dunkler: ein gealtertes Rot, aber in keiner Weise gebrechlich oder müde.

Obgleich Lilli in der Tat fror, lehnte sie es ab, sich mit-tels Mantel verunstalten zu lassen. Zu frieren war sicher blöd. Aber sich häßlich machen zu lassen war noch sehr viel blöder. Die Wahrscheinlichkeit, hier einen Kältetod zu erleiden, war trotz allem gering. Da war es viel wahr-scheinlicher, demnächst an etwas wie einem kälteunab-hängigen Gerinnsel oder einem plötzlichen Versagen des Herzens zu sterben. Und Lilli wollte in keinem Fall schlecht angezogen sein, wenn der Tod nach ihr griff. Sie stellte sich den Tod als den letzten, den ultimativen Kritiker vor.

Im Moment aber stand sie jenem japanischstämmigen Kriminalpolizisten gegenüber, der den Namen Yamamoto trug. Das war nicht sein wirklicher Name. Er nannte sich so nach dem Autor des elfbändigen *Hagakure,* das als der Ehrenkodex der Samurai gilt. Der Polizist Yamamoto folgte den Bestimmungen eines Werkes, welches mit dem bemerkenswerten Satz beginnt: »Ich habe herausgefun-den: Bushidô, der Weg des Kriegers, liegt im Sterben.«

Yamamoto gehörte also zu denen, die nicht das eigene Überleben im Sinn hatten, sondern in ständiger Erwartung des Todes lebten, ihn als Vorzug begreifend, und solcher-art ihrem Fürsten dienten. Der »Fürst« war für Yamamoto aber keiner der kriminellen Führer der Stadt, sondern die Stadt selbst, ihre Erhabenheit, ihre gottgleiche Fähigkeit, fast alles in sich zu vereinen. Dieser fürstlichen Erhabenheit der Stadt widmete der Polizist die eigene unbedingte Ergebenheit.

Lilli wußte um diese Einstellung ihres Kollegen. Denn ihr *Kollege* würde er in diesem speziellen Fall nämlich sein. Die Verwaltung von Toad's Bread hatte Lilli so höflich wie bestimmt nach Toad's Bread kommandiert. Und als »Gefangene« der ewenkischen Separatisten war sie gezwungen gewesen, diesem höflich-bestimmten Ruf zu folgen. Daß sie nun aber mit einem Mann zusammenarbeiten sollte, welcher der grundsätzlichen Devise folgte, einen Tod zu wählen, ohne sein Ziel erreicht zu haben, mache diesen Tod frei von Schande, »auch wenn andere ihn sinnlos oder wahnsinnig nennen mögen«, fand sie schon ziemlich bedenklich.

Na, mal sehen, dachte sich Lilli, ob ich diesen Mann kurieren kann. Sie hatte schon einige Männer kuriert, und es sollten in Zukunft noch weitere dazukommen.

»Hier drüben«, sagte Yamamoto und bat Lilli, ihm zu folgen.

Sie traten an einen der Obduktionstische. An der Kopfseite wartete eine junge Ärztin mit weißem Kittel und blauer Schürze. Ihr Blick verriet, daß sie die längste Zeit nicht zum Schlafen gekommen war. Sie stand da wie ein schiefer Turm – man könnte auch sagen: wie ein schiefer Traum. Ihre Gesichtshaut besaß nur unwesentlich mehr Farbe als die des Leichnams, der auf der metallenen Oberfläche lag und bis zum Hals mit einer Plane bedeckt war.

»Das letzte Opfer«, erklärte Yamamoto, auf die tote Frau auf dem Tisch weisend, dann erst stellte er die lebende Ärztin vor, eine Jakutin, die nun mit einer schwerelosen Armbewegung die Plane vom Körper der Toten zog. Vom Kehlkopf abwärts bis zur Bauchmitte führte eine grobe Naht, die die beiden Teile der geöffneten Rumpffront zusammenhielt.

»War das der Mörder? Oder waren Sie das?« fragte Lilli.

»Das waren wir«, sagte Yamamoto, »die Obduktion hat ergeben, was auch für alle anderen Opfer gilt, sie wurde ertränkt. Zuerst ertränkt, dann fürsorglich gereinigt. Wobei es ja heißt, das Ertränken sei ein Prozeß der Reinigung. Wegen des Wassers halt.«

»Süßwasser, um genau zu sein«, präzisierte die Ärztin. Und präzisierte weiter, beim Öffnen des Brustkorbes sei das massiv überblähte Gewebe hervorgequollen, was als ein Hinweis auf Süßwasser gelte. Unter dem Lungenfell habe man verwaschene Blutungen entdeckt, da die eingedrungene Flüssigkeit eine Auflösung der roten Blutkörperchen bewirkt. Auch sei der obligate Schaum im Magen zu finden gewesen, zudem Risse in der Magenschleimhaut als Resultat verschluckter Ertrinkungsflüssigkeit. Diverse Hämatome im rückseitigen Hals- und Schulterbereich wie auch im Bereich der Kniekehlen und des rechten Arms würden die Annahme rechtfertigen, das Opfer sei bis zum Eintreten des Todes gegen seinen Willen vornüber in ein Gefäß mit Wasser gedrückt worden. Eine Verschleierung einer anderen Tötungsmethode könne man nach dieser Untersuchung ausschließen. Zudem würden ja sämtliche Faktoren mit denen der anderen Mordopfer übereinstimmen. Übrigens habe die Analyse ergeben, daß die Opfer mit dem gleichen Wasser, mit dem der Täter sie ertränkt hatte, auch gereinigt worden waren. Wobei die Art der Reinigung weniger ein Vertuschen von Spuren nahelege, sondern eher eine detaillierte Waschung. Die Tilgung von Spuren erscheine diesbezüglich bloß als ein willkommenes Nebenprodukt.

Nachdem die Ärztin dies alles in einer monotonen Weise vorgetragen hatte, tat sie einen Schritt zurück und verfiel in die alte, etwas schräge Haltung. Gleich der erlahmten Figur auf einer Spieluhr.

Lilli senkte ihren Blick hinunter auf den gläsern anmutenden Leichnam der vielleicht dreißigjährigen Frau mongolischer Abstammung. Ihr kam der Gedanke, daß die Toten wie Spiegel waren, in denen sich aber nichts mehr spiegelte. Sie berührte mit einem Finger den erkalteten Leib. Und in der Tat schien es ihr, als schlucke die Haut den Schatten des Fingers. Sie zog die Hand wieder ein, wandte sich an Yamamoto und fragte: »Ausschließlich Frauen?«

»Ausschließlich. Mit dieser hier vier. Alle in den mittleren Jahren, verschiedene Nationalitäten. Zwei verheiratet, zwei ledig, drei davon Mütter, die letzte hier kinderlos.«

»Gab es Verbindungen zwischen ihnen?«

»Keine, von denen wir wüßten. Aber das ist natürlich schwer zu sagen. Im Grunde sind alle in dieser Stadt irgendwie verbunden. Es ist ein Adergeflecht, ein Blutkreislauf, ein Ameisenstaat. Kaum auszuschließen, daß ein jeder in Toad's Bread einem jeden anderen bereits einmal begegnet ist.«

»Aber keine Hinweise auf den Täter, nicht wahr?«

»Nicht ganz«, sagte Yamamoto. »Wir haben etwas gefunden. Bei der letzten Leiche hier.«

Er faßte den rechten Arm der Toten und drehte am Handgelenk, so daß die Innenhandfläche sichtbar wurde. Inmitten der grauweißen, faltigen Ebene prangte ein bläuliches Muster. Es sah aus wie der Abdruck eines Stempels, so einer mit einem Weihnachtsmuster. Ja, man konnte meinen, es ziehe sich quer über die gesamte Innenhand die schematische Abbildung eines Tannenbaums.

Aber es war kein Stempel, wie Yamamoto erklärte, sondern eine Reihe von Blutergüssen, die entstanden sein mußten, als sich diese Hand mit aller Kraft um einen Gegenstand geschlossen hatte. Oder von jemand dazu gezwungen worden war. Jedenfalls war der Druck gegen das längliche Objekt so heftig gewesen, daß sich quasi das Oberflächenmuster in die Handfläche *gebrannt* hatte.

Yamamoto vermutete, daß die Frau in ihrem Todeskampf den Gegenstand in ihrer Hand mit verletzender Kraft umklammert hatte, oder aber bemüht gewesen war, ihn vor ihrem Mörder zu verbergen. Was nicht gelungen war, da kein passendes Objekt am Tatort gefunden worden war.

Yamamoto hätte jetzt Lilli Steinbeck ein wenig raten lassen können, um dann triumphierend das Resultat seiner Untersuchung bekanntzugeben. Aber eine solche Vorgangsweise hätte der samuraischen Ethik vollkommen widersprochen. *Verachte berechnende Feiglinge.* Darum also erklärte er unumwunden, es handle sich bei dem Muster um das eines eiförmigen, reifen, also bereits verholzten Lärchenzapfens.

»Sicher?« fragte Lilli, wie man fragt: »Ein Zahn in der Suppe, ehrlich?«

»Wie sicher hätten Sie es denn gerne?« bewies der Samurai, daß er hin und wieder auch zur Ironie imstande war. Erklärte aber sogleich, daß kein Irrtum bestehe. Es handle sich bei dem unmittelbaren Verursacher dieser Blutergüsse eindeutig um den Zapfen einer Lärche, wie sie in diesem Landstrich vorzufinden sei: einer Dahurischen Lärche.

»Das heißt, wir suchen jetzt eine Lärche, beziehungsweise den Zapfen. – Das ist recht vage.«

»Es ist das, was wir haben.«

»Na, wir haben noch drei weitere Leichen, die würde ich mir auch gerne ansehen.«

»Die wurden bereits beerdigt«, sagte Yamamoto. »Genauer gesagt, verbrannt.«

»So rasch?«

»Nicht rascher als nötig. Hier ist alles sehr beengt. Kein Platz, um die Toten sich ausruhen zu lassen.«

»Nun gut, das kann ich nicht ändern. Was schlagen Sie vor?« fragte Lilli.

Yamamoto griff nach einem Packen Photos, den ihm die Ärztin reichte. Sämtliche Bilder zeigten das Muster auf der Innenhandfläche des Opfers. Yamamoto schlug vor, in der Stadt ein paar Leute aufzusuchen und zu befragen, ob ihnen zu der Geschichte mit dem Zapfen etwas einfalle. Selbstverständlich auch die Familie der toten Frau.

»Ich wundere mich nur«, meinte Lilli, »warum, wenn dieser Abdruck tatsächlich eine Bedeutung hat, er dann bei den anderen Frauen fehlt.«

»Auch das stimmt nicht ganz. Bei zwei von den anderen hatten wir Harz unter den Fingernägeln gefunden. Baumharz. Das hat uns natürlich nicht weiter beschäftigt. Was findet man nicht alles unter Fingernägeln. Eine kleine Mülltonne. Aber jetzt erscheint dies in neuem Licht.«

»Eine andere Frage noch«, sagte Lilli und trat an Yamamoto heran, so daß sie mit ihrem hellen, glatten Sandsteingesicht, dem Wangenrouge und dem Terrakottaton ihrer Lippen fast ungehörig nahe am etwas tiefer gelegenen Antlitz des Samurai stand. Welcher natürlich nicht nur die Bergseefarbe von Lillis Augenpaar deutlich wahrnahm, sondern ebenso deutlich ihre mehrfach gebrochene Nase. Etwas, das viele Männer verunsicherte, dieses provokante »Stehenlassen« eines Unfalls.

Yamamoto gehörte nun aber zu den wenigen, die sich *nicht* verunsichern ließen. Für ihn war dieses Gesicht perfekt. Denn erst die Wunde – ihre lebenslängliche Präsenz – gab diesem schönen Gesicht seine Vollständigkeit.

Lilli spürte das und war zufrieden. Denn es lag ihr ja gar nichts daran, Männer zu dominieren oder zu verwirren. Das waren die meisten Männer gar nicht wert. Und die, die es wert gewesen wären, bei denen war es ja überflüssig. Das war gewissermaßen Lillis eigener Samuraikodex.

Aber eine Frage mußte noch gestellt werden. Lilli stellte sie: »Was tue ich hier? Ich denke, Sie sind doch clever genug, diesen Fall ohne mich zu lösen. Sie kennen die Stadt, ich kenne die Stadt nicht.«

»Es war nicht meine Idee, Sie kommen zu lassen. Die Behörde wollte es so. Die Ewenken in der Verwaltung. Die haben hier einiges zu sagen. Wir haben das beide zu akzeptieren.«

»Gut«, sagte Lilli und trat wieder einen Schritt zurück.

»Wollen Sie eine Dienstwaffe?« fragte Yamamoto, der stets mit zwei Berettas ausgestattet war, den berühmten Zweiundneunzigern. Wenn also schon keine Pizzerien und keine Cosa Nostra in dieser Stadt anzutreffen waren, so war das italienische Element auf diese eine Weise vertreten.

Lilli aber lehnte dankend ab. Sie sagte: »Ich habe es nicht so mit dem Schießen. Ich tue mich schwer, zu treffen, was ich treffen möchte. Und besser als *daneben* schießen ist *nicht* schießen, oder?«

»Ich könnte Ihnen Unterricht geben«, schlug Yamamoto vor, wobei er erstaunt war, zu sagen, was er sagte. Im Grunde vertrat er die Ansicht, daß Frauen nichts im Polizeidienst verloren hatten. Wobei er kein Weiberfeind war. Aber er fand, es bestehe eine Männer- und eine Frauenwelt, die sich nur dort überschneiden sollten, wo die Fortpflanzung und die Folgen der Fortpflanzung es erforderten. Darum war es ihm mehr als unbehaglich, daß es sich bei allen Toten um Frauen handelte. Der gewaltsame Tod hätte nach seiner Anschauung ein männliches Privileg darstellen sollen.

»Lieb von Ihnen«, antwortete Lilli auf das Angebot einer Schießausbildung. »Aber das ist nicht nötig.« Wobei zu sagen wäre, daß Lilli in ihrer Umhängetasche neben einer Box mit Erfrischungstüchern der Marke 4711, einem historischen Parfüm namens *L'Air du Temps*, einem Fläschchen *Dans la Nuit II*, einer sehr speziellen Puderdose, einem übersichtlichen Schminkset sowie einer stark zerlesenen Taschenbuchausgabe von Thomas von Kempens *Die Nachfolge Christi* auch eine Pistole der Marke Verlaine gelagert hatte, eine Waffe freilich, die sie als eine bessere Art von Pfefferspray empfand.

»Ganz wie Sie wollen«, sagte Yamamoto und nickte jetzt der Ärztin zu, welche begann, den Leichnam vollständig abzudecken.

Lilli und der Samurai verließen die Gerichtsmedizin. Durch einen grün gefliesten Gang traten sie nach draußen, hinaus in das Gewirr der Gassen und Wege, der Gerüche, des Gestanks, der Stimmen. An einigen Stellen drängten sich dicht die Menschen, andere schienen leer und still und tot. Manche Straßen waren nicht höher als ein Stockwerk, andere reichten in schmalen waagrechten Fluchten bis zur Gewölbedecke hin, dort, wo die Ventilatoren sich drehten und die Luft nach unten drückten. Und mit der Luft mitunter auch Wasser. Ja, es regnete soeben. Lilli hielt ihr Gesicht den fallenden Tropfen entgegen. Sie machte keine Anstalten, sich zu schützen, dem Regen auszuweichen. Yamamoto sah es mit Respekt.

Wenn man es aber einmal als natürlich annimmt, im Regen naß zu werden, kann man mit unbewegtem Geist bis auf die Haut durchnäßt werden. Diese Lektion gilt für alles.

16

Die gesamte Familie, eine Schar von Menschen jeden Alters, drängte sich in einem dunklen, niedrigen Raum, dessen Wände von einer durchgehenden Collage aus festgenagelten Bildrollen, Seidenstoffen und alten Zeitungsausschnitten zusammengehalten schienen. Bei den Leuten handelte es sich um mongolische Burjaten. Es war deutlich zu sehen, wie sehr die Anwesenheit zweier Polizisten sie einschüchterte. Kinder und Erwachsene bildeten einen dichten Schwarm, der vor dem Hintergrund der Wanddekoration kaum auszumachen war. Nur ein Junge stand außerhalb dieses Schwarms, Yamamoto als Übersetzer dienend. Wobei nicht viel herauskam. Die Tote war die älteste Tochter gewesen, aber niemand hier mochte oder konnte sagen, was sie eigentlich getan hatte. In der Regel ein Hinweis auf Prostitution. Doch der übersetzende Junge meinte, es sei etwas anderes gewesen, womit Valerija ihr Geld verdient habe. Und zwar als einzige, die ganze Familie habe davon gelebt. Aber auch er könne nicht sagen, woher dieses Geld gekommen sei, Geld, das nun schrecklich fehlen werde.

Yamamoto erkundigte sich nach etwaigen Freunden und Bekannten Valerijas. Doch der Junge schüttelte den Kopf. Wenn seine Schwester abends nach Hause gekommen war, habe sie jedem ihrer Geschwister eine Süßigkeit in die Hand gedrückt, dem einen oder anderen liebevoll die Hände auf die Stirn gelegt, Schläfen massiert, Wangenküsse gegeben und sei dann in ihr Zimmer gegangen. Es verstehe sich, daß sie als einzige über ein eigenes Zimmer verfügt habe.

Nun, »eigenes Zimmer« war ein großes Wort für den winzigen Raum, in den sich Lilli und der Samurai jetzt bringen ließen. Sie schickten den Jungen wieder nach draußen und untersuchten das fensterlose, mit Fellen und Tüchern und vielen kleinen Polstern ausgestattete, schattenreiche Frauen*zimmer*. Alles war so klein, daß man sich wie in einer Puppenküche vorkam, einem stark verzierten Kaufmannsladen. Auf einem Schemel lag ein Stoß von Modezeitschriften, der die Sehnsucht nach einer anderen, einer glamourösen Welt verriet. An den Wänden klebten Photos von Irina Pantajewa, einer geborenen Burjatin, die als Schauspielerin und Photomodell im Westen berühmt geworden war. Und deren Karriere ein Ansporn für Valerija gewesen sein mochte, irgendwann von diesem dunklen Ort wegzukommen.

»Also, ich glaube trotzdem, daß sie auf den Strich gegangen ist«, meinte Yamamoto, während er die Schubladen eines kleinen Schranks durchwühlte.

»Nur, weil sie Geld nach Hause gebracht hat, muß sie keine Hure gewesen sein.«

»So viele Möglichkeiten gibt es hier nicht. Hätte sie ihr Einkommen als Köchin oder Arbeiterin verdient, wir wüßten es.«

»Na, dann muß doch auch herauszufinden sein, ob sie angeschafft hat oder nicht. Soweit ich weiß, gibt es in Toad's Bread keine geheime Prostitution.«

»Stimmt schon, aber es sollte auch niemanden geben, der vier Frauen umbringt, ohne daß wir sagen können, wieso er das tut.«

An anderen Orten der Welt hätte ein Kriminalkommissar jetzt sicher sein Handy aus der Tasche gezogen, um einen Mitarbeiter anzuweisen, sich kundig zu machen, inwieweit Valerija, beziehungsweise eine Frau ihres Aussehens, für eine von den offiziellen Zuhälterinnen in dieser Stadt tätig gewesen sei. Aber Handys funktionierten nicht in Toad's Bread. Statt dessen gab es ein altes Netz von Leitungen, deren Benutzung ... nun, die einen meinten, dies hänge von der Laune der Götter ab, andere vertraten die Ansicht, es bestehe ein fester, jedoch schwer zu durchschauender Zyklus, dem gemäß Teile des Netzes in Betrieb waren oder aber sich in einem zeitweiligen Ruhemodus befanden. Eine verschworene Gruppe von Mathematikern arbeitete an einer Berechnung dieses Zyklus, der nun freilich gleichfalls im Verdacht stand, göttlichen Ursprungs zu sein. Daneben kamen auch Funkgeräte zum Einsatz, wozu es wiederum nötig war, eine ideale Stelle in dieser von Funklöchern perforierten Stadt aufzusuchen. Zudem fehlte ein Anschluß an das Internet, doch immerhin existierte ein eigenes Computernetz, *Breadnet:* eine elektronische Kommunikationsstelle sowie eine Zugriffsmöglichkeit auf das Wissen der Welt, allerdings ein zensiertes Wissen. Was den Vorteil einer gewissen Übersicht besaß. Nicht zuletzt verfügte *Breadnet* über Informationsbereiche, die sehr viel ausführlicher behandelt wurden als im bekannten Netz. So wurde ja nirgends im *World Wide Web* eine vierzigtausend Einwohner große Stadt namens Toad's Bread erwähnt. So lückenhaft kann die *allgemeine* Bildung nämlich sein.

Kein Handy also. Und auch kein Fernsprechgerät, da nur wenige Haushalte über solche verfügten. Zum Telephonieren ging man ins Restaurant.

Statt jemand anzurufen, stellten Lilli und Yamamoto den kleinen Raum in fürsorglicher Weise auf den Kopf und dann wieder zurück auf die Beine. Zwei Dinge waren es schlußendlich, die das Interesse der Ermittler weckten: eine Puppe und ein Name.

Puppen sind immer gut, weil man in ihnen Verborgenes erwartet. Das ist schon ein Topos. Yamamoto hatte die aus vielen kleinen Fellteilen zusammengesetzte weiche Figur, die keinerlei Geschlecht aufwies und ohne Gesicht war, zwischen zwei Polstern hervorgezogen. Eingedenk des

Topos hatte er nach einer Schere gegriffen und den Rumpf der Puppe aufgeschnitten, praktisch dieselbe Stelle wählend, an der auch die Besitzerin dieser Puppe zum Zwecke der Obduktion geöffnet worden war.

Er griff in den Leib der Puppe.

Nun, weder das übliche Päckchen Heroin noch der übliche Mikrochip waren zu entdecken, ebensowenig eine revolutionäre Sprengzündung. Statt dessen kramte er aus der wollenen Füllung ein kleines, gläsernes Fläschchen hervor, darin eine klare Flüssigkeit. Yamamoto öffnete das Behältnis, roch daran und bewies in der Folge sein unverkrampftes Verhältnis zur Gefahr des Sterbens, indem er ein wenig des Inhalts in seine Innenhand tröpfeln ließ und dann mit der Zunge darüberfuhr. Nun gut, der sechste Sinn eines geborenen Toad's Breader relativierte die Gefahr. Yamamoto zuckte mit der Schulter und meinte: »Was sollen wir davon halten? Scheint pures Wasser zu sein.«

»Das wirkt jetzt ein bißchen voodoomäßig, oder?« kommentierte Lilli.

»Ongghot«, sagte Yamamoto.

»Warum denn ›Oh Gott‹?«

»Nein, Ongghot. Eine schamanische Fellpuppe. Manche Leute meinen, mit solchen Puppen könnte man die Geister anrufen.«

»Wäre nicht schlecht, wir könnten damit Valerija anrufen.«

»Ja, das wäre praktisch«, meinte Yamamoto und fügte die Puppe in einen Plastikbeutel. Dann fragte er Lilli: »Können Sie das einstecken?«

»Ich weiß nicht ...«

»Sie haben eine Tasche«, stellte er fest.

»Sie sollten sich auch eine besorgen, wenn Sie weiter daran denken, Beweisstücke einzusammeln«, empfahl Lilli, nahm aber die Puppe und brachte sie zwischen Pistole und Schminksachen unter. Wohl war ihr nicht dabei.

Die Puppe einer Ertränkten in der eigenen Tasche mitzuführen ... nun, sie glaubte nicht an Geister. Aber an Monster glaubte sie schon, ihr waren in ihrem Leben schon einige begegnet.

Bei dem anderen Hinweis, der sich nun in diesem Raum ergab, handelte es sich um eine kleine schriftliche Notiz, die Lilli auf einem der Modemagazine entdeckt hatte, mit Tinte an den Rand des Titelblatts geschrieben: *Su lyesi, 8 p.m.*

»Su lyesi? Was heißt das?« fragte Lilli und hielt Yamamoto das Magazin vors Gesicht.

»Ich weiß nicht, was es heißt. Aber ich weiß, daß das der Name einer Fliegenpilzkneipe im grünen Distrikt ist.«

Toad's Bread war in sieben Bezirke unterteilt, gemäß den Spektralfarben Newtons. Wobei man wirklich nicht sagen konnte, der grüne Distrikt wäre sonderlich grün gewesen, aber die farbliche Parzellierung bedeutete immerhin eine Orientierungshilfe, war man nicht farbenblind und konnte die kleinen ovalen Farbschilder ausmachen, die an Straßenecken und einigen Häusern angebracht waren und deren jeweilige Tönung anzeigte, wie tief man sich in einem Distrikt befand – oder eher in Nachbarschaft zu einem anderen.

Eine Fliegenpilzkneipe also. Das mußte natürlich nichts bedeuten, war aber immerhin eine Spur, der man folgen konnte. Also machten sich die beiden Ermittler auf den Weg, wobei Lilli dem Jungen, der die Übersetzung besorgt hatte, ein paar Geldscheine in die Hand drückte, Euro, denn Rubel waren an diesem Ort nichts wert.

»Sie sollten die Einheimischen nicht füttern«, warnte Yamamoto, als man draußen auf einer Straße von zwei Metern Breite stand.

»Ach, ich füttere gerne.«

»Auch wenn sich der Gefütterte dabei den Magen verdirbt?«

»Solange ich nicht in die Hand gebissen werde, ist mir alles recht«, behauptete Lilli, holte ihren Lippenstift, ihr Rouge und ihren Spiegel aus der Tasche und renovierte das Bild ihres Gesichts.

Die Kneipe mit dem Namen *Su lyesi* lag im Zentrum des grünen Bereichs, dort, wo ein kreisrunder Platz von zehn Metern Durchmesser geradezu verschwenderisch weit anmutete. Der Platz war stark belebt mit Menschen, die sich unterhielten, ohne daß sie sichtbar Handel trieben. Auch die auffällig gekleideten Frauen – deren Vulgarität wie ein Zitat wirkte, eine Anspielung – schienen weniger auf der Suche nach Kundschaft als nach einem Gespräch. Möglicherweise aber diente diese »Gesprächsrunde« nur diversen Geschäftsanbahnungen. Um den Platz herum drängte sich dicht ein Lokal an das andere, unterbrochen von sternförmig wegführenden schmalen Gehwegen, erneut die Zahl sieben bedienend.

Über einem der Lokale prangte ein Schild, auf dem man die Silhouette einer Frau sah, die in ein gewelltes Piktogramm gefügt war. Eine Badende, schien es.

»Das ist es. Das *Su lyesi*«, sagte Yamamoto und trat durch die rotlackierte hölzerne Türe. Entlang einer Theke lehnten Männer auf hohen Hockern, vor sich Suppenschalen, Stäbchen und kleine Gläser mit klaren Flüssigkeiten. Nur ganz hinten in diesem schlauchförmigen Raum war ein Tisch, an dem eine Gruppe Frauen saß. Sie spitzten augenblicklich ihre Augen, als sie Lilli sahen. Das war immerhin ihr Revier. Aber Yamamoto machte rasch klar, wer er war und wer Lilli war und daß man hier sei, um sich nach einer Frau namens Valerija zu erkundigen. Dabei hielt er ein Photo in die Höhe, das die Tote zeigte, als sie noch lebendig gewesen war. Ein hübsches Gesicht. Ein wenig so, als hätte Ingres ein gelbbraunes Ei bemalt.

247

»Und was soll mit der sein?« fragte der Wirt.

»Wenn ich ein Vergnügen an Gegenfragen hätte, würde ich das vorher sagen. Also?«

»Valerija? Nie gehört«, äußerte der Wirt, ein kleiner, schwitzender Mann, ein Männlein-steht-im-Walde-Typ. Er grinste.

Sein Grinsen war nicht von Dauer. Mit einer illusionistisch anmutenden Geschwindigkeit zog Yamamoto ein Messer hervor und donnerte es in das Thekenholz. Und zwar genau zwischen Zeige- und Mittelfinger jener Hand, mit der sich der Wirt am eigenen Tresen aufgestützt hatte. Die Suppenschalen und Gläser hüpften leicht auf. Der Wirt sah hinunter auf seine gerade noch unversehrten Finger und meinte: »Das können Sie doch nicht machen.«

»Sehen Sie denn nicht, daß ich es kann?«

»Aber wieso nicht einfach reden?«

»Kann man ja«, sagte Yamamoto und sagte auch: »Ich frage noch mal nach der Frau: Valerija.«

»Was wollen Sie hören? Sie ist eine Nutte.«

»Nein, das will ich nicht hören, weil es nicht stimmt«, betonte Yamamoto, der offensichtlich seine Anschauung von zuvor geändert hatte oder es auch nur auf einen Versuch ankommen ließ. Er ergänzte: »Außerdem: Sie *ist* nicht. Sie *war*. Sie wurde ermordet. Ertränkt.«

»Vielleicht ein hilfloser Freier«, blieb der Wirt auf seiner Linie.

Yamamoto griff nach dem Messer, zog es aus dem Holz, deutete aber an, durchaus noch zu einem weiteren kleinen Messerkunststück bereit zu sein.

»Schon okay«, beteuerte der Wirt und hob seine Arme, wie um sich zu ergeben. »Kein Wort mehr über Nutten. Es stimmt, sie war manchmal hier, aber nicht um anzuschaffen. Sie war eine von den Klugen, wollte weg aus der Stadt. Hat sich manchmal mit einem Kerl getroffen.«

»Was für ein Kerl?«

»Ein Ungar.«

»Ungarn sind selten in dieser Stadt.«

»Ich stamme aus Prag«, sagte der Wirt, »ich weiß, wie ein ungarischer Akzent klingt.«

»Hatte der Ungar einen Namen?« fragte Yamamoto und fügte sein Messer wieder in die Scheide, welche in einer Innentasche seines Jacketts verborgen blieb, während die Berettas zu beiden Seiten des Brustkorbs gelagert waren, weshalb es nichts Gutes verhieß, wenn Yamamoto einmal seine Hände unter dem Sakko verschränkte. Was hier aber nicht nötig war. Er wußte, daß der Wirt nicht log, wenn er jetzt erklärte, den Namen des Ungarn nicht zu kennen.

»Gut, kein Name«, stellte Yamamoto fest, »aber eine Beschreibung kriegen Sie wohl hin. Tschechen sind doch alle Dichter, oder?«

»Ein Gerücht«, meinte der Wirt, lieferte dann aber eine ganz gute Skizzierung. Auch bei dem Ungarn schien es sich um einen eher kleinen Mann zu handeln, ausgesprochen schmal, knochig, graue Haut, graue Augen, volles schwarzes Haar. Vor allem aber … der Wirt sagte: »Er hat eine Narbe an seiner Wange, schlecht verheilt, denke ich, weil sie gar so ungesund ausschaut. Es heißt, er hätte sie von einem Typen aus Ochotsk, der sich dort für den King hält.«

»Lopuchin«, sagte Yamamoto.

»Mag sein. Ich kenne niemanden von dort«, erklärte der Wirt.

Für die Leute aus Toad's Bread war Ochotsk ein unbedeutendes, verfaultes Nest mit unbedeutenden, verfaulten Menschen. Ja, die meisten Breader, gleich ob mächtige Kriminelle oder machtloses Fußvolk, empfanden sich als etwas Besseres. Auserwählte. Dreckig, aber nicht verfault. Und es war also keineswegs so, wie Lopuchin behauptet hatte, daß absolut jeder im Reich des Dschugdschur und damit auch in Toad's Bread seinen Namen kannte und

249

über die genaue Bedeutung einer pentagrammischen Markierung Bescheid wußte.

Yamamoto allerdings schon. Er fragte, wie um eine mögliche Fälschung auszuschließen: »Linke oder rechte Backe?«

»Oooh ... seine rechte. Der, der zugeschlagen hat, war wohl Linkshänder.«

»Gut. – Noch was, das zu wissen mich freuen würde?«
Der Wirt nickte. »Der Sake ist heute im Angebot. Chrysanthemensake.«

»Wie ich euch Brüder kenne, verkauft ihr eher Kuchikami no sake.«

Die Gäste lachten. Der Reiswein, den Yamamoto meinte, wurde traditionellerweise dadurch gewonnen, daß mehrere Leute die Sake-Zutaten eigenmündig durchkauten und dann in einen Trog mit Wasser spuckten, um sie dort gären zu lassen.

Das wollte sich Yamamoto ersparen und sagte: »Gehen wir.«

»Gerne«, meinte Lilli, wandte sich aber gleichzeitig zu dem Wirt hin, schenkte ihm einen freundlichen Blick und fragte, was eigentlich »Su lyesi« bedeute.

Der Mann zuckte mit der Schulter und meinte, so habe das Lokal bereits geheißen, als er es übernommen habe. Um den Namen habe er sich nie gekümmert. – Es war dann einer der Gäste, ein weißhaariger Alter, der mit der Hälfte seines Gesichtes in einer bauchigen Suppenschale weilte und aus dieser Schale heraus schlürfend, murmelnd die Antwort gab: »Su lyesi ist die Herrin des Wassers.«

»Viel Wasser in dieser Geschichte«, kommentierte Lilli.

Man hätte ihr freilich antworten können: In welcher Geschichte denn nicht? Wenn man genau schaute – nicht nur, was den Anbeginn allen Lebens betraf –, stieß man fast immer auf Wasser. Gott war als Träne in die Welt gekommen.

Lilli legte einen Geldschein auf die Theke und ging. Es

machte ihr Spaß, zu füttern. Auch wenn Yamamoto die Augen verdrehte.

Auf der gegenüberliegenden Seite des Platzes betrat der Samurai als Polizist einen Raum in der Art eines Internetcafés, setzte sich an einen der Monitore und nahm nun via *Breadnet* doch noch Verbindung zu einem seiner Mitarbeiter auf. Es dauerte gar nicht so lange, bis sich herausstellte, um wen es sich bei dem Ungarn handelte. Handeln mußte. Denn in der Tat lebte ein einziger Magyar offiziell in Toad's Bread, und es entsprach durchaus einem dieser Klischees, die so wuchtig wie unverrückbar in der Welt stecken und der Wirklichkeit ihren Stempel aufdrücken, daß es sich bei jenem Dr. Lajos Ritter um einen … ja, einen Zahnarzt handelte. Auch er betrieb seine Praxis im grünen Distrikt. Yamamoto ließ sich die Adresse geben. Denn eine solche existierte, obgleich nirgends Straßenschilder oder Hausnummern zu sehen waren. Aber die Menschen waren gewohnt, sich mit ungefähren Angaben einem Punkt zu nähern, sich von der Schwerkraft dieses Punktes anziehen zu lassen – seiner speziellen Abstufung innerhalb der Farbskala. Überhaupt kann man sagen, daß die Bewohner von Toad's Bread das besaßen, was man als sechsten Sinn bezeichnet, auch wenn sie über nur *eine* Seele verfügten. (Zumindest war dies die Anschauung jener, die an die schamanistische Drei-Welten-Kosmologie glaubten und dabei meinten, Toad's Bread gehöre zum Reich der Unterwelt, in welcher die Bewohner im Unterschied zu den mit drei Seelen ausgestatteten irdischen Personen bloß mit einer einzigen Seele versehen waren.)

Einseelig und sechssinnig also!

Jedenfalls hatte Yamamoto keine Schwierigkeiten, in dem Labyrinth aus Gassen und Gäßchen einen Hauseingang zu finden, an dem entgegen der allgemeinen Schäbigkeit ein bedrucktes Acrylglas recht nobel und heutig die

Existenz einer Zahnklinik verriet. Nach einer okkultisch angehauchten Praxis sah es nicht aus. Sie lag hoch oben, im vierzehnten Stockwerk.

Das Stiegenhaus war verdreckt und eng und von den Interventionen seiner Benutzer geradezu vernarbt. Leitungen hingen aus dem Gemäuer. Ein Kabelsalat, gedärmartig. Dazu Musik und Stimmen aus Löchern und offenen Türen. Auf den Treppen saßen Kinder, warfen sich Bälle zu oder ließen Modellautos über Schanzen springen. – So, wie es Kinder gibt, die noch nie richtigen Schnee oder eine richtige Kuh gesehen haben, hatten diese hier noch nie einen Spielplatz gesehen. Und ob sie je Schnee oder Kühe … Dennoch schienen sie vergnügt und in keiner Weise feindselig, als jetzt die beiden Erwachsenen an ihnen vorbei nach oben stiegen.

Das Türschild am Eingang hatte nicht zuviel versprochen. So verrottet das Treppenhaus auch sein mochte, als Lilli und Yamamoto jetzt im obersten Stockwerk ankamen, gerieten sie in eine vollkommen andere Welt. Die Wände verwandelten sich, waren nun so weiß wie rein. Die in der Decke des Empfangsraums versenkten quadratischen Leuchtkörper versprühten mildes Licht. Aus unsichtbaren Lautsprechern bröselte Klaviermusik. Im silbergrau glänzenden Bodenbelag spiegelte sich die Gestalt der Eintretenden, als würden sie über Eis laufen. Eine Sprechstundenhilfe saß hinter einem Tisch, dessen Metallbeine derart dünn waren, daß man sie von mancher Stelle aus gar nicht wahrnehmen konnte und deshalb einen schwebenden Tisch vermutete. Die Frau selbst hingegen war deutlicher erkennbar. Sie schaute fragend zu Lilli und Yamamoto hoch, dann auf eine Liste und meinte, daß für diese Uhrzeit kein Termin vermerkt sei.

»Kriminalpolizei«, verkündete Yamamoto. »Ich möchte gerne mit Dr. Ritter sprechen.«

»Haben Sie sich angemeldet?«

»Ich melde mich *jetzt* an.«

»Der Herr Doktor hat einen Patienten.«

»Das ist bei Ärzten nicht unüblich«, meinte Yamamoto, »und bei Polizisten wiederum ist es nicht unüblich, auf einer sofortigen Behandlung zu bestehen.«

»Ich werde sehen, was ich tun kann«, sagte die Sprechstundenhilfe und erhob sich.

Lilli faßte ihr sanft an die Schulter und betonte: »Setzen Sie sich, wir finden schon allein hin. So viele Räume sind es ja nicht.«

Richtig, es war nicht schwierig, den Praxisraum ausfindig zu machen, der hinter einer illuminierten Milchglasscheibe lag. Ohne zu klopfen, traten Yamamoto und Steinbeck ein.

Dr. Ritter war zwar nicht allein, aber keineswegs damit beschäftigt, irgendwelchen Zähnen ein hübscheres Aussehen zu verleihen oder ihnen ein gnädiges Ende zu bereiten. Er saß abseits seiner Folterinstrumente in einem weißen Lederfauteuil, ihm gegenüber eine Frau, eine äußerst gepflegte ältere Dame in einem eleganten Lagerfeld-Kostüm. Zwischen Arzt und Frau, auf dem Tisch liegend … nun, es schien sich um eine Puppe von der gleichen Art wie jener zu handeln, die Lilli in ihrer Handtasche trug. Lilli registrierte augenblicklich dieses aus kleinen Fellstücken zusammengesetzte Objekt, dennoch war ihre eigentliche Aufmerksamkeit ganz auf die Frau gerichtet, auf deren Kleidung sowie die perfekt damenhafte Haltung: die Art, wie sie die Beine übereinandergeschlagen hatte. Als umarmten sich zwei besonders hübsche Zwillinge. Gut möglich, daß auch ihre Zähne von derselben makellosen Glätte waren, aber sie zeigte sie nicht, vermied ein Lächeln. So glatt die Beine, so faltig die Gesichtshaut, die auf etwa sieben Jahrzehnte zurückschauen mochte. Aber es waren gute Falten, so, als würde in einer jeden davon eine Kurzgeschichte von Cornell Woolrich stecken oder eine kleine

Stelle aus der Bibel. Das Make-up in ihrem Gesicht hatte eine ähnliche Funktion wie die kleinen Texttafeln neben Gemälden, die einem beschreiben, was man da sieht, wer es wann und womit gemalt hat und wieso es hier hängt und nicht beim Sondermüll gelandet ist. Die Schminke erklärte somit die Bedeutung dieses Gesichts, gewissermaßen seinen Rang in der Kunstgeschichte.

Auf solche Weise fasziniert von der Erscheinung dieser Person, übersah Lilli die Gefahr, die sich daraus ergeben hatte, zusammen mit Yamamoto – ohne sich angemeldet, ja ohne auch nur angeklopft zu haben – in diesen Raum eingedrungen zu sein.

»Yamamoto, Kriminalpolizei«, erklärte der Samurai und hob seine Dienstmarke in die Höhe. Eine hübsche Dienstmarke übrigens, die in Blau und Rot und Weiß und mit den sternenartigen Pünktchen im Hintergrund an das Logo der NASA erinnerte, allerdings die Buchstabenreihe TBCI aufwies.

So hübsch diese Marke auch aussah, die Reaktion fiel unfreundlich aus. Gleich, welche Rolle der Fellpuppe auf dem Tisch zukam – auf die Yamamoto viel zu eindeutig starrte –, Dr. Ritter und die Dame schienen nicht bereit, sich irgendwelche Erklärungen aus den Fingern zu saugen. Finger, die zu Effektiverem imstande waren. Auch dürften sie sofort erkannt haben, daß weder Lilli noch Yamamoto eine Renovation ihres Gebisses benötigten.

Es stimmt schon, daß die Frau im Lagerfeld-Kostüm ähnlich wie Lilli den Eindruck machte, sie würde zu den Waffen der Frauen mitnichten die Pistolen zählen. Aber genau eine solche zog sie jetzt, rascher noch als ihr Kompagnon Dr. Ritter, und leider auch rascher als Yamamoto, der mit verschränkten Armen nach den Griffen seiner zwei Berettas faßte, während die Lagerfeld-Dame bereits ihren Finger um den Abzug bog und abdrückte. Lilli war in diesem Moment weit davon entfernt, in die eigene Tasche zu greifen, um ihre Verlaine hervorzukramen. Dennoch muß gesagt werden, daß Lilli ein »gutes Auge« besaß. Sie sah das Projektil, welches in Yamamotos Brust steckenblieb und postwendend seine Wirkung tat. Seine *betäubende* Wirkung, wie gesagt werden muß. Denn eine der markantesten Regeln in Toad's Bread betraf das Verbot todbringender Patronen. Ohne Ausnahme. So, wie ja auch Mord verboten war. – Richtig, Mord war anderswo genauso verboten, doch die Inkonsequenz der oberirdischen Nationen bestand darin, ganze Industriezweige damit zu beschäftigen, letale Waffen herzustellen. Während eben die Verbrecherrepublik diesbezüglich die richtigen Schlüsse gezogen hatte. Wer Mord verbot, mußte auch die Mittel zum Mord verbieten. Darum war es in Toad's Bread so gut wie unmöglich, an »scharfe Munition« heranzukommen. Ein diesbezüglicher Schwarzhandel hatte sich niemals durchgesetzt, dafür blühte der Handel mit hydrokinetischer Munition, mit Sandgeschossen, Elektroschockpistolen und Blendgranaten, vor allem aber mit einer großen Palette menschentauglicher Betäubungspatronen. Messer waren übrigens ebenfalls erlaubt. Denn ein solches hatte Yamamoto immerhin zum Einsatz gebracht, um auf eine spielerische Weise jenen Kneipenwirt des *Su Iyesi* einzuschüchtern. Aber nie und nimmer hätte er mit diesem Messer eine lebensgefährliche Verletzung von wem auch immer riskieren dürfen. Auch als Beamter nicht. Doch ohnehin waren Messer selten. Betäubungswaffen dagegen häufig. Der Verkauf der passenden Patronen basierte in dieser Stadt auf den gleichen Grundsätzen wie der Verkauf psychoaktiver Substanzen: auf eine legitimierte Weise illegal. Illegal, aber geduldet. Illegal, weil das Illegale natürlich einen wesentlichen Aspekt einer Verbrecherrepublik bedeutete, und geduldet, weil solche »nichtletalen Wirkmittel« die Einhaltung des Mordverbots begünstigten. Zudem versetzte ein Teil dieser Geschosse die getroffene Person in einen Zustand, der an den intensiver LSD-Räusche erinnerte. Man kann sagen, es gab Leute, die gerne mal »angeschossen« wurden. Freilich war nicht auszuschließen, auch mit einer nichttödlichen Waffe jemand tödlich zu verletzen. Das war der heikle Punkt.

So, wie es nun in der oberen Welt der Entscheidung des Schützen oblag, welches Kaliber er in einem anderen Menschen unterzubringen gedachte, wenn nicht gar eine kleine Sprengladung im Kopf der Zielperson, war es für den Schützen in Toad's Bread nicht einerlei, wie heftig die narkotische Wirkung ausfiel, die ein Schuß nach sich zog.

Eigentlich hätte Lilli von alldem wissen müssen. Und in der Tat hatten ihre ewenkischen Freunde einige Male von dieser Eigenart Toad's Breadscher Waffenpolitik gesprochen. Aber sie war es eben noch nicht gewohnt und dachte im Moment des Geschehens, daß dies das Ende war. Das Ende für Yamamoto und auch das Ende für sie selbst, weil sie ja sah, daß nun gleichfalls Dr. Ritter feuerte, und zwar in ihre Richtung. Sie hätte versuchen können auszuweichen. Aber sie tat es nicht, denn sie spürte, in jedem Fall getroffen zu werden. Von einem zweiten oder dritten Geschoß, von Ritter oder der Lagerfeld-Frau. Dann lieber in Würde stehen bleiben. – Ssssip!

Lilli blickte auf die Stelle knapp unterhalb ihres Schlüsselbeins. Zwischen den Wollfäden ihres genetzten Kleids war eine rötlich durchscheinende Kapsel zu sehen, deren nadeliger Kopf in ihrem Körper steckte. Endlich kam ihr die Erleuchtung. Sie erinnerte sich wieder, davon gehört zu haben, daß in Toad's Bread allein Betäubungswaffen gebräuchlich seien. Etwas, das sie freilich nicht ernst genommen hatte. Aber es war ernst. Gott sei Dank! (Dies galt natürlich auch für Yamamotos modifizierte Polizei-Berettas, so daß also Lillis Verlaine-Pistole die einzige in diesem Zahnarztraum war, die über tödliche Geschosse verfügte,

passenderweise aber auch als einzige in der Tasche verblieb.)

Lilli spürte die Wirkung. Die jedoch langsamer eintrat
als bei Yamamoto, den es nach hinten geschleudert hatte.
Lilli hingegen stand noch eine ganze Weile aufrecht, wirkte
verträumt, alkoholisiert, abwesend. Ein Lächeln spannte
sich gleich einer Hängematte von einem Lippenrand zum
anderen. Ihr Blick trübte sich. Dennoch konnte sie erkennen, wie sich die Lagerfeld-Frau erhob, rasch näher kam
und sie in die Arme nahm. Offenkundig, um zu verhindern, daß Lilli unkontrolliert zu Boden stürzte und sich
solchermaßen doch noch verletzte.

Lilli spürte nicht nur den sicheren Griff der Frau, sondern vernahm auch deren Stimme, vernahm Worte, die
wie die kleine Fee aus *Peter Pan* durch die Luft flogen, hübsche Wörter, die sicher auch etwas bedeuteten. Aber Lilli
registrierte allein noch den Klingklang. Dann wurde es
Nacht.

17

Als Lilli die Augen aufschlug, sagte sie sich: »Ich träume das nur.«

Gedämpftes Sonnenlicht lag warm auf ihrer Haut. Sie vernahm das Plätschern und Gurgeln eines Baches. Dazu Vogelgezwitscher und mehrere Windglockenspiele, die gleichsam als Übersetzungsmaschinen eines gesprächigen Windes fungierten. Lilli befand sich auf einer verdachten Veranda, hingestreckt auf einem Liegestuhl, und sah hinüber zu einem Märchenwald, der sich über eine langgestreckte Ebene zog, wobei die Traumhaftigkeit der Szenerie dadurch bestätigt wurde, daß dieser Wald einen *gemalten* oder *animierten* Eindruck machte. Denn die Rinde dieser Bäume erstrahlte in diversen Purpurtönen, mal mehr ins Rötliche, dann wieder mehr ins Bläuliche führend. Ein Zauberwald wie aus dem Pinsel Monets. Die nadeligen Blätter mochten zwar von hellem Grün sein, aber in diesem Grün spiegelte sich das kräftige Blaurot der Stämme und Äste.

Merkwürdig wie die Farbgebung war auch der Umstand, daß es schien, als würde dieser Wald im Licht eines klaren Tages stehen. – Richtig, das kommt bei Wäldern schon mal vor. Doch mußte Lilli feststellen, sich nicht unter dem Himmelsgewölbe, sondern immer noch unter der hohen Einfassung eines Erdgewölbes aufzuhalten.

Was sie nun zusätzlich erkennen mußte, das waren die Handschellen, die sie trug, wobei auch um ihre Fußknöchel ein Band gespannt war. Das paßte nun gar nicht zu einem hübschen Traum. Immerhin jedoch war ihr Mund ungebunden, so daß sie in der Lage war, ein

»Hallo!« von sich zu geben. Weil dieses »Hallo!« aber gar so schwächlich ausfiel, räusperte sie sich und wiederholte es in verstärkter Form.

Was auch ein Ergebnis zeitigte. In Lillis Blickfeld geratend und einen Schatten auf sie werfend, trat jene vornehme Dame, die zuvor so rasch und zielsicher Yamamoto außer Gefecht gesetzt hatte.

Nach ebendiesem Yamamoto erkundigte sich Lilli sofort.

»So wichtig ist Ihnen der Japaner, daß das Ihre erste Frage ist?« zeigte sich die Angesprochene erstaunt.

»Nun, der *Japaner* hält sich für einen Samurai«, erklärte Lilli. »Da muß man ständig fürchten, daß er in den Tod läuft.«

»Keine Angst, er lebt. Er hat sich zwar bei seinem Sturz den Kopf verletzt, aber wir haben das hingekriegt. Dr. Ritter kann nicht nur mit Zähnen umgehen.«

»Ach ja! Herzlichen Dank, daß Sie mich aufgefangen haben.«

»Ich versuche den Schaden immer gering zu halten. Allerdings weiß ich auch, daß ein gewisser Schaden dazugehört. Restrisiko ist ein unschönes Wort, aber es hat seine Berechtigung. Der Mensch muß sich stets zwischen mehreren Restrisiken entscheiden.«

»Und für welches haben Sie sich entschieden?«

»Diesmal schnell zu handeln. – Aber es wird Zeit, daß ich mich vorstelle. Ich bin Veronique Fontenelle.«

»Und ich bin Lilli Steinbeck und werde mich schwertun, Ihnen auf eine halbwegs würdige Weise die Hand zu schütteln.«

»Ja, ich denke, darauf können wir jetzt verzichten«, sagte die Madame Fontenelle und ging vor Lilli in die Hocke. Selten hatte jemand hübscher seine Knie gebeugt. Als könnte man mit solchen Knien auch den Arm eines Plattenspielers bedienen.

Übrigens sollte Lilli in nächster Zeit des öfteren an Marlies Kuchar denken, jene Großtante zweiten Grades und Erbtante ersten Grades, von der sie ein Giesentweiser Haus geerbt hatte, das sie an den Vater ihres nie geborenen Kindes weitergereicht hatte. So wie diese Madame Fontenelle wirkte – im Alter zur Perfektion gereift –, stellte sich Lilli vor, mußte die von der Giesentweiser Bürgerschaft gefürchtete Marlies Kuchar gewesen sein. Auch die Madame Fontenelle hatte wohl schon einige das Fürchten gelehrt. Aber eben nicht mit Bomben und Granaten und bösen Blicken oder den Gebärden von Unternehmern, die ständig drohen, ihren Firmensitz nach Bayern oder Rumänien zu verlegen, nein, die Gefährlichkeit dieser Frau entsprach eher einem starken Parfüm, einer Wolke, einem ominösen Nebel, in dem mehr als nur Feuchtigkeit zu vermuten war. Siehe Stephen King.

Die Madame öffnete das Kunststoffband um Lillis Füße. Sodann schloß sie die Handschellen auf.

Lilli erhob sich aus dem Liegestuhl, um einen eingehenden Blick auf die Landschaft zu werfen, die sich da mit pupurfarbenen Bäumen so unwirklich ausbreitete. Sie fragte: »Soll ich für echt halten, was ich da sehe?«

»Ja, das sollten Sie tun. Das Ungewohnte ist nicht notwendigerweise das Falsche oder Gefälschte. Oft ist das Gegenteil der Fall.«

»Das heißt also, ich bin noch immer in Toad's Bread.«

»Nur ein wenig tiefer.«

»Tiefer?«

»Auch eine unterirdische Stadt benötigt ein Geheimnis. Einen *Keller*.«

»Ich verstehe nur nicht«, meinte Lilli, »wie es so hell sein kann.«

»Das schulden wir einem System von Spiegeln und Schächten, das noch die Sowjetrussen angelegt haben. Und wenn es draußen zu dunkel wird, dann verwandelt sich der Plafond in eine einzige Tageslichtlampe. Zudem ist es feucht und warm. Was unserer Lage zwischen Kraftwerk und Stadt zu verdanken ist. Ein idealer Platz, wenn man eine Pflanze ist. «

»Ein traumhafter. «

»Ein schützenswerter«, ergänzte Madame Fontenelle.

»Wegen der bemalten Bäume? «

»Bemalt? Da irren Sie!« erklärte die Madame. Sie zog ein Zigarettenetui aus der Tasche ihres schneeweißen Kostüms (schneeweiß gleich getrocknetem Schnee, ein wenig bleich, Schnee für den Sommer, falls man mitten in der Hitze Sehnsucht nach dem Winter bekommt). Es versteht sich, daß Fontenelle mit einiger Grandezza ihre Zigarette zu rauchen verstand, aber ohne Verachtung für die, die nicht imstande waren, mit solcher Noblesse Nikotin zu inhalieren, oder gar ohne die Fähigkeit des Rauchens auskommen mußten.

Lilli rauchte nicht. Sie rieb sich ihre geröteten Handgelenke und wollte nun endlich wissen, was das für Bäume waren, auf die sie da hinübersah.

»Larix gmelinii, die heimische Dahurische Lärche. Allerdings eine sehr spezielle Ausprägung, wie man überdeutlich sehen kann. – Kommen Sie mit, machen wir einen Spaziergang. «

Man hätte die Szene vielleicht betiteln können mit *Frauen mit hohen Absätzen gehen in den Wald*. Und in der Tat wäre es für den unbedarften männlichen Beobachter erstaunlich gewesen, zu sehen, wie diese beiden Damen, die ältere wie die jüngere, mit ihren High-Heels sich zunächst über eine Wiese und sodann auf einem von Wurzeln, Moosen und einer gewissen Unebenheit bestimmten schmalen Pfad dahinbewegten. Die Eleganz und absolute Sicherheit, mit der sie dies taten, gemahnte an die Theorie, daß ursprünglich *alle* Menschen auf hohen Absätzen unterwegs gewesen waren und erst später eine Degeneration des Bewegungsapparates und der Bewegungsarten einen Teil der Menschheit und vor allem das männliche Geschlecht von dieser Schuhform abgebracht hatte. So gesehen stellten High-Heels einen Atavismus dar, den Verweis auf eine Zeit, als auch Männer es noch verstanden hatten, sich fortzubewegen, als auch Männer – ohne gleich wie Tunten daherzukommen – in der Lage gewesen waren, im Gehen die Luft zur Seite zu schieben, während sie heutzutage durch die Luft hindurchbrachen wie durch sehr dünne Sperrholzplatten. Die aktuelle Bewegungsform des Mannes war die des billigen Actionfilms, des B-Movies.

Die aktuelle Situation dieser Geschichte wiederum schien die des Märchens zu sein. Angesichts zweier Damen, die einen purpurfarbenen Wald betraten, der im milden Sommerlicht lag, das flockengleich durchs Geäst drang. – Richtig, das Märchen war an dieser Stelle eine sinnvolle Verbindung von Natur und Technik. Einerseits dank der aufwendigen Anlage aus Spiegelwerfern und Lichtschächten, die das Sonnenlicht nach unten transportierten und es gleichmäßig über die Landschaft verteilten, jede Ecke, jeden Winkel beliefernd. Andererseits aufgrund des Regenwassers, das sich als feiner Dampf herabsenkte, gleichfalls in einer sozialen Weise, niemanden auslassend. Die Bäume freilich waren weder Resultat einer künstlerischen Aktion noch eines von Menschenhand entwickelten Zuchtverfahrens. Denn wie Madame Fontenelle jetzt erklärte, war diese Anlage in Sowjetzeiten geschaffen worden, um eine gezielte agrarische Produktion betreiben zu können, eine Produktion, die aber nie erfolgt war, während dagegen Samen der unter harten Bedingungen an der Oberfläche lebenden Lärchenart an diesen Ort gelangt waren, sich entwickelt und eine natürliche Mutation hervorgebracht hatten.

»Zu welchem Zweck?« fragte Lilli.

»Ich bin mir bei der Natur so unsicher wie beim lieben Gott«, sagte die Französin, »ob da alles einen Zweck haben muß. Vielleicht macht die Schöpfung einfach Freude. Nach dem Motto, wenn etwas grün sein kann, warum es nicht auch mal rot sein lassen. Wenn etwas häßlich ist, warum es nicht hübsch machen, und umgekehrt. Den Nutzen einer Sache zu erkennen ist möglicherweise nur ein intellektueller Nachtrag. Wie bei diesen Bäumen, deren Rinde vielleicht nur darum purpurn ist, weil es mal an der Zeit war, sie purpurn sein zu lassen. Der intellektuelle Nachtrag wäre nun, daß die jungen Zapfen etwas erzeugen, eine Ausscheidung, welche Freßfeinde und Schädlinge fernhält. Ein übelriechendes, zähes Wässerchen, das den ganzen Baum mit einer geruchlichen Schutzschicht umgibt.«

»Ich rieche nichts«, meinte Lilli.

»Sie sind auch kein Schädling, liebe Frau Steinbeck. Zumindest würde ich mir wünschen, daß Sie keiner sind.«

»Wovon hängt das ab?« fragte Lilli.

»Davon, inwieweit Sie das Schützenswerte dieses Waldes erkennen«, erklärte Madame Fontenelle und tauchte gleichsam als Symbol für das Gesagte ihre Zigarettenkippe in einen mitgebrachten kleinen Taschenaschenbecher. Dann fuhr sie fort: »Das Dumme ist, daß der liebe Gott in seiner – ich muß das so ausdrücken – *rücksichtslosen* Schöpferfreude dieser Schädlingsabwehr ein Enzym beigefügt hat, das für die pharmazeutische Industrie von enormer Bedeutung zu sein scheint. Was auch immer es medizinisch oder sonstwie bewirkt, es dürfte ganz sicher eines bewirken: eine Goldgrube für den zu sein, der es zu vermarkten versteht.«

Die Französin führte aus, daß eine Probe dieser pflanzlichen Absonderung nach Europa gelangt sei, wo man seine Bedeutung erkannt habe, ohne aber in der Lage zu sein, es synthetisch herzustellen. Seither versuche dieser

Konzern, Leute nach Toad's Bread einzuschleusen, um sich eine Möglichkeit zu verschaffen, an die Goldgrube auch heranzukommen.

»Und Sie meinen nun«, folgerte Lilli, »diese Goldgrube würde allein Toad's Bread zustehen.«

»Richtig, aber anders, als Sie denken. Es existiert bei uns keine pharmazeutische Industrie, und es wird auch nie eine existieren. Ich will es mal so salopp ausdrücken: Wir alle in dieser Stadt sind Verbrecher, keine Frage, aber nicht so schlimme Verbrecher, als daß wir auf die Idee kämen, ein Pharmaunternehmen zu gründen. Schließlich verfügen wir ebensowenig über Banken und Versicherungen.«

»Das erinnert mich an Brecht. Sie wissen schon: Was ist ein Einbruch in eine Bank gegen ...«

»Wir sind auch keine Linken«, beeilte sich Madame Fontenelle mit einer Heftigkeit zu betonen, als wäre ihr der Verdacht linker Gesinnung in höchstem Maße unangenehm. »Wenn wir Banken ablehnen, dann nicht wegen deren verbrecherischer Tendenz, natürlich nicht, sondern weil sie eine jede Gesellschaft schlußendlich in den Ruin führen. Nichts gegen Schmarotzer, solange sie den Wirt am Leben lassen. Aber das ist nicht das Ziel der Banken. Sie wollen den Wirt tot sehen.«

»Wenn der Wirt stirbt, stirbt auch der Parasit.«

»Nein, die Bank ist schon vorher tot. Das ist sie von Beginn an. Sie überträgt den Tod wie eine Infektionskrankheit. Sie braucht das Ende nicht zu fürchten. Es ist ihr Sinn und Zweck und eigentliches Wesen. Die Wiederbelebung ist eine Illusion.«

»Statt illusorischer Bank also Waldwirtschaft in Purpur.« Lilli lächelte zart.

Fontenelle lächelte zart zurück und sagte: »Pilzwirtschaft, um genau zu sein.« Und erzählte nun von dem symbiotischen Verhältnis der Bäume zu den Fliegenpilzen, die an diesem Ort in einer absolut idealen Weise gedeihen würden, während sie ja an der Oberfläche, zumindest in diesen Breitengraden, viel zu selten zu finden seien. So unzüchtbar der Fliegenpilz sei, würde er aus diesem unterirdischen Waldboden auf eine schlaraffenartige Weise aus dem Boden schießen. »Der Wald versorgt uns mit jenem Pilz, der dieser Stadt seinen Namen und seine Bedeutung verleiht. Und die Bewohner am Leben hält.«

»Am Leben?« staunte Lilli.

»Es ist der Geist, der in diesem Pilz steckt. Im wahrsten Sinne: *geistige Nahrung*. Sie werden das schwer verstehen und noch schwerer glauben, doch auch wir selbst leben in einer Art Symbiose mit dem Pilz.«

»Sie verspeisen ihn. Eine Symbiose würde ich das noch nicht nennen, oder?«

»Ach Sweetheart!« meinte die Madame mit dem kleinen Stöhnen einer brennenden Gasflamme. »Was wäre ein Buch ohne den, der es liest? Stimmt, es wäre noch immer ein Buch, eine Geschichte, aneinandergereihte Buchstaben, die einen Sinn ergeben. Doch allein der Leser kann den Sinn feststellen. Ohne den Leser ist der Sinn bloß wie ein ungesehenes Rauchzeichen, das aufsteigt. Den Himmel kümmert nur der Rauch, nicht das Zeichen, das im Rauch steckt. Buch und Leser hingegen bilden eine vollkommene Symbiose. Und der Sinn jeder Symbiose ist natürlich, daß sie beiden nützt.«

»Wieso sollte es dem Pilz nützen, in den Suppenschüsseln der Menschen zu landen?«

»Weil er im Menschen weiterlebt. Der Geist des Pilzes versöhnt sich mit dem Geist des Menschen. Sie harmonieren. Oder sie streiten. Aber selbst der Streit ist eine Symbiose.«

»Ich wundere mich, was Sie so reden«, meinte Lilli, »wenn ich Sie anschaue, wirken Sie völlig unesoterisch. Huldigen aber einem Fliegenpilzkult.«

»Einer der ältesten Kulte, das stimmt. So wie Toad's Bread die Verbrechen dieser Welt vereint ...«

»... außer das Verbrechen einer Bankgründung ...«

»... vereint diese Stadt auch alle Fliegenpilzkulte. Neuzeitliche wie historische. Einige meinen, damit das Soma herstellen zu können, welches ihnen als ein Verbindungsgang zu den Göttern dient. Man praktiziert den christlichen Antonius-Kult ebenso wie den indogermanischen Leopardenkult oder die japanischen Tengurituale. Und natürlich jede Menge schamanischer Handlungen. Nicht zuletzt glauben einige Leute, dieser Pilz sei der Penis Gottes.«

Lilli sagte, sie versuche gerade, von diesem einen Körperteil auf die vollständige Gestalt Gottes zu schließen.

»Man muß das nicht alles glauben«, gestand Fontenelle. »Aber eines ist sicher, daß der Genuß dieses Pilzes dem Menschen die Gesundheit bewahrt. Und den Verstand dazu.«

»Das Zeug ist doch eine Droge, oder?«

»Sie meinen, die Droge verdirbt den Verstand? Na, so was hängt von der Droge ab und wie Sie damit umgehen. Aber das ist ja nicht neu. Und glauben Sie mir bitte, der Fliegenpilz hilft, den Intellekt des Menschen zu schärfen. Er hilft einem, die Dinge zu sehen, wie sie sind. Wenn die Spießer und Pilzfeinde dies jedoch für Halluzinationen halten, dann ist das der Irrtum derer, die in einer ewigen und stupiden Nüchternheit gefangen sind. Es gibt da einen schönen Satz aus Irland, dem ich einiges abgewinnen kann. Er besagt, die Wirklichkeit sei eine Illusion, die einem Mangel an Alkohol zu schulden sei.«

»Denken Sie im Ernst, besoffene Iren würden die Wirklichkeit besser sehen?«

»Die irische schon. Aber ich will hier dem Alkohol keine Hymne widmen. Sondern dem Fliegenpilz.«

In der Tat war es so, daß in diesem Wald, je tiefer man

in ihn eindrang, die Zahl der Fliegenpilze erheblich zu-
nahm, ja, es war geradezu verrückt, wie viele dieser *Augen-
öffner* (so wiederum der passende afghanische Name) im
Schatten der Bäume gediehen und ihre rot-weißen Kappen
offenbarten. Dennoch galt weiterhin, daß es sich nicht um
eine Zucht handelte, sondern eine von der Natur bewirkte
Situation. Ein optimales Reagieren auf die Umstände einer
von Menschen geschaffenen Höhlung. Die mutierten Lärchen lebten in brüderlicher Gemeinschaft mit den Pilzen,
letztere die Bäume mit Wasser und Nährstoffen versor-
gend, während die Lärchen sich dafür bedankten, indem
sie Zucker zu den Pilzen schickten. Diese egalitäre, aber in
keinem Maße gleichmacherische Symbiosetechnik – denn
der Pilz blieb Pilz und der Baum Baum – wäre eigentlich
bestens geeignet gewesen, der Menschheit als Vorbild zu
dienen, auf daß diese endlich damit aufhörte, sich in Sur-
vival-of-the-fittest-Perversionen zu ergehen: Mein Wasser!
Mein Zucker!

Inmitten dieser märchenhaften Idylle, am Rand einer
kleinen Lichtung, stand eine Bank, auf der die beiden
Frauen nun Platz nahmen. Was aussah wie in einer Wer-
bung für modische Strümpfe: die langen Beine der einen
wie der anderen, Beine, die sich im Sitzen, im Übereinan-
dergeschlagensein optisch dehnten, in den Raum und ins
Licht vorstießen – formelhaft, grundlegend.

»Dieser Ort ist heilig«, erklärte Fontenelle, »nicht nur
in einem religiösen Sinn. Denn Heiligkeit begreifen wir als
naturwissenschaftliche Größe. Die Natur ist so, sie schafft
privilegierte Orte. Man kann sich ihrer sogar bedienen, die
Frage ist nur, *wie* man sich ihrer bedient. Wir ernten die
Pilze, keine Frage. Aber wir tun es nach strengen Regeln.
Das ist eine Frage der Vernunft, schließlich wollen wir
auch noch in Jahren die Küchen von Toad's Bread belie-
fern können, anstatt auf der ganzen Welt Fliegenpilze ein-
zukaufen und in die Abhängigkeit des Imports zu geraten.

Import ist eine Krankheit. Krankheiten sollte man vermeiden.«

»Na, die Krankheiten helfen einem immerhin, die Abwehrkräfte zu stärken«, meinte Lilli.

»Abwehr ist genau das Thema. Wir werden nicht zulassen, daß dieser Wald in die Hände deutscher Ehrgeizlinge gerät. Darum ist der Wald auch geheim. So gut wie niemand in der Stadt kennt ihn. Die Leute in Toad's Bread sind zufrieden, weil genügend Pilze auf ihren Tellern landen, und kümmern sich nicht um das Wieso und Warum.«

»Na, einige müssen wohl Bescheid wissen.«

»Ein sehr kleiner Stab von Mitarbeitern, ein paar hier, ein paar oben, dazu eine Gruppe von Gärtnerinnen, oder sagen wir: Pflückerinnen.«

»Wieso nur Frauen?« wollte Lilli wissen.

»Das ist wie mit der Zuhälterei, die allein uns Frauen erlaubt ist. Einbruch hingegen ist den Männern vorbehalten. Ebenso der Betrieb eines Restaurants oder die Schutzgeldforderungen, die mit diesen Restaurants zusammenhängen. Das Einsammeln der Pilze aber ist eine weibliche Domäne. Würde ein Mann einen Fliegenpilz aus dem Boden ziehen, wäre der Pilz verdorben.«

»Wissenschaftlich belegt ist das aber nicht, oder?«

»Hören Sie, Sweetheart, es ist auch nicht wissenschaftlich belegt, daß das Christkind existiert, trotzdem finden Jahr für Jahr unzählige Kinder hübsch verpackte Geschenke unter dekorierten Bäumen.«

»Die ihre Eltern dort hingelegt haben.«

»Das behaupten die Eltern. Aber wissenschaftlich belegt ist das genausowenig.«

Lilli lachte. Diese Madame Fontenelle gefiel ihr. Und zwar insgesamt. Lilli fragte: »Wie viele Pflückerinnen gibt es eigentlich?«

»Zwei Dutzend.«

»Ich sehe nirgends eine.«

»Der Wald ist groß. Es sind immer drei, vier Frauen unterwegs. Die Kunst des Pflückens besteht darin, es im richtigen Moment und in der richtigen Menge zu tun.«

»Und Ihre Aufgabe, Frau Fontenelle, worin besteht die?«

»Ich bin die Leiterin dieser ganzen Anlage. Und achte darauf, daß die Vernunft vernünftig bleibt.«

»Das ist schön. Bloß frage ich mich, was die vier Mordopfer damit zu tun haben. Das haben sie doch? Ich würde sonst kaum hier mit Ihnen zusammensitzen.«

»Das Problem ist wirklich«, meinte Fontenelle, »wenn Polizisten nicht anklopfen, bevor sie irgendwo eintreten. Ich weiß schon, es ist ein Prinzip der Polizei, auf das die Polizei geradezu stolz ist: mit der Tür ins Haus zu fallen.«

»Hätten wir angeklopft, wäre die Puppe nicht auf dem Tisch gelegen.«

»Absolut richtig. Die Puppe hätte dort nicht sein sollen. Darum haben wir auch so schnell reagiert. Sie stammte aus der Wohnung des dritten Mordopfers. Wir haben sie dort gefunden.«

»Wer ist wir?«

»Dr. Ritter und ich. Alle vier ermordeten Frauen haben hier als Pflückerinnen gearbeitet.«

Wie es aussah, hatte eine jede versucht, Materialproben der Lärchen aus Toad's Bread hinauszuschmuggeln: Rinde, Harz, Nadeln, die Zapfen, vor allem natürlich besagte Substanz, die von den Zapfen stammte. Die vier schienen begriffen zu haben, was für ein Potential in diesen Bäumen steckte und wie sehr man sich außerhalb der Stadt dafür interessierte.

»Soweit wir wissen«, sagte Fontenelle, »hat eine von ihnen das Material an einen Mann in Ochotsk weitergegeben. Der ist jetzt ebenfalls tot.«

»Ertränkt?«

»Angeblich. Jedenfalls ist das das Markenzeichen des

Mörders. Wie auch die Puppe, die er an einem jeden Tatort hinterläßt. Zumindest im Falle der Pflückerinnen.«

»Ongghot«, sagte Lilli mit Verweis auf die schamanische Bedeutung solcher Gebilde.

»Ich sehe, Sie kennen sich aus. Natürlich tun Sie das. Immerhin hatten Sie ja ebenfalls eine solche Puppe in Ihrer Handtasche. Eine hübsche Tasche übrigens. – Sehen Sie, bei den anderen drei ermordeten Frauen waren Dr. Ritter und ich noch vor der Polizei am Tatort und konnten die Ongghots mitnehmen. Aber bei der vierten Leiche waren wir zu spät. Eine Schlamperei, wir hatten die falsche Adresse.«

»Wie konnten Sie von den Morden wissen?«

»Nun, wenn eine Pflückerin nicht zur Arbeit kommt, kann man sich wohl denken, daß etwas geschehen ist. Und spätestens bei der zweiten Leiche war die Richtung klar.«

»Na gut, aber wieso sind die Puppen so wichtig?«

»Sie müssen begreifen, Sweetheart, wie sehr uns daran gelegen ist, das Geheimnis dieses Waldes zu bewahren. Wir können die Schnüffelei der Polizei nicht unterstützen.«

»Deshalb brauchen Sie uns doch nicht gleich abzuknallen.«

»Abknallen? Meine Liebe, Sie sind die einzige, die dazu in der Lage gewesen wäre, jemand abzuknallen. Wir haben die Verlaine in Ihrer Tasche gefunden. Ich habe mir erlaubt, sie zu konfiszieren.«

»Meine Parfüms aber …«

»Bekommen Sie zurück.«

»Fein. Ich weiß jetzt aber noch immer nicht, was mit den Puppen ist.«

»Nun, die stellen einen Hinweis dar, einen Kommentar des Mörders. Eine Spur, die möglicherweise zu ihm führt. Die einzige, über die wir verfügen. – Übrigens, Yamamoto ist bereits frei.«

»Wie frei?« fragte Lilli.

»Wir haben ihn verarztet und wieder nach oben verfrachtet. Er wird sich an nichts erinnern, auch an Sie nicht. Dr. Ritter hat eine Amnesie veranlaßt.«

»Medikamentös.«

»Nein, hypnotisch. Sie dürfen nicht vergessen, Dr. Ritter ist Zahnarzt. Aber eben keiner von den Sadisten. Hypnose ist seine Spezialität. Ein Meister des Vergessens.«

»Ach ja. Und warum bin *ich* dann noch hier?« fragte Lilli.

»Weil ich hoffe, Sie überreden zu können, uns zu helfen.«

»Alle wollen, daß ich helfe, dabei habe ich nicht die geringste Ahnung.«

»Ich vertraue Ihnen, darauf kommt es an«, sagte Madame Fontenelle.

»Wieso?«

»Es ist die Art, wie Sie angezogen sind: Ihre Handtasche, Ihr Schmuck, Ihr Make-up. Ich finde das alles sehr überzeugend und vertrauenerweckend.« Erneut betonte Fontenelle, wie entscheidend es sei, den Lärchenwald geheimzuhalten, eben auch vor der Polizei von Toad's Bread. »Aber natürlich müssen die Morde aufgeklärt werden, damit wieder Ruhe einkehrt.«

»Mir kommt vor, der Mörder ist ganz auf Ihrer Seite«, sagte Lilli. »Auch er scheint verhindern zu wollen, daß dieser hübsche Wald zum Zentrum deutscher Arzneimittelforschung wird.«

»Ja, aber seine Mittel stören das Gleichgewicht. Das Wort *Mord* kommt vom gotischen *maurpr,* der Tod. Der Tod aber ist nicht von dieser Welt, der Tod ist eine Angelegenheit der Götter. Das Verbrechen ist menschlich, nicht der Tod. Es ist die strengste Regel in Toad's Bread, sich nicht in das Geschäft der Götter zu mischen. Krankheit, Unfall, Alter – das alles hat seine Ordnung. Nicht aber das

Morden, ganz gleich wie hehr oder unwürdig der Antrieb dazu auch sein mag.«

»Haben Sie denn wirklich keine Vorstellung, wer dahinterstecken könnte, schließlich muß der Täter sich doch auskennen, oder? Er weiß um den Wald, um die Pflückerinnen.«

Fontenelle gab zu bedenken, daß das Motiv freilich auch ein anderes sein könnte. Und nein, sie habe keine Vorstellung von der Person des Mörders. Allein die Fellpuppen seien ein Hinweis.

»Und was soll ich jetzt tun?« fragte Lilli.

»Zurück in die Stadt gehen und den Mann finden.«

»Muß es denn ein einzelner Mann sein?«

»Finden Sie es heraus«, forderte Fontenelle und fügte an: »Zusammen mit Yamamoto.«

»Ich dachte, Sie hätten die Erinnerung an mich aus seinem Kopf verbannt.«

»Richtig, er hat vergessen, Ihnen bereits begegnet zu sein. Aber er kennt Ihren Namen, weiß um Ihre Mitarbeit. Er wartet auf Sie. Sehen Sie zu, daß er von dieser Sache allein das erfährt, was er erfahren soll. Lassen Sie *ihn* den Mörder finden. Er ist ein Mann und ein Samurai.«

»Und was schaut für mich dabei heraus, wenn ich jetzt einmal so selbstsüchtig fragen darf?«

»Die Freiheit«, sagte Fontenelle. »Ich kann veranlassen, daß die Ewenken Sie zurück nach Europa gehen lassen.«

»Mich und Kallimachos?«

»Sie meinen den fetten Griechen. Nein, den nicht. Nur Sie. Der Grieche muß bleiben.«

Nun, wahrscheinlich wollte Kallimachos sowieso nicht mehr fort aus dieser Gegend. Nicht darauf verzichten, ein königlicher Gefangener zu sein. Lilli aber wollte durchaus zurück. Sie hatte eine erwachsene Tochter in Athen, sie hatte Freunde, Menschen, die sich nach ihr genauso sehnten wie sie sich nach ihnen. – Sie nickte. »Gut, ich mache das. Aber irgendwo muß ich anfangen. Wenn es eine Puppe gibt, gibt es in der Regel auch einen Puppenmacher.«

»Richtig, aber wir wissen nicht, wo genau in Toad's Bread er wohnt.«

»Ein Name wäre immerhin ein Anfang.«

»Tyrell. Giuseppe Tyrell.«

»Tyrell? Kommt mir irgendwie bekannt vor ... ach ja, die Tyrellcorporation, der Kybernetiker aus dem Film *Blade Runner*.«

»Schön, daß es bei der Polizei nicht nur gutgekleidete, sondern auch gebildete Frauen gibt«, lobte Fontenelle und verwies nun darauf, daß sich bei der Analyse des Namens nicht allein der Hinweis auf jene Filmfigur ergeben habe – Tyrell, den Schöpfer perfekter, aber sterblicher Androiden –, sondern auch der Vorname auf eine fiktive Figur abziele. Zumindest, wenn man wisse, daß der Spitzname für Giuseppe *Gepetto* laute. »Sie wissen schon, der Holzschnitzer, welcher Pinocchio erschaffen hat.«

»Eine Jungengeschichte«, meinte Lilli abfällig. »Das Frankenstein-Thema für Buben. Ich war bei der Pippi-Langstrumpf-Fraktion.«

Jetzt war es Madame Fontenelle, die nickte. Dann sagte sie: »Wir müssen zurück. Sie haben zu tun.«

»Vor allem brauche ich eine Liste der Pflückerinnen.«

»Die bekommen Sie.«

Im Gehen fragte Lilli: »Was ist mit Ihrem Dr. Ritter? Wir wissen, daß er in Kontakt mit dem letzten Opfer stand.«

»Er steht in Kontakt mit jeder Pflückerin. Das ist sein Job.«

»Schaut er sich die Zähne der Damen an?«

»Er schaut sich an, ob sie für den Job taugen.«

»Na, er sollte lieber bei den Gebissen bleiben. Ich meine, Sie haben gesagt, die vier toten Frauen hätten versucht, Teile der Lärchen nach draußen zu schmuggeln.«

»Es ist ein Verdacht, eine Vermutung«, äußerte Fontenelle, »um so mehr, als die erste Tote mit diesem Mann aus Ochotsk zusammen war, der die Proben weitergegeben hat und der jetzt ebenfalls tot ist. Aber wie gesagt, es ist ein Verdacht.«

»Na schön«, meinte Lilli, wie man meint, besser eine Lungenentzündung während der Arbeitswoche als mitten im Urlaub.

Als die beiden Frauen aus dem Wald traten und hinüber zu dem modernen, dicht am felsigen Gewölberand stehenden kleinen Verwaltungsgebäude gingen, wartete dort Dr. Ritter mit Lillis Tasche. Sie nahm sie, schaute hinein, überprüfte das Vorhandensein ihrer Schminksachen und Parfüms und sagte: »Den Revolver können Sie behalten, aber geben Sie mir die Puppe. Das könnte helfen, den Puppenmacher zu finden.«

Dr. Ritter, der Mann mit der kreisbildenden, fünfpunktigen Narbe an der Wange, blickte zu Fontenelle. Diese nickte. Der magyarische Dentist verschwand kurz und brachte die aus weißen, braunen und schwarzen Teilen zusammengesetzte Fellpuppe. Lilli nahm sie. Zudem die Liste mit den Namen der Pflückerinnen.

»Ich bringe Sie zum Aufzug«, sagte Fontenelle. »Kommen Sie.«

Lilli kam. Ihr Gang war ein Lied, wie man es pfeift, wenn die Traurigkeit sich in ein Gedicht verwandelt.

18

Lilli saß auf der Toilette des winzigen fensterlosen Badezimmers und führte sich einen Tampon ein. Wenn zuvor gesagt worden war, ihr beschwingter Gang verwandle die Traurigkeit in ein Gedicht, so galt in diesem Moment, daß ihre Traurigkeit völlig frei von Poesie blieb. Es war eine kalte, namenlose Traurigkeit, eine umfassende Schwermut. Lilli fühlte sich allein gelassen. Natürlich könnte man sagen, daß die Wahrnehmung der eigenen Regelblutung auch schlecht geeignet war, gewissermaßen *geteilt* zu werden, wie man Freude teilt oder Geld teilt, auch sehnte sich Lilli nicht etwa nach einem verständnisvollen Partner, der sich abmühte, ihre Depression zu verstehen, nein, das war es nicht, denn das Gefühl des Alleingelassenseins bezog sich auf ihr nie geborenes, unersetzliches Kind. Ein Kind, das jetzt bereits erwachsen gewesen wäre, selbst hätte Kinder haben können. Und sie, Lilli, hätte dann Photos mit sich getragen, Kinderphotos, Jugendphotos, Erinnerungen an die guten Tage, Erinnerungen an die schlechten Tage.

Lilli Steinbeck hätte viel darum gegeben, sich auch an solche schlechten Tage erinnern zu dürfen. – Richtig, sie hatte eine Adoptivtochter, Sarah, an die sie viel und gerne dachte, doch wenn ihre Menstruation einsetzte, war da kein Raum, um an Sarah zu denken. Vielmehr war da eine vollkommene Leere, und in dieser Leere ein dunkler Fleck, der sie füllte, die Leere.

Wie gut darum, beschäftigt zu sein. Lilli sah auf die Uhr, denn auch in Toad's Bread existierte die Zeit, wenngleich etwa der Wandel der Jahreszeiten und der Wechsel von

Tag und Nacht weniger spürbar wurde. Einer der Hotelangestellten hatte Lilli darüber informiert, Yamamoto wolle sie in der Gerichtsmedizin treffen. Stimmt, dort war man bereits gewesen, aber daran konnte sich der Samurai ja nicht mehr erinnern. Die Sache mußte wiederholt werden, der Gang in den Obduktionssaal, die Betrachtung der Leiche, die Ausführungen einer sachverständigen Medizinerin (idealerweise eine andere als beim ersten Mal), die Beschreibung der übrigen Todesfälle, sodann das Aufsuchen der Familie des Mordopfers, wobei sowohl Valerijas kleiner Bruder sowie auch der Rest der Sippe in keiner Weise irritiert schien ob dieser Wiederholung. Eher wirkte Yamamoto selbst hin und wieder verwirrt. Ein Runzeln seiner Stirn, ein nachdenklicher Blick, ein Innehalten mitten im Satz – genau so, als wollte er sagen: Das kenne ich doch! Und einmal sagte er auch zu Lilli: »Also wissen Sie, ich glaube, ich hatte gerade ein Déjà-vu.«

»So was kommt vor«, meinte Lilli. Nun, auch sie wußte sich manchmal nicht anders zu helfen, als eine Phrase zu dreschen, die keinem nutzte und nichts erklärte. Sondern bloß in der Luft stand wie der üble Geruch von Gärgas.

Dann aber wurde sie konkreter, indem sie sich bei Yamamoto erkundigte, ob er jemanden namens Tyrell kenne, einen Puppenmacher, Giuseppe Tyrell.

»Wozu brauchen Sie einen Puppenmacher?« fragte Yamamoto, der ja nichts von der Fellpuppe in Lilli Steinbecks Handtasche wußte. Und ebensowenig von den anderen Ongghots, die bei den Leichen gefunden worden waren.

»Tun Sie mir einfach die Freude und helfen mir, wenn ich Sie darum bitte.«

»Nein, so geht das nicht. Sie müssen schon ...«

»Ich muß vor allem rechtzeitig ins Bett«, sagte Lilli.

»Wie bitte?«

Lilli erklärte, daß es zu einem ihrer Prinzipien gehöre,

spätestens um neun am Abend mit der Nachtruhe zu beginnen. Ihrer Schlafpflege. Sie schlafe gerne, und sie träume gerne. Sich die Nacht um die Ohren zu hauen, wie gesagt wird, erscheine ihr als menschlicher Defekt, der einiges Unglück erkläre.

»Hier geht nirgends eine Sonne unter, hier stirbt kein Tag«, erinnerte Yamamoto.

»Um so wichtiger, einen vernünftigen Rhythmus beizubehalten. Darum wäre es mir wichtig, daß wir zügig weiterkommen und nicht den Tag verbummeln. – Also, kennen Sie einen Puppenmacher namens Giuseppe Tyrell?«

»Das tue ich. Er arbeitet hin und wieder für uns.«

»Für die Polizei?«

»Der Mann ist nicht dumm. Er ist ein Kybernetiker ersten Ranges. Er war für die Franzosen und die Amerikaner tätig, und wäre er nicht in Toad's Bread, wäre er längst tot. Aber das gilt ja für die meisten an diesem Ort.«

»Bringen Sie mich zu ihm. Ich muß mit ihm reden.«

»Ich weiß nicht ...«

»Jetzt machen Sie schon«, sagte Lilli und sah auf die Uhr. Es war sechs am Abend. Drei Stunden noch. Selbst wenn die Welt untergehen würde, wollte Lilli keine Ausnahme machen. Beziehungsweise wäre sie vor allem für den Fall, daß die Welt tatsächlich unterging, lieber im Schlaf als sonstwo.

Yamamoto gab nach. Er sagte: »Gehen wir.«

Der Polizeisamurai führte die Österreicherin – denn das war sie ja, auch wenn niemand hier es erkannte und sie selbst es mitunter vergaß, wie man vergißt, in Wirklichkeit bereits einmal gestorben zu sein –, er führte sie also hinüber in den violetten Distrikt, der noch etwas dunkler und verkommener wirkte als die anderen Farbbezirke. Auch gab es hier kaum Restaurants oder Plätze, sondern allein finstere Gassen, keine Menschen, nur deren Stimmen.

277

»Lassen Sie mich zuerst reden«, sagte Yamamoto, als man eine ebenerdige Werkstatt betrat, die überraschend groß ausfiel. Hinter einem Schreibtisch, umgeben von Masken und Puppen und Spielzeugrobotern sowie Konstruktionen aus diversen Baukastensystemen – Lego, Fischertechnik, Matador –, saß ein Mann, dessen Aussehen überraschte, weil er so gar nicht an die romantische Vorstellung von einem Puppenmacher erinnerte. Kein Schnauzbart, keine dicke Brille, keine gebeugte Gestalt, kein freundlicher alter Herr, sondern ein breitschultriger Mann, der einen Smoking trug, eine kleine Fliege und auf dessen dunklem Haar sich deutlich die Spuren eines Kamms abzeichneten. Er mochte sich auf halbem Weg Richtung sechzig befinden, aber seine Haut war glatt und braungebrannt, wie auch immer er zu dieser Sonnenbräune gekommen war. Seine explizite Männlichkeit erinnerte an James Mason, eins dieser Gesichter, bei denen man meint, ein unsichtbarer Rasierapparat würde ständig und selbständig über die Wangen fahren.

Der Mason-Mann telephonierte gerade. Er sprach Russisch, als hätte er Russisch in Oxford gelernt. Das Absurde war, daß das Kabel des Telephonhörers in einen Laib Brot mündete. Freilich hatte Lilli, seit sie bei den Ewenken lebte, mehrmals von dieser Art des Telephonierens gehört. Im Endeffekt eignete sich jeder Stoff als Transportmedium. Man mußte nur daran glauben. Der Glauben mochte keine Berge versetzen, Nachrichten schon.

Tyrell beendete das Gespräch. Er legte den Hörer beiseite, verband die Fingerkuppen der linken und der rechten Hand zu einem dachartigen Gerüst und betrachtete Yamamoto mit einem scharfen Blick.

Dieser verbeugte sich. Tyrell nickte kurz. Yamamoto begann recht umständlich zu erklären, daß es sich bei Lilli Steinbeck um eine auswärtige Ermittlerin handle, die man aus bestimmten Gründen ...

»Machen wir es kurz«, unterbrach Lilli ihren Kollegen, holte die Fellpuppe aus der Tasche, legte sie vor Tyrell auf den Tisch und fragte ihn, ob selbige aus seiner Produktion stamme.

Tyrell schaute gar nicht hin, sondern richtete seine Augen auf Lilli. Auf Lillis desolate Gesichtsmitte.

»Wenn Sie wollen«, sagte sie, »mache ich Ihnen ein Photo von meiner Nase, aber seien Sie so gut und beantworten meine Frage.«

Tyrell neigte seinen Kopf zur Seite, sah ganz kurz auf die Fellpuppe, dann wieder nach oben zu Lilli und meinte in einem Deutsch, das an gefrorenes Wasser erinnerte, kalt, schlecht für die Zähne, aber mit leckerem Himbeergeschmack: »Ja, die Puppe ist von mir. Na und?«

»Und was kann die Puppe?«

»Gegenfrage, Frau Steinbeck, was erwarten Sie von einer Puppe?«

Lilli überlegte. Dann sagte sie: »Die Puppe dient dem Menschen wohl dazu, nicht alleine zu sein.«

Tyrells arrogantes Gesicht verschob sich zu einer anerkennenden Geste: »Na, da haben Sie so was von recht. Puppen sind Begleiter. Diese hier begleitet den jeweiligen Menschen in den Tod. Sie begleiten sein Sterben.«

»Wie viele von den Puppen haben Sie hergestellt?«

»Warum fragen Sie?«

»Wir haben vier ermordete Frauen, und bei einer jeden von ihnen wurde eine solche Puppe …«

Yamamoto wollte unterbrechen. Lilli winkte ab, indem sie ihre Handkante quer durch die Luft sausen ließ. Das konnte sie wirklich, wenn sie wollte: Männer *abdrehen,* um jetzt nicht von *abwürgen* zu sprechen.

»Versuchen Sie mir einen Mord anzulasten, Frau Steinbeck?« fragte Tyrell.

»Ich habe nach der Zahl der Puppen gefragt«, erinnerte Lilli.

Tyrell erklärte, die Puppen in großen Mengen herzustellen. Viele Leute in Toad's Bread würden eine besitzen. Nicht nur die Todkranken. Sondern jeder, der bemüht sei, mit den Göttern in Verbindung zu treten. Auch jeder, der für den Fall eines plötzlichen Todes nicht ohne fürsorgliche Begleitung dastehen mochte. Doch eine genaue Zahl seiner Kunden kenne er nicht.

»Führen Sie denn keine Bücher?«

Tyrell lachte. Und zwar derart dreckig, als sei das Bücherführen eine sittenwidrige Schweinerei. Und bei genauer Betrachtung ...

»Lachen Sie später«, meinte Lilli, »und sagen mir statt dessen, wonach ich suchen muß. Oder nach wem.«

»Dafür müßten Sie mir erst einmal erzählen, wie diese Frauen ermordet wurden. Und wieso.«

»*Wieso* kann ich nicht sagen«, äußerte Lilli die halbe Wahrheit, weil sie ja durchaus die möglichen Gründe kannte, diese aber verschweigen mußte, um nicht von einem gewissen Lärchenwald zu sprechen. Also erklärte sie: »Was wir wissen, ist, daß man alle Opfer ertränkt hat. Und daß sie fürsorglich gereinigt wurden. Wahrscheinlich mit demselben Wasser, mit dem der Täter sie auch umbrachte.«

Sie bemerkte sogleich ihren Fehler. Aus dem Augenwinkel heraus gewahrte sie erneut Yamamotos Erstaunen. Denn das Wissen um die penible Reinigung der Leiche stammte von ihrem ersten Besuch in der Gerichtsmedizin, beim zweiten Mal war davon nicht die Rede gewesen, warum auch immer Yamamoto und die Ärztin dies für sich behalten hatten. – Es war *eine* Sache, über die Puppe als Beweisstück zu verfügen, aber noch eine ganz andere, von der akkuraten Säuberung der getöteten Frauen zu wissen. Diese Kenntnis mußte Lilli in den Augen Yamamotos schlicht verdächtig machen.

Und so fühlte sie sich auch. Doch die Arbeit mußte vorangehen, wollte Lilli rechtzeitig ins Bett kommen. Darum hakte sie nach: »Geben Sie mir einen Hinweis, Herr Tyrell, damit ich nicht weiter lästig sein muß. Sie haben Ihre Zeit ja auch nicht gestohlen, oder?«

Tyrell vollzog eine nachdenkliche Geste. Aber diese Geste war bloß ein Schmuckstück, das er in sein Gesicht fügte. Er wußte ja längst, Lilli nicht loswerden zu können, ohne etwas preiszugeben, was ihr half, den Fall aufzuklären. Weshalb er nun von einem Mann erzählte, der einen ganzen Karton dieser Ongghot-Fellpuppen in Auftrag gegeben und auch abgeholt hatte. Allerdings sei der Mann definitiv kein Händler gewesen. Er, Tyrell, kenne sämtliche Händler in Toad's Bread. Außerdem habe der Betreffende nicht wie ein Hiesiger gesprochen. Schneller als die Leute hier. Auch anders gerochen.

»Anders gerochen?«

»Wenn Sie erst einmal ein paar Jahre an diesem Ort leben, riechen Sie auch danach. Sie riechen unterirdisch. Nicht vermodert, aber geräuchert. Dieser Mann hingegen … nun, er hat so wie Sie gerochen, Frau Steinbeck.«

Lilli machte ein beleidigtes Gesicht.

Tyrell verstand. Er beeilte sich zu erklären, daß Lilli natürlich ein sehr viel aufregenderes Odeur verströme als dieser Mann damals. Aber worauf er abziele, sei eine prinzipielle Geruchsnote, die den überirdisch vom unterirdisch lebenden Menschen unterscheide.

»Hatte der Mann auch einen Namen?« fragte die überirdisch duftende Lilli.

»Er hat sich nicht vorgestellt. Aber …« Tyrell erklärte, eine seiner Gepflogenheiten im Umgang mit der Kundschaft bestehe darin, sie zu photographieren. Nicht filmen, er möge kein Videozeug. Aber jede Person, die seinen Laden betrete, werde aus verschiedenen Positionen abgelichtet.

Lilli sah sich um. »Ich kann nirgends eine Kamera entdecken.«

»Wenn Erwachsene Photoapparate sehen«, bekundete Tyrell, »verhalten sie sich unnatürlich. Beginnen zu posieren, verkrampfen sich. Auf verkrampfte Gesichter kann ich verzichten. Nein, die Geräte sind gut versteckt.«

Yamamoto wollte jetzt auch etwas sagen und fragte: »Und warum tun Sie das? Leute photographieren?«

»Na, etwa für den Fall, daß zwei Polizisten bei mir hereinschneien und Auskunft über einen bestimmten Kunden verlangen.«

»Sehr löblich«, kommentierte Lilli und bat um das Photo des Mannes, der so anders gerochen und anders gesprochen und eine Kiste Ongghuts erstanden hatte.

Tyrell öffnete eine Lade und zog eine Mappe hervor, die er auf den Tisch legte und aufschlug. In der Tat handelte es sich um ein Photoalbum. Jedem Porträtierten war eine Doppelseite mit acht verschiedenen Abbildungen gewidmet, die stets aus den gleichen Winkeln aufgenommen worden waren. Ohne daß hier ein künstlerisches Bemühen sichtbar wurde. Tyrells Unternehmung bestand allein darin, eine Sammlung von Menschenbildern anzulegen, nicht bloß die Käufer seiner Puppen dokumentierend, sondern einen jeden Menschen, vom Postboten bis zum Schutzgeldeintreiber, der durch diese Ladentür trat. Zumeist einzelne Personen, manchmal auch Paare, wie etwa das Paar Lilli & Yamamoto, welches selbstverständlich keine Ausnahme machte und deren Konterfeis demnächst ebenfalls in diesem Album aufscheinen würden.

»Hier, das ist er«, sagte Tyrell und wies mit einer Handbewegung, die aussah, als schiebe er einen Vorhang zur Seite, auf die acht Photos, die einen breitgesichtigen, schrankartig kompakten, bulligen Mann präsentierten. Kompakt von jener Art, die nicht nur Steherqualitäten vermuten läßt, sondern auch eine gewisse Beweglichkeit. Ein Schrank, der ausweichen kann und dessen Schnelligkeit so überraschend kommt wie die von Braunbären oder Krokodilen. Er wirkte auf den Bildern etwas ungepflegt, aber angesichts des smokingtragenden Tyrell wirkte jeder andere ungepflegt, selbst Yamamoto: unfrisiert und unrasiert.

»Soviel kann ich Ihnen sagen«, erklärte Tyrell, »daß der Mann Russe ist und aus Ochotsk kommt. Wir haben nicht viel miteinander gesprochen. Aber das wenige hat gereicht. Ich weiß, wie die in Ochotsk reden. Als seien sie noch immer Kosaken.«

»Denken Sie, der Mann hat das Zeug zum Mörder?«

»Jeder hat das Zeug zum Mörder, der in der Lage ist, mit seinem Daumen eine Ameise auszudrücken.«

Lilli grinste. Mit einem nachdenklichen Blick auf die achtteilige Anordnung erklärte sie: »Wir hätten gerne zwei, drei von den Photos.«

»Und wer garantiert mir, daß ich die Bilder zurückbekomme?«

Yamamoto beeilte sich, dies zu versprechen.

»Ich will aber«, sagte Tyrell und zeigte auf Lilli, »daß *sie* es mir verspricht.«

»Wie hätten Sie es denn gerne?« fragte Lilli. »Hoch und heilig?«

»Wenn Westmenschen von ›hoch und heilig‹ sprechen«, äußerte Tyrell, »hat das ebensowenig zu bedeuten, wie wenn sie beim Leben der eigenen Mutter schwören. Nein, mir wäre lieber, Sie lassen mir ein Pfand hier.«

»Bei allem Respekt, Monsieur Tyrell, aber …« Es war Yamamoto, der nun meinte, auf gewisse Privilegien der Polizei bestehen zu müssen. Etwa die Beschlagnahme von Beweismaterial.

Doch erneut bremste Lilli ihren Kollegen ein und erklärte, das gehe in Ordnung. Sie verstehe ganz gut die Bedeutung von Photos etwa im Vergleich zu den inflationären Bildern auf den Speicherkarten von Digitalkameras und Handys. Ein entwickeltes Photo sei ein Stück weit auch ein entwickeltes Leben.

Eingedenk solcher Anschauung öffnete Lilli ihre Tasche und zog ein kleines Büchlein hervor. Ein geradezu verwundet anmutendes Diogenes-Taschenbuch, derart zerkratzt, daß man die Abbildung auf der Vorderseite kaum erkennen konnte. Eine Rembrandt-Zeichnung wohl, so als habe sich hier einer dieser verrückten Kunsthasser ausgetobt. Doch die zerschrammte Oberfläche war den vielen Jahren zu schulden, in denen Lilli dieses Buch unentwegt mit sich getragen hatte, verschüttet unter Schminksachen, Tampons und Puderdosen, geschunden von den scharfen Rändern aluminiumverhüllter Kopfwehpulver oder den Spitzen metallischer Haarbürsten. Zudem war das Buch auch dank puren Lesens »malträtiert« worden, kaum ein Gegenstand Lillis besaß eine so große Anzahl ihrer Fingerabdrücke. Dazu kamen die vielen schriftlichen Anmerkungen, Notizen und Unterstreichungen sowie die angefügten Klebezettel und Büroklammern. Keine Frage, der Inhalt des Buches beschäftigte Lilli seit über zwanzig Jahren, doch sein eigentlicher Wert ergab sich aus dem außergewöhnlichen Umstand, daß es sich hierbei um den einzigen Gegenstand handelte, den Lilli je gestohlen hatte. Damals, Ende der neunziger Jahre, als sie im Büro jenes Giesentweiser Notars gesessen hatte, um ihr Erbe anzutreten. Das Buch war auf dessen Bürotisch gelegen. Ein simples Taschenbuch aus dem Schweizer Verlagshaus, ein Auszugband aus einem vierbändigen Werk, keine Rarität, auch hatte Lilli nie zuvor den Namen des Autors gehört: Thomas von Kempen, ein Mystiker des 15. Jahrhunderts. Wieso also ...? Sie konnte bis heute nicht genau sagen, was sie dazu getrieben hatte, in einem unbemerkten Moment, als sich der Notar mit Lillis damaligem Freund, Ivo Berg, unterhalten hatte, nach dem Büchlein zu greifen und es in ihrer dunkelblauen Handtasche verschwinden zu lassen. Eine noch dazu durchsichtige Handtasche, wobei allerdings das transparente Blau dieser Plastiktasche ins

Schwärzliche tendierte und es somit eines überaus genauen Blicks bedurfte, die einzelnen Gegenstände darin zu erkennen. Was noch nie jemand versucht hatte, in zwanzig Jahren nicht. Nicht zu vergessen, es handelte sich um dieselbe Tasche, die Lilli fortgesetzt bei sich trug. Dieselbe Tasche und dasselbe Buch, so daß schwer zu sagen war, wer hier wen begleitete, die Tasche und das Buch eine Frau namens Steinbeck oder umgekehrt. Wie auch immer, es besaß einige Tragweite, wenn Lilli nun genau dieses Buch, diese *Nachfolge Christi*, als Pfand vor Tyrell auf den Tisch legte. Tyrell war klug genug, auch ohne Hintergrundgeschichte, allein den Anblick richtig deutend, zu erkennen, wie wichtig Lilli dieses abgegriffene, in den Jahren stark gealterte Diogenes-Bändchen war und daß sie ganz sicher die Photographien des Verdächtigen zurückbringen würde, um ihr Pfand einzulösen. Er nickte, befreite drei der Photoporträts aus ihren Halterungen und reichte sie Lilli. Das Büchlein ließ er dort liegen, wo Lilli es hingetan hatte. Vielleicht fürchtete er, es könnte zerfallen.

Lilli fächerte die Photos wie bei einem Kartenspiel auf und studierte die Merkmale des Abgebildeten: seinen wuchtigen Körperbau, die handschuhartig dicken Hände, das schwarze, nach oben und hinten gekämmte Haar, die buschigen Augenbrauen zwischen einer glänzenden Stirn und den schmalen Augenschlitzen, diese gewisse Fleischigkeit des Antlitzes, aber nicht wie bei Kallimachos, nein, dieses Gesicht verriet trotz seiner Masse eine potentielle Beweglichkeit, für den Fall, daß es mal auf Beweglichkeit ankommen sollte. Nun, dieser Mann erinnerte Lilli an einen der mehrfachen Helden der Sowjetunion, an Leonid Iljitsch Breschnew. Das sagte sie jetzt auch: »Der sieht aus wie Breschnew in den sechziger Jahren.«

Tyrell stimmte ihr zu. Und riet: »Dann würde ich ihn auch so nennen: Breschnew.«

»Machen wir«, versprach Lilli, nahm die Puppe vom

Tisch, steckte sie in ihre Tasche und sagte: »Eine letzte Frage noch: Warum sind immer Wasserflaschen in den Puppen?«

»Die sind nicht von mir«, erklärte Tyrell. »Aber es gehört dazu. Es ist ein Todesritual, die Puppe zu füllen: mit Blüten, mit Gräsern, mit getrockneten Pilzen, mit Wasser.«

»Zu welchem Zweck?«

»Der Zweck des Rituals ist immer der der Besänftigung. Etwas oder jemand milde zu stimmen.«

»Konkreter geht es nicht?«

»Wäre es konkreter, wäre es kein Ritual«, meinte Tyrell und bat nun darum, in Ruhe gelassen zu werden. Er habe zu tun.

So verließen Lilli und Yamamoto also nicht nur mit drei Photographien des Verdächtigen den Laden des Puppenmachers, sondern auch mit einem Namen. Denn selbst wenn dieser Name – Breschnew! – nur eine vorläufige Krücke bildete, so waren Krücken immerhin geeignet, einen bestimmten Weg zu gehen, ein Ziel zu erreichen, das man ohne diese Krücke vielleicht nicht erreicht hätte. Das nächste Ziel freilich war Lillis Hotel. Yamamoto wies den Weg.

Eine Frage lag in der Luft. Yamamoto stellte sie: »Wie konnten Sie wissen, daß der Täter die Leichen gewaschen hat? Und zwar mit dem gleichen Wasser, mit dem er sie ertränkt hat. Davon hatte ich nichts erwähnt.«

»Ich habe die Berichte gelesen«, log Lilli.

»Welche Berichte?«

»Die man mir gab, bevor ich hierherkam. Oder was denken Sie denn? Daß ich unvorbereitet in den Ring steige?«

Der Ringvergleich irritierte Yamamoto zusätzlich. Ohnedies verwirrten ihn die Déjà-vus, die ständig durch seinen Kopf schwirrten und einen eigenen kleinen Saturnring um sein Hirn bildeten. Er fragte: »Und was sollte das mit der Puppe? Woher haben Sie das Ding? Woher wußten

Sie von den Wasserflaschen, von der Existenz eines Puppenmachers ... woher?«

»Ich bin nicht Ihr Gegner«, sagte Lilli.

»Das war nicht meine Frage«, erinnerte Yamamoto.

»Es ist aber genau *die* Antwort, die ich Ihnen *jetzt* geben kann«, wich Lilli aus, präsentierte dieses Ausweichen aber mit solcher Selbstsicherheit, daß es Yamamoto war, der nun ausweichen mußte. Er sagte: »Ich glaube, heute abend gehe ich auch mal früher schlafen.«

»Sie werden es nicht bereuen«, antwortete Lilli und lächelte ihn an. Immerhin wußte er nun, was genau er zu dieser Frau sagen mußte, um von ihr angelächelt zu werden.

19

Als Lilli erwachte, da meinte sie, etwas mit ihren Augen stimme nicht. Was ja schon mal vorkam, daß es nötig war, sich die Augen zu reiben und dabei nicht nur den Schlafsand zu entfernen, sondern auch die kleinen Splitter und Scherben eines vergangenen Traums aus den Lidern zu schütteln. Genau das unternahm sie. Sie schüttelte. Doch dies änderte nichts am Anblick des engen Hotelzimmers, in dem sie sich befand. Obzwar sämtliche Objekte dort standen, wo sie auch am Abend zuvor gestanden hatten, war eine Veränderung eingetreten. Um es klar zu sagen: Den Dingen fehlte die Farbe. Nicht bloß den Dingen, denn als Lilli nun an sich heruntersah, mußte sie feststellen, daß ihre eigene Erscheinung sich ebenfalls allein aus Schwarz und Weiß und den dazwischen liegenden diversen Grauabstufungen zusammensetzte.

Sie stieg aus dem Bett, ging ins Badezimmer, betrachtete sich im Spiegel. Himmel Herrgott, was war das bloß?! Die reflektierte Umgebung sowie auch sie selbst verblieben in jener radikalen Farbfreiheit. Und auch ein Blick aus dem kleinen Fenster nach unten auf die Straße bestätigte das verstörende Bild. Die Neonschrift, die am Abend zuvor die ganze Häuserfront in ein Scharlachrot gehüllt hatte, erstrahlte nun in einem hellen, silbrigen Grau.

»Na super«, sagte sie sich, »jetzt stecke ich auch noch in einem Schwarzweißfilm fest.«

Genau diesen Satz äußerte sie, als sie in der vergleichsweise großzügig dimensionierten Hotellounge auf den wartenden Yamamoto traf.

»Ja, richtig«, äußerte der Samurai mit einem dünnen Seufzen, »das ist einer von diesen Tagen.«

»Was für ein Tag?«

»Nun, ein schwarzer Tag. So sagen wir dazu.«

»Klingt nicht gut.«

»Eine alte Geschichte«, erklärte Yamamoto und erklärte weiter, zu den Eigenheiten von Toad's Bread gehöre ein vierzehnmonatlicher Zyklus, welcher eine »Verfinsterung« mit sich bringe, richtiger gesagt, eine »Entfärbung«. An diesem bestimmten Tag erscheine sämtliches Leben innerhalb der Stadt auf die gleiche Weise in Schwarz und Weiß, wie man das vom alten Kino und alten Fernsehen und einer noch immer gerne angewandten Phototechnik kenne. Er sagte: »Gott weiß, warum das so ist. Wobei es ja nicht weh tut. Eher beruhigt es die Augen. Das Problem ist freilich, daß diese Verfinsterungen ein Omen darstellen. Sie wissen schon: Ein König wird sterben.«

»Gibt es Könige in Toad's Bread?«

»Nicht direkt. Aber wenn die Götter keine Könige kriegen, nehmen sie eben Leute, die sich für Könige halten. Oder irgend jemand an Königs Statt. So wie bei den früheren Kulturen, als man anläßlich der Sonnenfinsternisse Bettler auf die Throne setzte. Jedenfalls geschehen schlimme Dinge an diesen Tagen. Das war immer so, wird immer so sein. Und da nützt es wenig, im Bett zu bleiben. Wenn das Unglück einen sucht, findet es einen auch im Bett.«

Nun, Yamamoto war diese periodische Verwandlung seit langem gewohnt, wie man anderswo Erdbeben gewohnt war oder daß es an manchen Orten so gut wie nie regnete oder zu Pfingsten viele Autos zusammenstießen. Wie gesagt, im Bett bleiben war keine Alternative. Vielleicht dort, wo Pfingsten war, aber nicht im Falle von Erdbeben oder wenn das Unglück nach jemand Ausschau hielt und gescheit genug war, auch unter Bettdecken und hinter Duschvorhängen nachzuschauen. Trägheit war kein Schutz.

In der Tat: Yamamoto war nicht faul gewesen. Dank des frühen Schlafengehens war er auch früh aufgewacht und hatte die Zeit genutzt, einige von seinen Informanten aus ihren schwarzweißen Betten zu holen, um ihnen das Photo jenes Mannes zu zeigen, den man zur Not *Breschnew* nannte.

»Und?« fragte Lilli und zog sich ihre Lippen nach, weil sie angesichts der neuen optischen Verhältnisse eine solche Akzentuierung für nötig hielt, eine Betonung des Wechsels von Hell und Dunkel. Dunkle Lippen in einem hellen Gesicht. Helle Augen unter einem dunklen Lidschatten. – Übrigens versuchte Lilli nach der anfänglichen Irritation das Beste aus der Sache zu machen. So stellte sie etwa fest, daß Yamamoto dank der neuen Verhältnisse sehr viel besser aussah. Aber wer nicht? Schwarzweiß war ein richtiger Schönmacher.

Der solcherart »verschönerte« Samuraipolizist berichtete nun, den Hinweis erhalten zu haben, ein Mann, der Breschnew wenigstens ähnlich sehe, sei bei einer Polin untergekommen.

»Hat die Polin einen Namen?«

»Jola Fox. Ich weiß schon, der Nachname klingt nicht sehr polnisch. Vielleicht ein Künstlername.«

Nun, dieser Name war Lilli durchaus vertraut, da sie schließlich über eine Liste der Pflückerinnen verfügte, die im Lärchenwald beschäftigt waren. Eine Liste, die sie sich eingeprägt hatte. Wobei es kein gutes Gedächtnis brauchte, sich einen Namen wie Jola Fox zu merken. Lilli meinte: »Wenn Sie eine Adresse von der Frau haben, sollten wir uns beeilen.«

»Eine ungefähre Adresse«, antwortete Yamamoto, denn der Tip, den er bekommen hatte, bezog sich auf ein bestimmtes Haus, nicht aber auf eine Türnummer. Und Namensschilder waren in Toad's Bread eher die Ausnahme, außer man ging zum Zahnarzt.

»Rasch!« gab Lilli das Tempo vor, obwohl es ihr gar nicht gefiel, hastig zu sein. Sie trug heute besonders hohe Schuhe. Goldgelb. Ein Goldgelb, das man freilich nicht erkennen konnte.

»Jola Fox?« fragte Yamamoto die Kinder, die vor dem schmalen Eingang zum Haus saßen und kleine Münzen gegen die Wand warfen.

Die Kinder lachten, zeigten nach oben und entließen ein Gemisch von Sprachen, einen verbalen Cocktail, aus dem Lilli nichts Sinnvolles heraushören konnte. Yamamoto schon. Er sagte: »Fünfter Stock, die Tür mit dem Daumen.«

Wie sich herausstellte, war mit dem Daumen nichts anderes als ein Aufkleber gemeint, auf dem ein nach oben gestreckter Daumen abgebildet war, irgendeine 1-a-Qualität symbolisierend. An dieser Stelle freilich diente der Aufkleber allein dazu, den Briefschlitz zu versperren. Dies alles – das blätternde Stiegenhaus, die Tür aus Holzimitat, der Supermarktaufkleber – hätte bei Farbe betrachtet nur deprimierend gewirkt, nicht aber in dieser von schweren Schatten durchschnittenen kaltgrauen Szenerie, wo auch das Billige geheimnisvoll anmutete. Als sei der Aufkleber noch vom frühen Louis Malle an diese Stelle gesetzt worden. Film noir. Das fand auch Lilli. Sie erklärte flüsternd: »Fehlt nur noch die Musik.«

»Was für eine Musik?« flüsterte Yamamoto zurück.

»Miles Davis.«

»Ach ja«, meinte Yamamoto und drückte Lilli eine seiner beiden umgebauten Berettas in die Hand. Dann meinte er: »Wollen wir klopfen?«

»Nein. Und noch etwas: Diesmal schießen wir sofort.«

»Diesmal?«

»Ich meinte … also, wenn Sie Breschnew sehen, pusten Sie ihn einfach um. Tötet ihn ja nicht.«

Yamamoto wollte zu bedenken geben, daß auch für Toad's Breader Polizisten Regeln existierten. Der Einsatz von Betäubungspatronen bedeutete nicht, selbige nach Lust und Laune und ohne Vorwarnung einsetzen zu dürfen. Andererseits schien dies nicht der geeignete Moment für eine Diskussion. Lilli Steinbeck wirkte viel zu bestimmt. Keine Frage, daß sie mehr wußte, als sie zugab. Siehe Puppen. Siehe Puppenmacher. Auch im Flüstern tönte ihre Stimme fest, als sie jetzt Yamamoto aufforderte, die von einem hochgestreckten Daumen markierte Tür zu öffnen.

Der Samurai holte ein Stück Draht aus seiner Tasche und machte sich am Schloß zu schaffen. Die Schlösser in dieser Stadt waren keine großen Gegner. Mit einem winzigen Geräusch, einem metallischen Stöhnen, sprang die Tür aus ihrem Verschlossensein. Es klang so, als spreche die Tür: »Mein Gott, wenn du *bitte* gesagt hättest, wäre ich auch von allein aufgegangen.« Und in der Tat würden die Menschen staunen, wenn sie wüßten, wie viele Dinge sich durch pure Höflichkeit öffnen ließen.

Vorsichtig drückte Yamamoto gegen die Fläche und weitete den schwarzen Spalt zu einer schwarzen Öffnung.

Mit den Waffen im Anschlag drangen die beiden Polizisten in das Innere. Es war nichts zu erkennen außer einer dünnen, leuchtenden Linie, die die untere Kante einer weiteren Tür bildete, hinter der sich ein erhellter Raum befinden mußte.

»Auf mein Kommando«, flüsterte Yamamoto und gab dieses Kommando nun ausnahmsweise in japanischer Sprache an, wahrscheinlich so etwas wie »Eins, zwei, drei!« oder »Achtung, fertig, los!«. (In Wirklichkeit sprach der des Judo mächtige Yamamoto eine Kampfwertung aus: »Waza-ari awasete Ippon«, was bedeutete, daß zwei halbe

Punkte einen ganzen Punkt, nämlich einen Ippon, ergaben.) Lilli konnte dies nicht übersetzen, erkannte aber die im dritten Wort enthaltene ultimative Steigerung und setzte sich nun mit der gleichen Plötzlichkeit wie ihr Partner in Bewegung. Zusammen einen »ganzen Punkt« bildend, stießen sie die Türe auf, blieben aber beide nahe dem Türrahmen stehen. Sie schwenkten ihre Waffen in einer halbkreisförmigen, voneinander wegführenden Drehung, wie um den Raum zu scannen. Was sie sahen, war das Folgende: In der Mitte des Zimmers stand ein Tisch, darauf ein Metalleimer, darüber gebeugt eine nackte Frau, die an Händen und Füßen gefesselt war und deren Haut und Haare von Feuchtigkeit glänzten. Die Frau drehte den Kopf und sah zu Lilli und Yamamoto herüber. Ihr Gesicht war ein weißes Tuch, auf dem die Augen, der Mund und die Nase wie verwaschene Tinte anmuteten. Ein kleines Geräusch, ein Wimmern, entließ den Tintenmund. Schwer zu sagen, ob die Frau, bei der es sich um Jola Fox handeln mußte, überhaupt noch in der Lage gewesen wäre, mehr als dieses Wimmern von sich zu geben. Sie zitterte, der ganze Boden schien mitzuzittern. Lilli jedenfalls blickte mit signalhaft geweiteten Augen hinüber zu der Gefesselten und legte sich dabei den Zeigefinger auf die Lippen, um Jola anzuweisen, nichts zu sagen. Dann aber ließ Lilli denselben Finger durch die Luft pendeln, mit einem fragenden Gesicht in verschiedene Richtungen weisend. Jola verstand. Sie sollte einen stummen Hinweis auf ihren Peiniger geben, falls sich dieser noch in der Wohnung befand, was für Lilli nahelag. Wäre Jola sonst noch am Leben gewesen? Entweder hatte sich Breschnew für einen kurzen Moment in einen anderen Raum begeben, oder aber er hielt sich verborgen, da er die Eintretenden wahrgenommen hatte und in Deckung gegangen war.

Jola streckte ihren Kopf langsam rückwärts, dorthin deutend, wo ein Rolladenschrank stand und einen toten

Winkel bildete. Einen toten Winkel von der Größe, die geeignet war, einen Mann aufzunehmen. Lilli gab Yamamoto ein Zeichen. Er nickte, näherte sich über die Wandseite, während Lilli vorsichtig einen Bogen beschrieb, der zu einer langsamen Öffnung, einer Reanimation des toten Winkels führte.

Als erstes erkannte sie den Schatten des Mannes, der Breschnew sein mußte, nicht den ganzen Schatten, nur ein Stück Schulter, einen Schulterschatten, der aus dem Schatten des Schranks herausragte. In dieser Position war Lilli zudem dicht an die gefesselte Frau gelangt, in deren Augen sehend, auf die verlaufende Tusche, die aus den Pupillen quoll. Die Tränen waren vom Wasser, das aus den Haaren tropfte, nicht zu unterscheiden. Selten noch war Lilli – die schon einiges hatte schauen müssen – ein solch eindringliches Bild der gequälten Kreatur untergekommen. Ganz ohne Blut, ohne Schnittwunden, ohne Verbrennungen. Der Blick selbst war die Wunde: pure, reine Verzweiflung. Dabei hätte ja eigentlich ein Hoffnungsschimmer diese Verzweiflung abschwächen müssen. Davon aber war nichts zu erkennen. Lilli versuchte mittels einer puren Lippenbewegung den einen bekannten Satz in die Luft zu schreiben: *Es wird alles gut!* Dabei wußte sie doch selbst ganz gut, daß nie und nimmer alles gut werden würde. Daß, wenn Menschen einmal einen ersten Tod gestorben waren – und genau dies war soeben mit Jola Fox geschehen –, ihnen für den Rest ihres Lebens ein Pfeil in der Brust steckte.

Während Lilli da bemüht war, lippensprachlich ein Versprechen zu geben, welches sich nicht halten ließ, löste sich Breschnew aus dem Schatten. Lilli sah dies erst in dem Moment, als sie bereits den Lauf der Waffe wahrnahm, der in ihre und Jolas Richtung wies und aus dem sich nun ein Schuß löste. Eine Kugel kam geflogen. Eine schwarzweiße Kugel, die herzlos in den Hinterkopf der Polin eindrang. Augenblicklich kippte die Gefesselte nach vorn und wäre mit ihrem Kopf im Wassereimer gelandet, hätte Lilli sie nicht aufgefangen.

Ein zweiter Schuß folgte, ein Schuß, der für Lilli gedacht war, doch im selben Augenblick hatte Yamamoto jenen Schritt getan, der es ihm erlaubte – nun ebenfalls ein Ziel anvisierend –, den Abzug zu drücken. Das Betäubungsprojektil aus seiner Beretta drang in Breschnews Schulter, gerade als dieser zum zweiten Mal feuerte. Die Kugel, die Lilli hätte treffen sollen, beschrieb eine leere Bahn, nichts und niemanden treffend, ganz in der Art einsamer Raumsonden, wäre da nicht am Ende des Universums eine Wand gewesen, die die Kugel in ihr dichtes Mauerwerk aufgenommen hätte.

Während nun die Substanz aus Yamamotos Pfeilmunition zu wirken begann, stolperte Breschnew durch den Raum. Jetzt schoß auch Lilli. Der Betäubungspfeil landete in Breschnews Brust. Und auch noch ein dritter Pfeil, den Yamamoto im Rücken des Flüchtenden unterbrachte. Eigentlich hätte Breschnew augenblicklich zusammenbrechen müssen, doch er besaß noch immer die Kraft, den Raum zu queren und sogar einen vierten Pfeil aufzunehmen. Mit einem Schrei, seine Unterarme als ein X vor sich her haltend, stürzte er sich durch das einzige Fenster des Raums. Er brach durch die Scheibe und flog die fünf Stockwerke nach unten, direkt zwischen die spielenden Kinder. Und es war ganz sicher das größte Glück in dieser Geschichte, daß Breschnew keines von ihnen erwischte, sondern flach mit dem Rücken auf dem Beton aufschlug. Flaaatsch! Man konnte bis oben hin hören, wie die Knochen brachen. Die Knochen bewegten sich noch ein wenig, dann war Stille. Breschnew rührte sich nicht mehr. Wobei allein die Betäubungsmittel ausgereicht hätten, seine Bewegungsunfähigkeit zu garantieren. Aber der Mann war tot. Die Jungen und Mädchen riefen genau dies nach oben, als seien sie alle Mitarbeiter des Polizeiarztes, der noch anderswo zu tun hatte.

Auch Jola Fox atmete nicht mehr. Der zweite Tod hatte sie rasch ereilt und keine Zeit für ein längeres Dazwischen gelassen. So blieb nur noch, daß Lilli den leblosen Körper aus seiner unwürdigen Lage befreite. Sie hatte mit Yamamotos Hilfe den weißen, feuchten, fleckigen Leib auf den Boden gelegt. Sie ließ sich ein Handtuch bringen und schob es unter den Kopf der Toten, um die Blutung einzudämmen. Dann begann sie, die Fesseln zu lösen. Mit einem zweiten Tuch trocknete sie das Gesicht, die Brust, den Bauch, Arme und Beine.

Yamamoto gab mit leiser Stimme zu bedenken, daß man eigentlich warten sollte, bis die Spurensicherung eingetroffen sei.

» Vergessen Sie's «, meinte Lilli. » Wozu sollte die Spurensicherung gut sein? Um Hinweise auf den Täter zu finden? Meine Güte, wir wissen, wer der Täter ist. Er liegt dort unten auf der Straße. Schauen Sie lieber nach, was Sie noch bei ihm finden können, bevor die Kinder seine Sachen durchwühlt haben. «

» Meinen Sie denn, alle hier, selbst die Kleinsten, seien Diebe? «

» Ist das jetzt eine Verbrecherrepublik oder nicht? «

Yamamoto entgegnete: » Hätte sich der verdammte Schweinehund an die Spielregeln gehalten, die bei uns herrschen und an die sich auch unsere Kinder halten, dann hätten wir jetzt keine zwei Toten. Sondern maximal zwei Schlafende. «

» Sie haben recht «, sagte Lilli, » aber trotzdem sollten Sie rasch hinuntergehen und nachsehen. «

Yamamoto knurrte einen kurzen Satz. Im Knurren hob er die Waffe auf, die der Täter hatte fallen lassen. Er steckte sie ein und verließ die Wohnung. Währenddessen setzte Lilli ihre Arbeit fort, indem sie nun auch den Unterleib der

Toten abtrocknete. Als dies getan war, wechselte sie ins Nebenzimmer, wo sie Wäsche zusammensuchte, um den Leichnam ordentlich zu bekleiden. Ihr selbst, Lilli, war die Vorstellung ein Horror, als Tote *nackt* aufgefunden zu werden. Schlimm genug, wenn sich Pathologen und Gerichtsmediziner an einem Körper zu schaffen machten. Aber wenigstens in diesem ersten, frühen Moment des Todes sollte man angezogen sein.

Mit großem Einfühlungsvermögen und dem ihr eigenen guten Geschmack wählte Lilli aus dem Kleiderschrank der Verstorbenen das Richtige aus und bescherte auf diese Weise der toten Frau einen im besten Sinne »modischen« Ausdruck. Nicht, daß Lilli davon überzeugt war, daß Tote sich selbst betrachten konnten. Was aber, wenn schon? Dann doch lieber vorsorgen. Und um einen vollkommenen Schlußpunkt zu setzen, zog Lilli sich ihren eigenen Armreif herunter und fügte ihn über Jola Fox' Handgelenk. Das dünne, aus opalgrünem Kunstharz gefertigte Schmuckstück wirkte in dieser neuen Umgebung gleich einer kurzen musikalischen Sequenz, die verschollen gegangen und nun wiederentdeckt worden war, so daß sich endlich die Komposition als Ganzes erschloß. Ja, auf eine verzwickte und tragische Weise hatte es wohl so sein müssen, daß sich die Wege von Jola Fox und Lilli Steinbeck kreuzten, auf daß ein Armreif die Besitzerin wechselte, ein Armreif, den Lilli seit zwei Jahrzehnten – so lange wie die *Nachfolge Christi* – mit sich geführt hatte, um ihn nun endlich an die richtige Person weiterzugeben.

Jola Fox mochte tot sein, aber sie war jetzt auch perfekt. Und wäre sie tatsächlich in der Lage gewesen, im Raum schwebend sich selbst zu beobachten, dann würde sie es wissen und spüren, *wie* perfekt sie war.

Lilli selbst hingegen war noch immer gezwungen, weiterzumachen, weiter – mit einem Pfeil in der Brust, der sich so gar nicht zur Betäubung eignete – durch das Leben zu schreiten, welches an diesem Tag von der Dramaturgie des Film noir bestimmt war.

Sie sah sich um. In der Küche fand sie, was sie suchte: die obligate Puppe, die da halb geöffnet neben der Spüle lag, daneben eine Nadel samt Faden sowie ein mit einer klaren Flüssigkeit gefülltes Fläschchen. Offensichtlich hatte Breschnew auch hier eine präparierte Ongghot-Puppe vorbereitet gehabt. Erneut übernahm es Lilli, die Dinge zu einem Ende zu führen, indem sie die Flasche in die Puppe fügte, den Faden durch das Nadelöhr führte und den Rumpf der Puppe zunähte. Auf diese Weise vollzog sie einen Akt, der ja eigentlich dem Plan des Mörders entsprochen hatte. Doch Lilli meinte in dieser Handlung, dieser Puppenhandlung, eine Notwendigkeit zu sehen. Kein Sterben ohne Puppe. An diese Regel – wenn schon nicht an die Regel, auf scharfe Munition zu verzichten – hatte sich auch Breschnew halten wollen.

Lilli nahm die verschlossene Fellpuppe und tat sie in ihre Tasche, wo ja bereits eine andere Puppe lagerte.

Valerijas Puppe und Jolas Puppe. Und eigentlich hätte es auch für Breschnew eine geben müssen. Gab es aber nicht. Hatte er auch nicht verdient.

Lilli verblieb noch eine Weile in der Küche und bereitete sich einen Kaffee. Das war jetzt wirklich nötig. Ohne Zucker, ohne Milch, schwarz, tiefschwarz. Und in der Tat schmeckte der Kaffee an diesem ekliptischen Tag sehr viel dunkler und tiefer, als Lilli das von jedem anderen Kaffee gewohnt war. Sie schloß die Augen und war für einige Momente ganz eins mit dem schweren Geschmack in ihrem Mund. Dann erhob sie sich, trat durch das Zimmer, überzeugte sich ein letztes Mal davon, die Tote in der richtigen Weise »aufgebahrt« zu haben, und ging nach unten.

Eine Menschenmenge umringte den abgestürzten Körper. Niemand aber faßte ihn an. Yamamoto stand ein wenig abseits. Soeben erschienen Männer, deren helle Armbinden sie als Sanitäter auswiesen. Sie verscheuchten die Menge.

Lilli trat an Yamamoto heran und fragte, ob er auf etwas gestoßen sei.

»Sie sagen mir doch auch nie was«, meinte der Samurai trotzig.

»Hören Sie auf, ein Kind zu sein«, tadelte Lilli.

Der Polizist verschränkte sein Gesicht zu einer abwehrenden Geste. Aber er redete dennoch: »Ausweis hatte er keinen. Aber er hatte das hier bei sich.«

Yamamoto zog ein dickes Stück Papier aus seiner Tasche, das er zu einem Plan entfaltete, den er Lilli reichte. Eine Karte mit einem System aus Höhenlinien, was die Darstellung einer Landschaft vermuten ließ. – Stimmt schon, die grüne Untergrundfärbung würde erst wieder am Folgetag sichtbar werden, war allerdings schon jetzt zu erahnen. Man konnte sagen: Der Geist von Grün war auch im Schwarzweiß erkennbar.

Der Großteil der Fläche war mit kleinen Kreisen übersät, die in ihrer Gesamtheit eine Spiralform bildeten, eine Spiralform aus mehreren Armen, was nun wiederum an eine von oben betrachtete Wolkenformation denken ließ, an das Satellitenbild eines Hurrikans, eins von diesen Dingern, die Rita oder Hugo heißen und sich genauso benehmen.

Als wären nun die Kreise nicht schon winzig genug, war in einen jeden auch noch eine Nummer gefügt, ein- bis vierstellig. Zwar bildeten die Kreise keine sichtbaren Gruppen, denn dafür waren sie viel zu gleichmäßig verteilt, aber zwischen ihnen zogen schmale Streifen – mal gerade, mal gebogen, mitunter Plätze bildend – durch das schematisierte Gelände, offensichtlich Wege und Lichtungen darstellend.

Nach einigem Überlegen begriff Lilli, was sie da vor sich

hatte: eine Karte, die den Lärchenwald illustrierte, welcher zwischen der Stadt und dem Kraftwerk ein geheimes Dasein führte und der Belieferung von Toad's Bread mit frischem Fliegenpilz diente. Es waren die einzelnen Bäume, die hier mit Kreisen und einer Nummer über ihren jeweiligen Standort Auskunft gaben. Der, der mit einer Eins bezeichnet wurde, befand sich nahe einem viereckigen, am westlichen Rand gelegenen Umriß, bei dem es sich eigentlich nur um den Verwaltungstrakt handeln konnte, auf dessen Terrasse Lilli aus ihrer Betäubung erwacht war. Das System der Aufzählung erfolgte von außen nach innen, die verschiedenen Spiralarme in Zahlengruppen aufteilend, so daß sich im Zentrum des Areals, gewissermaßen im Auge des aus Lärchen bestehenden Wirbels, die höchste Numerierung ergab, ein Baum mit der Nummer viertausendachthundertzwanzig.

Am Rand der Karte waren handschriftliche Notate in kyrillischer Schrift vorgenommen worden, dazu Zeichen und Symbole von der mathematischen Art, bei denen es sich aber auch gut und gern um Verlegenheitskritzeleien handeln konnte. Manche der Bäume waren mit einem Fragezeichen versehen, viele mit Kreuzen durchgestrichen oder mit Häkchen markiert.

»Jetzt sagen Sie nicht«, meinte Yamamoto, »Sie hätten keine Ahnung, was das hier darstellen soll. Sie wissen es doch, oder?«

Lilli hatte die Schwindelei satt. Sie gestand: »Ja, ich habe eine Vermutung. Aber dazu müßte ich Ihnen etwas erzählen, was ich nicht erzählen darf. Außerdem ist der Fall doch eigentlich erledigt. Hier liegt der Mörder. Er hat sich seiner Festnahme entzogen und ist aus dem Fenster gesprungen. Reicht das nicht?«

»Bei einem Mörder möchte man halt gerne wissen, *warum* er gemordet hat.«

Nun, das konnte Lilli auch nicht genau sagen, obgleich

das Prinzip des Folterns offenkundig war. Aber gefoltert wurde aus verschiedenen Gründen, wenngleich allen Gründen die Lust am Quälen unterlagert war. Sicher, die Lust entsprang einem Trieb. Aber das galt schließlich für alles. Der Mensch hatte sich ständig zu entscheiden, ob er einem Trieb nachgab oder nicht. Einem bestimmten Trieb nachzugeben hieß stets, einen anderen abzuwehren.

Wenn Lilli diesen Landschaftsplan betrachtete, die Fragezeichen und Kreuze und Häkchen, die Verbindungslinien und Notizen, so kam ihr der Verdacht, hier hätte jemand versucht, einen bestimmten Baum oder eine bestimmte Ansammlung von Bäumen ausfindig zu machen, ja, man konnte meinen, es mit einer Art von Schatzkarte zu tun zu haben. Und wenn man nun bedachte, daß diese Bäume vom pharmazeutisch-industriellen Standpunkt den allerhöchsten Wert besaßen ... Nun, das galt eigentlich für sämtliche der Lärchen, da schließlich eine jede über besagte Substanz zur Abwehr von Freßfeinden verfügte. Warum also ...?

Lilli fühlte sich getroffen. Sie schaute auf ihre Schulter. Ein einzelner Tropfen zerfloß auf dem hellen, breiten Träger ihres leichten Sommerkleids und bildete dort einen dunklen Flecken. Lilli hätte nicht gleich sagen können, ob es sich um Wasser oder Blut handelte. Sie blickte nach oben, als halte sie nach der schwebenden Leiche Jola Fox' Ausschau. Aber da war kein Körper, statt dessen erwischte Lilli einen weiteren Tropfen, der auf ihrer Wange aufschlug. Es kam ihr vor, als zerbreche die dünne Schale eines Eis auf der gespannten Fläche ihrer Haut. Das Innere des Eis verteilte sich, brutzelte ein wenig, als brate jemand ein Spiegelei auf einem heißen Stein. Ja, Lilli fühlte sich fiebrig, als da weitere Tropfen nach unten fielen. Es begann zu regnen. Nicht Blut, sondern Wasser, immer heftiger, rasch einen mächtigen Schauer bildend, ein enggewobenes Netz. Wenn es sich um göttliche Tränen handelte, dann keine der Trauer, sondern der Wut. Die Leute flüchteten in ihre Häuser.

»Kommen Sie!« rief Yamamoto durch den Regen. Lilli konnte ihn kaum noch sehen. Selbstredend hatte sie die Karte rasch wieder zusammengefaltet und in ihrer wasserdichten Tasche untergebracht. Sie selbst aber stand wie versteinert im Regen. Es fühlte sich gut an. Außerdem war sie froh, hinter dem dichten Wasserband Yamamoto endgültig aus den Augen verloren zu haben. Sie hörte nur noch seinen Ruf. Als sie sich endlich in Bewegung setzte, wählte sie die entgegengesetzte Richtung. Sie hatte beschlossen, noch einmal den Lärchenwald aufzusuchen. Und da konnte sie Yamamoto nun mal nicht gebrauchen.

Die Frage, wie es in einer unterirdischen Stadt zu einem derart heftigen Regen kommen konnte, ergab sich aus einer anderen unbeantwortbaren Frage, nämlich der nach einer omenhaften Schwarzweißverfinsterung. Zum bösen Omen gehörte nun mal der machtvolle Einbruch der Natur: Stürme, Erdbeben, Überflutungen, Vulkanausbrüche, Himmelserscheinungen, Kometen, letztendlich wundersame Fügungen, die sich schwer erklären ließen. Das schwer Erklärbare war das stärkste Mittel der Natur, den Menschen zu demütigen.

20

Der Regen endete, wie er begonnen hatte, abrupt. Letzte Tropfen fielen. Auf eine dramatische Weise vereinzelt, so daß man den Eindruck gewinnen konnte, sie seien mit den erstgefallenen identisch, gewissermaßen Wiedergänger, Untote, deren Seele nie erlöst wird und die ständig aufs neue zur Erde stürzen, zerschellen, zerfließen, auf warmer Haut und warmem Beton.

Lilli kramte einen kleinen Zettel hervor, auf dem der Portier die Lage des Hotels eingezeichnet hatte. Mit Hilfe von Passanten gelang es ihr nun auch, den kleinen Brunnenplatz zu erreichen, an dem das Gebäude lag. Der Boden vor dem Eingang dampfte. Lilli setzte sich auf eine Bank, frisierte ihr noch feuchtes Haar, nahm ihre Puderdose und gab sich einen frischen Anstrich. Das Rouge auf ihren Wangen wirkte wie der Schatten zweier unsichtbarer Scheiben. Kleine schwebende Teller.

Lilli betrat das Hotel.

Natürlich erkannte sie als ersten Kallimachos. Der Grieche saß so zentral wie mächtig auf einer ledernen Bank, umgeben von einigen der Ewenken, die ihn gleichzeitig gefangenhielten und auf die freundlichste Weise umhegten. Wie ja auch sie selbst, Lilli, sich in der Obhut dieser Leute befand. Wenigstens so lange, bis Madame Fontenelle eine Freilassung erwirken würde.

Da waren allerdings weitere Personen, die Lilli noch nie gesehen hatte: eine junge kräftige Frau mit Kopftuch und dicken Strümpfen, ein kleiner Junge mit einer Haube auf dem Kopf, wie Pagen sie trugen, sowie ein Mann …

Wie lange dauert es, bis man ein Gesicht vergessen hat? Und: Wie sehr muß sich ein Gesicht verändern, daß man es nicht wiedererkennt?

»Ivo?!« rief Lilli aus.

Das Fragezeichen hätte sie sich sparen können. Natürlich war es Ivo, welcher freilich seinerseits ein ebensolches Fragezeichen anschloß: »Lilli?!«

Sie trat nahe an ihn heran, betrachtete ihn eher wie einen Sohn, der groß geworden war, als wie einen Liebhaber, der alt geworden war. Wenigstens älter. Sie sagte: »Du, die Jahre haben dir gutgetan.«

»Und du bist schön wie immer«, gab er zurück.

»Das kommt vom Schwarzweiß.«

»Verrückt, gell!«

»Nicht so verrückt«, meinte Lilli, »wie der Umstand, uns hier über den Weg zu laufen. Andererseits: Wenn man Verrücktheit ansieht als eine lockere Schraube in einem uhrwerkartigen Gehirn, fragt sich, wer hier eigentlich verrückt ist. Der, der uns denkt?«

»Nicht nur noch immer schön«, stellte Ivo fest, »sondern auch noch immer philosophisch.«

Er berührte ihre Schulter. Mein Gott, wie oft hatte er sich gefragt, wie sie wohl nach all diesen Jahren aussehen würde? Kaum vorstellbar, ihre Schönheit hätte gelitten, Nase hin oder her. Soviel Theater um Nasen gemacht wird, beweisen ja gerade die Nasenoperationen, wie wenig ein Gesicht sich dadurch verändern oder gar verbessern läßt. Topographisch gesehen ist die Nase die Spitze des Gesichts. Aber vom Gipfel hängt die Schönheit des Berges nun mal nicht ab, nicht der Reiz des Tals, des Flußlaufes und schon gar nicht die Pracht des Sees, in dem sich der Gipfel spiegeln mag oder auch nicht.

Klar, die Jahre hatten ihre Zeichen gesetzt, wie bei Akupunkturnadeln, die nach und nach in die Haut gestochen werden, jedes Jahr eine. Aber die Nadeln störten nicht, ergaben sogar ein anziehendes Muster. Ein Muster und in diesem Muster einen abwesenden Ausdruck, wie bei den Leuten, die leicht schielen und jemanden ansehen, der neben uns steht, nein, der auf unserer Schulter sitzt. Aber dieser Blick war nicht neu, hatte schon damals existiert, als Lilli sich von Ivo getrennt hatte.

Ivo Berg war hingerissen. Sollte er noch kurz zuvor gewisse Gefühle für Galina gehegt haben, die dort hinten saß, gleich neben Kallimachos, dann waren die verschwunden. Er brauchte keine Sekunde, um sich vollkommen in seine alte Liebe einzufügen. Das mag nun übertrieben klingen, aber wie so oft spiegelte der Klang der Übertreibung die wirklichen Verhältnisse, auch wenn die Übertreibungsgegner das nicht glauben mögen.

»Und was genau tust du hier?« fragte Lilli. »Noch dazu zusammen mit Kallimachos. Der gehört eigentlich zu mir.« Und lauter, hinüber zum Griechen rufend: »Nicht wahr, Sie gehören zu mir?«

Kallimachos schloß bejahend seine Lider und tat einen tiefen Zug. Seine Hand freilich lag auf jener Galinas, die sich das gefallen ließ. (So mächtig seine Pranke war, wog sie auf Galinas Handrücken nicht schwerer als eine Briefmarke auf einem Kuvert.)

»Dein Kollege«, berichtete Ivo, »war so freundlich, uns mitzunehmen. Wir sind ihm zufällig begegnet. Wie das so geschieht mitten in der Einöde. – Ich bin … nun, es gibt da einen bestimmten Baum, den ich finden soll.«

»Einen Baum?« Lilli erschrak wie unter dem Eindruck eines von allein sich öffnenden Schranks. Hielt sich aber unter Kontrolle. Sie fragte: »Wie das denn?«

»Bäume sind mein Beruf geworden. Ich bin Baumpfleger. Seit vielen Jahren. Glaub mir, ich bin wirklich gut darin. – Eine Firma aus Bremen hat mich beauftragt, eine bestimmte Varietät der Dahurischen Lärche zu lokalisieren.«

305

»Willst du sie pflegen, die Lärche?«

»Um ehrlich zu sein, ich soll ein Exemplar nach Deutschland verfrachten. Man ist dort ganz scharf auf das Ding.«

»Und du glaubst, den Baum hier unten zu finden, in Toad's Bread? Ich meine, schau dich um!« Lilli ahnte, wie wenig Ivo wissen konnte, daß sich unterhalb dieser baumlosen Stadt mehr als nur eine dieser Lärchen befand.

Ivo sagte: »Ich hoffte, hier auf jemanden zu treffen, der mir weiterhelfen kann. Der Bescheid weiß, wo diese Bäume wachsen. Bäume, die eine purpurfarbene Rinde besitzen. Aber vielleicht ist das auch nur eine Legende. Möglicherweise bin ich hinter etwas her, das es gar nicht gibt – und zwar einzig zu dem Zweck, dich wiederzusehen. Mitunter braucht es Umwege.«

So, als nehme sie das Thema der »Umwege« auf, fragte Lilli: »Was ist mit der Frau und dem Kind?« Dabei warf sie einen Blick auf Galina und Spirou.

Ivo erklärte, wer die beiden waren, wobei er Galinas Rolle auf die der taubstummen Suppenköchin reduzierte, aber gerne gestand, dem Jungen, der gewissermaßen aus der Fiktion einer belgischen Comicfigur herausgewachsen war – und zwar in der deutschen Übersetzung –, diesem Jungen also mit den stärksten Gefühlen zugetan zu sein.

»Väterliche Gefühle?« fragte Lilli.

»Ich denke, ich werde ihn mitnehmen, wenn ich nach Deutschland zurückgehe. Aber dazu benötige ich den Baum.«

»Wieso? Darfst du den Jungen nur *mit* Baum mitnehmen? Oder ohne den Baum nicht wieder einreisen?«

»Mein Gott, Lilli, ich habe einen Auftrag. Und lebe wie die meisten Menschen davon, Aufträge, die ich einmal akzeptiert habe, auch zu erfüllen.«

»Hast du nicht selbst gesagt, daß diese Lärchenart möglicherweise gar nicht existiert?«

»Vielleicht aber doch. Jedenfalls hat ein Mann in Ochotsk eine Probe des Baums nach Bremen geschickt. In der Zwischenzeit, so heißt es, sei er gestorben. Aber ich glaube, das stimmt nicht.«

Ivo berichtete, Kallimachos' Freunde, die Ewenken, hätten in Erfahrung gebracht, jemand aus Ochotsk würde sich in Toad's Bread herumtreiben, Fragen stellen, Geld verteilen, eine merkwürdige Karte mit sich herumtragen ... jemand, auf den die Beschreibung der Person passe, von der die Probe stamme. Ein Mann namens Romanow.

Lilli holte die Photos hervor, die ihr der Puppenmacher überlassen hatte, reichte sie Ivo und fragte: »Könnte er das sein?«

Ivo zeigte die Bilder einem aus der Gruppe der Ewenken. Dieser nickte.

Breschnew war Romanow.

»Also, dieser Mann, Romanow, er ist tatsächlich tot«, berichtete Lilli. »Allerdings erst seit einer Stunde. Er ist aus dem Fenster gesprungen. Nicht, ohne vorher noch zu töten.«

»Der Frauenmörder?«

»Genau der.«

Ivo schüttelte irritiert den Kopf und fragte: »Wie paßt das mit dem Baum zusammen?«

Lilli überlegte. Fontenelle hatte darauf bestanden, Yamamoto aus der Sache herauszuhalten, überhaupt Leute aus Toad's Bread. Ivo aber war nicht aus Toad's Bread, zudem würde er wohl kaum Ruhe geben, bevor er nicht etwas über die purpurnen Dahurischen Lärchen erfuhr. Darum war er hier. Und obgleich außer Frage stand, daß es ihm niemals gelingen dürfte und auch nicht gelingen würde, nur einen von den Bäumen mit nach Europa zu nehmen, mußte man ihm die Möglichkeit geben, diesen zauberischen Wald zu sehen, um zu begreifen, wie wichtig es war, das Geheimnis als ein solches zu erhalten. Wie wenig man dort unten ehrgeizige Bremer brauchen konnte. – Nichts gegen die Bremer an sich, solange sie sich allein um ihr Bremen kümmern.

»Ich kann dir etwas zeigen«, sagte Lilli, im Stile der Fee, die sie war, »aber du mußt versprechen, darüber nicht zu reden.«

»Wenn es mit dem Baum zusammenhängt«, erwiderte Ivo, »wird es mir schwerfallen, meine Klappe zu halten.«

»Leichtfallen muß es auch nicht. Im Gegenteil, je schwerer etwas fällt, um so mehr ist Verlaß darauf. Die leichten Dinge kippen so leicht.«

»Du hattest schon immer diese bestimmte Gabe«, meinte Ivo, »mir die Wörter aus dem Mund zu nehmen, sie zu verändern, zu verwandeln, und sie mir dann zurück auf die Zunge zu legen. Und plötzlich hab ich fremde Wörter im Mund.«

»Nicht fremde, bessere«, sagte Lilli und lachte leise. Das Lachen umfing Ivo, eine Kette bildend. Eine leichte Kette, weil es nämlich auch leichte Dinge gibt, die gut halten. Die Kette blieb, selbst nachdem Lilli ihr Lachen beendet hatte. Ivo meinte: »Also gut, zeig mir, worum es geht, und ich werd dann schauen, wie ich das mit dem Schweigen hinbekomm.«

Ein richtiges Versprechen war das zwar nicht, aber Lilli vertraute Ivo. Sie sagte, sie müsse nur rasch hinauf in ihr Zimmer, um sich umzuziehen.

Als sie wieder nach unten kam, trug sie ein enges, aber elastisches, vielleicht schwarzes, vielleicht dunkelblaues Kleid, ein gleichzeitig elegantes wie sportliches Ding mit halblangen Ärmeln und kurzem Rock, dazu halbhohe Schuhe mit nicht ganz so dünnen Absätzen wie üblich. Sie konnte nicht sicher sein, ob der heftige Regen nicht auch über dem Lärchenwald niedergegangen war und eine gewisse Weichheit und Schlammigkeit des Bodens verursacht hatte. Einen Schirm hatte sie in ihre Tasche gepackt, dorthin, wo auch zwei Puppen lagerten.

Ivo redete gerade mit Galina und Spirou. Und als er nun wieder zu Lilli hinübertrat, da war der Junge an seiner Seite.

»Das ist Spirou.«

Der Junge reichte Lilli die Hand und erklärte, er sei zu Diensten.

Lilli hätte jetzt sagen können – so wie einst Ivo –, daß ein Kind in diesem Alter eigentlich in die Schule gehöre. Oder auf den Sportplatz. Doch sie ersparte sich die Phrase, meinte dafür, es sei besser, Spirou bleibe im Hotel.

»Aber ich bin doch Ivos Führer.«

»Ja, das ist er«, bekannte Ivo. »Und er ist ein guter Führer.«

»Na«, meinte Lilli, »und wohin, mein lieber Spirou, führst du uns diesmal?«

Spirou antwortete: »Habe ich denn nicht soeben Sie und Ihren Freund zusammengeführt? Ivo wäre nicht hier, wäre ich nicht gewesen. Andere Führer hätten ihn an andere Orte gebracht.«

Nun, auf eine gewisse Weise stimmte das auch. Obgleich Spirou nicht sämtliche Entscheidungen getroffen hatte, die den Weg nach Toad's Bread geebnet hatten, so waren die Impulse für diese Reise von ihm ausgegangen. Die eingehenden Vorbereitungen, nachdem Ivo Berg in Ochotsk angekommen war und einen ganzen langen Winter hatte durchhalten müssen. Zudem der Besuch bei Lopuchin, als das erste Mal der Name »Toad's Bread« gefallen war. Und natürlich die Entscheidung, zu jener Anglerhütte zu marschieren, bei der es sich scheinbar um die Romanows gehandelt hatte, als dieser noch gar nicht tot gewesen war.

Lilli folgerte: »Du bist also der gute Geist in dieser Geschichte.«

»Der bin ich«, antwortete Spirou, und selten hatte ein Kind überzeugender geklungen.

»Na gut, dann komm halt mit«, entschied Lilli, drehte sich in Richtung der Sitzecke und rief zu dem Großen Griechen hinüber, »Sie auch, Kallimachos, begleiten Sie uns.«

»Ja wohin denn?«

»Sie werden sehen.«

Kallimachos seufzte. Er hatte eine wunderbare Sitzposition eingenommen. Auf dieser breiten Lederbank würde er spielend tausend Jahre zubringen können. Aber ... nun, er wußte ja, daß er an diesen Ort gereist war, um Lilli in irgendeiner Form beizustehen. Also nahm er seinen Stock, ließ sich von Galina aufhelfen und bewegte sich an ihrer Seite hinüber zu Lilli, Ivo und Spirou. Er bestand darauf, von der jungen Frau begleitet zu werden. Ohnehin würde sie nie wieder von seiner Seite weichen. Nicht etwa, weil sie auf fette, alte Männer stand. Nicht, weil sie unter einem Vaterkomplex litt. Vielmehr war sie in den nikotinhaltigen »Dunstkreis« dieses Mannes geraten um zu erkennen, wie richtig der Platz für sie war. Sie spürte, in Verbindung mit diesem magischen Fleischberg ihre Stimme wiederfinden zu können, nicht nur in Momenten, da irgendeine Panik ihr die Wörter aus dem Mund schleuderte, aufbrausende Wörter, nein, Kallimachos würde mittels seiner puren Präsenz den Knoten lösen, der Galinas Sprachzentrum dominierte. Es würde freilich seine Zeit brauchen. Aber in der Nähe dieses Mannes spielte Zeit sowieso keine Rolle. In der Nähe dieses Mannes war Zeit eine dumme kleine Angeberin. Und wenn einmal gesagt worden war: »Wer, bitteschön, wenn nicht die Zeit, würde über Zeit verfügen?«, so brauchte es dennoch Leute wie den ungemein gravitätischen Kallimachos, welche die Zeit zwangen, ihre viele verfügbare Zeit auch bereitzustellen, ohne viel Theater zu machen.

»So«, sagte Kallimachos, »jetzt sind wir eine kleine Familie. Genau die richtige Größe.«

Die Familie machte sich auf den Weg.

21

Es war ein Museum, in das Lilli die Gruppe führte. Ein Museum ohne Wächter, ohne Alarmanlagen, ohne Direktion, sogar ohne Cafeteria – den wohl wichtigsten Ort heutiger Museen –, aber nicht ohne Kunst. Selbige hing hier und stand hier. Und war auch nicht verstaubt, da es einige Frauen übernommen hatten, die Räume und Objekte zu reinigen. Obgleich es keine Besucher gab, nicht einmal Leute, die zum Beten oder Meditieren an diesen Ort kamen. Nein, die Kunst blieb ganz für sich, zum Teil überaus wertvolle Gemälde von Matisse und Picasso, von Rubens und Pollock, die zauberischen Blumen von Huysum und Handler, ein kleiner Klee und ein großer Polke, eine Porträtserie von Warhol und vieles andere, was aus den Museen und Galerien und den Privatsammlungen der oberen Welt verschwunden war, um an dieser Stelle eine Zuflucht zu finden. Es hatte etwas für sich, daß es auch Kunst gab, welche sich nicht anglotzen zu lassen brauchte. Eigentlicher Hintergrund dieser ungeschauten Sammlung war freilich ein umfassender Versicherungsbetrug.

Hinter zwei fragilen Bronzetänzerinnen von Degas und einer schlanken Sandsteinmadonna ragte ein mittelalterliches Altarbild auf, in dessen Schatten sich kaum sichtbar ein Aufzug befand.

»Hier sind wir richtig«, behauptete Lilli.

»Wo sind wir richtig?« fragte Ivo. »Im Reich gestohlener Kunst?«

»Kunst ist immer gestohlen«, stellte Lilli fest und drückte

einen Knopf. Die Tür glitt zur Seite, und die ganze Familie stieg in den verspiegelten Kasten. Knöpfe gab es keine, nur eine Gegensprechanlage, die Lilli nun betätigte. »Madame Fontenelle! Ich bin es, Lilli Steinbeck.«

»Und?«

»Der Mörder ist tot, ein Mann namens Romanow.«

»Dann ist es ja gut. Sie haben getan, worum ich Sie gebeten habe, jetzt werde ich tun, worum Sie mich gebeten haben. Ich rede mit den Ewenken.«

»Ich würde trotzdem gerne nach unten kommen.«

»Sind Sie allein?«

Lilli griff Kallimachos' Interpretation auf und sagte: »Nein, ich habe meine Familie dabei.«

»Was für eine Familie?«

»Eine kleine.«

»Was soll das?« Fontenelles Stimme war eine knallende Tür.

»Hören Sie, Madame, das muß jetzt sein. Wir müssen die Sache zu einem Ende führen. Einem, das auch wirklich funktioniert.«

Aber Fontenelle meinte, ein toter Mörder wäre ein gutes, ein ausgezeichnetes Ende.

»Nun, so einfach ist es nicht. Ich habe hier nämlich einen Mann namens Ivo Berg, dessen Auftrag darin besteht, einen Ihrer Bäume nach Deutschland zu entführen. Lassen Sie uns doch gemeinsam versuchen, ihn davon zu überzeugen, daß das eine schlechte Idee ist.«

»Sie riskieren gerade, Frau Steinbeck, daß ich mir überlege, mich bei den Ewenken für Sie stark zu machen.«

Doch Lilli versicherte: »Glauben Sie mir, es ist besser so, wenn Sie uns hinunterlassen. Wir kommen den offiziellen Weg, anstatt uns über irgendwelche versteckten Pfade einzuschleichen. Das sollte Sie eigentlich beeindrucken.«

Schweigen. Man könnte sagen: Schweigen im Wald, wenn man um die Lärchen wußte.

Dann ein Ton, ein kurzes Pfeifen, und der Lift setzte sich nach unten in Bewegung.

Was für Toad's Bread galt, galt nicht für den Lärchenwald. Keine Finsternis, kein Schwarzweiß, kein vom Regen aufgeweichter Boden, sondern ein strahlend schöner, warmer und trockener Nachmittag. Ein purpurnes Leuchten. Selbst in den Schatten eine Palette von Blautönen.

»Unglaublich!« entfuhr es Ivo beim Anblick der Bäume, die hinter einem kurzen Wiesenstück eine erste Reihe bildeten.

Die ganze Familie samt Madame Fontenelle stand auf der Terrasse.

»Dr. Ritter wird sich freuen«, meinte die Französin.

»Worüber?« fragte Lilli.

»Einen Verwandten zu treffen«, erklärte Fontenelle und zeigte mit einem ihrer rotlackierten Fingernägel in Richtung von Ivos Wange, dorthin, wo eine Anordnung aus vernarbten Löchern einen gedachten Fünfstern bildete und damit jenes Zeichen, welches der Zar von Ochotsk, Lopuchin, seinen liebsten Feinden angedeihen ließ.

»Stimmt.« Lilli wunderte sich, diese Parallele nicht wahrgenommen zu haben, wobei allerdings gesagt werden muß, daß unter den schwarzweißen Verhältnissen, die oben in Toad's Bread herrschten, Ivos ausgeprägte Hohlwangigkeit einen tiefen Schatten verursacht hatte, der das Stigma quasi verschluckt hatte. Erst jetzt war es wieder deutlich zu erkennen, was die beiden verband.

Lilli fragte Ivo, wie er zu dieser Wunde gekommen sei.

Ivo legte eine Fingerkuppe auf seine Narbe, wie um ein Kind am Sprechen zu hindern. Durch den Mund aber redete er. Er erklärte, es handle sich um das Präsent eines Verrückten, der sich für die bestimmende Kraft von Ochotsk halte und eine ganze Reihe Leute mit solchen

»Brandmalen« ausgestattet habe: mal zwei Punkte, mal drei Punkte – fünf davon eher selten.

»Dann gehören Dr. Ritter und Sie also zu den Favoriten dieses Herrn«, folgerte Fontenelle.

Ivo überlegte, ob er preisgeben sollte, von Lopuchin bloß zum Zwecke der Tarnung auf eine diesbezügliche Weise markiert worden zu sein. Doch er entschied sich dagegen und beließ es mit der Erklärung, noch nie einem Dr. Ritter begegnet zu sein.

»Sie werden ihn kennenlernen«, kündigte Fontenelle an, »er hat gerade noch zu tun. Er ist Zahnarzt. Denn mitunter gibt es auch Zähne zu ziehen.«

Eine Pause trat ein, als verschlage der Umstand verderbender, sterbender Zähne einem jeden die Sprache. In die Pause hinein war das Knistern von Papier zu vernehmen. Lilli entfaltete die Karte, legte sie auf einen Tisch und fuhr glättend mit den Handflächen darüber. Alle traten näher.

»Diese Karte«, sagte Lilli, »hatte Romanow bei sich, der Mörder der fünf Frauen.«

»Fünf?« fragte Fontenelle, die ja nur von vieren wußte.

»Ja, Jola Fox, noch eine Ihrer Pflückerinnen … Wir kamen gerade dazu, als … Romanow hat Jola erschossen. Wobei auch sein kann, daß er eigentlich mich treffen wollte. Aber es ist nun mal, wie es ist. Romanow hat abgedrückt und ist danach aus dem Fenster gesprungen. Kaum anzunehmen, daß er ernsthaft gehofft hat, mit einer Rolle vorwärts davonzukommen. Er wollte einfach verhindern, daß wir ihn in die Finger kriegen. Manche Leute sind lieber tot als in der Obhut der Polizei. So ist uns allein die Karte geblieben. – Ziemlich klar, was sie darstellt. Aber wozu?«

Fontenelle setzte sich eine Brille auf, beugte sich über das Papier wie über einen Patienten, betrachtete eingehend die Details und meinte dann: »Absolut unser Wald. Präzise. Wie auch immer der Kerl an diese Karte gekommen ist.«

»Es sieht aus«, meinte Lilli, »als hätte Romanow einen Baum gesucht, aber nicht gefunden. Einen bestimmten.«

»Mag sein«, sagte Fontenelle, »aber ich wüßte nicht zu sagen, wieso da ein Baum anders als die anderen sein sollte. Das ist ein Kollektiv. Ein Wald- und Fliegenpilzkollektiv.«

Es war nun Ivo, der äußerte, er könne vielleicht einen Hinweis geben. Und zog nun seinerseits einen Plan aus der Jackentasche, den er neben Lillis Karte ausbreitete. Keine Frage, beide Darstellungen zeigten das gleiche Areal, auf beiden Abbildungen erschien dieselbe Spiralform, dieselbe Verteilung zahlreicher Objekte, einmal als unnumerierte Punkte, das andere Mal als bezifferte Kreise, aber identisch plaziert. Ivo Berg wies mit dem Finger auf eine markierte Stelle auf seiner Skizze, dort, wo ein Kreuz einen Punkt überlagerte – nahe dem Mittelpunkt der Spirale. Wenn man jene Kennzeichnung auf Lillis Karte übertrug, so ergab dies den Baum mit der Nummer viertausendsiebenhundertachtzehn, der sich in einer Entfernung von einhundertzwei Bäumen vom absoluten Zentrum befand. Wobei dieser Mittelpunkt auf dem Plan ohne Baum war, eine kleine Lichtung mit der »Ausstrahlung« eines galaktischen Zentrums, eine dieser extremen Massekonzentrationen, die man als *schwarze Löcher* kannte und die man im Falle von singulären Lichtungen wohl als *weiße Löcher* bezeichnen müßte.

»Woher hast du diese Karte?« fragte Lilli.

»Von Lopuchin.«

»Gestohlen?«

»Nein, er hat sie mir gegeben.«

Fontenelle fuhr dazwischen: »Ich dachte, er ist Ihr Feind.«

»Er hat sie mir nicht aus Freundschaft anvertraut.«

»Sondern?«

»Es geht um eine Schatulle, die ich für ihn finden soll. Fragen Sie mich nicht, was sie beinhaltet. Ich weiß es nicht.«

Lilli vermutete, auch Romanow habe sich auf der Suche nach diesem Gegenstand befunden. Sie fragte Fontenelle, ob sie etwas davon wisse. Aber die Madame verneinte.

Ivo schlug vor: »Wie wäre es, wenn wir uns den Baum mit dieser Nummer einmal ansähen?«

Richtig, Ivo Berg wollte endlich in den Wald. Und als man nun tatsächlich aufbrach, fragte er, als schreite man durch eine Kirche: »Darf ich Photos machen?«

»Nein«, antwortete Fontenelle. »Und noch was. Schlagen Sie es sich aus dem Kopf, auch nur ein Stück Rinde mitzunehmen. Die Schatulle von mir aus, Diamanten oder was Sie da finden werden, aber die Lärchen bleiben unangetastet. Da gibt es keine Ausnahme. Sie sind hier, um die Pracht und den Zweck dieses Waldes zu schauen, um zu begreifen. Wenn Sie aber nicht begreifen wollen, schicke ich Ihnen alle Teufel auf den Leib.«

Ivo dachte an Killer, aber Fontenelle meinte es, wie sie es sagte. Dabei war sie ein aufgeklärter Mensch, der aufgeklärteste von ganz Toad's Bread. Aber auch »alle Teufel«, die sie kannte, waren aufgeklärt.

So begab sich die kleine Familie ins Reich der Fliegenpilze, wobei die Madame eine Nachricht für Dr. Ritter zurückließ, in der sie ihm beschrieb, welche Stelle des Lärchenwaldes man aufzusuchen gedachte.

Der Sommer glühte. Heißes Licht, das im Schatten brach. Pfeifende Vögel. Bäume, die noch nie einen Arzt gesehen hatten und auch nie einen brauchen würden. Das begriff Ivo. Er war hier nicht als Pfleger, sondern als Besucher. Man bewegte sich langsam, damit auch Kallimachos folgen konnte, der sich bei Galina untergehakt hatte.

Es war ein langer Weg hinein in den inneren Bereich des dichter werdenden Waldes, dort, wo die Spiralarme Seite an Seite standen, nur noch getrennt durch schmale Pfade. Manchmal sah man in der Ferne eine der Pflückerinnen. Mit ihren Körben und ihren Kopftüchern verstärkten sie noch den Eindruck, man spaziere mitten durch einen Märchenwald. Ja, in solcher Umgebung hätte sich das Erstaunen selbst dann in Grenzen gehalten, wäre da mit einem Mal ein sprechender, Kreide fressender Wolf um die Ecke gebogen.

Doch ohnehin gab es hier keine großen wilden Tiere, dafür diverse Nager, die üblichen Insekten, viele Gefiederte. Immer wieder blieb die kleine Gruppe stehen, damit der Große Grieche durchschnaufen konnte. Aber man schaffte es. Gegen vier Uhr erreichte man jenen bestimmten Baum, der wie alle anderen über eine kleine, silberne Plakette mit seiner Nummer verfügte: viertausendsiebenhundertachtzehn. Ein Baum unter vielen, in keiner Weise auffällig. Auch war da keine Schatulle sichtbar plaziert. Keine Stelle am Boden, an der etwas vergraben schien. Keine in den Stamm eingelassenen Schubladen. Keine Wächter, kein goldener Schein, sondern ein Baum als Baum, obligat purpurn.

Man setzte sich ins Gras. Der Boden besaß die Wärme einer von Kinderkörpern angeheizten Bettdecke, um jetzt nicht von Klobrillen zu sprechen, auf denen kurz zuvor noch jemand anders gesessen hatte.

Ivo aber blieb stehen, betrachtete die hohe Lärche, drehte sich dann zu Fontenelle und meinte, er würde gerne auf den Baum steigen.

»Wozu?«

»Ich sagte Ihnen, daß es mein Beruf ist, mit Bäumen zu sprechen.«

»Meinen Sie, er verrät Ihnen, wo die Schatulle sich befindet?«

»Lassen wir es doch darauf ankommen«, schlug Ivo Berg vor.

»Wenn Sie einen Ast abknicken ...«

»Ich habe noch nie einen Ast abgeknickt.«

Fontenelle betrachtete die unverkennbar leichtgewichtige Gestalt Ivos, den schwebenden Charakter seiner attraktiven Knöchrigkeit, den Flügelschlag seiner traurigen Augen ... Mein Gott ja, der Mann sah wirklich so aus, als könnte er über eine Wiese schreiten, ohne einen Halm umzutreten. – Fontenelle nickte ihm zu.

Ivo tat einige Kügelchen Arsenicum album auf seine Zunge, deren Auflösung er mit geschlossenen Augen begleitete. Solcherart gestärkt, holte er ein paar leichte Kletterschuhe, zwei Seile und einen Gurt mit Karabinern aus seiner Tasche. In neuer Ausrüstung trat er nahe an den Stamm heran. Er legte eine Fingerkuppe auf die Rinde, wie er dies auch praktizierte, wenn er sich an die eigene Narbe griff. Dabei bewegte er die Lippen und fügte ein paar Sätze geräuschlos, aber für den Baum verstehbar in die Luft: »Hör zu, alter Knabe, ich werde dich nicht länger belästigen als nötig. Wenn ich weiß, was ich wissen muß, kann ich dich wieder in Frieden lassen. Ich bin nicht hier, um dir was abzuschneiden.«

Aber der Baum widersprach, er sagte: »Weder alt noch Knabe.« Und weiter: »Woher willst du wissen, ob es nicht nötig sein wird, mir was abzuschneiden, um an die Schatulle heranzukommen?«

»Oha, du weißt also von der Schatulle?«

»Warum sonst wärest du hier?«

»Ich komme jetzt hoch, okay?«

»Mit welchem Recht?«

»Ich bin Baumpfleger. Das Klettern gehört dazu.«

»Ich brauche keine Pflege.«

»Ich weiß. Aber ich muß ein Bild erfüllen. Außerdem fühle ich mich wohler, wenn ich nicht blöd auf deinen Wurzeln herumstehe.«

»Lieber blöd zwischen meinen Ästen, gell!«

»Ja«, sagte Ivo.

Nicht, daß der Baum jetzt ein »Meinetwegen!« von sich gab, er sprach ja nicht wirklich, sondern legte seine Gedanken in Ivos Kopf ab. Wie das übrigens auch Tiere tun, vor allem jene, die als Haustiere sich den Menschen verständlich machen müssen. Wobei es freilich unter den Tieren wie den Bäumen die Gescheiten und die Blöden gibt.

Der Baum mit der Nummer viertausendsiebenhundertachtzehn schien eher zu den Gewitzten zu gehören. An Ivo gerichtet, meinte er: »Ich hoffe, du bist keiner von denen, die sich einbilden, man könnte Bäume analysieren.«

»Ich will nur reden.«

»Sagte der Gartenzwerg, bevor sich herausstellte, daß es sich bei ihm um eine getarnte Motorsäge handelte.«

»Vermutest du hier irgendwo eine Motorsäge?« fragte Ivo.

»Es mag dir übertrieben erscheinen«, äußerte der Baum, »aber die meisten der menschlichen Antlitze schauen mir so aus. Diese gewisse kettenartige Verbissenheit. Als wollte das menschliche Gesicht sich in allem und jedem festbeißen.«

»Du redest so, als hättest du schon Hunderte von Menschen gesehen.«

»Ein paar waren es schon.«

»Haben die auch mit dir gesprochen, so wie ich?«

»Du meinst, ich muß mich geehrt fühlen, weil du mich mit ›alter Knabe‹ anredest?«

Statt darauf zu antworten, sagte Ivo Berg: »Ich fange jetzt an.«

Der Baum stöhnte. Aber es war ein theatralisches Stöhnen, als stehe gleich gegenüber das Fernsehen, um einen Bericht über neue Bäume zu drehen.

Ivo warf mit routiniertem Schwung eine Schnur in die Höhe, die sich um eine der mittigen dicken Astgabeln wand und deren Vorderteil dank des Gewichts eines angebrachten Wurfsacks wieder nach unten rutschte. Ein Kambiumschoner gewährte der Rinde einen gewissen Schutz vor der Reibung, die sich nun zwangsläufig ergab, nachdem Ivo mit Hilfe der Schnur das Kletterseil installiert hatte und jetzt begann, mit den Füßen sich festklemmend, behutsam nach oben zu steigen. Es wirkte ungemein einfach, wie er sich da aufwärtsschob, tief in das Innere des Baums dringend, hinein in ein Schattenreich, wo Flecken von Licht verloren schwebten.

Ivo fand Platz auf einer massiven Astgabel. Sodann bewegte er sich ein wenig aus dem Zentrum heraus, sah sich einzelne der jungen, purpurroten Zapfen an und hielt seine Nase darüber. »Die riechen ja gar nicht.«

»Und ob die riechen«, gab der Baum zurück.

»Nein, ich meine, nicht so, wie sie sollten.«

»Wie sollten sie denn?«

»Penetrant, in der Art von Exkrementen. So steht es in meinem Bericht.«

»Was ich gehört habe«, erzählte der Baum, »steht viel in den Berichten der Menschen, was sich nicht mit den Realitäten deckt. Wie sagt ihr dazu: Literatur?«

»Literatur ist etwas anderes.«

»Inwiefern?«

Richtig, es war absurd, auf einem Ast sitzend, einem Baum den Unterschied zwischen den Lügen der Literatur und den Lügen aus Berichten und Gutachten zu erklären. Ivo rettete sich, indem er Stevenson zitierte, der den Roman ein Kunstwerk nannte, »weniger aufgrund seiner unvermeidlichen Ähnlichkeiten mit dem Leben, sondern vielmehr aufgrund der unermeßlichen Unterschiede, die ihn vom Leben trennen«. Der wissenschaftliche Bericht hingegen, so Ivo, müsse eigentlich die unermeßlichen Unterschiede zum Leben auf ein Minimum reduzieren. So die Theorie. Daß freilich in der Praxis Gutachten existierten, die sich in scharfer Konkurrenz zur Erfindungsgabe der Literatur befanden ... nun, das war allgemein bekannt und führte dennoch immer wieder zur Verblüffung jener, die sich an Gutachten, an Berichten und Kommentaren orientierten, um irgendwann konsterniert deren romanhafte Qualität festzustellen.

Der Baum meinte, dies würde alles so klingen, als sei die Lüge ein wesentlicher Bestandteil menschlichen Treibens.

»Na ja ...« Ivo zögerte.

»*Na ja* klingt nicht sehr intelligent«, fand der Baum.

»Schon gut«, sagte Ivo, »kommen wir endlich zur Sache. Ich möchte gerne einen von deinen Zapfen mitnehmen.«

»Also doch *abschneiden*.«

»Nein, *abbrechen* ist das richtige Wort. Und immerhin frage ich vorher.«

»Super, danke!« meinte der Baum. »Vorher fragen, was ist das? Katholisch?«

»Darf ich jetzt oder nicht?«

»Ach tu doch, wenn's dich glücklich macht.«

Ivo brach einen der jungen Zapfen vom gebogenen Stiel herunter und verstaute ihn in seiner Tasche. Die Gruppe unten, vor allem natürlich die strenge Madame, konnte ihn hier nicht sehen. Auch brauchte er kaum zu fürchten, vom Baum verraten zu werden. Er allein konnte sich mit ihm verständigen. Zumindest war das seine Überzeugung.

»Und jetzt die Schatulle«, sagte Ivo und beeilte sich, ein »Bitte!« anzufügen. Kein untertäniges Ersuchen, eher ein ironisch klingendes. Ironie war Bäumen in der Regel lieber als falsche Freundlichkeit.

Es schien zu wirken. Der Baum antwortete: »Ganz oben.«

Ivo stieg weiter in die Höhe.

Obgleich dies nun unausgesprochen blieb, so meinte Ivo zu spüren, wie sehr der Baum beeindruckt war von der Leichtigkeit und dem Feingefühl, mit dem hier geklettert wurde. Ja, der Baum mußte sich konzentrieren, um die Berührungen überhaupt wahrzunehmen. So war es vielmehr Ivos eigener Geruch, der wirkte. Merkbar stärker als seine Schritte und Griffe. Nicht, daß er richtig stank. Trotzdem, der Baum hätte es wohl so ausgedrückt: Wenn hier etwas verdächtig riecht, dann der Mensch, nicht der Zapfen.

Ivo gelangte in die Krone. Durch die Nadeln konnte er den »Himmel« sehen, das felsige Gewölbe, die Öffnungen der Lichtschächte, Licht wie aus vielen verschiedenen Sonnen, was einem System von Spiegeln zu verdanken war, mit dem es gelang, diesen einen unterirdischen Wald unterhalb der unterirdischen Stadt zu erleuchten. Nun gut, Licht ließ sich lenken. Und es blendete. Auch war jetzt wieder die Hitze zu spüren.

»Und?« erkundigte sich Ivo. »Wo ist die Schatulle?«

»Fragst du auch den Osterhasen, wo er die Eier versteckt hat?«

»Der Vergleich hinkt, denn du hast das Ding ja nicht selbst versteckt, sondern du *bist* das Versteck.«

»Ach was! Nicht den Osterhasen, sondern den Garten fragen, wo die Nester sind.«

Offensichtlich hatte der Baum keine Lust, noch weitere Hinweise zu geben.

»Schon gut, ich habe verstanden«, erklärte Ivo und schaute sich um. Da war nichts anderes zu erkennen außer Rinde und Zapfen und Nadeln in einem schaukelnden Meer gleißenden Lichts und bläulicher Schatten. Er zog den kleinen Zettel mit der Abbildung der Schatulle aus seiner Brusttasche, den er zusammen mit der Karte des Waldes von Lopuchin erhalten hatte. Er betrachtete die mit Tusche gemalte Struktur, die den Deckel des Behältnisses über die gesamte Fläche schmückte und die ihm beim ersten Mal als abstraktes Muster erschienen war. Mit einiger Phantasie und aufgrund einer gewissen Spiegelbildlichkeit der linken wie der rechten Seite hätte man die Abbildung für einen Schmetterling halten können, einen flammenden Schmetterling, eine Klecksographie, einen Rorschachtest. Oder was auch immer. – Ivo schaute auf.

»Ein bißchen nach links«, sagte der Baum, der ganz eindeutig zu denen gehörte, die nicht lange den Mund halten konnten. Denen es – um die Geschichte am Laufen zu halten – lieber war, einem Menschen zu helfen, als ihn dumm sterben zu lassen. (Es muß übrigens betont werden, daß es vom Standpunkt eines Baumes eine ausgesprochene Exzentrik bedeutete, mit einem Menschen zu sprechen. Und nicht nur umgekehrt.)

Ivo folgte dem Rat des exzentrischen Nadelträgers und drehte seinen Kopf und Körper gegen die linke Seite hin. Aber da war nichts. Wahrscheinlich hielt der Baum ihn zum Narren. Möglicherweise war dieser Baum sogar ein Misanthrop und hatte schon einige Leute in seine Krone gelockt, um sie dort mit unsinnigen Hinweisen zu versorgen.

»Hallo!«

Ivo schaute unter sich. Es war Spirou, der nach oben geklettert kam. Freilich weniger routiniert als Ivo, der sich ärgerte, daß Lilli und Fontenelle dem Jungen erlaubt hatten, ihm zu folgen. Man befand sich immerhin in beträchtlicher Höhe.

»Du solltest nicht ...«

»Ich bin weiterhin Ihr Führer«, erinnerte Spirou an seinen Auftrag und seine Funktion.

Nun, Ivo empfand den Jungen immer mehr als das Kind, das er zu schützen gedachte. Andererseits kann der Raum mitten in einem Baum ganz sicher als passender Ort für einen Dreizehnjährigen angesehen werden.

Ivo reichte Spirou die Hand und zog ihn hoch, so daß der Junge auf einer stabilen Astgabel zum Sitzen kam. Er war jetzt so nah, daß er die Abbildung auf dem Zettel sehen konnte, den Ivo noch immer in der einen Hand hielt.

323

»Ein Mottenmann«, sagte Spirou.

»Was?«

»Die Figur auf der Zeichnung. Man könnte das für einen Mottenmann halten. Haben Sie den Film gesehen? *Die Mothman Prophezeiungen* mit Richard Gere.«

»Ich schaue mir keine Filme mit Richard Gere an.«

»Der Film war ab zwölf Jahren«, rechtfertigte sich Spirou, als wäre er bereits ein behütetes Westkind. Dann erklärte er, diese Geschichte handle von sagenhaften Wesen, die im Vorfeld einer Katastrophe auftreten. Fliegende Kreaturen mit riesenhaften Fledermausflügeln, die angeblich auch wirklich existierten. Zumindest waren sie 1967 vermehrt gesichtet worden, bevor dann eine Brücke in Point Pleasant eingestürzt war.

Doch Ivo erwiderte: »Also für mich ist das ganz einfach die Zeichnung eines Schmetterlings.«

»Und was tun Sie damit?«

»Erinner dich. Das war der zweite Zettel, den mir Lopuchin gab. So soll der Deckel der Schatulle aussehen.«

Spirou nickte. Sodann begann er, eingehend den Stamm zu studieren, wobei er jetzt seinerseits an Lopuchin gemahnte, weil dieser ja erklärt hatte, der Schatullendeckel sei vollständig mit Borke verziert. Spirou fuhr mit der Hand über die Rinde und wandte sich nun in die Richtung, in die der Baum zuvor Ivo gelenkt hatte.

»Da ist es!« rief Spirou und zeigte auf eine Stelle des Stamms.

Endlich konnte auch Ivo es erkennen. Dasselbe Muster, das auf der Tuschzeichnung an irgendein Flattertier erinnerte – sagenhaft oder naturwissenschaftlich, egal –, bildete an dieser Stelle einen Teil der Rinde. Keineswegs deutlich hervorstechend, sondern versteckt, allein erkennbar für den, der wußte, wonach er zu suchen hatte. Wobei mitnichten eine absichtsvolle Ritzung vorlag, sondern ein Produkt der Natur, ein gewachsenes Muster.

Ivo drehte weiter seinen Kopf, um den hölzernen Faltenwurf mehr von der Seite her betrachten zu können. So geschah es, daß er die feine Linie wahrnahm, die um das Muster herum eine präzise viereckige Form ergab. Er ging jetzt noch näher heran und legte sein Ohr an die Stelle. Doch in einer Welt, in der alles seine Ordnung hatte und nicht etwa Fantasy-Autoren die Wirklichkeit bestimmten, waren zwar Bäume und Menschen der Sprache mächtig, aber Schatullen natürlich nicht.

Statt des Ohrs plazierte Ivo nun seine Hand auf das Muster und drückte leicht gegen die Rinde. Er spürte, wie das Holz nachgab und mit einem leisen Knacken einen Mechanismus auslöste. Von kleinen Federn angetrieben, sprang der rechteckige Korpus ein kurzes Stück nach vorne, so daß er jetzt mit einem halben Zentimeter die Oberfläche des restlichen Stamms überragte. Mit seinen Fingernägeln fixierte Ivo die Kanten und zog das Kästchen aus seiner Höhlung heraus.

Er stellte fest: »Da hat sich einer mit der Tarnung wirklich Mühe gegeben.«

»Vor allem«, mischte sich jetzt wieder der Baum ein, »hat er mir ein Stück aus meinem Fleisch geschnitten, um sein Zeug hier oben unterzubringen.«

»Lopuchin?«

»Woher soll ich seinen Namen wissen?«

»Ein kleiner, dünner Kerl mit abstehenden Ohren«, beschrieb ihn Ivo.

»Du bist auch ein kleiner, dünner Kerl. Andere würde ich gar nicht so weit hinauf lassen. Aber das mit den Ohren könnte stimmen.«

Nicht, daß Spirou dieses Gespräch verfolgen konnte. Er war kein Baumversteher, aber er hatte mit dem für Kinder typischen präzisen Schatzsucherblick die richtige Stelle ausgemacht.

Ivo wog die Schatulle in den Händen. Sie fühlte sich

ungemein leicht an. Eher wie ein Karton. Die Seitenflächen und der Boden bestanden aus glattem, schwarzlackiertem Holz.

»Mach das Ding endlich auf«, forderte der Baum. »Bei soviel Theater fragt man sich ja schon …«

Ivo versuchte, den Deckel anzuheben, doch entweder gab es ein Schloß, das er noch nicht entdeckt hatte, oder die Öffnung war verklebt worden. Ivo sagte, jetzt allerdings hörbar, so daß auch Spirou ihn verstehen konnte: »Geht nicht.«

»Was geht nicht?« fragten Spirou und der Baum fast gleichzeitig.

»Es läßt sich nicht öffnen.«

»Brich es auf!« meinte der Baum.

»Lieber nicht. Wer weiß, vielleicht würde ich uns auf diese Weise in die Luft sprengen.«

»Vielleicht würdest du mir auf diese Weise einen Gefallen tun.«

»Ach geh! Komm mir nicht damit. Ich hab genug Bäume erlebt, die lebensmüde waren. Du bist keiner von ihnen.«

Der Baum lachte abfällig. Dann schwieg er auf diese trompetenhafte Weise, die auch viele Menschen praktizieren, vor allem die Frauen. Keine Frage, er war ein koketter Kerl.

Nicht aber Spirou, der vorschlug, wieder nach unten zu klettern, um sich dort die Schatulle genauer anzusehen und eine Öffnung zu bewerkstelligen. Wenn nötig, Werkzeug einsetzend.

Ivo verknotete die Schatulle in sein T-Shirt, nahm nun ein Seil, mit dem er Spirou sicherte, und gemeinsam kletterten sie auf dem koketten Kerl, der hier der Baum war, abwärts. Zuerst ließ Ivo Spirou nach unten rutschen, dann folgte er und landete auf eine federnde Weise auf dem Waldboden. Und in der Tat, da war kein Halm, der sich beschwert hätte.

»Der Baron auf den Bäumen«, zitierte Madame Fontenelle den berühmten Roman von Italo Calvino.

Und Lilli meinte, eingedenk ihrer ersten Begegnung mit Ivo: »Ein blinder Engel.«

Und Spirou kommentierte, als wollte er einer Gruppe von Comicfreunden seinen künftigen Adoptivvater eindrücklich beschreiben: »Elegant wie Batman. Gewandt wie das Marsupilami.«

Galina sagte nichts, sie hatte Ivo gewissermaßen von der Liste der Suppenesser gestrichen. Nicht aus Eifersucht. Aber es war eben eine kurze Liste mit wenig Platz. Kam einer dazu, mußte einer weg. – Sie zündete sich eine Zigarette an, nahm sie von ihren Lippen herunter und steckte sie Kallimachos in den Mund.

»Du hättest den Jungen nicht hochsteigen lassen dürfen«, wandte sich Ivo an Lilli, gab aber zu, daß er ohne Spirous Hilfe wohl noch ewig lange in der Baumkrone hätte zubringen müssen.

»Na, siehst du«, sagte Lilli und meinte dann lächelnd, »außerdem kann der Bub ja bestens klettern. Das muß er von dir haben.«

Ivo verzichtete auf den Einwand, der sich angeboten hätte, zog die Schatulle unter seinem Hemd hervor und betrachtete sie im klaren Licht. Hier erkannte er nun das Nummernschloß, das in die vordere Seitenfläche eingelassen war und die gleiche dunkle Farbe wie das Holz besaß. Ausgestattet mit drei Zahlrädern. Es brauchte also eine dreistellige Ziffer, um dieses Schloß zu öffnen. Ivo dachte an Schnee, an polnischen Schnee, Schnee auf den Straßen einer Stadt. Er dachte an Warschau. Er dachte an einen jungen Mann, der Epstein hieß und dem er einen dreistelligen Code genannt hatte, nur, daß Epstein überraschenderweise damit nichts hatte anfangen können: fünfhundertneunundzwanzig. Das war die Zahl, die der Anwalt Kowalsky ihm, Ivo, mit auf den Weg gegeben hatte, ohne einen präzisen Zweck zu verraten, außer, daß es sich um den Decknamen dieser abenteuerlichen Unternehmung handle.

Fünfhundertneunundzwanzig!

Das war ganz sicher der Moment, der sich bestens eignete, selbige Zahl versuchsweise zum Einsatz zu bringen. Ivo Berg drehte an den drei Rädern und führte sie auf die entsprechende Position. Mit dem gleichen Geräusch, mit dem zuvor die Schatulle aus dem Baum gesprungen war, klappte nun der Deckel ein kleines Stück hoch und gab einen Spalt frei. Einen Spalt, den Ivo zur vollkommenen Öffnung erweiterte.

»Und?« fragte Lilli.

Ein jeder machte zu dieser Frage das passende Gesicht.

Ivo hielt das Behältnis, dessen Innenraum mit einem weinroten Samtbelag ausgeschlagen war, den anderen entgegen, damit sie sehen konnten, was er ihnen verriet: »Die Schatulle ist leer. Sie … ja, sie riecht. Das schon. Aber … da ist nichts drin.«

Er konnte nicht sagen, wonach es roch. Dieser Geruch lag irgendwo in der Mitte von allem, gleichzeitig ein Wohlgefühl wie einen Ekel provozierend. Ivo rief aus: »Verdammt noch mal, soll das ein Scherz sein?«

»Die Schatulle ist nicht leer!«

Alle wandten sich um, um nach jener Person zu sehen, die diesen Satz gesprochen hatte. Nur Kallimachos nicht, der die Ansicht vertrat, es reiche vollkommen, darauf zu warten, daß etwas oder jemand in einer Position zum Stehen kam, die das eigene Umdrehen überflüssig machte. Sicherlich konnte man einwenden, daß so mancher von hinten erschossen wurde. Aber was nützte es denn, sich rechtzeitig umzudrehen und somit von vorne getroffen zu werden? Und folglich auch noch den moralischen Vorteil verspielt zu haben.

Wie auch immer, bei dem Mann, der soeben erklärt

hatte, die Schatulle sei entgegen ihrer augenscheinlichen Leere gar nicht leer, handelte es sich um Dr. Ritter.

Ivo meinte nun, wobei er auf Ritters Bebrilltsein anspielte: »Brauche ich Ihre Zaubergläser, damit ich was erkennen kann?«

»Nein, ein wenig Wasser genügt«, antwortete der Dentist.

»Wie soll ich das verstehen?«

»Wie ich sagte: Wasser. Schütten Sie etwas davon in die Schatulle, und Sie werden sehen.«

Ivo gab Lilli ein Zeichen. Lilli griff in ihre Handtasche und zog eine Wasserflasche hervor. Dann trat sie zu Ivo, öffnete das Gefäß und tat wie geheißen. Dazu sagte sie: »Wasser ist meistens der Schlüssel.«

»In der Tat«, meinte Dr. Ritter.

Und jetzt sah man es. Nicht wie im Walt-Disney-Märchen, wenn sich unter einem Bogen glitzernder Sternchen ein Objekt materialisiert. Eher wie bei einem Polaroidphoto, wenn aus einem blassen Nebel die kräftiger werdenden Farben hervortreten und die Wirklichkeit als ein buntes Quadrat erscheint.

Ein Ohr!

»Mensch!« rief Ivo. Sein Ausspruch war kaum originell, aber nicht unpassend, weil es sich bei diesem unter einem Wasserstrahl sichtbar gewordenen Ohr wenigstens der Form nach um das eines Menschen handelte.

Ein Ohr also. Das stellte geradezu einen Topos dar, nämlich Ohren in abgeschnittener oder abgetrennter Form, siehe van Gogh. Gewissermaßen existierte ein Van-Gogh-Syndrom: das theoretische Bedürfnis vieler Menschen, sich angesichts ihrer Sorgen und Nöte nicht nur die Haare, sondern auch die Ohren auszureißen.

Oder das Ohr in David Lynchs süßlichem Gewaltepos *Blue Velvet*, wenn der jugendliche Held zu Beginn des Films ein solches im Gras findet und sodann die Ohrmuschel den Weg in die Tiefe menschlicher Verkommenheit weist. Oder das Hundeohr, das Garp, die Figur aus John Irvings gleichnamigem Roman, von einem Hund herunterbeißt, und zwar als späte Rache auf die gleichgeartete Attacke des beißwütigen Köters Jahre zuvor. – Ohren sind starke Symbole, wie man vielleicht sagen kann, Kirchtürme seien starke Symbole.

»Wie haben Sie das gemacht?« fragte Ivo den Mann, der wie er selbst über eine Lopuchinsche Markierung der Wange verfügte.

»Ich habe gar nichts gemacht«, erklärte Dr. Ritter. »Das Wasser macht es. Das Wasser hebt die Tarnung des Ohrs auf.«

Eigentlich hätte jetzt niemand Dr. Ritter zwingen können, sein Wissen preiszugeben, zu erklären, wieso da ein Ohr wie aus dem Nichts auftauchte. Aber er tat es freiwillig. Ganz wie im Falle eines Romans oder Films, wo für den Leser und das Publikum eine Erklärung geliefert wird, weil sich nur die wenigsten Autoren oder Filmemacher trauen, eine Entschlüsselung schuldig zu bleiben.

Dr. Ritter wurde in diesem Moment also zum »großen Erklärer«. Er tat es wohl, weil er es genoß.

22

Was Dr. Ritter zu berichten hatte, war das Folgende: Bei diesem Ohr handelte es sich entgegen der anatomischen Gestalt nicht um das eines Menschen, auch nicht um ein künstliches, wie es Genetiker aus dem Körper einer Maus hatten herauswachsen lassen, nein, dieses Ohr schien zu einer bislang namenlosen Spezies zu gehören, die bereits lange unter den Menschen lebte, allerdings über den Vorteil der Unsichtbarkeit verfügte. So, wie man das den Toten und Gespenstern nachsagte.

Allerdings waren diese Wesen in keiner Weise übernatürlich. Sondern unerkannt, was etwas anderes ist. So unbeschrieben wie ihr genaues Aussehen blieb auch die Frage ihrer Herkunft. Ob man sie also als terrestrische Kreaturen ansehen mußte, die möglicherweise schon vor den Menschen existiert hatten, oder aber als eine außerirdische Lebensform, deren hauptsächliches Dilemma darin bestand, einerseits, wie die Menschen auch, ohne die Aufnahme von Wasser nicht existieren zu können, andererseits den Regen aus nachvollziehbaren Gründen fürchten zu müssen. Denn der Erhalt der Tarnung schien für sie von größter Bedeutung. Es hätte ansonsten viel mehr Sichtungen dieser Wesen geben müssen, mehr Beweise für deren Existenz.

Somit war naheliegend, daß ihr Geschick, Wasser aufzunehmen, aber eine Benetzung ihrer Haut zu vermeiden, beträchtlich sein mußte. Spüren freilich konnte man sie immer wieder: ihre Präsenz, ihr Dabeisein vor allem in den Innenräumen, ihr Zuhören bei unseren Gesprächen, ihr

Aushorchen unserer Seelen, ihre feinen Einflüsterungen, ihr Klopfen, ihre Schritte, ihre Berührungen, wenn sie uns über die Haare strichen, ihr Gewicht, wenn sie, während wir schliefen, auf unseren Brüsten hockten und uns Alpträume vom Ersticken bescherten, während natürlich andere der Versuchung erlagen, uns geschlechtlich nahezukommen, und damit Träume von ganz anderer Art provozierten.

Warum sie all dies unternahmen, aus ihrer Unsichtbarkeit heraus den Menschen nahe waren, unter ihnen lebend, vertraut und fremd zugleich, geisterhaft und dennoch vollkommen stofflich, nun, das war kaum zu sagen, auch kein Thema der Wissenschaft, weil eben selbst die Wissenschaft nichts von ihrer Existenz wußte. Dieses eine Ohr, das hier im Weinrot der Schatulle lag, stellte ein Novum dar. Es war nicht auszuschließen, daß es ebenfalls einer van-Gogh-artigen Situation zu verdanken war, indem eben eines dieser Lebewesen ... nennen wir sie behelfshalber die »Unsichtbaren«, sich also einer der Unsichtbaren eins seiner Ohren abgeschnitten und solcherart die Kontrolle über einen Körperteil verloren hatte. Im Grunde unentschuldbar für eine von ihrer Tarnung lebende Gattung, die möglicherweise seit Jahrhunderten unentdeckt inmitten der Menschheit existierte. (Übrigens bestand eine ähnliche Theorie, nach welcher eine außerirdische Kultur in der Gestalt von Kindern unter uns lebte, ein Kinderleben vortäuschend, in die Schule gehend, sich kindhaft gebend, die Kinderzimmer als Schaltzentralen ihrer Rasse benutzend, nicht zuletzt Erwachsene manipulierend, die sich als Eltern dieser Kinder wähnten. Nur die Kinder selbst, die *richtigen* Kinder, bemerkten hin und wieder, daß sich fremde Wesen unter ihnen aufhielten, Wesen, denen es an einer gewissen infantilen Bösartigkeit mangelte, Wesen, deren Beeinflussungsmethoden einer höheren Sache dienten und nicht dem egoistischen Antrieb, mehr Schokoladetafeln als jemand anders zu besitzen.)

Man kann sich nun vorstellen, welchen hohen Wert dieses eine Ohr besaß. Einerseits als Beweis für die Existenz einer solchen fremden Rasse, vor allem aber auf Grund seiner Fähigkeit, unsichtbar zu werden, sobald das Wasser wieder verdunstet war. Am wichtigsten freilich war das Vermögen dieses Teils eines Organs, sich unabhängig von einem Blutkreislauf selbständig am Leben zu halten. Für wie lange, war die Frage. Aber offensichtlich lange genug, um weiterhin den Zustand der Unsichtbarkeit aufzunehmen beziehungsweise im gegenteiligen Zustand nicht wie ein angefaultes Zombieohr auszusehen, weder bleich noch blutarm, sondern ganz so, wie man sich das bei einem leicht sonnengebräunten Ohr eines durchschnittlichen Mitteleuropäers vorstellte, ohne jetzt behaupten zu können, die Unsichtbaren würden in ihrer gesamten Erscheinung an durchschnittliche Mitteleuropäer erinnern.

Vom Ohr auf das Ganze zu schließen wäre nun sicher Aufgabe der Wissenschaft gewesen. Das einzige aber, was bislang analysiert worden war, war jene Substanz, die fälschlicherweise einer unbekannten Varietät der Dahurischen Lärche zugeordnet worden war, in Wirklichkeit aber aus diesem Ohr stammte. Nicht die Absonderung eines Lärchenzapfens, sondern die eines äußeren Gehörgangs, welche, wie es schien, einmal isoliert vom Ohr, dauerhaft sichtbar wurde. Zudem war diesem Sekret jene intensive Geruchsentwicklung zu verdanken, die Ivo gleich beim Öffnen der Schatulle bemerkt hatte, allerdings nicht aasartig, wie von den Bremern behauptet, vielmehr breitete sich eine schwer zu identifizierende Mixtur aus: Gutes und Schlechtes, Fauliges und Frisches, Natürliches und Künstliches. Ein Rosengarten, der sich an eine Chemiefabrik anschließt.

Somit war davon auszugehen, daß man jene Wesen, wenn schon nicht sehen, so wenigstens riechen konnte. Zumindest, wenn sie einem nahe genug waren. – Nun, wer war schon in der Lage, zu sagen, woher genau ein starker Geruch kam. Beziehungsweise, ob die Quelle, die man jeweils vermutete, auch die tatsächliche war. »Du stinkst heute wieder!« »Ich habe mich gerade gewaschen!« »Du stinkst trotzdem!« »Das sagst ausgerechnet du!«

Wie auch immer, die Bedeutung des Inhalts dieser Schatulle wurde einem jeden, der hier im Lärchenwald stand und Dr. Ritter zuhörte, ziemlich klar. Kein Ohr auf der Welt war bedeutender als dieses. Und wie um alle bedeutenden Dinge war ein Kampf entbrannt. Ein Kampf zwischen Dr. Ritter, Romanow und Lopuchin, welche gewissermaßen den Kampf, der noch folgen sollte, den zwischen verschiedenen Konzernen und Geheimdiensten, die zukünftig in den Besitz dieses Fremdorgans zu kommen versuchen würden, vorwegnahmen. Die drei Männer hatten ursprünglich ein Team gebildet, waren so etwas wie Freunde und Weggefährten gewesen, die sich die Macht an verschiedenen Orten geteilt und fruchtbringende Geschäftsbeziehungen gepflegt hatten. Am fruchtbringendsten hätte natürlich die Veräußerung jenes Ohrs werden sollen, das von einem der einheimischen Pilzsammler im morgendlichen Tau gefunden worden war. Und damit begann natürlich das Unglück: Ein Sammler findet etwas, und der Jäger jagt es ihm ab.

Es war Romanow gewesen – ein Mann mit einem ausgeprägten Mordinstinkt –, der den Sammler nicht nur um den ungewöhnlichen Fund gebracht, sondern ihn auch getötet hatte. Den eigentlichen Wert dieses »körperlichen Kleinods« hatte wiederum der Arzt Ritter erkannt, eben nicht nur die Fähigkeit des Objekts, sich unsichtbar zu machen, sondern auch dessen Autarkie sowie die pharmakologische Bedeutung der Absonderung. An Lopuchin war es sodann gewesen, seine Kontakte zur »zivilisierten Welt« aufzunehmen und einen geeigneten Käufer zu finden.

Nicht erst durch diverse Schatzinselgeschichten ist bekannt, daß die Gier jegliche Vernunft eliminiert. Die Gier trägt den Menschen, sie kleidet ihn ein, ernährt ihn, beflügelt seine Phantasie, und irgendwann tötet sie ihn – wie man so sagt, sie frißt ihn auf. Sosehr Ritter, Romanow und Lopuchin anfänglich den Nutzen einer Dreiteilung nicht nur der Pflichten, sondern auch des künftigen Gewinns erkannt hatten, meinten sie nach und nach die jeweils anderen beiden ausbooten zu können. Dies entsprach zwar den Prinzipien modernen Wirtschaftens, dennoch wäre es sinnvoller gewesen, die guten Sitten walten zu lassen. Allerdings hatte diese Geschichte ja mit einem Mord begonnen, dem Mord an einem Pilzsammler, und war somit von Beginn an vergiftet gewesen.

Lopuchin, der damals noch in Toad's Bread gewesen war, hatte die Schatulle an sich gebracht und sie im Lärchenwald versteckt, war dann aber im Zuge einer verbotenen kriminellen Tat aus der Stadt gewiesen worden, ohne zuvor nochmals jenen Baum aufsuchen zu können, dessen Standort er allein kannte. Obgleich er in der Folge in Ochotsk an Macht und Einfluß gewann, schließlich zum »Zaren« reifte, blieb ihm die Rückkehr in die Verbrecherrepublik verwehrt. Während hingegen Dr. Ritter sich weiterhin ungehindert an diesem Ort bewegen konnte und einigen Einfluß nicht nur über die Zähne der Leute entwickelte. Aber dennoch nirgends auf die Antwort stieß, wo Lopuchin die Schatulle versteckt hatte.

Romanow wiederum, der Jäger, zudem Besitzer einer Jagdhütte, hielt sich in den Wäldern des Dschugdschur verborgen und hatte mit Hilfe eines alten Freundes – richtig, Professor Oborin, der Mann grenzwertiger Kommunikation – eigene Kontakte nach Europa hergestellt, zu einem Bremer Konzern. Genau zu jenem pharmazeutischen Unternehmen, das alsbald Ivo Berg engagierte, sich auf den Weg nach Russisch-Fernost zu machen. Schwer zu sagen, ob die Bremer ahnten, daß die neuartige Substanz nicht von einem ominösen Lärchenzapfen, sondern einem ominösen Ohr herstammte. Denn selbst Madame Fontenelle war ja dem Irrtum erlegen, die ganzen Anstrengungen der Europäer, in diesen Bereich von Toad's Bread vorzudringen, hingen mit dem Baum zusammen.

Worüber die Bremer jedenfalls verfügten, war die Zahl fünfhundertneunundzwanzig, die ihnen Romanow übermittelt hatte. Immerhin war er es gewesen, der ursprünglich das Ohr in der kleinen Kiste versteckt hatte.

Fünfhundertneunundzwanzig! Diese Nummer kannte Romanow, nicht aber die Nummer des Baums, den Lopuchin ausgewählt hatte. Ganz klar, wären die drei Männer zu einer dreifaltigen Verbundenheit bereit gewesen, sie hätten die besten Chancen auf ein gutes Geschäft gehabt: ein Mörder, ein Zahnarzt und ein Zar. So aber herrschte Krieg.

Lopuchin hatte zwischenzeitlich herausgefunden, daß Dr. Ritter zu denen gehörte, denen er verdankte, aus Toad's Bread hinausgeworfen worden zu sein. Derselbe Dr. Ritter, der sich später gezwungen sah, in Ochotsk aufzutauchen, um sein Recht geltend zu machen, wenigstens, um Lopuchin ein Geschäft anzubieten. Statt dessen empfing er von Lopuchin eine deutliche Markierung seiner Gesichtshaut, die ihn in Ochotsk zur Persona non grata machte.

Alles, was in der Folge geschah, war Resultat jener in der Welt so üblichen Uneinsichtigkeit, die darin besteht, nicht zu erkennen, daß wo es Verlierer gibt, ein Frieden unmöglich wird. So banal diese Erkenntnis, so unmöglich ihre Umsetzung. Der Mensch ist nämlich kein Tier, das durch Fehler lernt, sondern vielmehr im Fehler den eigentlichen Zweck erkennt. Die menschlichen Lernprozesse dienen der Perfektion des Fehlers.

Die Fehler sind wie Teilchen, die kollidieren, verschmelzen und Energie freisetzen.

Wozu auch gehörte, daß Romanow nach Ochotsk zu-
rückkehrte und dort die eigene Liquidierung inszenierte.
Er hielt es für besser, als angeblich »toter Mann« nach
Toad's Bread zu gehen. Aber auch als solcher erfuhr er,
daß Lopuchin ausgerechnet jenen von den Bremern ge-
schickten Ivo Berg rekrutiert hatte, die Schatulle zu besorgen, auch wenn Ivo damals glauben mochte, sich in erster
Linie auf der Suche nach einer Lärche zu befinden. Romanow ahnte, daß Ivo zu jener Jagdhütte gelangen würde,
die früher ihm selbst gehört hatte. In keinem Fall wollte er,
daß Ivo bis nach Toad's Bread gelangte. Weshalb er seine
Leute – die zwei Jagdführer aus Magadan – instruierte.
Den beiden gelang es in der Folge, zusammen mit einer
touristischen, der banalen Schafsjagd müden Herren-
runde, Ivo, Galina und Spirou in eine Hetzjagd zu verwi-
ckeln, wohl nicht, um sie auch wirklich zu töten, sondern
einfach, um im Zuge des Vergnügens Angst zu bereiten,
die drei zur Rückkehr nach Ochotsk zu zwingen. Aber
man hatte eben nicht wissen können, wie sehr eine gewisse
Suppenköchin auch noch zu anderen Dingen als der Zubereitung magischer Brühen imstande war.

Und so kam es, daß man hier stand, in dieser unterirdisch märchenhaft-pupurfarbenen Idylle, und Dr. Ritter
am Schluß seiner Darlegungen eine Pistole zog. Nicht
hektisch, eher mit der Gelassenheit des Arztes, der er war,
nicht nur Zahnarzt, sondern ursprünglich Genetiker, so
daß man sich wirklich nicht mehr wundern mußte, wie
groß sein Interesse an einem solchen Ohr war und wie
wenig ihn die pekuniären Interessen Lopuchins sowie die
des (un)seligen Romanow kümmerten. Er wollte das Ding
an sich. Dafür hatte er sich in Fontenelles Lärchenwald
eingeschmuggelt, so wie auch seine Waffe als eine einge-
schmuggelte gelten mußte. Denn auch mit ihr konnte man
scharf schießen. Dies war deutlich zu erkennen, nämlich

gerade dadurch, daß die Mündung leer schien, während Betäubungswaffen an dieser Stelle sichtbar ihre Pfeile trugen. Nein, diese Beretta war keine umgebaute. Erneut wurde somit die wichtigste Regel von Toad's Bread ignoriert. Es war ein Jammer!

»Geben Sie jetzt her!« wies Dr. Ritter Ivo Berg an und zeigte mit dem Pistolenlauf auf die Schatulle, dann auf Ivo.

Madame Fontenelle meinte: »Das ist geschmacklos, Dr. Ritter! Ein Arzt, der mit einer Waffe herumfuchtelt.«

»Würde es jemand beeindrucken, wenn ich mit der Deklaration der Menschenrechte herumfuchtelte?«

»Werden Sie nicht frech, nur weil Sie in der Lage sind zu töten.«

Stimmt, die Fähigkeit zu töten war selten dazu angetan, ein besseres Benehmen hervorzurufen. Dies war auch Dr. Ritter peinlich bewußt. Dennoch, er war seinem Ziel einfach zu nahe, um darauf zu verzichten, ein unhöfliches, aber zwingendes Mittel einzusetzen. Darum erklärte er, zur Not auch zu schießen, nicht auf eine todbringende Stelle, zumindest nicht mit Absicht, leider aber sei seine Kenntnis der Anatomie weit besser als seine Schießkünste. Was eine Lüge war, wenn man bedachte, daß Ritter ein gutes Auge bewiesen hatte, als er eine Betäubungspatrone in Lilli Steinbecks Brust untergebracht hatte. Aber es entsprach wohl seiner pädagogischen Ader, nicht mit seinem Können, sondern mit seinem angeblichen Unvermögen zu drohen.

Ivo jedenfalls wollte es nicht darauf ankommen lassen und sagte: »Mein Auftrag lautet, einen Baum nach Deutschland zu befördern, nicht ein Ohr. Nehmen Sie das Ding.«

»Bringen Sie es mir«, forderte der Ungar.

In diesem Moment trat aber Kallimachos in die Schußlinie, und zwar mit jener Schnelligkeit, mit der sich etwa Planeten bewegen, Gasriesen. Ja, der Große Grieche war ein Gasriese, um den herum einige Monde kreisten.

Dr. Ritter schoß. Ohne es wirklich zu wollen. Eher aus einem Reflex heraus, der der Plötzlichkeit zu verdanken war, mit der Kallimachos ins Spiel gekommen war.

Wie sich nun zeigte, stimmte die Legende. Die Legende vom unverwundbaren Griechen. Was natürlich Lilli Steinbeck nicht überraschte. Sie hatte es mehrmals erlebt, wie Projektile, selbst ganze Sprengsätze, um Kallimachos einen Bogen machten. Also weder durch ihn hindurchgingen – wie man bei einem Gasriesen hätte vermuten können – noch abprallten wie im Falle von Supermännern. Nein, die Kugel, die Ritter losgeschickt hatte, und zwar in Richtung von Kallimachos' Bauchmitte, beschrieb eine starke Krümmung, dehnte den eigenen Raum und wand sich haarscharf am Großen Griechen vorbei, woraus sich eine Flugbahn ergab, die glücklicherweise in der Folge niemand kreuzte, dafür jedoch in jener Dahurischen Lärche steckenblieb, die noch vor kurzem eine Schatulle in sich getragen hatte. Das schien das Schicksal dieses Baums zu sein, Artefakte zu beherbergen. Sein hölzernes Stöhnen verriet weniger einen körperlichen Schmerz als Verachtung für die eigene unglückliche Verwurzelung.

Das Unglück hielt aber noch anderes bereit. Oder vielleicht konnte man es auch Glück nennen, wenn man sich vorstellte, Ritter würde gleich durchdrehen und einfach wild drauflosschießen, um doch noch mehr als einen Baum zu treffen. Dazu aber kam es nicht. Denn da war noch eine zweite scharfe Waffe im Spiel. Nicht Lillis Verlaine-Pistole, welche Madame Fontenelle ordnungsgemäß in einem Schrank verwahrt hatte, sondern es war Galina, die ja fortgesetzt jene Waffe unter dem Pullover trug, mit der sie einem der touristischen Jäger im Dschugdschurgebirge ins Bein geschossen hatte. Genau dieses Instrument holte sie jetzt hervor, erneut aus ihrem Schweigen ausbrechend, womit sie nicht nur bewies, nicht stumm zu sein, sondern auch mitnichten taub. Sie sagte: »Only a dentist.« Und feuerte. Somit erneut auf den *Matrix*-Film anspielend, diesmal aber konsequenter, indem sie nicht bloß in das Bein des Gegners schoß, sondern – so wie die Trinity im Film – auf die Schläfe zielte und die Schläfe traf.

Schrrrrap!

Ritter drehte seinen Kopf in Richtung der Schützin, betrachtete sie mit zusammengekniffenen Augen, in denen sich ein Rot spiegelte, vielleicht vom Blut, vielleicht vom Meer der Fliegenpilze, und sagte endlich: »Eigentlich bin ich Virologe.« Dann fiel er um.

Es war Madame Fontenelle, die in der bekannt perfekten Art in die Knie ging, sich zu ihrem ehemaligen Mitarbeiter hinunterbeugte, ihm in die erstarrten Augen schaute und erklärte, er sei tot. Es schwang etwas wie Befriedigung in ihrer Stimme, obgleich ihr Dr. Ritter ja lange sympathisch gewesen war. Aber das ist wie mit mancher Architektur, die nur so lange schön ist, solange man nicht weiß, worin ihr eigentlicher Zweck besteht.

»Und jetzt?« fragte Ivo, der ja noch immer das Behältnis in seinen Händen hielt, wobei sich die Konturen des Ohrs aufzulösen begannen und die Farben langsam verblaßten. Man meinte den aufsteigenden Wasserdampf zu sehen, so, als besitze dieses Ohr – dieses atmende Ohr – eine sehr viel höhere Körpertemperatur als im Falle der Menschen.

»Romanow und Ritter sind tot«, konstatierte Fontenelle, »und ich will nicht sagen, daß es um Lopuchin schade wäre, würde ihm ebenfalls etwas zustoßen. Was ich so über den Kerl gehört habe. Aber es wird ihm ohnehin nicht gelingen, je wieder nach Toad's Bread zu gelangen. Er wurde verbannt, und dabei bleibt es.«

Ivo entgegnete, daß immerhin er selbst sowie die anderen aus der Gruppe ohne jede Kontrolle in die Stadt gelangt seien.

»Glauben Sie mir«, meinte Fontenelle, »wären Sie nicht willkommen gewesen, stünden Sie jetzt nicht hier. Der

Sinn der Kontrolle ist ja wohl kaum, daß jeder sie sehen kann. Das ist wie bei gewissen Ohren. Man könnte sagen, die Kontrolleure von Toad's Bread stehen nie im Regen.«

»Sie sollten aber nicht vergessen«, blieb Ivo stur, »daß ich nicht zuletzt im Auftrag Lopuchins mich an diesem schönen Ort befinde. In seinem und in dem einer deutschen Firma.«

Die Madame schüttelte stumm den Kopf. Es war Lilli, die an Ivo herantrat und die Schatulle – ohne sie ihm aus der Hand zu nehmen – schloß. Dann gab sie ihm einen Kuß auf die Wange, genau auf die Stelle einer kreisförmigen Anordnung kleiner Narben.

Wieviel war ein Kuß auf dieser Welt wert? Etwa im Vergleich zu surreal hohen Bonizahlungen? Im Vergleich zu all den Produkten im militärischen und privaten Bereich, die sich aus einer optimalen Tarnvorrichtung entwickeln ließen? Im Vergleich zu den revolutionären Erkenntnissen, die man aus einem autark existierenden Gehörorgan gewinnen könnte? Im Vergleich zur persönlichen Sicherheit, die sich daraus ergab, einem Herrn Lopuchin das zu bringen, wonach er begehrte? Im Vergleich zur Bezahlung ausgeführter Aufträge, was auch immer von diesen Aufträgen zu halten war? Im Vergleich …

Konnte man einen solchen Kuß, einen Lillikuß, überhaupt mit irgend etwas vergleichen? Das war natürlich eine pathetische Frage. Aber Ivo stellte sie sich trotzdem. Das Pathos zwang ihn, sich diesen Lillikuß als die ultimative Antwort auf alle Fragen zu denken. Und im Gegensatz zu Wittgenstein, der einst erklärt hatte, dank seines *Tractatus* die Probleme im wesentlichen endgültig gelöst zu haben, dann aber abschließend postulierte, es zeige sich, »wie wenig damit getan ist, daß die Probleme gelöst sind«, im Gegensatz dazu also meinte Ivo Berg den hohen Grad der Problemlösung zu begreifen, der sich aus der Wirkung dieses Kusses ergab.

Er sagte: »In Ordnung.« Er hauchte es nicht, sondern sprach klar und deutlich. Er verzichtete somit auf eine Verarschung des Pathos und ging statt dessen daran, erneut den Baum hochzuklettern. Mit der üblichen Gewandtheit gelangte er an die Stelle nahe der Krone, wo er die Schatulle in die angestammte Stelle fügte. Es war, als schließe er eine Wunde.

»Ist das denn klug?« fragte der Baum.

»Du meinst, den weiten Weg zu machen, um jetzt alles beim alten zu lassen?«

»Nein, ich frage mich nur, ob es nicht sinnvoller wäre, ein neues Versteck zu finden. Eines, das dieser Lopuchin nicht kennt.«

»Stimmt, das wäre vernünftig. Andererseits ist es doch so, daß Lopuchin genau das Richtige getan hat. Dieser Platz ist perfekt: das Ohr unsichtbar in der Schatulle, die Schatulle im Baum, der Baum unter der Stadt, die Stadt unter der Erde.«

»Ein anderer Baum würde es auch tun«, wandte der Baum ein.

»Stimmt«, sagte Ivo, »aber dann würde hier eine Lücke bleiben.«

»Man könnte eine zweite Schatulle anfertigen.«

»Ja, doch das wäre ein Betrug.«

»So ehrlich?«

»So ehrlich«, sagte Ivo, drückte mit der Hand gegen den Korpus, so daß die Unterseite in die Halterung einklinkte und sich an der Oberfläche die alte Einheit von Baum und Artefakt ergab. Die Ordnung war wiederhergestellt. Man konnte diese Ordnung geradezu spüren. Wozu auch zählte, daß Dr. Ritter tot war, ein zweites Mal gestorben, denn auch er war selbstverständlich mit einem Pfeil in der Brust durch die Gegend gelaufen. Sein wirkliches Leben hatte er schon vor vielen Jahren beendet gehabt, damals in Ungarn, als er noch bei seiner Familie gewesen war. Man konnte sagen, die Kugel aus Galinas Pistole hatte Dr. Ritter erlöst.

Nun, bekanntermaßen waren auch Lilli und Ivo mit derartigen Pfeilen ausgestattet, Pfeile, die da so unsichtbar wie ein gewisses Ohr aus ihren Brüsten ragten. Aber im Augenblick des Kusses, als Lilli ihre Lippen auf Ivos Narbe abgelegt hatte, hatte dies nicht bloß eine schöne Erinnerung an das alte, wirkliche Leben ausgelöst, nein, in diesem einen Moment war die Vergangenheit das Jetzt gewesen: sichtbar, spürbar, heutig und wirksam.

Jetzt freilich, da Ivo vom Baum stieg, war die Vergangenheit längst wieder ins Vergangene, ins Verlorene zurückgefallen. Aber die Liebe, die Ivo für Lilli empfand, war ungebrochen. Denn auch Tote, auch Leute mit Pfeilen in ihren Brüsten, können lieben.

Man machte sich auf den Weg, den Lärchenwald zu verlassen. Dr. Ritter ließ man liegen. Fontenelle erklärte, sich später darum zu kümmern. Eine Leiche könne warten. Zuerst einmal würde sie sich bemühen, die Ewenken dazu zu überzeugen, Lilli freizulassen. Und es war gar keine Frage, daß man dem Wunsch der Meisterin des Lärchenwaldes und der Fliegenpilze entsprechen würde. Um so mehr, da ja Kallimachos überhaupt nicht daran dachte, ebenfalls nach Europa zurückzukehren. Im Gegenteil, mit Galina hatte er eine neue Frau an seiner Seite, eine, die noch besser zu ihm paßte als Lilli.

Richtig, auf diese Weise würde Professor Oborin seine Tochter verlieren. Aber so waren die Dinge nun mal angelegt.

Noch einmal richtig: Lopuchin würde toben, wenn er erfuhr, daß Ivo Berg unverrichteter Dinge Toad's Bread verlassen hatte, ohne Schatulle, auch ohne Baum, alles belassend, wie es war. Und weder der Tod Romanows noch der Dr. Ritters könnten Lopuchin helfen, ein wenig Freude zu empfinden. Er würde toben und toben. Und aus der Wut heraus neue Pläne schmieden. Aber im Endeffekt würde auch er begreifen müssen, daß das Ohr verloren war. Verloren in seiner natürlichen Unsichtbarkeit. Verloren in einem Wald, der mit einer Macht ausgestattet war, die mit größter Ruhe die Dinge und Menschen und Pilze beherrschte.

Es war Abend geworden. Die Vögel sangen ihre Einschlaflieder. Die Pflückerinnen brachten ihre Ernte ein. Lilli überlegte, ob das vielleicht der richtige Platz sein könnte, um die Fellpuppen – die beiden Ongghots in ihrer Tasche – im Wald abzulegen. Denn schließlich waren die beiden toten Frauen Pflückerinnen gewesen. Dann aber fiel Lilli ein, daß die eine Tote, Valerija, offenbar davon geträumt hatte, in den Westen zu gehen, um ein Model, ein Star zu werden. Und daß auch der Kunstname »Jola Fox« eine gewisse Sehnsucht nach der Westwelt nahelegte, der Glitzerwelt, wo alles, auch der Dreck der Straße, den süßlichen Charme eines Swarovski-Schlüsselanhängers besaß. Ja, die Westwelt war eben mehr ein Anhänger als ein Schlüssel. Wie auch immer, Lilli beschloß, die Puppen mit nach Europa zu nehmen und darauf zu warten, bis ein besonderer Ort sich anbot, die Ongghots totemartig zu plazieren.

Madame Fontenelle begab sich zurück in ihr Büro, wo sie einer geheimen Leidenschaft, dem Alkohol, folgte. Das geheime Trinken mag vielerorts als Ausdruck einer speziell weiblichen Krankheit verpönt sein, vom Standpunkt der Würde ist es sehr zu empfehlen. Denn das Saufen in der Gruppe ist wie der Gruppensex: eine Unart, die der Schöpfung widerspricht.

Während also die Madame den Deckel einer hübschen Karaffe aus Kristallglas lüftete und einen mit Fliegenpilzstückchen versetzten Likör sich einfüllte, gelangte die kleine Familie hinauf ins Museum, zurück ins Schwarzweiß, zurück in die Stadt, die in der Nacht versank. Man steuerte das Hotel an.

23

In der Lobby angelangt, erklärte Lilli: »Ich habe noch was zu erledigen.«

»Darf ich dich begleiten?« fragte Ivo.

Lilli nickte. Vorher aber brachte sie Spirou zu Bett. Spirou konnte sich nicht erinnern, je ins Bett gebracht worden zu sein. Als Baby war er wohl ins Bett gelegt worden, später ins Bett gefallen, todmüde vom Tag und vom Leben, aber so richtig gebracht zu werden ... Ja, Lilli, die bekanntermaßen einen guten Schlaf zu schätzen wußte und überzeugt war, zum guten Schlaf gehöre ein gutes Einschlafen, erzählte Spirou, dem Dreizehnjährigen, eine Gutenachtgeschichte. Sie war geschickt darin. Eine Geschichte über einen Planeten, der sich ständig wegbewegt, wenn man sich ihm nähert. Unabänderbar. Und daß die Astronauten irgendwann begreifen, wie wichtig es ist, etwas zu haben, was man nicht haben kann. Es hörte sich an, als sei Lilli dabeigewesen.

Als Spirou schlief, verließ sie das Zimmer und traf Ivo in der Hotelhalle. Er sagte: »Er ist ein süßer Kerl, nicht wahr?«

»Ja, sicher, wir nehmen ihn mit nach Hause.«

»Wir?«

»Ich will damit sagen, ich werde dir helfen, ihn heil nach Deutschland zu bringen. Das ist alles. Und jetzt komm, ich muß ein Buch abholen.«

Eine gute Stunde später erreichten sie den Laden des Puppenmachers. Nicht ohne sich ein paarmal verirrt zu haben, was kaum störte, weil die Zeit jetzt wieder ein schönes, rundes Weib war. Es war Nacht in Toad's Bread. Schwarzweiße Nacht. Im Laden brannte noch Licht. Lilli sah auf die Uhr. Demnächst würden die Farben zurückkehren.

»Ach Sie«, meinte Giuseppe Tyrell, der noch immer hinter seinem Arbeitstisch saß, fortgesetzt einen Smoking tragend. Vor ihm lagen eine kleine Apparatur und etwas Werkzeug. Links davon jene stark zerlesene Taschenbuchausgabe von Thomas von Kempens *Die Nachfolge Christi*. Auf der anderen Seite befand sich das aufgeschlagene Photoalbum, in das bereits die Bilder eingefügt waren, die das Duo Lilli & Yamamoto zeigten. Die soeben aufgenommenen Photos des Duos Lilli & Ivo würden folgen.

Tyrell nahm die Uhrmacherlupe aus seinem rechten Auge und fragte Lilli, wobei er Richtung Ivo blinzelte: »Haben Sie den Kollegen ausgetauscht?«

»Herr Berg ist ein alter Freund.«

»Oh ja, Mister Berg also«, sagte Tyrell, der diesen Namen offensichtlich nicht zum ersten Mal vernahm. Die Frage, die er aber stellte, ging an Lilli: »Wo sind die Photos?«

Lilli legte die drei Bilder auf den Tisch.

»Schön! Und? Haben Sie Breschnew erwischt?«

Breschnew? Richtig, so war Romanow anfänglich bezeichnet worden, als Breschnew. Lilli erzählte, was geschehen war, wie sich der Mörder dem Zugriff der Polizei entzogen hatte.

»Eigentlich ein sauberer Abschluß«, kommentierte Tyrell, nahm die drei Bilder, die also einen toten Mann zeigten, und fügte sie zurück in die Halterungen des Photoalbums. Lilli wiederum faßte nach dem zergriffenen Exemplar der *Nachfolge Christi* und deponierte es in der wohldurchdachten Ansammlung ihrer blauschwarzen Handtaschenhöhle.

»Warum hängen Sie eigentlich so an dem Buch?« fragte der Puppenmacher.

»Warum hängen Sie so an Ihren Photos?«

Tyrell murmelte etwas Unhörbares. In dieses Murmeln hinein bat Lilli ihn um zwei Puppen, zwei von den Fellpuppen. Welche sie natürlich bezahle.

»Haben Sie jemand zu beerdigen?« fragte Tyrell. »Oder denken Sie einfach an die Zukunft?«

»Sowohl als auch«, antwortete Lilli. Sie plante, die eine Puppe Dr. Ritter zu widmen. Obgleich er keiner von den Guten gewesen war, wollte sie ihm dennoch auf diese Weise etwas Seelenfrieden verschaffen. Und wer war schon restlos gut? Die andere Puppe war in der Tat für Zukünftiges gedacht. Eine Puppe in petto.

Tyrell holte zwei Stück und reichte sie Lilli. Sie zahlte den verlangten Betrag und brachte die beiden Exemplare in ihrer nun vollends vollen Tasche unter.

»Übrigens, Mister Berg«, richtete sich Tyrell nun an den Mann an Lillis Seite, »Professor Oborin wollte Sie sprechen. Ich werde Sie mit ihm verbinden.«

»Sie wissen von Oborin?« staunte Ivo.

»Ich würde sonst kaum seinen Namen kennen, nicht wahr?« Man konnte Tyrell ansehen, wie sehr er die Menschen verachtete. Auch für ihn galt, wie für fast alle Puppenmacher, ein Ausspruch, der gleichfalls aus dem ersten *Matrix*-Film stammte: *Nimm nie einen Menschen, wenn du eine Maschine dafür nehmen kannst.*

Tyrell griff zur Seite und stellte ein altes Wählscheibentelephon auf den Tisch, dessen Kabel zwischen den Seiten eines Weltatlas eingeklemmt war. Er hob den Hörer, wählte eine ziemlich lange Nummer und hielt ihn Ivo entgegen. »Hier! Oborin wartet schon.«

»Ja?« sprach Ivo in die Löcher hinein, diese kleinen, schwarzen, runden Münder, die die Stimme aus seinem eigenen Mund einsaugten.

»Was los mit Galina?« vernahm er die Stimme des Professors.

»Es geht ihr gut«, erklärte Ivo. »Aber Romanow ist tot. Was also heißt, daß er gewissermaßen noch einmal gestorben ist. Warum haben Sie uns verschwiegen, daß er noch am Leben war?«

Doch Oborin zeigte sich überrascht. Erklärte, davon überzeugt gewesen zu sein, Romanow sei umgebracht worden, kurz bevor er, Ivo, nach Ochotsk gekommen war. So, wie ja auch von allen behauptet. Richtig, niemand habe die Leiche gesehen. Aber ein Begräbnis habe durchaus stattgefunden.

»Na, was soll's. Es ist vorbei«, sagte Ivo, erwähnte also nicht einmal, daß Romanow der Mörder von fünf Frauen und in Konkurrenz zu Lopuchin und einem ungarischen Arzt auf der Suche nach einem unsichtbaren Ohr gewesen war. – In der Nacherzählung klingen so viele Dinge unglaubwürdig. Aber in der Nacherzählung klingt eigentlich die ganze Menschheitsgeschichte, die von gestern wie die von heute, ziemlich unglaubwürdig. Denn was, bitte schön, mutet phantastischer an: eine unterirdische Verbrecherrepublik oder etwa ein internationaler Aktienmarkt, der unser Wirtschaftsleben in einer Art und Weise bestimmt, als würde nicht der Kasperl dem Krokodil, sondern das Krokodil dem Kasperl eins auf die Mütze geben?

Übrigens war anzunehmen, daß Romanow es gewesen war, der zwei aus Magadan stammende Jagdführer dazu angestiftet hatte, Ivo Berg unschädlich zu machen. Da ja Ivo praktisch im Auftrag Lopuchins gestanden hatte und somit zu einer weiteren Figur der Auseinandersetzungen geworden war. Allerdings hatten die Jagdführer ihrerseits versucht, einen Baden-Badener und seine Freunde dazu zu bringen, das unschöne Geschäft zu übernehmen und Ivo Berg in waidmännischer Art zu erlegen. Was dann dank der Englischkenntnisse (»Only a hunter!«) und Schießkünste Galina Oborins gründlich schiefgegangen war.

»Hören Sie mich?« fragte der Vater ebendieser Schieß-künstlerin.

»Ich höre Sie.«

»Haben Sie gefunden Baum?«

»Ja und nein«, antwortete Ivo.

»Egal. Kommen Sie nicht nach Ochotsk zurück. Lopu-chin verrückt geworden. Gefährlich wie wilde Natur. Neh-men Sie Junge und gehen heim über Landweg.«

»Genau das hatten wir vor.«

»Und schicken Sie mir Galina.«

»Ich vermute, Ihre Tochter möchte hierbleiben.«

»In Toad's Bread?«

»Nein, in einem Ewenkendorf in der Nähe. Als Prieste-rin, als Suppenpriesterin und als Muse eines Mannes, der Kallimachos heißt. Telephonieren Sie mit ihr, sie wird es Ihnen erklären.«

»Erklären? Mit taubstummer Stimme?«

»Ja, das hatte ich vergessen. Aber ich denke, sie ist auf dem Weg der Heilung. Was auch immer sie krank gemacht hat.«

Oborin seufzte. »Töchter sein Flüchtlinge.« Er sagte es und beendete auf solch kryptische Weise das Gespräch.

Ivo reichte den Hörer zurück an Tyrell, der ihn sachte auflegte, sich seine Lupe zurück ins Auge schob und ohne einen weiteren Kommentar wieder daranging, an seiner kleinen Maschine zu arbeiten.

Lilli und Ivo – photographiert für die Ewigkeit – traten aus dem Geschäft.

Es war kurz nach Mitternacht, als sie das Hotel erreichten. Den Moment, da die Welt wieder eine gefärbte geworden war, hatten sie kaum wahrgenommen. Erst im Licht der in vielen Orange- und Rottönen gehaltenen Hotellounge wurde deutlich, daß die »Verfinsterung« beendet war.

Ein Mann erhob sich aus einem der tiefen Lederfauteuils. Es war Yamamoto. Er ging auf Lilli zu, während Ivo sich hinüber an die Bar stellte, wo sich Kallimachos und Galina und deren ewenkische Freunde eingefunden hatten.

»Sie haben mich da im Regen stehenlassen«, erinnerte Yamamoto. Und hinüber zu Ivo schauend: »Wer ist das?«

»Jemand von früher.«

»Wie soll ich das verstehen?«

»Gar nicht. Es ist was Privates und muß Sie nicht kümmern. Kümmern muß Sie nur, daß es sich bei dem Mann, den wir Breschnew nannten, um einen gewissen Romanow gehandelt hat. Einen Mann aus Ochotsk. Schon mal den Namen gehört?«

Yamamoto schüttelte den Kopf.

»Und Lopuchin?«

»Natürlich. Wir haben ihn verbannt. Er dachte, er könnte die Prostitution an sich ziehen. Die Frauen und die Behörde haben ihn hinausgeworfen aus Toad's Bread. Lebenslänglich. Jetzt terrorisiert er die Ochotsker.«

»Er hat hier in der Stadt etwas zurückgelassen und möchte es wiederhaben.«

»Und das wäre?«

»Das müssen Sie nicht wissen«, erklärte Lilli. »Aber seien Sie darauf vorbereitet, daß Lopuchin versuchen wird, Leute einzuschleusen.«

»Wie diesen Ivo da drüben, nicht wahr?« zeigte sich Yamamoto weitsichtig. »Ich könnte ihn fragen, worum genau es geht.«

»Er wird nichts sagen, glauben Sie mir.«

Yamamoto, der Samurai, lachte. Aus seinem Lachen hätte man ein gutes Haiku formen können, ein dreizeiliges Lachen, wo sich eins ins andere fügt, ohne etwas zu erklären. Denn der Wind ist einfach da, er bläst. – Yamamoto erinnerte sich an einen Ausspruch von Yamazaki Kurando, welcher postulierte: »Ein Gefolgsmann, der die Dinge zu sehr durchschaut, ist nicht wünschenswert.« Yamamoto war ein moderner Samurai, einer, der die »Fürstenschaft« Lillis akzeptierte. Er fragte: »Was werden Sie jetzt tun?«

»Nach Europa zurückkehren. Aber nicht über Ochotsk, das wäre unklug. Auch nicht über Magadan oder Chabarowsk. Wir nehmen den Landweg nach Jakutsk.«

»So ein richtiger Weg dorthin existiert eigentlich nicht«, gab Yamamoto zu bedenken.

»Wir schaffen das schon. Ein paar von den Ewenken werden uns führen.«

»Ich habe gehört, Sie haben ein Kind dabei.«

»Richtig, einen Jungen. Wir nehmen ihn mit. Er ist ohne Eltern und wünscht sich das.«

»Man kann auch in Rußland nicht so einfach …«

»Ich habe schon mal ein Kind an den Gesetzen vorbei adoptiert«, verriet Lilli und reichte Yamamoto die Hand. Er gab sie ihr und verbeugte sich. Seine Verbeugung war wie die Vorbereitung auf den Tod. Jemand klopft an die Türe, und man sagt: »Herein!«

Am nächsten Tag verließen die kleine Familie und ihre ewenkischen Freunde die Stadt Toad's Bread. Bald trennte man sich, und Lilli, Ivo und Spirou sowie zwei Führer begaben sich Richtung Westen. Wunderbares Wetter. Im blauen Himmel ein weißer Mond. Schritte auf festem Boden. Spirous rote Mütze. In einem letzten dünnen Rahmen das Wort *Ende*.

Jede Seite
ein Verbrechen

REVOLVER
BLATT

Die kostenlose Zeitung für Krimiliebhaber. Erhältlich bei Ihrem Buchhändler.

Online unter www.revolverblatt-magazin.de

f www.facebook.de/revolverblatt